握る男

原 宏一

握る男

目次

序章　訃報

空に鉄格子が嵌《は》まっている。一日の刑務作業を終えて雑居房に戻り、ふと窓を見やったものの、紅に染まった夕焼け空が鉄格子の合間からしか望めない。

それでも昨日まではよりはましだ。懲罰房の窓はさらに小さい。雑居房の三分の一もないから受罰中の三日間は空を見る気にもならなかった。運動時間も与えられないため、今日の午後、四日ぶりに屋外運動場の空を仰ぎ見たときは眩《まぶ》しさに眩暈《めまい》がしたほどだ。

ここに収監されて十か月になる。残りは二年と二か月。懲罰を受けただけに仮釈放は認められないだろうし、あと二十六か月間、ひたすら耐え忍ぶしかない。

金森信次《かねもりしんじ》は小さくため息をつくと立ち上がった。便所に行きたくなった。ゆっくり排便できるのは夕暮れどきの自由時間ぐらいしかない。読書したり将棋を指したり思い思いに過ごしている同房の受刑者たちの脇をすり抜け、雑居房の片隅の便所へ向かう。

そのとき、一人の受刑者が読んでいる週刊誌の小さな記事に目が留まった。

『徳武光一郎《とくたけこういちろう》さん自殺』

え、と目を凝らした瞬間、ページをめくられてしまったから詳しい内容はわからない。

週刊誌を借りて読みたかったが、受刑者同士の本の貸し借りは禁じられている。看守に見咎《みとが》められれば、またしても懲罰の対象になる。今回の懲罰理由は、刑務作業中に喧嘩《けんか》を吹っかけられ、こっちは無抵抗だったのに喧嘩両成敗となったためだが、続けざまの懲罰房送りはさすがにまずい。

といって記事の内容を聞くことも憚《はばか》られた。週刊誌を読んでいる男は組関係の幹部らしい。本人がそうと口にしたことはないし、彫り物もなければ小指もちゃんとついているが、その目は明らかに堅気のものではない。いまも塀の外に睨《にら》みをきかせ、影響力を発揮しているとも噂されているだけに、徳武光一郎の死に反応した、と悟られることは避けたかった。

収監されて以来、金森は一介の鮨《すし》職人を装ってきた。房内で経歴を伏せていると、それだけで、生意気なやつ、と苛《いじ》められる。経歴を問われたときは、働いていた回転鮨店で売上げ金を使い込み、五十にして収監された、と偽ってきた。そんな金森が、〝ゲソ〟と綽名《あだな》された徳武光一郎の死に興味を抱いたとなれば、まずもって怪しまれる。この国を搦《から》め手から仕切っていたゲソは、過剰なほど闇組織を嫌悪していた。それは闇組織の人間ほど知っている。万が一でも、金森が若き修業時代からゲソと近しかった人間だと気づかれたら刑務所生活に支障がでる。

ただ、それほどの存在でありながら、徳武光一郎という人物は世間的にはあまり知られていない。知る人ぞ知る、という立ち位置をゲソ本人が強く望んだからだ。まだ二十歳そこそこの頃だったろうか、ゲソが錦糸町《きんしちょう》の居酒屋でこう言い放ったことを金森は鮮明に記憶している。

「カネさん、世間が気づかないうちにキンタマを握っちまえば、あとはこっちの思うがままなんすよ。この国のキンタマは〝食〟なんすから」

当時のゲソは、まだ金森に敬語を使っていた。両国《りょうごく》の鮨屋で出会った六歳上の兄弟子を一応は立ててくれていたが、やがて二人の立場は逆転した。実際にキンタマを握った頃には、

「なあ金森、この国のキンタマってやつは意外と小せえじゃねえか」

タメ口で嘯《うそぶ》いていた。大好きだった麻布《あざぶ》のタワーマンションの最上階から、どこまでも広がる東京の空を眺めながら、まんまと成り上がった自分に酔いしれていたものだった。

あのゲソが自殺した？　まずありえないと思った。昭和から平成に続く時代を怒濤《どとう》のごとく成り上がっていったゲソが、なぜ自殺しなければならないのか。釈然としない思いに駆られつつ洋式便器に腰を下ろした。下半身が隠れる衝立《ついたて》があるだけで同房者から排便姿が丸見えになる便所とあって、最初は怯《ひる》んだものだが、いまでは小便も大便も平気でできる。

ひょっとして誤報ではないのか。遠慮なく音を立てて排便しながら考えた。ゲソの周囲には追いつめられて命を絶った者も数多いが、当のゲソが自殺するかと問われれば、否、と断言できる。自ら命を絶つほどひ弱な男でもなければ、自殺を装って消されるほど迂闊《うかつ》な男でもなかった。そう考えると、ますます釈然としない思いが湧き上がる。

四角いチリ紙で尻《しり》を拭《ぬぐ》った。便所用のチリ紙は一人当たり一か月四十枚しか支給されない。四角い面を無駄なく使い、丁寧に尻を拭《ふ》いて便器から立ち上がった。そのとき、同房者がテレビのスイッチを入れた。旧型ブラウン管に大相撲中継が映し出された。この刑務所ではテレビの視聴は午後七時からと決められているが、大相撲の時期だけは午後五時からの視聴が許されている。

土俵上では力士が塩を撒《ま》き合っていた。久しぶりに目にした力士の姿に、かつて両国の鮨屋で力士たちの傍らをせかせかと動き回っていたゲソを思い出した。鮨職人の修業に入ったばかりの十代の頃だった。背丈が百六十センチにも満たないゲソは、上背がないぶん動きでカバーしようとしていたのか、いつも忙《せわ》しげに手足を動かしていた。その立ち振る舞いが十本足をくねくね動かす烏賊《いか》みたいだ、と兄弟子がゲソと呼びはじめたのだが、おいゲソ、おいゲソ、と手荒くこき使われても、ゲソはへらへら笑って素直に応じていた。人一倍の負けん気をおくびにも出さず、健気《けなげ》な小間使いに徹していた。

もう一度、ゲソの鮨を食いたい。土俵の上でぶつかり合う力士を見やりながら思った。こうして刑に服しているいま、ゲソへの恨み節もないではないが、不思議なことに金森の中では、ゲソと鮨屋で働いていた日々を懐かしむ気持ちのほうが強い。

同じ鮨職人の舌をしてもゲソが握った鮨は絶品だった。自殺の真偽はともかく、ゲソこと徳武光一郎という男は、生涯一鮨職人として生きるべき男ではなかったか。いまさらながら、そんな思いが頭をもたげる。鮨一本に絞っていれば、あたらキンタマなど握りにいかなければ、ゲソも、そして金森自身も、平穏な四半世紀を送れたに違いない。土俵上ではがっぷり四つに組んだ力士が膠着《こうちゃく》状態に入っている。どっちが勝ちを拾うのか、勝負の行方はまだ見えない。

一章　小僧

東京の下町を北から南へ流れ下る隅田川《すみだ》。その川面《かわも》を跨《また》ぐ両国橋と両国駅の中程に佇《たたず》む瀟洒《しょうしゃ》な木造二階家、そこに『つかさ鮨《ずし》』はあった。

店の前は両国駅へ続く大通り。右隣に和菓子屋、左隣に自転車屋があるが、街場の鮨屋にしては間口が広いせいか、歩道を歩いていてもけっこう目立つ。玄関前の石畳を踏んで暖簾《のれん》をくぐり、引き戸を開けると分厚いつけ台が設《しつら》えてある。つけ台には十席。傍らの小上がりには四人掛けの座卓が五つ。二階には襖《ふすま》を取っ払えば宴会場になる八畳と六畳の座敷があるから、両国界隈《かいわい》の鮨屋の中でも大箱の部類に入る。

この店に金森が入店したのは昭和五十六年の冬だった。両国といえば、いまや国技館がある相撲の街として知られているが、当時、両国に国技館はなかった。かつてあった旧両国国技館は敗戦後GHQに接収されたため、大相撲は各地を転々として興行を続け、昭和二十九年に両国から一キロほど離れた蔵前《くらまえ》に国技館が開設された。その後、GHQは撤収したものの大相撲は蔵前国技館で打たれ続け、再び両国に戻ったのは新両国国技館が落成した昭和六十年一月のこと。つまり金森は、両国に大相撲が戻る四年前に鮨修業の道を歩みはじめたのだった。

なぜ鮨屋を選んだのかといえば、鮨職人に憧《あこが》れたわけでも料理が好きだったわけでもない。料理はカップ麺《めん》に湯を注ぐかレトルトを温める程度しかできなかったが、〝寮と賄いつき〟が決め手になった。もともとは福井の高校を卒業後、浅草橋《あさくさばし》の人形問屋に就職した。二年半ほど働いたものの職場の人間関係に馴染《なじ》めずに飛びだし、当時ブームだったディスコに出入りしたりしてぶらぶらしていた。やがて失業保険の給付が終わって尻に火がつき、駅で拾った求人情報誌でつかさ鮨を見つけた。電話で問い合わせたところ、修業中は給料なしで小遣いしか貰《もら》えないが、借り上げアパートに住めて賄い食がつくと聞いて即座に応募した。アパート代の滞納で追い出しをかけられ、今夜のめし代にも事欠いていただけに渡りに船だった。

早速、ディスコ通いのときに当てたアフロヘアを自分の手で刈り込んだ。職人風の五分刈りにするつもりだったが、素人の哀しさ、虎刈りになってしまった。仕方なく虎刈り隠しに野球観戦のときに買った巨人の野球帽をかぶり、胡麻塩頭《ごましおあたま》の親方との面接に臨んだ。まずは野球帽を脱いで、虎刈りになっちゃいまして、と頭を掻《か》いてみせてから口から出まかせの志望動機を語った。

「上京したときは人形問屋しか就職口がなくて妥協しましたが、子どもの頃から鮨職人に憧れていました。一人前の江戸前職人になって将来は自分の店を持ちたいです」

ところが、志望動機よりも急場しのぎの野球帽が運を呼び込んでくれた。野球帽をかぶってくる応募者などめずらしい上、親方が熱烈な巨人ファンだったことから、

「虎に巨人をかぶせて抑え込むたあ、嬉《うれ》しいじゃねえか」

と相好を崩し、鮨修業には遅いとされる二十一歳というハンディを押して採用されてしまった。美男でもなく不細工でもない十人並みの見た目の金森だが、なぜか真面目に見える印象も奏功したのかもしれない。

当時のつかさ鮨には、亡き先代から店を継いだ四十代の親方を筆頭に三人の鮨職人がいた。親方に次ぐ二番手は北海道出身の山城《やましろ》さん。親方の信頼が厚い三十代のベテランで、所帯を持つ小岩《こいわ》から通っている。三番手は二十代半ばの北島《きたじま》。秋田の高校時代に甲子園に出場した経験が自慢の野球好きで、ごつい体で器用に鮨を握る。そして四番手は三年前に和歌山から上京した、角刈り頭の淳也《じゅんや》。金森とは同い年だが、鮨修業は三年目とあって店では兄弟子となり、見習い小僧の金森の世話役として借り上げアパートの六畳間で共同生活を送ることになった。

小僧が最初にやらされる仕事は店内の掃除、出前、おしぼり洗いといった雑用のほか、女将《おかみ》さんの愛犬コジローの餌やりもある。店と家庭の両立に忙しい女将さんは毎日コジローを散歩がてら店に連れてきて勝手口に繋《つな》いでおくのだが、その世話も小僧の仕事なのだった。

雑用に慣れたらお茶汲《く》みやお運びなどの接客もやらされる。夜の時間帯にはお客にビールを注いだり、帰りのタクシーを呼んだりといった仕事も修業のうちで、やがて包丁砥《と》ぎやシャリ炊き、魚の下処理といった厨房《ちゅうぼう》の仕事も徐々にまかせられていく。

こうした仕事は金森が入店するまで淳也がやっていただけに、淳也は大喜びだった。

兄弟子としてしっかり教えてやれ、と親方から言い渡されたらしく、

「おれが教えることはすべて頭と体に叩《たた》き込め」

と口うるさく指導された。やれ雑巾《ぞうきん》の絞り方が甘いの、やれ出前の自転車の乗り方が危なっかしいの、やれコジローの餌が少ないのと、同い年の金森の上に立てた優越感からか、朝から晩まで、アパートに帰ってからもねちねちとダメ出しされるのには正直まいった。

加えて女将さんのチェックも入る。客席の仕事は女将さんの管轄だから、女将さんも納得させなければならない。ただ、女将さんは幼稚園に通う一人息子を抱えている。家にはお姑《しゅうとめ》さんもいるのだが、子育てと店の仕事を両立させたいと頑張っているため、白い割烹着《かっぽうぎ》姿で店に出勤してくるのは淳也にダメ出しされながら開店準備を終えた頃合いで、それから女将さんのチェックがはじまる。

おしぼりの巻き方が違う。店先に打ち水しすぎてびちゃびちゃだ。醤油《しょうゆ》差しの注ぎ口が汚れている。淳也から言われた通りやったつもりでも何かしらダメ出しされる。といって、兄弟子から言われた通りにやった、という申し立ては許されない。

「たとえ兄弟子が良しとした仕事でも、本当にそれで良いのか、自分の頭で考えなきゃダメよ」

女将さんからそう叱られた上に、淳也からの当たりもますますきつくなる。

これだけでも大変なのに、やがて〝つけ場〟の下働きもやらされるようになると、さ

らに大変になった。つけ場とは鮨屋の厨房のこと。昔の鮨は魚を漬け込んでいたからそう呼ぶのだと淳也が得意げに教えてくれた。カウンターは〝つけ台〟、鮨の料理人は板前ではなく〝職人〟と呼ぶそうで、そのつけ場に入った途端、職人は人が変わる。小僧がしくじっても女将さんは叱るだけだが、職人はいきなり向こう脛《ずね》を蹴飛《けと》ばしてくる。殴って指を痛めたら鮨が握れなくなるから足を使うらしく、金森が最初に蹴飛ばされたのは〝こけ引き〟をやらされたときだった。

　こけ引きとは、こけと呼ばれる魚の鱗《うろこ》を鱗引き器でこそげ取る仕事だが、小さな鱗が一片残っていただけで、ふだんは温厚な二番手の山城さんですら無言で蹴ってくる。血の気が多い甲子園北島など回し蹴りを飛ばしてくる。捌《さば》いた魚は水洗いすると味が落ちるから鱗は洗い流せない。つまり一片でも鱗が残っていたらそのままお客の口に入ってしまい、鮨屋にとって致命的な落ち度になる。それだけに、一片見つかるたびに蹴飛ばされ、向こう脛は青痣《あおあざ》だらけになった。

　ところが、何度となく痛い思いをしているうちに金森はふと気づいた。つけ場の仕事も淳也の教え通りやっているのだが、それでも兄弟子たちから怒られる。ちょっとおかしいのではないか。淳也はわざと適当に教えているんじゃないか。

　兄弟子たちは黙って蹴るだけで理由は口にしない。理由はてめえの頭で考えろ、というのが昭和の職人だ。そこで金森は休憩時間に図書館へ足を運び、鱗の取り方を専門書で調べてみた。『鱗引き器で全体の鱗を剝《は》がし落としたあと、鰭《ひれ》の下側や根元にある細かい鱗を包丁の刃先で丁寧にこそげ落とすのが基本』と書かれていた。

金森は奥歯を噛《か》んだ。そんな基本的な技を淳也は一切教えてくれなかった。早い話が、同い年の金森に追い抜かれては立場がないと、彼はあえて伏せていた。そういえば、おしぼりの巻き方や醤油差しの注ぎ口を拭《ぬぐ》うことも教わった記憶がない。彼の悪意ゆえに女将さんから叱られたのだと、いま頃になって気がついた。

淳也の野郎めが。さすがに頭に血が上ったものの、その怒りを爆発させられる性分であれば浅草橋の人形問屋を飛びだすこともなかった。腸《はらわた》は煮え繰り返っていても喧嘩《けんか》が売れない。啖呵《たんか》が切れない。といって、嫌がらせに負けて店を飛び出したら即座に宿なしになるから辞めるに辞められない。悶々《もんもん》としつつも辛抱せざるを得ない自分が情けなかったが、そうして蹴られ叱られしているうちに半年が経ち、ある日、親方に連れられて入店してきたのがゲソだった。

「今日から仲間になる徳武光一郎だ」

みんなの前で紹介された瞬間、金森は焦った。しくじってばかりいる金森に業を煮やした親方が後釜《あとがま》を連れてきたと思ったからだが、すぐに親方は言い添えた。

「三年半後に備えて今日から六人体制でやる。つけ場が狭くなって大変だが、店の繁栄のためにも、みんなで一丸となって頑張ってほしい」

三年半後とは新両国国技館の落成のことを言っている。まだ公表はされていないが、両国商店会の会合で内示されたという。いまの両国に旧国技館時代の賑《にぎ》わいはない。かっての名残で相撲部屋だけは両国界隈《かいわい》にいくつか残っているが、大相撲といったら蔵前だと思い込んでいる若い相撲ファンがいるほど世間からは忘れられている。しかし、新国技館が落成すれば再び両国に活気が戻ってくる。それに備えて、いまから若手を育成しようと親方は考えている。週明けにはもう一人、親方の姪《めい》も接客係として入店するそうで、二年後には二番手の山城さんを店長に取り立てて同じ両国に支店を立ち上げたい、と意気込んでいる。

「今後金森は新入りと同居して面倒を見てくれ。おれの姪も寮住まいだから部屋を借り増した」

最後に親方からそう告げられた。

「よろしくお願いします」

子どもほどの背丈のゲソが、ぺこりと頭を下げた。歳は十六だというが、丸い輪郭の顔は童顔と言うより幼顔と表現したほうが似合っている。これでまともに働けるのかと心配になるほどだ。

それでも明日からは、こいつが弟弟子だ。そう思うと胸が高鳴った。入店半年にして下っ端生活に別れを告げられる。淳也の〝指導〟からも逃れられる。幼顔をへらへらと綻《ほころ》ばせて愛嬌《あいきょう》を振りまいているゲソを見やりながら、金森は一人ほくそ笑んだ。

その日の午後は半休をもらった。淳也と暮らしていた寮部屋から荷物を運びだし、ゲソと同居する部屋に移動するためだ。

つかさ鮨の寮は、店から十分ほどの距離にある。店の前の大通りを南に下った旧両国国技館跡地の裏手に立つ木造アパート。これまでは一階の一部屋に甲子園北島、もう一部屋に淳也と金森が入っていたのだが、今回、金森とゲソ用の一部屋と親方の姪用の一部屋を借り増してくれた。

ゲソの荷物も明日には届く。週明けには親方の姪も引っ越してくる。多可子《たかこ》さんという十九歳の可愛い娘だそうで、若い女が隣に入居すると思うだけで心が浮き立った。これで寮の雰囲気も華やぎそうだし、店の状況も良くなるに違いない。金森としては、ほっとしたものだが、しかし、甘かった。金森の期待とは裏腹に店の状況はさらに悪化した。数日後、ゲソと多可子さんが店に出はじめた途端、金森への嫌がらせがエスカレートしはじめたのだ。

それも当然だった。よくよく考えてみれば、淳也の立場からすれば金森が弟弟子として追い上げてくる状況に変わりはない。それどころか今後はゲソも新弟子として追い上げてくる。これには淳也も焦ったのだろう。これまでは、ちゃんと教えない、という無作為の嫌がらせだったものが、作為的に金森を貶《おと》める、より陰湿な嫌がらせに変質した。たとえば、最近は金森も魚の仕込みをやらせてもらっているのだが、きちんと仕込んだはずの小鰭《こはだ》に悪戯《いたずら》されていたりする。

小鰭の仕込みは、鱗をこそげて開きにして丸いザルに放射状に並べるまでが金森の仕事だ。ここから先は兄弟子がザルの小鰭全体に塩を振り、臭みを含んだ水分を抜いてから酢締めにするのだが、このザルの小鰭に悪さされている。きちんと開いたはずの開き目が千切れていたり、銀色の皮肌に引っかき傷がついていたり、知らぬ間に使いものにならなくされている。しかも百尾仕込んで百尾とも傷ものになっていればすぐ気づくのだが、百尾に数尾しか傷ものが紛れ込んでいないから厄介だ。酢締めの段階になって気づいた甲子園北島から、

「何だこれは!」

と蹴りが飛んでくる。小鰭のほかにも仕込む鮨種《すしだね》は山ほどあるから、仕込んだ魚を見張っているわけにもいかず、防ぎようがない。おまけに傷ものの魚は賄いで食べるしかないため、

「おいおい、えらく賄いが豪勢じゃねえか」

めしどきにまたどやしつけられる。それもこれも淳也の仕業なのは間違いないのだが、現場を押さえたわけではないから黙って耐えるしかない。

こういうことが続くと、ほかの仕事にも悪影響が及ぶ。悔しさのあまり魚をおろし損ねたり、バケツに躓《つまず》いて汚水を撒《ま》き散らしたり、さらなる失敗を重ねてしまう。

ある午後、出前を命じられたときもそうだった。昭和の出前は鮨桶《すしおけ》を肩に担いで自転車で配達していた。そのときは特上鮨を三人前盛り込んだ鮨桶を五つ積み重ね、十五人前を肩に担いだのだが、これでまたしくじった。

しつこい嫌がらせにむしゃくしゃしながら鮨桶を担ぎ、勝手口から裏の路地に出た。

重い鮨桶を肩にのせたまま片手で自転車のハンドルを握り、いざ漕《こ》ぎだそうとしたそのとき、勝手口に繋《つな》がれた女将《おかみ》さんの愛犬コジローに吠《ほ》え立てられた。驚いた金森は、一瞬、バランスを崩したものの、頑張って体勢を立て直してよろよろ漕ぎ出した。しかし、再び自転車ごとよろけた弾みで鮨桶が肩から外れ、五つ重ねた鮨桶がゆっくりと傾いだ。ヤバい、と焦ったものの、鮨桶は雪崩を打って落下し、十五人前の特上鮨が無残にぶちまけられた。

金森は立ちすくんだ。トロや真鯛《まだい》や海老《えび》の握りが路上に飛び散り、鮨桶がカランカランと転がっていく。

この事態に真っ先に気づいたのがゲソだった。コジローの激しい吠え声と異様な物音が耳に届いたのだろう。勝手口から顔を覗《のぞ》かせるなり飛んできたかと思うと、惨状の前で肩を落としている金森に気づくなり思いもかけない行動にでた。吠え続けているコジローを左腕で押さえ込むなり鎖を外し、コジローの前脚をぐいと一本握り締め、力ずくでへし折った。

ゴキッという鈍い音とともにキャンキャキャンと掠《かす》れた悲鳴が響いた。コジローの前脚はあらぬ方向に折れ曲がり、折れた脚の体毛の合間から赤い血が滴ってきた。

金森は息を吞《の》んでいた。ためらいのない淡々とした面持ちで蛮行に及んだゲソを見つめたまま身じろぎもできずにいると、すかさずゲソが声を張った。

「女将さん！　大変です！　コジローが！」

勝手口から女将さんが出てきた。ゲソが駆け寄ってコジローを突き出して見せた。ぶらぶらになった前脚から出血してクウンクウンと呻《うめ》いている。

「コジロー！」

女将さんが血相を変えた。すぐにゲソが事情を説明する。金森が自転車を漕ぎ出した途端、コジローが飛びだしてきた。首の鎖は外れていた。自然に外れたのか、だれかが外したのかはわからないが、自由になってはしゃぎまわっていたコジローを金森は避けきれなかった。無念にも前輪で前脚を轢《ひ》いてしまい、その衝撃で自転車ごと転倒して鮨をぶちまけてしまった。

金森はもう一度、驚いた。とっさにゲソがそんな嘘を思いついて前脚をへし折ったのかと思うと言葉もなかった。しかし女将さんはゲソの説明をあっさり信じた。だれが鎖を外したのっ、と涙声になっている。そこにゲソはたたみかけた。

「女将さん、動物病院は？」

「二丁目の角」

行ってきます！　とゲソはコジローを抱えて駆け出した。その後ろ姿を女将さんが茫《ぼう》然《ぜん》と見送っている。やがて親方や兄弟子も勝手口から顔を覗かせた。女将さんがゲソから聞いた説明を伝えると、親方たちもそれで納得したらしい。

「えらいことだったな」

その一言だけで、十五人前の特上鮨を台無しにした失敗は不問にされた。

出前事件についてゲソと話せたのは、その日の深夜になってからだった。

動物病院にコジローを担ぎ込んで治療してもらったゲソは、その足で女将さんの家までコジローを連れていき、女将さんが帰宅するまで面倒を見ていた。一方の金森もゲソがいないぶん仕事が忙しくなって出前事件を振り返る余裕もなかったが、アパートに帰ってゲソと二人きりになったところでこう言ってやった。

「おまえもエグイことやるよな」

結果的にはゲソに救ってもらったかたちだったが、正直、複雑だった。

「けどカネさん、ああでもしなきゃ、またどやしつけられちゃうじゃないすか。それでなくても毎日、酷《ひど》い目に遭ってるのに、あんまりだと思って」

ゲソが淡々とした声で釈明した。え？　と思った。

「酷い目に遭ってるって、どういう意味だ」

「もちろん、淳也さんの嫌がらせっすよ。自転車でこけたのもそのせいでしょ？」

思わずゲソの顔を見た。親方も兄弟子も気づいていない嫌がらせに、入店以来仕事に追われっぱなしのゲソが、なぜ気づいたのか。

実際、ゲソは多忙を極めていた。最初に小学生なみの風貌《ふうぼう》を見たときは、大丈夫かと心配になったものだが、いざ仕事をやらせてみると思いのほか使えるやつだった。朝はだれよりも早く店に入り、小さな体をせかせかと動かして店の掃除も出前も雑用も素早くこなしていく。甲子園北島から、煙草買ってこい、寮に忘れた財布取ってこい、といった使いっ走りを命じられても二つ返事で、はい、はい、と応じている。その健気《けなげ》な働きぶりには山城さんも感心したらしく、すぐさまゲソと綽名《あだな》をつけたほどで、ゲソとは馬鹿にしたのではなく褒め言葉だったのだ。

とりわけ目を見張ったのは接客だった。金森は接客が苦手で、いまだにお客を前にすると緊張してしまうが、ゲソは違う。小さな体にぶかぶかの白衣をまとって初めてお運びをやったときも、

「ほう、かわいい新入りじゃねえか」

幼顔に目をとめた常連のおやじから声がかかるなり、

「小学校中退っす」

へらへら笑いながら軽口を飛ばしてみせた。こんなベタな軽口でもゲソが発すると不思議と愛嬌《あいきょう》がある。途端に常連のおやじは相好を崩し、

「女将、おもしろい子じゃねえか」

いつになく機嫌よさそうにしていた。金森が接客しても、にこりともしない常連の懐に一言でするりと入り込んでしまった。

これには、いつも小言ばかり言っている女将さんも目を細めた。

「いい子がきてくれたねえ。多可子ちゃん目当てのお客さんも増えてきてるし、いよい

よつかさ鮨も高度成長かもしれないよ」

めずらしく親方と笑い合っていたものだが、事実、ゲソと多可子が加わったことで客席は活気づいた。酒や料理の注文も増える一方で、勢い、客あしらいとつけ場の手伝いで大忙しになってしまったのだが、そうした状況の中にありながらもゲソは淳也の嫌がらせに気づいていた。

「なんで気づいたんだ？」

「ちょっと注意してればわかりますよ。カネさんばっかり蹴飛《けと》ばされてるから、どうしてだろうって見てたら、ときどき淳也さんが小鰭や海老をいじってたんすよ」

親方や兄弟子の目をかいくぐり、冷蔵庫を開け閉めするついでに悪戯《いたずら》しているという。

「よく見てたな」

「どうってことないすよ。ぼくも昔はよく苛《いじ》められてたんで、そういうのってピンとくるし」

そう言って照れ笑いすると、

「けどカネさん、何があったんすか？　なんで苛められてるんすか？」

逆に問い詰められた。

「いや、何かあったわけじゃないんだけど」

この際だからと、淳也の屈折した心理について説明した。出前の一件でゲソとはいわば共犯関係になってしまったこともあり、これまで溜《た》めてきたストレスを一気に吐き出した。

「それはたまんないっすね」

　ゲソが憤然として拳《こぶし》を握り締めた。事の理不尽さに本気で憤っている。

「おれとしても何度か親方に相談しようと思ったんだが、証拠がないだろう。やつが悪戯してる現場を押さえられれば、親方もわかってくれると思うんだが」

　相談しようにも相談しようがない、とため息をついた途端、

「ダメっすよ、あいつになんか相談しちゃ」

　ゲソがいきり立った。

「あいつ？」

　驚いて問い返した。

「親方なんて、あいつでいいんすよ。とにかく、たとえ現場を押さえて証拠をつかんだとしても、あいつになんか相談しちゃダメっす」

「けどこのままだと」

「いいすか、カネさん。どんな嫌がらせをされようが、上に立ってるやつに弱みを見せたらおしまいなんすよ。弱みを見せたが最後、あとはとことん利用されるだけなんすから」

　親方をあいつ呼ばわりしたばかりか、こんな生臭い言葉をゲソが発しようとは思わなかった。

「だったら、どうしろっていうんだよ。証拠はつかめない、親方に相談するのもダメっていうんじゃ、どうしようもないだろう」

拗《す》ねるようにしてゲソを見た。いつのまにか、どっちが年上かわからない会話になっている。ゲソが金森の視線をよけて首筋を掻《か》いた。

「大丈夫、なんとかなるっすよ」

へらりと笑みを浮かべてから大きな欠伸《あくび》を漏らし、カネさん、もう今夜は寝ましょう、と告げるなりさっさと部屋の電気を消した。

そんな話をした四日後、淳也が突如、店に出てこなくなった。

いつものように朝一番、親方と山城さんが河岸《かし》で仕入れてきた魚を仕込む時間になっても、淳也だけが姿を見せない。ああ見えて遅刻だけはしたことがなかったのに、三十分過ぎても一時間過ぎても現れない。

「どうしたんでしょうね」

甲子園北島に尋ねてみた。親方も兄弟子も何も言わないから不思議に思った。

「やめたみてえだ」

ぼそりと呟《つぶや》き、余計なこと聞くな、とばかりに甲子園北島は口をつぐんだ。

それっきりだった。それっきり二度と淳也の話題がみんなの口に上ることはなく、その晩、アパートに帰ってみると淳也の部屋は空き部屋になっていた。

龍大海《たつたいかい》関が来店したのは、それから一か月後のことだった。昼の営業時間、つけ場の奥にある煮炊き場でアラ汁をよそっていると、多可子が白い頬を紅潮させて飛んでくるなり耳打ちしてきた。

「すごいよ、龍大海が来た」

いましがた二階の座敷に上がったばかりだと大きな目を輝かせて興奮している。

龍大海は弱冠二十歳にして関脇《せきわけ》昇進を決めた、いまや飛ぶ鳥を落とす勢いの人気力士だ。所属は隣駅の錦糸町にある八重桜《やえざくら》部屋だが、今日は両国の奥羽《おう》部屋に出稽古《でげいこ》にやってきた。そこで奥羽部屋の親方が、ちゃんこ代わりに鮨《すし》でも食わせてやろうと連れてきたらしかった。

「へえ、それはそれは」

金森は肩をすくめた。奥羽部屋には金森も何度か出前に行ったことがある。春場所の千秋楽には百人前もの握り鮨を配達したし、親方が弟子を引き連れて来店したことも何度となくある。なのに地味な力士が多い部屋だからか、これまで多可子が興味を示したことはない。龍大海のように、かっこよくて強い男。それが、いたってわかりやすい多可子のタイプなのだった。

金森はお椀《わん》によそい終えたアラ汁を手に二階の座敷に上がった。多可子に運ばせてもよかったのだが、あえて自分で運んだ。

多可子が龍大海にアラ汁を給仕する場面を想像したら不安になったからだ。もちろん、龍大海と張り合ったところで勝ち目がないことはわかっている。だが実は、来週の定休日、多可子と映画の約束をしている。多可子が店にきて以来、ずっとその機会を窺《うかが》っていたのだが、たまたま先週誘ったところ思いがけなくオーケーがもらえた。念願の初デートがようやく叶《かな》うというのに、龍大海と近しくなって気が変わられても困る。

浴衣《ゆかた》姿に髷《まげ》を結った龍大海は、八畳の座敷に陣取っていた。テレビで見た印象以上に大きな体をどっしりと据えて床の間を背負い、奥羽親方や付き人の力士たちと昼間からコップ酒を酌み交わしている。

傍らにはゲソがいた。いつ接客についたのか、タツ関、タツ関とまとわりついてお酌をしている。そんな人懐こいゲソを龍大海も面白がってか、軽口を飛ばして頭を小突いたり頬に張り手を飛ばしたりしてからかっていた。しかし、百九十センチ近い龍大海と百六十にも満たないゲソでは体格が違いすぎる。冗談まじりの張り手が勢い余って、ゲソが座敷から弾《はじ》き飛ばされることもある。それでもゲソは、まいったなあ、とへらへら笑いながら立ち上がり、またお酌をしている。

正直、いい気分ではなかった。つかさ鮨では太鼓持ちめいた接客はしていない。ふつうに礼儀正しく給仕するだけで、やたらにお客を持ち上げたりはしない。なぜゲソがしゃしゃり出てきたのか知らないが、これはやりすぎだと思ったし、それを面白がっている龍大海の態度も気に障った。相撲の番付が上だというだけで周囲を睥睨《へいげい》する物腰も不《ふ》遜《そん》だし、奥羽親方もよく黙っているものだと思った。ただ、ひとつ救いだったのは、ほ

どなくしてつけ場から上がってきたつかさ鮨の親方も同じ気持ちでいたことだ。龍大海にまとわりついているゲソに気づくなり、

「出前に行ってこい」

穏やかに告げて座敷から追い払うと、いつもお世話になっております、と会釈して本日の鮨種を説明しただけでさっさとつけ場に下りていった。

翌週の水曜日、金森は予定通り多可子と錦糸町に出掛けた。

アパートを出るときは多可子と別行動にした。同じアパートの隣室同士とはいえ、店の人間に見咎《みとが》められたら面倒だ。あえて両国駅の改札で待ち合わせた。

「こんにちは」

約束の正午ちょうどに多可子はやってきた。めずらしくスカート姿だった。ふだんは店の白衣姿しか見ていないのだが、大人びた女らしいスタイルに胸が躍った。映画は、たまたま錦糸町駅前の映画館で上映していた『スーパーマンII』にした。顔にも腕力にも自信がない金森としては、せめて映画だけでも多可子好みの男がいいだろうとヒーローものを選んだところ、思惑通り喜んでくれた。ラストには主人公と恋人のキスシーンもあり、ほどほど恋人気分を盛り上げてくれたおかげか、上映後はすんなりとビアホールについてきてくれた。

とりあえず生ビールで乾杯して、ひとしきり映画の感想で盛り上がった。ラストシーン、よかったね、と微笑む多可子を見て、これは脈ありかもしれない、と密《ひそ》かに舞い上

がり、サイコロステーキと海老《えび》フライと蟹《かに》サラダを奮発した。

　ところが、それからがいけなかった。

「そういえば知ってる？　あたし、龍大海に名前覚えてもらったんだよね」

「へえ、そうなんだ」

　相槌《あいづち》を打ちながらも面白くなかった。ヒーローつながりで龍大海の話になってしまうとは思わなかった。失敗した、と後悔したものの多可子は続ける。

「だって昨日なんかお店に来るなり、おい多可子、生ビールくれって言われたんだから」

「ふうん」

　先日の初来店以来、龍大海が連日のように顔を見せるようになった。夏の地方巡業までは稽古三昧《ざんまい》のはずなのだが、閉店間際になるとふらりと一人でやってきて、生ビールと上鮨二人前を平らげる。あとは片づけが終わるまで店に居続け、やがてゲソと二人で連れ立って出掛けていく。

「どうせなら、あたしも誘ってくれればいいのに。あれってどこに行ってるんだろ」

　海老フライを頰張りながら多可子が小首をかしげた。

「そんなのおれだって知らないよ」

「ゲソと一緒に暮らしてるのに？」

「一緒に暮らしてたって、ゲソはゲソ、おれはおれだし」

龍大海と出掛けた晩は、いつも朝帰りだから寝る間もないと思うのだが、仕事以外のプライバシーには干渉しないことにしている。

「金森さんってドライなんだね。ゲソと一緒にいたら楽しいと思うし、あたしは興味あるな」

「興味ねえ」

「何よ、その言い方。もちろん理想のタイプとは違うけど、あの子どもみたいな笑顔を見てると何でも許せちゃうっていうか、龍大海とすぐ仲良くなれたのもわかる気がする」

そう言われると逆に腐したくなる。

「でも親方はむっとしてたぞ。龍大海とチャラチャラしてたときに」

「親方はどうか知らないけど、女将《おかみ》さんはちゃんとわかってくれてる。ゲソがほんとにお気に入りだし」

それは金森も否定しない。仕事ができて憎めない人柄に加えて出前事件が大きかった。ゲソが愛犬を傷つけたとも知らずに、素早い事後対応に感激した女将さんは、ますますゲソを可愛がっている。

「あれで十六なんだもの、信じらんないわよ」

確かに、十六歳にしては、という気持ちはわからないではない。金森と違って包丁使いも瞬く間にマスターし、いまや鮨種の仕込みもまかせられている。淳也の後釜《あとがま》に雇った手塚《てづか》さんという中堅の鮨職人には小僧仕事を頼めない、という台所事情もないではないが、新入りとしては異例の早さといっていい。それでも金森は、ゲソの笑顔に隠された素顔が不気味でならない。出前の件もそうだし、淳也が辞めた件にしても喉《のど》の奥に刺さった小骨のように引っかかっている。

〝大丈夫、なんとかなるっすよ〟

ゲソがそう言い放ってほどなくして淳也が店を去った。あのタイミングのよさには驚かざるを得ない。なぜ店を去ったのか、親方たちに尋ねても語ろうとしないし、ゲソ本人に尋ねても、

「ほらね、なんとかなったでしょ」

と笑うばかりだ。苛《いじ》められるストレスがなくなったのはよかったとしても、淳也が勝手に辞めただけなのか、ゲソが働きかけてくれたからなのか、いまだ真相は謎に包まれている。

「まあみんなに好かれてるのはいいことだし、ゲソができるやつだってことも認める。けどやっぱ、おれはゲソに心は許せないな」

この際だから正直に告げると、

「それって妬《や》いてる？」

多可子がくすっと笑った。金森は大きく首を横に振った。

「そんなんじゃないけど、なんかこう、あいつって得体が知れないっていうか」

「ほら、やっぱ妬いてる。金森さんは知らないだけで、あんなにやさしい人はいないんだから。淳也さんのときだって」

そう言いかけて多可子は、はっと口を閉じた。

「淳也のとき？」

とっさに聞き返した。多可子から淳也の名前が出てくるとは思わなかった。

「淳也に何かあったのか？」

たたみかけた。多可子は小さく肩をすくめると、照れ笑いしながらビールの残りを飲み干し、周囲のお客を見回してから声を潜めた。

「こうなったら言っちゃうけど、あたし、淳也さんに下着盗《と》られたの」


多可子の告白は、こうだった。

淳也がまだ寮で暮らしていた頃、アパートの窓に干しておいた多可子の下着がなくなっていた。風で舞った様子はなく盗られたとしか思えない。通りがかりの人はめったに入ってこない路地裏のアパートとはいえ、まさか下着泥棒に狙われるなんて。不安に駆られていると、親方から電話がかかってきて、下着を盗られてないか？と聞かれた。

「どうして親方が知ってるの？」

驚いて聞き返すと、多可子の留守中、ゲソが親方に相談してきたのだという。

淳也が下着を盗んでいる現場を目撃した。目撃したからには多可子と警察に知らせるべきだと思うが、それでいいんだろうか。真面目な淳也だけに魔が差したのかもしれない。いきなり警察沙汰《ざた》では可哀相だ。かといって、下着泥棒は犯罪だし、盗られた多可子の気持ちも収まらないだろうし、どうしたらいいでしょうか、と。

「それであたしもびっくりしたわけ。淳也さんとはあんまり話さなかったからよく知らないんだけど、まさかあたしの下着を盗るなんて信じられなくて」

そこでこの際、淳也本人に確認してみよう、という話になった。ゲソが見間違えた可能性もなくはない。淳也に確認して、もし盗ったと認めたら対応策を考えよう、と親方と二人で淳也を訪ねてみた。

ところが淳也は、下着なんか絶対に盗ってない、と言い張る。何なら部屋を調べてもらってもいい、とまで言う。これには多可子も困惑したが、寮の管理者でもある親方は、白黒をはっきりつけたほうがいい、と判断し、念のためにゲソも交えた三人で調べさせてもらった。

「そしたら出てきたの。あたしの下着が押し入れに隠してあった」

これには淳也も慌てて、いや違うんです、絶対違うんです、と弁明を繰り返した。しかし親方は弁明を撥《は》ねつけた。淳也を信じて調べた結果だっただけに、がっかりした様子だったが、そのときゲソが、淳也を除いた三人で相談させてほしい、お願いします、と言い出した。

願いに応じて三人で多可子の部屋に移動したところ、不意にゲソが両手をついた。

「多可子さん、勘弁してやってくれませんか。淳也さんは根っからの悪人ではありません。だれにでも出来心ってあると思うんです」

その目には涙が浮かんでいた。今回限りでいいから、どうか兄弟子を許してやってほしい、とぽろぽろ涙をこぼしながら懇願され、多可子はほだされた。そこまでされて事を荒立てるのも大人げない気がしてきて、ゲソの気持ちを受け入れます、と親方に告げた。

親方は胡麻塩頭《ごましおあたま》をごりごり掻《か》きながら考え込んでしまったが、最後はこう裁定した。

「よしわかった。多可子とゲソの意向を尊重しよう。ただし、店としては示しがつかねえから、淳也に謹慎三か月を言い渡す。それでいいな」

二人とも大きくうなずき、早速、親方が淳也に協議の結果を伝えた。途端に淳也が叫び出した。絶対盗ってない！　だったら警察沙汰にしろ！　と食い下がってきた。

たまらず親方は一喝した。

「おまえにはゲソと多可子のやさしい気持ちがわからんのか！」

「けどおれは」

「とにかく謹慎三か月だ！」

「だったら辞めます！」

親方の制止も聞かずに淳也は飛び出していった。

「そういうことだったのか」

事の顚末《てんまつ》を聞いて金森は唸《うな》った。

「わかった？　親方に口止めされてたから黙ってたけど、ゲソにはそういうやさしさがあるの」

多可子が勝ち誇ったように言った。だが金森が唸ったのは、そういう理由からではなかった。

どうにも釈然としない話だった。嫌がらせをしてきた淳也の肩を持つ気はけっしてないが、この話には出前事件に通じる裏があると思った。早い話が、冤罪《えんざい》。これはゲソの自作自演ではないのか。そんな自作自演が可能かどうかはわからないから多可子には言わなかったが、淳也がまんまと嵌《は》められ、それに親方と多可子が乗せられた気がしてならなかった。

ただ、もしそうだとしたら、もうひとつわからないことがある。なぜゲソは金森のために、そこまでしてくれたのか。コジローの前脚をへし折り、淳也を冤罪に貶《おとし》めてまで、なぜ。

金森はビールを喉に流し込み、改めて多可子の目を見据えた。

「やっぱ、おれはゲソに心は許せないな」

さっきと同じ台詞《せりふ》を口にした。多可子が声を荒らげた。

「なにそれ、ここまで言ってもわからないなんて信じらんない。金森さんってそういう人なんだ」

ビアホールから出ていってしまった。

「ちょ、ちょっと待てよ」

慌てて制したものの遅かった。多可子は食事代をテーブルに投げ置くなり、さっさと

憤然と立ち上がる。

初デートに大失敗して予定よりかなり早い時間にアパートに帰ると、玄関先の路地でゲソがキャッチボールをしていた。相手は小学校低学年、いや、まだ幼稚園児といったところだろうか。くりくり坊主頭の男の子だった。

「どこの子だ？」

声をかけた。ゲソがボールを投げながら答えた。

「女将《おかみ》さんの子、拓馬《たくま》っす」

「ああ、この子が」

話には聞いていたが初めて会った。午後からずっと預かっているというが、そんな話は聞いていなかった。というより多可子との初デートで頭が一杯で聞く余裕もなかった。

「今日は女将さんが同窓会なんで遊んでやってるんすよ」

へえ、と思った。コジローの一件以来、すっかり女将さんのお気に入りになったゲソだが、親方は店と家庭は切り離しておきたいと考えている。店の人間に息子を預けることなどまずあり得ないのに、今日に限って親方とお姑《しゅうとめ》さんも出掛ける用事があった。

だったらお隣さんに預けよう、と親方は言ったものの、女将さんの一存でゲソが子守り役になったという。

「で、どうでした？」

ゲソから問われた。

「どうって？」

「初デートっすよ」

「なんで知ってんだよ」

仰天した。しかしゲソは、にやりと笑っただけで拓馬が投げ返したボールを受けている。拓馬もすっかりゲソになついたようで、嬉々《きき》としてキャッチボールを楽しんでいる。

そのとき、アパートから甲子園北島が出てきた。

「おう、そろそろ送ってくぞ」

ゲソに声をかけ、玄関脇に置いてあるバイクのエンジンをかけた。

「あ、もうそんな時間すか」

ゲソがグラブを外した。

「やだ、もっとやる」

拓馬が駄々をこねた。

「今日はお母さんが待ってるからダメだ。来週、またやろう」

ゲソがなだめた。それで拓馬も渋々ながら納得したらしく、バイクの後ろに跨《また》がって甲子園北島の背中にしがみついた。すかさずバイクが発車する。

「えらいなあ、北島さんも」

走り去るバイクを見やりながら金森は言った。拓馬の家までは歩くと十五分ほどかかるため、甲子園北島に送り迎えを頼んだというのだが、よく請け合ってくれたものだ。

典型的な体育会気質の男だけに、ふだんは下の者の頼み事などまず聞かない。

「あの人には頼み込むコツがあるんすよ。単純で使いやすいから、カネさんも何でもやらせちゃえばいいんすよ」

ゲソがへらりと笑った。店にきてまだ二か月ほどだというのに、早くも甲子園北島まで手なずけてしまったらしい。

「しかしゲソはすごいな。龍大海とも仲がいいみたいだし」

素直に感心してみせると、それが嬉《うれ》しかったのか、

「カネさん、飲みません？　タツ関からバーボン貰《もら》ったんすよね」

タツ関とは龍大海のことだ。

「十六のくせにバーボンかよ」

「堅いこと言いっこなし」

またしても笑い飛ばされ、部屋に戻って酒盛りをはじめた。

ゲソと飲むのは初めてだったが、いざ飲みはじめてみると意外と飲み慣れているらしく、バーボンをオンザロックで豪快に空けていく。

「ひょっとして龍大海に仕込まれたのか？」

力士の飲み方を真似ているのかと思ったが、

「そんなわけでもないんすけどね」

ゲソは軽く受け流し、

「けど、カネさんだから言うんすけど、相撲界とは懇意にしといたほうがいいっすよ。新両国国技館が完成したら、両国の商売は一変しちゃうんすから」

親方は支店開設に張りきっているが、そんなレベルを遥《はる》かに超えたビジネスチャンスが転がり込んでくる。そのためにも、企業や金持ちが群れをなす相撲人脈をつかんでおけば商売の幅が飛躍的に広がる。寝る間も惜しんで龍大海と遊んでいるのも、それを見越してのことだという。

「そこまで考えてんのか」

「そりゃそうっすよ。一流の人脈をどれだけつかめるか。一番の鮨屋《すしや》になるには、それが勝負っすから」

「一番の鮨屋？」

思わず失笑してしまった。ゲソが目指すのは、鮨のレベルも常連客のレベルも日本一の鮨屋だそうで、十六の小僧がよくぞぶち上げたものだった。

それでもゲソは、バーボンの酔いも手伝ってか、憑《つ》かれたように続ける。

「だって実際、タツ関と付き合ってみると、伸《の》し上がっていく人ってまるで違うんすよ。

腹の据わり方も覚悟も次元が違う。だからカネさん、いつまでもこんな寮にくすぶってちゃダメっすよ。もっと高い位置にハードルを上げなきゃ」

六歳上の大人に向かって諭すように言い募る。たまらず口を挟んだ。

「なあゲソ、夢を持つことは悪いことじゃないけど、龍大海とおれたちとじゃ世界が違いすぎるんだよ。そりゃ毎晩遊んでれば楽しいかもしれない。自分も同じ世界にいる錯覚に陥るかもしれないけど、いまは夢より明日の小鰭《こはだ》の仕込みのほうが大事だと思うんだ」

ゲソが苦笑しながら首を振った。

「これは夢じゃないんすよ。夢じゃなくて目的なんすから」

「まあ、ものは言いようだけど、じゃあ、どうやってそのすごい目的に辿《たど》り着くつもりだ？」

挑発するように質《ただ》した。

「どうやったっていいんすよ」

「どうやったって？」

日本一の鮨屋とぶち上げたわりには、手段も方法も考えていないらしい。やはり十六は十六だ。今度は金森が苦笑すると、ゲソが目に力を込めた。

「いいすかカネさん、これだけは言っときますけど、大事なのは目的なんすよ。目的のためなら手段や方法なんてどうでもいいんす」

どきりとした。コジローの脚をへし折ったときにゲソが見せた淡々とした表情を思い出した。

金森はバーボンを口に運んだ。動揺を悟られないようゆっくりと喉《のど》に流し込み、静かに息をついた。そのとき、ふと思いついてゲソに尋ねた。

「そういえば、いつか聞こうと思ってたんだけど、淳也の件ってゲソが仕組んだんだろ？」

下着泥棒の一件にカマをかけてみたのだった。しかしゲソはぴくりとも表情を変えずに、

「ひとつ言っときますけど、カネさんは淳也さんをどうにかしたかったわけっすよね」

と切り返してきた。金森が黙ってうなずくと、

「だったら、その目的が達成できたんすから、それでいいじゃないすか」

「まあそれはそうだけど」

「カネさん、もう一度言っときますけど、目的に辿り着くためには何をどうやったっていいんす。何をどうやろうが相手の上に立ってしまえば、こっちのものなんすからね。だって上に立たなきゃ何もはじまらないじゃないすか。目的への近道はそれっきゃないんすよ」

最後は脅しつけるように言うと、幼顔を歪《ゆが》めて金森を射すくめてきた。ぞくりとした。考えてみれば出前の件でも淳也の件でも、やり口こそあざとかったものの、ゲソは結果

的に自分の株を上げた。つまり目的を達成してしまった。

この男は一体どういう男なのか。ゲソという男に初めて空恐ろしさを覚えた。目の前にいる小学生のごとき男から得体の知れない圧迫感を覚えていると、ゲソがふっと表情をゆるめた。

「あ、それと多可子さんとの付き合いは要注意っすからね。ぼくは口が堅いからいいっすけど、あいつに知られたら一大事っすよ。女将《おかみ》さんが高齢出産で、やっと産まれたのが拓馬なんすけど、あいつは娘が欲しかったみたいで、カネさんが思う以上に多可子さんを可愛がってるんすよ」

またもや親方をあいつ呼ばわりして、思わせぶりにへらりと笑いかけてきた。それまでとは打って変わって軽い口調だったが、金森にとってはさらなる圧力以外の何ものでもなかった。

二章　手下

けっして暴力の匂いはしない。いまでいうヤンキー、当時でいうツッパリたちが一様にまとっている凶暴な空気は微塵《みじん》もなく、むしろゲソはその手の人間を嫌っている。唯一、コジローには暴力を行使したが、それも凶暴というよりは冷徹さゆえの荒技だった。事実、金森の脳裏には、脚をへし折った行為にも増してゲソの淡々とした表情のほうが強烈な記憶として残っている。

それでいて表向きは、だれの目から見ても健気《けなげ》にして一途《いちず》な男子だ。屈託のない笑顔と憎めない言動で老若男女を問わず出会った人間を惹《ひ》きつけてやまない。

この二面性に図らずも触れてしまった金森は、いまやゲソと向き合うたびに気圧《けお》される。なにしろ二度も窮地を救ってくれたばかりか、二度が二度とも汚さなくていい手を汚してくれた。恩義を売られた上に、いわば共犯者と表現してもいい関係に引き込まれてしまった。加えて多可子との一件も握られてしまったとなれば、後輩といえども迂闊《うかつ》に逆らえない。表向きは先輩面をしているものの、精神的な下剋上《げこくじょう》とでも言おうか、すっかり見下されてしまっている。

この捻《ねじ》れた上下関係が金森の行動を束縛しはじめた。

「カネさん、頼まれてくれないすか」

ゲソからこう言われると簡単には断れなくなった。

「出前が入っちゃったんで、店先の打ち水、頼まれてくれないすか」

「今日は仕込みが多いんで、おしぼり巻きが間に合わないんす。頼まれてくれないすか」

「今日の午後、野暮用で店を抜けなきゃならないんすよ。賄いづくり、頼まれてくれないすか」

いずれも軽い調子で告げられるのだが、金森の耳には、もちろんやるよな、と聞こえる。弱みにつけ込まれているとわかっていながら断れない。仕方なく、この程度のことなら、と自分に弁解しつつ引き受けているうちに次第に要求はエスカレートしはじめた。最初は店の仕事の手伝い中心だったものが、ゲソの個人的な用事も押しつけられるようになった。

「このところ忙しくて洗濯物がたまっちゃったんすよ。ついでに洗っといてくれないすか」

初めて言われたときは、さすがにむっとした。

「洗濯ぐらい自分でやれよ」

思わず言い返すと、ゲソがへらりと笑った。

「いいじゃないすか、ぼくの洗濯物なんすから。多可子さんの下着を洗ったら問題っすけど」

淳也の事件に当てつけられた。こういう圧力に金森は弱い。この野郎、と思ったものの、どうせついでだ、と洗濯してやったのが失敗だった。これを境に頼み事に歯止めがきかなくなった。

「タッ関が六本木に忘れ物しちゃったんすよ。出前ついでに取ってきてくれないすか」

例によってタッ関と連れ立って深夜の六本木で遊んだらしいのだが、六本木といったら両国から往復十五キロはある。とても出前ついでの距離ではない。

「何でおれが行かなきゃならないんだ」

「そう言わずに、コジローの脚もやっと治ったんすから、店のためにも頼まれてくれないすか」

ダメ押しされた。龍大海はつかさ鮨の上得意だ。親方や女将さんの手前、相撲界の寵《ちょう》児《じ》にへそを曲げられても困る。そんな思いも頭をもたげ、結局、六本木まで自転車を飛ばしてしまった。

この一件をもって金森の従順さが完全に見透かされた。そこにたたみかけるように、数日後、龍大海が負傷した。毎夜の遊びが祟《たた》ったのか、朝稽古《あさげいこ》で右膝《みぎひざ》を痛めて急遽《きゅうきょ》入院したため、さらなる頼まれ事が降りかかってきた。

「お見舞いの花、買ってきてくれないすか。タッ関の病室に届けたいんすよ」

「入院生活は暇らしいんで、漫画を見繕って買ってきてくれないすか」

「病院食じゃ足りないらしいんで、賄いついでに握り飯でも握っといてくれないすか」

つぎからつぎにゲソの指令が発せられ、連日連夜、使いっ走りに駆り出されるはめになった。しかも、金森が調達した花や漫画を病室に届けるのはゲソだったことから、

「ゲソの気づかいが身にしみた」

と龍大海が感激していたという。けっして龍大海に恩を売りたいわけではなかったが、そう伝え聞いたときには腹が立った。そればかりか見舞い品の代金は、上得意の見舞いだからと女将さんに出させていたらしく、何も知らない女将さんは、

「よく気がつくやさしい子ねえ」

と目を細めていたそうだから、ここまで抜け目なく立ち回られてしまうと腹立たしさを通り越して失笑してしまう。

この国には人たらしという言葉が昔からあるが、ゲソこそ天性の人たらしだと思った。裏の顔を知らない人たちは、人懐こいへらへら笑いと、あざとい手口に搦《から》めとられてしまうが、それも無理ないと思う。なにせゲソの笑い顔には稀有《けう》な特徴がある。ふつうの人がつくり笑いをすると、顔は笑っていても目だけは笑っていない。一方、ゲソのへらへら笑いは、つくり笑いでありながら目もちゃんと笑っている。その特徴をゲソ自身もどうやら自覚しているらしく、実に効果的にへらへら笑いを駆使して信頼を勝ちとってしまう。

ただ、ここでひとつ疑問が生じる。かくも狡猾《こうかつ》なゲソが、なぜ金森には裏の顔を見せたのか。それが不思議でならなかったのだが、ここにきてようやく理解できた。ゲソは

最初から金森を配下に置こうと決めていたのだ。金森なら配下に取り込める、という確信のもと、自らの手を汚して金森の弱みを握りにかかった。つまりは最初から舐《な》められていたのだ。そう考えると急に悔しくなるものの、かといっていまさらどうしようもない。この状況から逃れる一番簡単な方法は店を辞めることだが、鮨も握れない小僧のまま辞めたところで寮を追われて路頭に迷うだけだ。

おそらくゲソは、そこまで見越して金森の取り込みにかかったに違いない。そしてまんまと術中に嵌《は》められたかと思うとますます悔しくなるが、しかし、事態はこれに留《とど》まらなかった。人知れず進行していた精神的な下剋上が、やがて、だれの目にも見えやすい形になった。

公の下剋上が起きたのだ。

それが起きたのは金森が入店して一年目のことだった。

出前の注文が立て込みはじめた夕方になって突如、兄弟子の山城さんから命じられた。

「金森、イクラ軍艦やってみろ」

軍艦巻きは小僧が初めて握らされる握り鮨《ずし》だ。いきなり高価な鮨種を握らせて失敗されても店としては困る。軍艦巻きなら多少いびつな握りでも海苔《のり》を巻けば形を整えられるし、もしダメならイクラはのせずにシャリだけ賄いで食べればいい。そこで最初は出前用の軍艦巻きのシャリを握らせ、腕を上げたら徐々にほかの種も握らせていくわけだ。

それにしても、修業に入って一年目にしてようやく握らせてもらえるとは、いまの人なら驚くかもしれない。だが、山城さんや中堅職人の手塚さんが修業した昭和四十年代までは〝めし炊き三年、握り八年〟と言われ、最低三年は下働きが当たり前だった。一年で握らせてもらえるならむしろ早くなったといえる。平成の時代に入ると半年もすれば握らせてもらえ、爆発的に普及した回転鮨ともなればバイトに入った当日から握らされるまでになったが、当時は過渡期の昭和五十年代とあって一年目にして握りを許されたのだった。

ただし、握りの練習自体は数か月前からはじめていた。下働きの合間にオカラをシャリに見立てた〝オカラ握り〟で練習してきた。これは昔ながらの練習方法なのだが、しかしオカラと酢飯ではまるで勝手が違う。いきなり本物のシャリでイクラ軍艦を握れと命じられて足が震えるほど緊張したが、うかうかしていたら出前に間に合わなくなる。意を決して〝手酢〟と呼ばれる水割りの酢で両手を湿し、酢飯が入っているお櫃《ひつ》に右手を差し入れた。

まずは酢飯を適量つかみ取り、右手だけでシャリ玉と呼ばれる握りの原型をつくる。ところが、実際に酢飯をつかもうとすると、練習用のオカラより粘り気のある飯粒が手指にべたべたくっついてしまう。慌てて左手を助っ人に繰り出したものの、左手にもべっとりくっつく。兄弟子たちが事もなげにつかんでいる酢飯がうまくコントロールできない。仕方なく、飯粒だらけの両手でねちゃねちゃ捏《こ》ねるようにして握った。握りの形状は横から見たとき、扇子に貼る紙の形に似た〝地紙型〟、あるいは舟の形に似た〝舟型〟が理想とされている。なのに、ねちゃねちゃ捏ねた金森の握りは、いびつな団子型になってしまった。

それでも握りは握りだ。割り切って短冊に切った海苔を取りだし、飯粒が大量にくっついた手で巻きはじめた。途端に、馬鹿野郎！　と山城さんから怒鳴りつけられた。

「握りはいびつだわ、海苔が飯粒まみれだわ、こんなもん出前できるか！」

即刻、賄い用に格下げになり、この瞬間、金森の初挑戦は終わった。やってみろ、と言われてすぐできなければ即失格。それが昭和のつけ場の掟《おきて》だ。金森は奥歯を嚙《か》みしめ、両手にくっついている飯粒を流しで洗いはじめた。

「馬鹿野郎！」

今度は足で蹴《け》られた。

「シャリは鮨屋の命だろが！　一粒たりとも無駄にすんな！」

日頃は温厚な山城さんも、こういうときはめっぽう厳しい。ふだん兄弟子の仕事を見ていれば、そんなもったいない真似はできないはずだ、と容赦がない。いやもちろん、金森だって兄弟子の仕事ぶりには注目してきた。盗み見た仕事を頭に叩《たた》き込み、オカラ握りの練習も重ねてきたが、それでも本番となれば練習通りにはいかない。一度の失敗くらい見逃してください、と泣きつきたくなったが、そんな言い訳がきかないのも昭和のつけ場だ。

「いいか金森、おれたちは生もので商売してんだ。何度もやり直して魚をいじりまわしてたら傷んじまうだろうが。一発勝負でびしっと決める。それが職人ってもんだ」

言われてみれば筋は通っている。もはや黙ってつぎのチャンスを待つしかない。

いつになくへこんで皿洗いをはじめた。そこに追い討ちをかけられた。金森がしくじったイクラ軍艦は、いつもやっている甲子園北島に振られるかと思ったら、金森の様子を黙って見ていた親方が口を挟んできた。

「おい、ゲソにやらせてみろ」

「いや親方、それはちょっと」

山城さんが異を唱えた。ゲソには早すぎると言っている。

「いいからやらせてみろ」

親方がたたみかけた。それでも山城さんは、半年目のゲソにやらせると序列的にも問題だ、と難色を示している。そのとき、ゲソが一歩前に出た。

「親方、やります！」

陰ではあいつ呼ばわりのくせに、殊勝な面持ちで志願するなり手酢をつけた。お櫃に右手を差し入れ、その手をひょいひょいと動かす。それでもうシャリ玉ができていた。金森と同じ酢飯を使ったのに、手指には嘘のように飯粒がくっついていない。ちょっと驚いていると、ゲソはシャリ玉を左手に移し、右手をかぶせてきゅっきゅっと握る。流れるような手技でシャリ玉の天地を返して形を整え、またきゅっきゅっと握り、すっとまな板の上に置く。

見事な舟型の握りが完成していた。甲子園北島の握りと比べても遜色《そんしょく》がない。いや、それよりきれいな形かもしれない。

「ほう」

ふだんは寡黙な中堅職人、手塚さんが声を漏らした。親方に異を唱えた山城さんも含め、つけ場の全員が目を見張っている。すかさずゲソは短冊の海苔を巻き、山葵《わさび》をちょんとつけ、素早くイクラをのせると、イクラ軍艦上がり！　と声を張った。間髪を容《い》れず親方が命じた。

「小鰭《こはだ》もやってみろ」

「はい！」

ゲソが小鰭の種箱を持ってきた。酢締めの小鰭をまな板に置き、すっすと飾り包丁を入れはじめる。その刃先には一瞬の迷いもなかった。手慣れた動きで銀色の皮に切れ目を入れ終えると小鰭を左手に持ち、右手でシャリ玉をつくる。右手の指先に山葵をつけて小鰭の裏側に塗りつけ、シャリ玉と小鰭を合わせる。きゅっきゅと握る。天地を返し、形を整え、向きを変えてまたきゅっきゅと握り、まな板に置く。

「小鰭上がり！」

親方がゲソの握った小鰭に手を伸ばし、醬油《しょうゆ》をつけずに口に放り込んだ。みんなが無言で注目している。金森もじっと親方を見つめた。やがて親方がゲソに向き直った。

「店の客にはこれでいいが、出前には、もうちょい強めに握ったほうがいいな」

握り鮨のシャリは、つまんで崩れず、口に入れたらはらりと崩れるのが理想と言われている。そのためには、ぎゅっと強く握らず〝空気も一緒に握り込む〟のがコツとされているが、出前鮨の場合は違う。お客の家まで運ぶときの振動を考慮して強めに握ったほうがいい。親方はそう助言したのだった。

「ありがとうございます！」

ゲソが頭を下げた。親方は、うん、と小さくうなずくなり山城さんに告げた。

「ゲソにほかの種もやらせてやれ」

「しかし親方」

山城さんがまた反発した。わずか半年で性急すぎると困惑している。親方が一喝した。

「やらせてやれ！」


寮の部屋に戻ったときには午前三時を回っていた。

すでに部屋の電気は消えている。施錠を解き、そっとドアを開け、足音を忍ばせて部屋に入るとゲソが万年床で寝息を立てていた。瞼《まぶた》を閉じた幼顔が、窓から射す月明かりに青白く浮かび上がっている。金森はほっとした。正直、ゲソとは顔を合わせたくなかった。薄闇の中、足音を忍ばせ、ゲソの右隣に敷かれた万年床に横たわる。

今夜ばかりは仕事がはねても寮に帰る気になれず、両国駅前の終夜居酒屋で安酒を呷《あお》っていた。ホッピー二杯に焼酎《しょうちゅう》を四杯飲んだが、ちっとも酔えなかった。せっかくのチャンスをつかみ損ねたばかりか、六歳下の弟弟子に先を越されてしまった。出前限定という条件つきながら、軍艦巻き以外の鮨種《すしだね》も握ってよし、という二階級特進の瞬間を目の当たりにしてしまった。まさに兄弟子の面目丸潰《まるつぶ》れというやつで、これは応《こた》えた。

ゲソは早速、小鰭からはじめて赤身鮪《まぐろ》、海老《えび》、帆立貝柱、烏賊《いか》と、つぎつぎに握っていった。最後にはカッパ巻きと鉄火巻きまで器用に巻いてみせた。その手さばきは初々しい鮨職人そのもので、そんな晴れ姿を横目に洗い物やお運びに専念する金森の屈辱といったらなかった。もちろん出前限定だから、出前が終わればゲソも洗い物やお運びに戻ったものの、事情を知らない多可子が、鮨を握るゲソに見惚《みと》れていたときには一層傷ついた。

金森だって努力していなかったわけではない。兄弟子を見習い、オカラ握りの練習を積んできた。それでも、ゲソとの差は、もはや資質の差としか思えないほど歴然としていた。とても追いつけない、と思うほどに嫉妬心《しっとしん》が湧き上がった。

ちくしょう。たまらず舌打ちしたそのとき、

「カネさん」

小声で呼びかけられた。ゲソだった。声を殺していたつもりが聞こえてしまったらしい。それがまた恥ずかしくて黙っていると、ゲソが言葉を繋《つな》いだ。

「はっきり言っちゃいますけど、オカラなんかで練習したってダメっすよ。鮨は酢飯を

握る食べ物なんすから、酢飯で練習しなきゃ意味がない。だからぼくは、自分でつくった酢飯で練習してたんすよ。そのほうがずっと早道じゃないすか」

いきなり核心を突かれた。しかし山城さんからはオカラでやれと指示されたし、いまさら言われても遅すぎる。内心悪態をついていると、金森の胸の内を見透かしたようにゲソが笑った。

「山城の言うことなんか聞いてるからダメなんすよ。オカラで練習しろだの序列がどうだの、ああいう古い職人のこだわりが伸びる才能を潰《つぶ》しちゃうわけで。昔のやり方のほうがいいんなら、世の中、進歩してないすよ。実際、握り鮨だって日本伝統の食べ物ってことになってるけど、いま食べられてる鮨なんて最近のものなんすから」

鮪のトロをありがたがるようになったのも、握りの一人前が十貫と決められて現在のスタイルになったのも、たかだか戦後の話だという。

「トロは脂が多くて、さっぱり好みの戦前の日本人の口には合わなかった。猫もまたいで歩く〝猫またぎ〟って呼ばれて、捨てられたり苦学生や貧乏人が仕方なく食べてたんすから」

握りの一人前にしても、敗戦直後の昭和二十二年、飲食営業緊急措置令という規制が生まれて以降のものだという。この規制で米飯は外食券食堂でしか販売できなくなり、鮨屋は事実上営業できなくなった。これに頭を抱えた東京の鮨屋組合が苦肉の策で、『お客が持参する米一合と鮨十貫を交換する委託加工業者として営業するなら問題ないだろう』と当局に働きかけたところ認められた。そこで全国の鮨屋組合も米一合十貫の委託加工方式を導入し、十貫が一人前というスタイルが定着した。

「握りの大きさも戦前は一貫一口半って言われるほど、でかかった。それがいまじゃ一口サイズじゃないすか。早い話が、トロ入りの一口サイズの一人前十貫の鮨なんて最近のものなんすよ」

どこで仕入れた蘊蓄《うんちく》なのか得意げに説明してくれる。握りの技術ばかりか、歴史の勉強までしているとは。いささか驚いていると、ゲソが万年床から起き上がった。

「だから言ってるんすよ、山城の言うことなんか聞いてちゃダメだって。お上から規制されてもしぶとく食い下がった敗戦直後の鮨職人みたいに、新しい道を拓《ひら》いていかなきゃ未来はないんす。能天気にオカラなんか握ってるようじゃ後れをとる一方なんすから」

説教口調でたしなめられた。それでも金森は黙っていた。いま何を言い返したところで虚《むな》しいだけだと思った。そんな金森の態度に調子づいたのかもしれない。薄闇の中、不意にゲソがすり寄ってくると、ただね、カネさん、と声を落とした。

「この際だから聞いてほしいんすけど、カネさんはいま分岐点にいると思うんすよ。山城の言うことなんか聞いてないで、新しい道を拓かなきゃ未来はない。それは事実なんすけど、身も蓋《ふた》もないことを言っちゃえば、カネさんの場合、それだけじゃ本当の未来はないと思うんすね」

金森は首をかしげた。何を言いたいのかわからなかった。

「オカラ握りみたいなことをやめて頑張ったとしても、カネさんはまず一流の鮨職人にはなれない。そう言ってるんすよ」

ゲソを睨《にら》みつけた。おとなしくしていれば言いたいことを言いやがる。すかさず、まあ聞いてください、と馴《な》れ馴れしく肩を抱かれた。

「もちろん、北島兄さん程度の鮨だったらカネさんだって握れるようになるし、あのレベルの鮨職人になら十分になれる。けど、そこ止まりだと思うんすね。毎日の仕事ぶりを見てるとよくわかるんすけど、カネさんは職人仕事よりマネジメントのほうが向いてると思うんすよ」

「マネジメント？」

横文字は苦手だ。

「カネさんは番頭タイプだって言ってるんすよ。腕の立つ鮨職人として店を背負っていくっていうよりは、経営実務に携わっていくべきだと」

「だけど店の経営は親方と女将《おかみ》さんが」

言いかけた言葉を遮られ、

「だから前にも言ったじゃないすか、ぼくは日本一の鮨屋を目指してるんだって。山城みたく支店をまかされるぐらいで喜んでちゃ話にならないんすよ。将来、日本一になるためには、ぼくをがっちり補佐してくれる番頭役が絶対に必要だし、その適任者こそカネさんだと思うんすね。実際、すでにカネさんはぼくを補佐してくれてるじゃないすか」

ぽんと肩を叩《たた》かれた。ゲソの使いっ走りにされていることを補佐と言っているらしい。

「ただし、番頭になるにも職人の気持ちを知ることは大切じゃないすか。だから、とりあえずはぼくが握りの特訓をしてあげますよ。で、カネさんが小僧を卒業できたら、それからは、ぼくの番頭になってほしいんす。ぼくとタッグを組んで一番の鮨屋を目指そうじゃないすか」

ねえ、とまた肩を叩かれた。

「それって二人で店を辞めようって話か？」

金森は問い返した。気がつけば話がとんでもない方向に進んでいる。ゲソがへらりと笑って金森の耳元で囁《ささや》いた。

「辞めるなんて、そんな効率の悪いことはしないっすよ。外に飛びだして一からはじめるより、いまの店を牛耳っちゃったほうが手っとり早いじゃないすか」

「牛耳る？」

「そう、まずは二人で店を牛耳る。で、ぼくが親方、カネさんが番頭になって一番を目指すんす」

薄笑いを浮かべてそう言い放つと、嫌とは言わせない、とばかりに睨みつけてくる。月明かりに照らされたゲソの瞳《ひとみ》が怪しく燃えている。こいつは本当に十六なんだろうか。ここで、否、と口にしたら、こいつは何をしでかすのだろうか。不意にコジローの前脚が瞼《まぶた》に浮かび、背筋に冷たいものが走った。そのとき、ゲソがふっと目元をゆるめた。

「そんなわけなんで、カネさん、とりあえず明日から握りを特訓しましょう」

一転、明るい声で言うなり自分の布団に戻り、すぐさま寝息を立てはじめた。

多可子に男ができたらしい。その噂を耳にしたのは築地《つきじ》の仲買業者の口からだった。親方と山城さんは、ほぼ毎日、築地に出向いて魚を仕入れてくる。中堅の手塚さんは住まいが遠いため、めったに同行しないが、そのかわり若い衆が連れていかれる。仕入れが多いときの荷物運び要員、というのが表向きの理由だが、世界中の魚介類が集まる築地に同行させて魚の知識と選ぶ目を養わせる目的もある。といっても、いきなり小僧を連れていくと足手まといになる。以前は兄弟子の甲子園北島にしか声がかからなかったのだが、二か月ほど前からようやく金森とゲソにも、明日の朝ついてこい、と交互に声がかかりはじめた。

いまどき築地まで仕入れにいく街場の鮨屋はめずらしい。テレビや雑誌では、鮨職人が築地に出向く場面がよく見られるが、それは一部の高級店か築地に近い店がほとんどで、街場の鮨屋はたとえ高級店であっても、築地から遠い店は仲買業者に注文して配達してもらっている。その際、小鰭《こはだ》を捌《さば》いたり穴子を裂いたり赤貝を剝《む》き身にしたりといった仕込みまで仲買業者まかせの店も多いが、つかさ鮨の親方は築地で仕入れて自前で仕込むことにこだわっている。なにしろ魚の状況は日々刻々と変わる。仲買業者まかせにしておくと、ときに産地が不漁だと騙《かた》って品質を落とす業者もいないではない。より良い魚を安く使いたければ、自分の目で見てじかに交渉して仕入れるべし。それが親方の信念だ。

その日の朝、金森は山城さんが運転するライトバンに親方と同乗して築地に到着した。プロ相手の仲買店がずらりと並ぶ場内市場に入り、まずはつかさ鮨が長年付き合っている近海魚専門の『片倉《かたくら》水産』へ向かった。店主の片倉の親父さんと若旦那《わかだんな》、若旦那の奥さんと使用人二人でこぢんまりと家族経営している店に到着するなり、

「おはようっす！」

親方と山城さんは早速、魚の品定めに入った。

多可子の噂を聞いたのは、そのときだった。親方たちから離れた場所に金森が立っていると、リーゼントヘアに長靴を履いた若旦那が近づいてきて、ぼそぼそっと耳打ちされた。

「おたくの多可子ちゃん、龍大海と付き合ってるらしいけど、親方、知ってんのかな？」

知らないようなら耳に入れといたほうがいい、と言うのだった。

若旦那は、両国からほど近い東日本橋《ひがしにほんばし》に住んでいる。三十歳のときに親父さんたちが

暮らす月島の実家から結婚して独立。以来、売った魚の味を確かめたい、と週二回はつかさ鮨にやってくる。その本当の理由は、口うるさい奥さんが待つ家に帰りたくないか
らだ、という噂もないではないが、いずれにしても、取引き先にして常連客という親密
な間柄だけに、親方が多可子を可愛がっていることも龍大海を煙たがっていることも
重々承知している。そこで、妙な波風を立てないためにも金森の口から二人の仲を知ら
せようと思ったらしい。

正直、面白くなかった。映画デートに失敗してからというもの、金森と多可子の間に
は微妙な距離が生まれてしまい、その隙に多可子を奪われたのかと思うと悔しかった。
しかも、ここにきて龍大海には使いっ走りをやらされている関係とあって、なおさら悔
しさが募る。

龍大海が入院したとき、足繁く病室に通ってみせたゲソは、いまや龍大海の一番のお
気に入りになっている。おかげで退院後は、以前にも増して龍大海から〝野暮用〟を言
いつけられるようになり、その野暮用がいちいち金森に丸投げされるようになった。

精神的にも公にも下剋上《げこくじょう》を果たしたゲソは、いまや完全に金森を手下扱いしている。
金森としてはもちろん不本意なのだが、哀しいかな、万年床の夜以来、手下扱いに抗《あらが》え
なくなった。この奇妙な感情をどう表現したらいいだろう。冷静に考えれば抗う方法も
なくはないと思うのだが、あのへらり笑いで命じられると金縛りに遭ったごとく受け入
れてしまう。へたに反発して軋轢《あつれき》を生むより素直に従ったほうが面倒がないし楽になれ

る。そんな精神構造に追い込まれてしまった。

ちなみに、このところ急に増えた野暮用は伝言だった。力士の何某《なにがし》に電話してこう伝えてくれ、と託される。これが意外と厄介だった。昭和五十年代には携帯電話がなかった。固定電話か公衆電話からしか電話できないばかりか、留守番電話すらなかったから、なかなか連絡をつけられない。といって店の電話を頻繁に使っていると、電話ばっかしてんじゃねえ、と親方や兄弟子から叱られる。仕方なく仕事の合間に何度となく公衆電話へ走り、やっとつかまえた何某関に伝言を伝えて一件落着となるわけだが、その伝言たるや、

「今度、遊ぼうぜ」

といった類《たぐい》ばかりだから嫌になる。いまや大関も照準に入った若き関脇ともなれば何かと忙しいのだろうし、天狗《てんぐ》の鼻が伸びてボス顔をしたくなる気持ちもわからなくはない。だが、そんな男のために公衆電話に走っているおれってなんなのかと思う。おまけに多可子まで奪われたとあっては、いいかげん情けなくなってくる。

ゲソは二人の仲を知っているのだろうか。龍大海とは深い仲なのだから知らないはずはないと思うのだが、ゲソからそんな話は聞いたことがないし、あえて伏せているのだろうか。となれば、もし本当に二人ができているとしても当面は胸におさめておこうと思った。気づかってくれた片倉水産の若旦那には申し訳ないが、金森の口からは広めたくなかった。

「おい、行くぞ」

親方から声をかけられた。朝の築地市場。ぼんやり考えているうちに近海魚の仕入れ交渉が終わったらしく、山城さんと二人、貝類専門の仲買店へ向かって歩き出している。慌てて二人の背中を追いかけた。そのときふと、多可子が龍大海に寄り添っている姿が目に浮かんだ。

冗談じゃない。金森は舌打ちして拳《こぶし》を握り締めた。

その日の午後も金森は握りの特訓に精を出した。つかさ鮨では昼の営業後、賄いを食べてから休憩時間に入り、二階の座敷で夕方まで仮眠をとるのだが、ここしばらくは仮眠を返上してゲソから提案された握りの特訓を続けている。

もともとはゲソが一人で特訓していた。食材は自前で用意するからつけ場を使わせてほしい。親方にそう申し出て、もう三か月近くやっているという。こういうとき、親方はやけにゲソにやさしい。朝早くから夜遅くまで働く鮨職人は、仮眠をしっかりとって体をいたわることも修業のうちだ。入店当時はそう言い渡されたというのに、ゲソの熱意にほだされたのか、みんなには内緒にする条件つきでつけ場の使用を許可され、ゲソは密《ひそ》かに自己特訓を続けていた。

そうとも知らず金森は呑気《のんき》に二階で仮眠していたのだから、下剋上も当然だった。金森が軍艦巻きに失敗したとき、親方がすぐゲソにやらせたのも、ゲソの陰の努力を知っていたからこそで、これでは最初から逆転されると決まっていたようなものだった。

ただ、いざ特訓をはじめてみると思いのほかきつくて驚いた。金森の特訓もゲソの口添えで親方が許可してくれたのだが、仮眠がとれないぶん、夜の営業時間になると眠くて仕方がない。なのにゲソはけろっとしている。早朝から夜の閉店時間まで働き詰めの上、龍大海に誘われれば深夜の街へ出掛けていき、翌朝になれば築地の仕入れにも同行している。まさに体力も気力も超人的と言ってよく、よく体が持つものだと感心してしまう。

それでも正直、特訓してよかったと思う。体はきついものの、瞬く間に成果が現れたからだ。たとえば、初めて本物の酢飯を握らされたときは手が飯粒まみれになってまともに握れなかった。そこでまずは、どうして飯粒がくっつかないのかゲソに尋ねたところ、即答された。

「肝心なのは手の温度なんすよ」

「手の温度？」

「シャリってそもそも、べたつかないように工夫されてるじゃないすか。それでもべたつくのは手の温度管理がなってないからなんすね」

言われてみればシャリは粘らないように仕上げるのが基本だ。粘りがあると、はらりとほどけるおいしい握り鮨にならないから、米は水分の少ない硬質米を使い、水分が多い新米にはあえて古米を混ぜたりもする。水加減も少な目にし、米を研いだら吸水前に炊きはじめ、炊き上げたご飯に鮨酢《すしず》を合わせるときも、しゃもじで切るように合わせて粘らないようにする。これだけ工夫しているのにシャリが手にくっつくのは、手の温度に問題があると言うのだった。

「早い話が、シャリと手の温度を同じにしないとくっつきやすいんすね」

シャリは人肌の温度が理想だから保温性のあるお櫃《ひつ》に入れられている。一方、手の温度は季節や体調で熱をもっていたり冷たかったりするから、その温度差がくっつく原因になる。

「だから、たまに親方や兄弟子が水道の流水に手を当ててるじゃないすか」

「ああ、そういえば」

手洗いにしては妙だと思っていたが、あれは流水で手の温度を下げていた。逆にガスコンロに手をかざして手の温度を上げることもある。

「しかもベテランほど〝水手《みずて》〟になってるから、なおさら飯粒がくっつきにくいんすよ」

水手とは水仕事が多い鮨職人の皮膚が常に濡《ぬ》れている状態を言うのだが、ベテランほどには水手でない金森でも、手の温度を意識しはじめた途端、本当にくっつきにくくなった。まさしく目から鱗《うろこ》というやつで、こうなると握ることが楽しくなってくる。ゲソの助言に従って握るたびに目に見えて上達していくことから、日を追うごとに特訓に熱が入るようになった。

ゲソには感謝してもしきれない。ここにきて急にそう思うようになった。平成の今日なら手の温度のことなどアルバイトでも教えてもらえる基本中の基本だが、当時は違った。苦労して習得したコツを簡単に教えてなるものか、という職人が大半の時代に、ゲソは惜しげもなく伝授してくれたばかりか、特訓用のシャリと鮨種まで提供してくれた。これには申し訳なくなって、

「食材代ぐらいおれにも出させてくれよ」

と言ったものの、大丈夫っすよ、と笑って流された。だが、笑って流せるほど安い食材でないことは金森もわかっている。魚の質は店で使うものよりは多少は落ちるものの、それでも毎日二十人前以上も握れる量だから並大抵の出費ではないはずだ。

おそらくは龍大海の贔屓《ひいき》筋から仕入れているのだと思う。龍大海とは相変わらず連夜のごとく夜の街に繰り出しているから、龍大海が行きつけの店から安くわけてもらい、特訓で握った鮨はどこかで売り捌《さば》いているのだろう。

事実、握り終えた大量の鮨は、いつもゲソがどこかへ運んでいく。どこに運ぶかは教えてもらっていないが、売り先もちゃんと決まっているに違いなく、いずれにしても、ありがたいことだった。手下扱いされて癪《しゃく》に障ることも相変わらずあるものの、ここまでやってくれていることには素直に感謝すべきだと思った。

こうして、その日の午後も兄弟子たちが仮眠に入ったところでゲソと特訓に入った。そのとき、いつものようにゲソの助言を得ながら一貫一貫、手早く丁寧に握っていく。

ふと思い出した。築地の若旦那《わかだんな》から聞いた噂話のことだ。

「そういえば知ってるかな」

握る手をとめずに龍大海と多可子の話を振ってみた。耳に入っているか確かめたくなった。

「え、もう築地にまで広まっちゃいましたか」

ゲソが握る手をとめて目を泳がせている。

「やっぱ知ってたんだ」

なぜ教えてくれなかったのか、というニュアンスを込めた。

「そんなこと、ぼくの口からは言えないじゃないすか。実は内緒なんすけど、タツ関の女関係を追ってるマスコミもうろついてるみたいで困ってたんすよ」

それでなくても親方は龍大海を快く思っていない。可愛い姪《めい》に手出しされた上にマスコミに書き立てられでもしたら、まず黙っていないだろうし、龍大海との関係悪化も避けられない。

「そうなったら、せっかくの相撲人脈が台無しじゃないすか。タツ関がほかの女に目移りしてくれたらいいんすけど、その気配もないし、カネさん、多可子さんを奪い返してくれないすかね」

無茶なことを言う。それは金森だって奪い返せるものなら奪い返したい。夜の街で浮き名を流す龍大海が多可子と真剣に交際しているとは思えないだけに、何とかしたい気持ちもないではない。といって、いまさら多可子に再接近したところで事態が好転するとは思えない。

「おれにはどうしようもないよ」

金森がため息をつくと、

「そうすかあ」

ゲソも小さくため息をつき、ふと周囲を見回してから声をひそめた。

「だったらやっぱ、築地の若旦那が言うように、カネさんから親方に話したらどうすか？」

「それはできないよ」

思わず声を上げてしまった。ゲソが、しっ、と人差し指を口に当てた。休憩中、親方は自宅に戻っているが兄弟子たちは二階でごろ寝している。ゲソがさらに声をひそめた。

「いいすか、カネさん。もしぼくが親方に話せば告げ口になるし、タツ関との関係悪化も避けられない。けどカネさんは、ぼくほどタツ関と親密じゃないし、関係悪化を心配する必要もない。しかもカネさんは多可子さんが好きなんすよね。だったら、多可子さんのためを思って親方に話すことは告げ口じゃないと思うんすよ。仮に告げ口と勘違いされたとしても、いずれ真意は伝わるはずだし、そのときは逆に感謝されると思うんすよ」

「そういうもんかなあ」

金森は口をすぼめた。

「そういうもんすよ。だってカネさんはデートまでした仲じゃないすか。多可子さんのためにも親方を通じて苦言を呈すのはカネさんの良心だと思うし、それこそ多可子さんとの距離を縮める再度のチャンスじゃないすか」


数日後、甲子園北島から呼び出された。閉店後に兄弟子たちの包丁を砥《と》いでいると、あとでちょっと、と耳打ちされた。

「まだ相当かかりますけど」

砥石の上で刃先を前後に滑らせながら答えた。包丁砥ぎといっても一人の職人が使う包丁だけで柳刃包丁、出刃包丁、小出刃包丁、薄刃包丁など最低四本。職人によっては五本も六本も使うから、親方も含めた五人分ともなれば三十本近く砥がなければならない。とても飲みになど付き合っていられない、と遠回しに断ったのだが、甲子園北島は引き下がらない。

「ちょっと頼み事があってよ。とにかく終わるまで待ってるから、この通りだ」

両手で拝むようにして頭を下げると、金森の返事を待たずに店を出ていってしまった。

仕方なく小一時間後、包丁を砥ぎ終えてから隅田川へ向かった。人通りの途絶えた夜更けの両国の街を歩いて五分。対岸の台東区との区界にもなっている隅田川の川縁《かわべり》には冷たい夜風が吹いていた。後年になって川の両岸にはきれいな遊歩道が整備されたが、いまはまだ鉄柵《てっさく》がめぐらされ、街灯が一本ぽつんと灯《とも》っているだけ。右手には総武《そうぶ》線の鉄橋、左手には両国橋が架けられているが、深夜零時を回ったこの時間、行きから電車も車もまばらになっている。

本当にまだ待っているだろうか。半信半疑で川縁を見回すと、少し離れた鉄柵の辺りで小さな赤い火が揺れている。それが五分刈り頭の甲子園北島だった。大きな体を鉄柵に預け、煙草をふかしながら対岸に広がるかつての花街、柳橋《やなぎばし》を眺めている。

「兄さん、煙草吸うんすか」

咎《とが》めるように声をかけた。つかさ鮨の職人は喫煙を禁じられている。煙草は味覚を狂わせる上、握った鮨がヤニ臭くなる。それが禁止の理由で、煙草に寛容だった昭和の時代になかなかの先見だったが、親方には内緒だぞ、とばかりに甲子園北島は煙草を川面《かわも》に投げ捨て、

「金森、最近頑張ってるみてえじゃねえか」

見え透いたお世辞を口にした。嫌な予感がした。さっさと話をすませたほうがいい気がして、

「頼み事ってなんすか？」

ストレートに尋ねた。甲子園北島は一瞬言葉に詰まってから、

「金、貸してもらえねえかな」

ぼそりと言った。

「金、ですか」

やはりそういう話だった。

「いや、ちょっとだけ都合がつかねえかと思ってよ」

「ちょっとって、どれくらいです？」

甲子園北島が指を三本立てた。

「三万ですか」

いまの金森にはけっこうな金額だ。返事に困っていると、いや、三十万だ、と訂正された。

「三十万？」

三万でも困惑したというのに途轍《とてつ》もないことを言い出す。

「兄さん、ぼくは小僧だから小遣い程度しか貰《もら》ってないんですよ」

鮨《すし》が握れる甲子園北島は給料を貰っている。どう考えても借金の相手を間違えている。

「それはわかってるんだが、ほかにいねえんだ」

「親方とか山城さんは？」

「どやしつけられるだけだ、三十万もどうするつもりだって」

「それはぼくだって聞きたいですよ。だいいち、そんな大金、返せるんですか？」

「もちろん返す。ちゃんと返すから、とにかく貸してくれ」

「もう、頭なんか下げないでくださいよ。三十万なんて大金、逆立ちしたってないですよ」

「そんなこたねえだろう。おまえ、包丁買うんだろ？」

思わせぶりに目を覗《のぞ》き込んでくる。

そういうことか。ようやく合点がいった。いまは店の包丁を使っている金森だが、実は、いつか自前の包丁を買おうと包丁代を貯めている。そこで賄い飯のとき、どんな包丁を買うべきか山城さんに相談していたのだが、その話を聞いていたらしい。

プロ用の包丁は本焼き手砥ぎの上級品だから一本十万円からする。それを四本も五本も買うのだから五十万円近い買い物になる。とりあえずは月々の小遣いの一部と、お客から貰った心付けをこつこつ貯め続けた結果、現在の貯蓄額は三十万円。握ってよし、と認められて給料制になったら残額を分割にして買おうと思っているのだが、その虎の子を甲子園北島は当て込んできた。しかも金額が三十万だというのだから、いい線を突いている。そんな大金を何に使うつもりか知らないが、うっかり詳しい事情を聞いたら断りにくくなる。

「むずかしいですね」

穏やかに拒否した。

「心配するな、利息もちゃんとつけるから」

「でも無理です」

「おれが信用できねえのか？」

「そういうわけじゃないですけど」

「だったら頼む。このままじゃおれも淳也みてえになりかねねえ」

「淳也さん？」

忘れていた名前を持ちだされた。

「あいつ、店を飛び出してから田舎の佐賀に帰ったそうなんだが、えらく塞《ふさ》ぎ込んじまったみてえでな。その挙げ句に睡眠薬で」

合掌してみせる。

「ほんとですか？」

胸の底にずしりと響いた。親方と女将《おかみ》さんが話しているのを小耳に挟んだという。

下着泥棒事件でそこまで追いつめられてしまったとは思わなかった。角刈り頭のひょろりと細長い顔を思い出した。何かというと眉《まゆ》を吊《つ》り上げ、先輩風を吹かせて文句をつけてきたものだが、あれは弱さの裏返しというか、精一杯の威嚇だったのかもしれない。

何とも後味が悪い話だった。だが、それとこれとは別の話だ。金森は脳裏に浮かんだ淳也に重ねて合掌すると、改めて甲子園北島に向き直り、

「とにかく金を貸すのはむずかしいです」

もう一度拒むなり一礼し、逃げるように寮まで帰ってきてしまった。


「遅かったすね」

部屋に入ると、ゲソが本から顔を上げた。今夜は龍大海からのお誘いがなかったのか、このところ何冊も買い込んでいる飲食店経営の本を読み耽《ふけ》っていたらしい。

「北島兄さんに呼び出された」

正直に告げて万年床に腰を下ろした。

「好きって告白されたんすか？」

軽口が返ってきた。

「いや、それが」

思わず淳也の死を口にしそうになったが、言葉を呑《の》み込んだ。ゲソには話さないほうがいいと直感的に思った。そのかわり、借金を申し込まれた、と伝えた。これなら言っていい気がした。

「それ、おそらくポーカーゲームっすよ」

ゲソが笑った。龍大海が所属する錦糸町の八重桜部屋の近所にある喫茶店が、最近、ポーカーゲーム機を置いた。出前ついでに立ち寄っているうちに嵌《は》まったのだろうと言う。

ポーカーゲーム機は、数年前に大ブームになったインベーダーゲームが下火になったため、ここにきて街の喫茶店が続々と導入しはじめた。ブラウン管を組み込んだテーブル式で、一回百円のインベーダーゲームとは違って瞬く間に紙幣が消えてしまうギャンブル性の高いゲーム機だ。

「けど、なんでわざわざ八重桜部屋まで？」

　つかさ鮨の出前は二キロ圏内と決められていて、錦糸町の八重桜部屋は圏外になる。

「店の出前じゃないんすよ。店の出前にまぎれて八重桜部屋に特訓鮨を出前してもらってるんすよね」

　初めて特訓鮨の行き先を教えられた。ゲソが運び出した特訓鮨は、甲子園北島にバトンタッチされて八重桜部屋に出前され、八重桜部屋の若い力士たちが食べているという。相撲部屋では早朝から午前十時過ぎまでの朝稽古《あさげいこ》が終わると、ちゃんこを食べて昼寝をする。空腹のまま運動して満腹状態で睡眠をとることで、あの大きな体をつくっているわけだが、そんな力士たちが昼寝を終える頃合いに特訓鮨は出前される。食べ盛りの若手力士は目覚めるともう小腹が減っているから、起き抜けのおやつに特訓鮨は打ってつけらしい。

「お代は龍大海から貰ってるんすよ」

　番付上位の関取は若手の面倒を見るしきたりだが、特訓鮨は割安で提供されているから龍大海の懐もさほど痛まない。つまり、龍大海は若手に男気を示せてゲソには日々売上げ金が入る、両者両得の取引きというわけだ。

「その売上げから鮨種とシャリの仕入れ代を引いて、北島兄さんには煙草銭を払う。カネさんのバイト代は特訓代と相殺させてもらって、ぼくも報酬なしだから、差し引きしても多少は利益が出るんすよね」

利益は飲食店経営の本や料理本の購入資金に回しているという。最近、やけに本ばかり買い込んでいると思っていたら、そういう資金源があったのだ。

「親方にバレたらまずくないか？」

勝手に出前なんかして大丈夫かと心配になった。

「女将さんには話してあるから、あいつも知ってると思いますよ」

なにしろ女将さんにはコジロー効果がある。特訓のために頑張ってるのね、と感心していたそうだから、親方も見て見ぬふりをしているに違いないという。

「そんなこんなで北島兄さんは毎日のように八重桜部屋に出前してるんすけど、そのついでに若手力士とポーカーゲームの店に出入りしはじめたらしいんすね」

そもそもが体育会系の甲子園北島だけに、若手力士とは馬が合う。一緒に遊んでいるうちにすっかり嵌まってしまった。あれは面白いぞ、とゲソも勧められたそうで、出前のたびに遊んでいるうちに首が回らなくなったに違いない、と言うのだった。

「やっぱ貸さなくて正解だったな」

金森は胸を撫《な》で下ろした。こつこつ貯めた包丁代を失わずにすんだ、と安堵《あんど》していると、

「カネさん、貸さなかったんすか？」

ゲソが目を剝《む》いた。

「そりゃ貸さないよ」

「ダメっすよ、それ、絶対貸し」

「絶対貸しってことはないだろう」

失笑をもらした途端、ため息をつかれた。

「いいすかカネさん。北島兄さんみたいな調子こくタイプは、金貸したほうが勝ちなんすよ。借金してでも貸さなきゃ」

「だけど返ってこなかったら大損だろう」

「そんなことは、どうだっていいんすよ。北島兄さんみたいな使えるやつには、金貸しただけでキンタマ握ったも同然なんすから」

「キンタマ握る？」

噴き出しそうになった。ゲソがこの表現を使ったのは、このときが初めてだった。

「早い話が、返ってこようがこまいが、金貸してることを恩に着せて使い倒せるじゃないすか。ああいうやつは、借金しても強気でいられる度胸なんてないんすから」

平然と怖いことを言う。

「けど逃げられたらどうする？」

「逃げられるほうがアホなんすよ。脅したりすかしたり、逃げられないようにコントロールするのが貸し手の腕じゃないすか」

言葉を返せなかった。握りの特訓をやってもらっているときは、ゲソも案外いいやつじゃないかと感心したものだが、こういうことを言われるとまたわからなくなる。

最近、ゲソは十七歳になった。この男の十七年の人生にはどんな過去が秘められているのか、改めて考えてしまう。これまでも何度か探りは入れたものの、十六の夏という半端な時期に入店してきた経緯も、出身地のことも家族のことも、ゲソは一切語ろうとしない。さすがに親方は知っていると思うのだが、親方の口も堅い。兄弟子たちが興味を抱いて尋ねたときも言葉巧みに逃げられてしまい、結局、みんな面倒臭くなって聞かなくなった。

「そろそろ寝るか」

金森は言った。思いをめぐらせているうちに眠くなってきた。ところが、ゲソはまだしゃべり足りないらしく身を乗り出してきた。

「カネさん、これだけは覚えといてください。思うがままに動かせる手下が一人いれば、そいつを使って十人動かせるんすよ。その十人が手下をつくってくれたら百人動かせるじゃないすか。で、百人動かせたらどうなるか」

「千人動かせる？」

「違うっす。あとはもう数がパワーになって何万人でも何十万人でも動かせるようになる。だから、まずは最初にどんなキンタマを握っとくか、それが一番のポイントになるんすよ」

「けど、山城さんならともかく、北島兄さんが十人も動かせるかな」

欠伸《あくび》を嚙《か》み殺しながら反論した。

「それも違うっす。山城のような頑固職人タイプは仕事はできても人は動かせない。でも北島兄さんには、あわよくば楽して儲《もう》けたいっていう下世話な欲がある。そういう馬鹿のほうが人を煽動《せんどう》して動かす糞力《くそぢから》があるんすね」

「そういうもんかなあ」

「そういうもんなんすよ。だからとにかく、北島兄さんを金で買うつもりで貸しちゃえばいいんすよ。世の中、金より人なんすから、こいつ、と見定めたやつのキンタマを握れるチャンスがあったら力業で握りにいかなきゃダメなんすよ」

至らない部下を叱り飛ばすように言うと、それでようやく満足したのか、ゲソは再び読みかけの経営本に目を落とした。


ゲソが合格した日から二週間後、突如、親方から命じられた。

「金森、イクラ軍艦やってみろ」

「はい！」

元気よく返事をしたものの、こんなに早く再挑戦のチャンスを与えられたことに驚いた。それは山城さんも同様だったらしく、もうやらせるんすか、といった顔をしている。洗い物をしていたゲソも手を止めてこっちを見ている。それでも、せっかくのチャンスを生かさない手はない。早速、特訓の成果を披露にかかった。

まずは熱を帯びた手を冷やしてから手酢をつけた。このとき、パンッと手を叩《たた》いて音を立てる職人がいるが、下品だからやっちゃダメっす、とゲソから教わった。真っ当な職人は流れるような手さばきで物静かに握るもの、という助言通りにシャリ玉をつくり、出前を意識して強めにきゅっきゅと握り、山葵《わさび》をつけて短冊状の海苔《のり》を巻く。もちろん今回は海苔に飯粒などついていない。最後にイクラを見栄えよくのせて、すっと親方の前に差し出した。

「小鰭《こはだ》もやってみろ」

一瞥《いちべつ》するなり親方が言った。軍艦巻きは合格らしい。胸を弾ませながら小鰭の握りにかかった。銀色の皮目に飾り包丁を入れ、軍艦巻きと同じく強めに握って親方の前に置く。親方が小鰭握りをつまんだ。しばらくその形状を確認するように眺めてから、ぽいと口に放り込む。

「よく頑張ったな」

親方は大きくうなずき、ちらりとゲソを見た。ゲソが目顔で応じている。そのやりとりで気づいた。この再挑戦はゲソが掛け合ってくれたに違いない。嬉《うれ》しさと安堵に駆られて、ほっと緊張を解いた。そのとき、横槍《よこやり》が入った。

「烏賊《いか》もやってみろ」

山城さんだった。おれはまだ認めていない、と言わんばかりに腕を組んでいる。金森は親方を見た。親方は渋面をつくっている。それでも、山城さんの顔も立てるべきだと考えたのだろう、

「やってみろ」

金森に顎《あご》をしゃくってきた。

再び緊張した。あえて烏賊を握れとは意地の悪い注文だった。烏賊ほど握りにくい鮨《すし》種《だね》はないからだ。ほかの魚より弾力があり、表面がつるつるしている烏賊はシャリとくっつきにくい。シャリから剝《は》がれないように海苔の帯を巻く職人もいるが、そんな仕事は許されない。帯なしでシャリと一体化させなければ、まず山城さんは納得しない。

柳刃包丁を手にして烏賊に格子状の切れ目を入れた。シャリとくっつきやすくする仕事だった。それからシャリ玉をつくって握りはじめる。ここでもうひとつのポイントは山葵を少なめにすることだ。トロなど脂が多い魚は山葵を多くしないと利きにくいが、淡白な烏賊はふつうの量でも利きすぎる。山葵の量に注意しつつ、きゅっきゅと握って、まな板に置く。

その瞬間、烏賊握りが転げた。しまった。窪《くぼ》みのつけ方が甘かった。シャリの底面には鮨が安定して立つよう、握る過程で親指で窪みをつける。これが下手な職人は鮨を置くとき上から押さえて立たせているが、そんな下品な仕事はダメっす、とこれもゲソから注意されていた。

慌てて転げた烏賊握りを手にとって窪みをつけ直した。すかさず山城さんから、

「握り直しはご法度だ」

ダメ出しされた。また振りだしに逆戻りか、と焦っていると、

「もう一貫やってみろ」

親方が助け船を出してくれた。え、と思ったが気が変わらないうちにまた烏賊を握った。まず一貫、続けざまにもう二貫、合わせて三貫握ってみせた。いずれも種とシャリが一体化した仕上がりなのはもちろん、今度は三貫ともきれいに立った。

「うん、いいだろう」

親方がうなずいた。

「でも親方」

山城さんが物言いをつけた。しかし親方は首を大きく左右に振って黙らせた。

金森の合格が確定した瞬間だった。山城さんは最後まで不満そうだったが、親方の決定は絶対だ。晴れて金森も出前鮨を握れるようになった。

「ありがとう」

兄弟子たちが午後の仮眠に入ったところでゲソに礼を言った。相撲で言う金星を取った気分だった。ゲソの助けがなかったら、まずこうはいかなかった。ゲソの男気には本当に感謝している、と素直な気持ちを伝えると、

「男気なんかじゃないっす。だいいち、男気なんて屁《へ》の足しにもならないとぼくは思ってるし」

鼻先で笑われた。人を喜ばせておいて、ひょいとはぐらかすところは、やはりゲソだった。

「いいすかカネさん。ぼくらはタッグを組んだわけだから、この程度の金星で喜んでちゃダメなんすよ。これからが、ぼくらの第二章の幕開けなんすから」

そう釘《くぎ》を刺すと、そそくさと調理白衣を脱ぎはじめる。今日は用事があるから握りの特訓は休みにするという。

「北島兄さんにも出前はなしって言っといてくれますか」

早口に言い置くなり、そそくさと出掛けていってしまった。

一人ぽつんとつけ場に残された。このところは仮眠を返上して一日中忙しくしていたから拍子抜けした気分だった。とりあえずは二階に上がり、座敷の片隅でごろ寝している甲子園北島の肩を叩いてゲソの伝言を耳打ちした。了解、またよろしくな。甲子園北島は媚《こ》びるように笑いかけてきた。やけに愛想がよかった。以前の甲子園北島だったら、何だ急に、おれにも都合ってもんがあるんだぞ、とむくれたところだ。

こういうことだったのか。金森はにんまりと笑った。実はその後、甲子園北島に金を貸した。けっしてゲソの言葉を鵜呑《うの》みにしたわけではないが、ゲソの考えにも一理あるかもしれない。そう思い直して、包丁代に貯めていた全額の三十万円をぽんと融通してやった。

「いやあカネさん、見込んだ以上に度胸あるっすね」

念のためゲソにも報告したところ、妙な褒められ方をして複雑な気持ちになったものだが、以来、甲子園北島の態度が豹変《ひょうへん》した。〝借金しても強気でいられる度胸なんてない〟とゲソが断言していた通り、それまでの兄弟子ヅラが嘘のように影を潜め、金森の意向に二つ返事で従うようになった。

ゲソから言われたことが、ちょっとだけわかった気がした。三十万円がちゃんと返済されるかどうか、それはひやひやものではあるけれど、〝思うがままに動かせる手下が一人いれば、そいつを使って十人動かせる〟という言葉を初めて実感できた。

伝言を伝えたところで、いつになく気分よくつけ場に下りてきた。そのまま二階で仮眠してもよかったのだが、気持ちが昂《たか》ぶっていて寝る気になれなかった。

夜の準備でもしておこう。そう思い立ち、一人つけ場で働きはじめた。足りなくなりそうな刺身のつまを追加しようと大根を桂剝《かつらむ》きにしていると、不意に声をかけられた。

「話があるんだけど」

多可子だった。

ラジオの競馬中継が流れている。

店から五分ほどの街道筋にある喫茶店。ガラス格子のドアを開けると、カウンターの中で初老の店主が居眠りしていた。いまだにテーブル式のインベーダーゲーム機が置かれている店内には、競馬新聞を片手に煙草をふかしている中年男と、仕事をさぼって漫画雑誌を読み耽《ふけ》っている営業マン風の男、二人しかお客はいなかった。どう見ても多可子がふだん出入りしていそうな店ではないから、わざとこういう店を選んだのだろう。

促されるままにゲームがついていないテーブル席に腰を下ろした。二人が椅子を引く物音で目覚めた店主にコーヒーを注文すると、いつ淹《い》れたものなのか、すっかり煮詰まったコーヒーをカップに注ぎ、のそのそと運んできた。

間が持てなくて、早速、コーヒーを啜《すす》った。一口啜ったら二度と啜りたくない味に噎《む》せそうになっていると、

「この前は、ごめんなさい」

いきなり謝られた。映画デートのことを言っているらしい。

「いや、おれのほうこそ」

語尾を濁した。いまさら謝られても、どう反応していいかわからなかった。どういうつもりでこの店に連れてきたのか、その意図もわからなかったし、妙な空気だった。すると多可子が意を決したように口調を改めた。

「で、今日はひとつ言っときたいんだけど、あたし、タツ関とは付き合ってないから」

唐突な告白だった。どう応じたものか戸惑っていると、

「だから、もう出鱈目《でたらめ》を言いふらさないで」

金森を睨《にら》みつけてくる。

「よくわからないけど、べつに言いふらしてなんか」

「やだ、親方に告げ口したじゃない」

ぴしゃりと言い返された。そのことか、と思った。多可子さんのためにも親方を通じ

て苦言を呈すのはカネさんの良心だと思う、とゲソから諭された。そこで機会を見つけてそれとなく親方に、多可子さんが龍大海と付き合っている、と伝えた。

「多可子が心配だったから親方にだけ話しといたんだ」

悪気はなかった、と弁明した。

「勝手にあたしの心配なんかしないでよ」

「だけど心配なものは心配だよ。どうせタッ関は遊びにきまってるんだし」

「だからそれが違うって言ってるの。この際、はっきり言っとく。一回飲みに連れてってもらったことはあるけど、それだけ。タッ関のことは、お相撲さんとして好きなだけなの。なのに付き合ってるなんて告げ口されて、もう大変だったんだから」

龍大海は出入り禁止だ、と親方が怒り出す騒ぎにまでなったが、ゲソが間に入ってくれたおかげでやっと事が収まったという。

「ゲソが間に？」

そんな話は聞いていない。

「あなたが聞いてるはずないじゃない。とにかく、もう出鱈目は言いふらさないで。今日言いたかったのはそれだけっ」

憤然と言い放つなり多可子は席を立った。

「ちょっ、ちょっと待ってくれ」

慌てて制したが多可子はコーヒー代をテーブルに叩《たた》きつけ、今回もまた店を飛びだしていった。

煮詰まったコーヒーと憮然《ぶぜん》とした金森だけがテーブルに残された。まさに、狐につまれた気分というやつだった。

親方にその話をして以来、とくに騒ぎになっている気配は感じられなかったし、実際、親方からもゲソからも何も聞いていない。その後の状況が気にはなっていたが、あえてこっちからは聞かないでいた。なのに、そもそも多可子と龍大海が付き合っていなかったというのでは金森の立つ瀬がない。

ひょっとしたら甲子園北島が何か知っているかもしれない。店に戻ってこっそり確認してみた。すると、多可子と龍大海の浮いた話など、どこからも聞いたことがないという。

「この話、内緒にしといてください」

念のため、甲子園北島には口止めした。わかった、と神妙な顔でうなずいていた。いつになく従順な態度に、こういうときにも融資効果が現れるのかと驚いたが、それにしても、ますます釈然としない話だった。

多可子自身が付き合っていないと言うのだから、それはその通りなのかもしれない。といって、いまさら親方に釈明するのもおかしな話だし、ゲソに確認することも憚《はばか》られる。

ゲソが間に入ってくれて事が収まった。多可子はそう言っていたが、それも胸の奥でわだかまっていた。なぜゲソが間に入ったのか。どのように事を収めたというのか。考えるほどに喉《のど》の奥から、いがらっぽいものが逆流してきた。

三章　排除

両国駅の北側に拡がる、かつては国鉄の貨物操車場だった七千坪余りの広大な敷地。西には隅田川が流れる一画に新国技館が起工したのは昭和五十八年の春だった。

総工費は百五十億円。工事は急ピッチで進められ、翌五十九年四月に上棟式、年が明けた六十年一月には、両国の街が待ちに待っていた相撲の殿堂が落成した。これを契機に大相撲は新たな隆盛期を迎え、両国の街も右肩上がりの成長を謳歌《おうか》していくわけだが、この起工から落成までの期間は一方で、ゲソと金森がそれぞれ鮨《すし》職人としての立ち位置を確立していった時期でもあった。

とりわけゲソは日を追うごとに特異な存在感を増していき、兄弟子たちの立場を脅かさんばかりの快進撃を続けていった。ただ、好事魔多しとはよく言ったもので、その先には想定外の事態が待ち受けているのだが、先を急ぎすぎた、話を戻そう。

両国に新国技館建設の槌音《つちおと》が響きはじめた頃、金森は初めて客前に立つことを許された。

「おまえも、そろそろ鮨職人の手になってきたから、立ってみろ」

今回もまた、ある日突然、親方から言い渡された。鮨職人の手になってきた、という言葉の意味するところは、ひとつは水手、そしてもうひとつ〝酢焼け〟がある。

毎日鮨を握るようになると、常に手が酢に接しているために皮膚が赤く焼けてくる。これが最初はつらい。かといって、生魚を握る仕事だけに軟膏《なんこう》を塗るわけにはいかない。ひたすら辛抱するほかないのだが、人間の体とは不思議なもので、やがて酢で皮膚が鍛えられて分厚く強靭《きょうじん》な手になってくる。これはもう他所《よそ》の鮨屋に行ったら一発で同業者とバレるほど鮨職人特有の腫《は》れぼったい手で、金森もそういう手になってきたから客前に立ってよし、と言われたのだった。

ただ不思議なのは、本来ならゲソのほうが先に客前に立てるはずなのに、なぜか金森も許されたことだ。出前握りで先を越されて以来、二人の腕の差は開く一方だ。握りのフォルムの美しさといい、握る速さといい、口の中ではらりとほどける食感といい、これが天性の素質というのか、ゲソの握りはすでに山城さん顔負けの域にまで達している。それればかりか、金森には多可子の件もある。親方の耳に入れた多可子の情報は間違っていた。大人の対応なのか、まだ直接は怒られていないものの親方が腹を立てていることは間違いなく、その点でも金森は不利だというのに、なぜゲソと同時に昇格させてくれたのか。

ひょっとしたら山城さんを気づかったのかもしれない。出前握りの見極めの際、親方が序列を無視してゲソを取り立てたため、上下関係を重んじる山城さんがへそを曲げた。以前は親方と連れ立って出掛けていた築地にも交代で行くようになったほど微妙な仲になってしまった。この現状を親方は憂えたのではないか。ただでさえ新国技館の竣工《しゅんこう》が近づいている。その時期に照準を定めて念願の支店をオープンさせなければならない。支店長には山城さんを据える予定だけに、これ以上の関係悪化を避けたかったのかもしれない。

加えて人材確保の意味合いもある気がする。ゲソと金森がより早くいっぱしの職人になってくれれば、支店開設に向けて人材のやりくりが格段に楽になる。ゲソの話では、淳也の後釜《あとがま》で入った手塚さんは仕事ができるぶん給料もとるらしい。手塚さん並みの戦力を支店用に雇うとなれば経費も嵩《かさ》むから、金森も同時期に客前に立たせて実地で促成栽培するつもりではないのか。

いずれにしても、金森の昇格は戦略上の色合いが濃いだけに、初めて客前に立ったときは緊張した。仕方なく同時昇格させたのに使えない、となっては金森としても悔しい。いまや出前鮨はふつうに握っているが、接客しながら握る仕事はまるで違う。旨《うま》い鮨を握るだけでなく、目の前のお客を心地よくもてなす技術が要求される。

「とりあえずは交替で立って慣れろ」

親方からは、そう言い渡された。これまでは親方以下、山城さんと手塚さんがメインの握り手で甲子園北島はサブだった。しかし今後、山城さんは支店開設に力を注ぐため、甲子園北島がメインに昇格。ゲソと金森は一日交替でサブに立ち、客前に慣れていくシフトに変更された。

この一日交替制が金森には重圧となった。同じ位置に交替で立つと実力の差が歴然とわかる。ゲソは客前初日から本領発揮で、こなれた接客と握りの腕でどんどんお客の心をつかんでいった。一方の金森は、接客に集中していると注文の鮨種を握り忘れる。握りに集中していると、お客に声をかけられても気づかない。自分でも情けなくなるほど不甲斐《ふがい》ない仕事ぶりに、これはまずい、と焦っていると、ほどなくして親方の判断が下された。金森は昼、ゲソは夜という昼夜交替制に切り替えられた。店の経営的には昼より夜が主戦場だから、金森が格下げされたのだった。

もはやゲソには勝てない。そう思い知った金森は頭を切り替えた。こうなったら甲子園北島の立ち位置を狙おう。握りの腕はすでに甲子園北島に迫っている自信がある。あとは夜の下働きの傍らゲソの客あしらいを学び、その成果を昼に反映させて客前力を鍛えていけば、甲子園北島にだったら勝てると思った。

そこまで考えざるを得ないほど、いまやゲソの腕前と客前力は次元が違う。ゲソの前に座りたがるお客は増える一方で、以前は親方の前しか座らなかった旦那《だんな》衆や地元企業の経営者はもちろん、片倉水産の若旦那までがゲソの前に座りたがる。これにはお客を取られたかたちの親方も苦笑いしていたが、それでもゲソの仕事には口を挟むことなく自由にやらせている。

その男が初めて来店したのは、そんな時期だった。ある日の夕方、暖簾《のれん》を掛けた直後に、ふらりと店に入ってきた。カラーシャツにジャケットを羽織り、綿ズボンを穿《は》いていた。会社員にしてはくだけた風体で、歳の頃は三十前後。この界隈《かいわい》ではあまり見かけないタイプだけに、いらっしゃいませ、と声をかけた多可子も戸惑いを見せた。

「こちらへどうぞ」

笑みを浮かべてつけ台に導いたのはゲソだった。男はズボンのポケットに手を突っ込み、ゲソの前に座るなりビールを注文した。すかさずゲソが勧めた。

「おまかせでやらせてもらえませんか」

押しつけがましさはなく、ぜひおまかせで食べてほしい、というニュアンスだった。

「じゃ、それで」

男は即座に応じ、早速、ゲソが貝の殻を素早く剝《む》いておつまみに仕立て上げた。

「瀬戸内産の赤貝です」

この時期、閖上《ゆりあげ》産よりいいと思います、とつけ台に置く。男は醬油《しょうゆ》をつけずに口に運び、うん、と大きくうなずき、おれ、倉敷《くらしき》の出でさ、と言った。

「でしたら瀬戸内つながりで」

瀬戸内産の真鯛《まだい》も刺身に引いて差し出すと、男はすぐそれも口にして、

「ああ、やっぱ旨いな」

顔を綻《ほころ》ばせた。

「瀬戸内物は旨みの質が違うんすよね」

ゲソがへらりと笑い返した。途端に二人の間になごやかな空気が流れはじめた。こうしたさりげない接客も近頃のゲソは板についてきた。やがて、いつもの常連客も来店し

て金森が下働きに追われる中、二人は龍大海の話題で盛り上がりはじめた。

右膝《みぎひざ》の故障で休場した龍大海は、しばらく小結《こむすび》に陥落していたが、一念発起、五月の夏場所で関脇に復帰、いま再び大関を射程に入れて注目を集めている。それだけに、復帰後の龍大海は相撲一筋でゲソとの夜遊びはめっきり減った。といっても、ゲソと龍大海が親しいことに変わりはない。意外にも相撲に詳しい男を喜ばせようとゲソならではの龍大海ネタをつぎつぎに繰り出して、やがて男を虜《とりこ》にしてしまった。

こうして二時間ほど経ったろうか。

「カネさん、お愛想よろしく」

ゲソから勘定を告げられた。お客の勘定は職人が計算するのだが、おまかせにしては安かった。

こんなんでいいのか？　と目配せすると、ゲソは黙ってうなずき、領収書よろしく、と書き入れる金額を耳打ちしてきた。勘定として告げられた金額の三倍だった。え、とゲソを見たが、それでいいんす、と目顔で促された。すると男が、宛名《あてな》はこれで、と名刺を差し出してきた。

『東日新聞社　運動部記者　梶原慎吾《かじわらしんご》』。どうりで相撲に詳しいはずだった。

翌週の定休日。午後になって金森の部屋にゲソがやってきた。客前に立ちはじめて以来、金森もゲソも自分の部屋を与えられた。それが嬉《うれ》しくて朝から一人でごろごろして

いたのだが、

「たまには敵状視察といこうじゃないすか」

銀座の鮨屋《すしや》めぐりに誘われた。つかさ鮨は水曜定休だが、銀座の老舗《しにせ》は日曜定休が大半だ。今日なら何軒か食べ歩けるというのだが、金森は渋った。同じ鮨屋でも銀座の老舗は敷居が高すぎる。勘定も半端じゃないだろうし、給料制になったばかりの若造には分不相応もいいところだ。

「カネさん、銀座の老舗なんかにびびってたら一番の鮨屋なんて狙えないっすよ」

ゲソに笑われた。段取りはついているから何も心配ない、と強引に連れ出された。

春の陽が傾きはじめた夕暮れどき、銀座に近い有楽町で電車を降りた。鮨屋めぐりにはあと二人同行者がいるそうで、人波で溢《あふ》れる有楽町マリオン前でしばらく待っていると、

「お待たせ！」

背後から声をかけられた。振り返ると多可子がいた。めずらしくスーツできめている。

「やだ、ゲソも金森さんもそんな恰好《かっこう》？　錦糸町の映画館に行くのとはわけが違うのよ」

呆《あき》れられているところに片倉水産の若旦那も現れた。今夜は若旦那が案内役だそうで、

「なあに、服装なんてそれで十分だ。どうせうちの得意先だし」

自慢のリーゼントの乱れを手櫛《てぐし》で直しながら多可子をなだめ、よし、行くか、とまず

は銀座六丁目の鮨屋に案内された。明治十八年創業の老舗中の老舗とのことで、店頭には店名が筆書きされた行燈《あんどん》が灯《とも》っているだけで看板も品書きもない。金森一人だったらまず怖くて入れない店構えだったが、

「お世話になります！」

若旦那はずかずかと入っていった。五時の開店早々とあって、まだお客は少なく店内は静まり返っていたが、すぐにつけ台の端の席へ通され、四人が着席するなり主人が握りはじめた。

すでに話はついているらしく、鮪《まぐろ》の赤身を皮切りに一貫ずつ丁寧に握って煮切り醤油をさっと刷毛《はけ》で塗ってくれる。昔はどこの店でも煮切りを塗ったというが、いまでは高級店にだけ残る仕事だった。さすがと感心しつつ主人の仕事に挑むような気持ちで口に運んだ。ビールも酒もなしにお茶だけで、瞬く間におまかせの十貫を食べ終えた。

「ご馳走《ちそう》さまでした」

すかさず若旦那が席を立った。店に入って二十分と経っていなかった。

「よし、行こう」

再び若旦那に導かれて、つぎは数寄屋橋《すきやばし》の雑居ビルの地階へ下りた。ここでもつけ台の端の席に通され、昭和の名人と謳《うた》われている年配の主人が握ってくれた。流れるような所作でつぎつぎに握っては煮切りを塗って差し出される握り十貫を黙々と食べ、今度は十五分ほどで、ご馳走さまでした、と若旦那は席を立った。

何とも慌ただしい食べ歩きだった。続く三軒目は数寄屋橋から五分ほどの三《み》原橋《はらばし》の近く。ビルの谷間に木造瓦葺《かわらぶき》の店舗を構える老舗だった。初代の技と味を百年以上も継承してきたという伝統の握りをここでも十貫。またしても二十分ほどで平らげ、結局、二時間と経たないうちに三軒食べ歩き、食べた鮨は三十貫に及んだ。

こう言うとすごい量に思えるが、老舗の握りは小さい。若い金森たちにはほどほどの満腹感で、これで今夜の〝敵状視察〟は終了した。老舗の一流の味とはどういうものか、若旦那のコネでその触りだけを試食させてもらった感覚だった。

「みんな凄《すご》い魚を使ってたなあ」

銀座の夜空を見上げながらゲソが言った。三原橋の老舗を出た直後のことだった。

「ほんと、うちの店とは違いすぎ」

多可子が肩をすくめた。それは金森も同感だった。というよりショックだった。つかさ鮨も街場の店にしては良い魚を使っているほうだが、三軒ともレベルが違いすぎる。

「そのぶん仲買にはガタガタうるさいけどな」

若旦那がぺろっと舌を出した。

「山城みたいにでしょ?」

ゲソが素早く反応して二人で笑った。こんな本音を若旦那が漏らそうとは思わなかった。親方の前ではまず口にしたことがない。今夜の鮨屋めぐりにしてもそうだった。段取りをつけてくれたばかりか、三軒とも勘定は払わせなかった。まだまだ若手のゲソの頼みだというのに、ここまで若旦那がやってくれたことにも驚いていると、ゲソが続けた。

「でも若旦那、ああいう鮨屋は、ぼくが目指す一番とは違うんすよね。老舗レベルの魚は数が限られてるし、売値も高くなりすぎるから、まず全国制覇の商売には使えないっすから」

「おいおい、全国制覇かよ」

からかうように若旦那が言った。

「そりゃそうっすよ。全国制覇しなきゃ一番とは言えないじゃないすか」

「良い魚を使わずに、どうやって制覇するんだ？」

「老舗レベルの百点の魚は十貫中、三貫あればいい。そう割り切るんすよ。野球だって三割打者なら一流じゃないすか。それと同じで、百点の魚は三割あればいい。残り七割は八十点でも、店の格さえ保っていれば〝プラシーボ効果〟で百点に感じちゃうんすよね」

「何だプラなんとかって」

「梶原さんっていう新聞記者に教わったんすよ。これは薬だ、と言われて飲めば偽薬でも症状が改善されることがあるっていう効果なんすけど、鰯《いわし》の頭も信心から、みたいなもので、人間って思い込みに影響されやすいんすね。それと同じことが食べ物でも起きるらしくて」

「そりゃおもしろいな。ただ、店の格を保つってのはどうだろう」

若旦那が腕を組んだ。確かに三割理論は面白いが、格なんてものは簡単にはつくれない、と言っている。するとゲソが金森に振ってきた。

「カネさん、格って何が決めると思います？」

「それは、その、歴史だとか伝統だとか」

唐突な問いかけに口ごもっていると、

「いいすかカネさん、格ってものはお客で決まるんすよ。どんなお客に贔屓《ひいき》にされてるか、それが格なんすね。だからぼくは〝三割打者の味と格〟で全国制覇したいんす」

きっぱり言い放って足を止めた。歩行者用信号が赤になっている。早くも銀座四丁目の交差点までできた。同じく足を止めた若旦那がゲソに向き直った。

「まあゲソの気持ちもわからなくはねえけど、時代の流れからすると、全国制覇の鍵《かぎ》は〝それなりの味と安さ〟じゃねえか？　回転鮨が流行《はや》ったのもその証拠だし、これからは世の中の規制緩和が進んで自由競争の時代になるはずだから、その傾向はますます強くなると思うんだよな」

「それは違うっすよっ」

めずらしくゲソが声を荒らげた。あまりの剣幕に信号待ちの歩行者が振り返っている。

「いいすか若旦那、近頃はアメリカかぶれの連中が、これからは自由競争に勝ち残れるやつが成功する、とか言ってるけど、そんな競争なんて参加した時点で負けが決まったも同然なんす」

その点、格づくりは競争とは別次元のところにある。格さえ定まってしまえば競争などしなくても、客も金も自然に集まってくる、とゲソは言い張る。

なんだか難しい話になってきた。梶原記者からの受け売りなのか、最近読み漁《あさ》っている経営本の影響なのか、格づくりとか自由競争とか、金森の耳には別世界の話にしか聞こえない。

「あたし、難しすぎてわかんない」

多可子が金森の気持ちを代弁してくれた。ゲソが笑みを浮かべた。

「まあ難しいことはわかんなくていいんだけど、とにかくぼくはそうした考えに基づいて、すでに〝格づくり〟に取りかかってる。その点だけは心得といてほしいんすよ」

まずは龍大海を介して相撲界への足掛かりをつかんだ。続いて新聞記者、学者、実業家といった連中も取り込みにかかっているから、いずれ黙っていても格は備わってくるという。

「そういうもんかなあ」

若旦那は納得できない様子だった。金森も同じ気持ちだった。龍大海はともかく、ほかに格につながるような人物がいるだろうかと思ったが、あえて黙っていると信号が青に変わった。

「それじゃ、ぼくはここで。若旦那、今夜はありがとうございました」

ゲソがさらりと礼を告げ、さっさと横断歩道を渡りはじめた。わざわざ若旦那が仕切ってくれたというのに、あっさりしたものだった。

打ち上げがてらもう一軒、と思っていた金森が呆気《あっけ》にとられていると、つぎの瞬間、不意に多可子が駆け出した。急にどうしたのか、人波を掻《か》き分けてゲソに追いつくなり、ひと回り小さなゲソと肩を並べてすっと腕を絡めると、ゲソが慣れた手つきで多可子を引き寄せた。

金森は目を疑った。小柄なゲソとすらりとした多可子。二つのシルエットがこれ見よがしに寄り添い、茫然《ぼうぜん》としている金森をよそに夜の銀座に消えていく。

銀座四丁目から築地までワンメーターで着いてしまった。仕入れでは何度も来ている築地だったが、こんな近い距離にあるとは思わなかった。

銀座の街角で茫然としているとき、築地で飲み直すか、と若旦那に誘われてタクシーに乗った。

連れていかれたのは築地本願寺の裏手の小さなバーだった。市場関係者はまずやってこない夜の店だから、たまに立ち寄るという。朝が早い市場の人間は、昼から飲める店で一杯やって夕方には寝てしまう。しかし若旦那は、夜に飲みたいものだから、昼に一度仮眠してから夜の街に繰り出し、深夜に帰宅して寝てから、再び午前三時に市場へ出勤するのだという。

七人掛けのカウンターが一本あるだけの狭い店だった。先客は一人しかいない。端っこの席に二人並んで座り、ウイスキーの水割りをひと口啜《すす》ったところで、

「ゲソも頑張るよなあ。新聞記者だの学者だの、えらく人脈を広げてるみてえだし」

若旦那が感心したように言った。

「まあ頑張ってることは頑張ってますけど」

金森は苦笑した。なにしろ新聞記者といっても流れ者みたいな風体の梶原だ。その後、ゲソの思惑通り足繁く来店するようになったが、梶原の立場からすれば、ゲソから龍大海ネタが仕入れられる上に鮨《すし》も割安で食べられる。それでお気に入りになったらしく、同じ相撲好きの大学講師や若手作家、台湾籍の商社マンといった仲間と連れ立って通ってくるようになった。

もともとゲソは梶原を知っていたという。いつだったか八重桜部屋に遊びにいったとき、相撲記者が龍大海に群がってコメントを取っていた。その群れから一歩引いた位置に梶原がいた。押しの強さだけで迫る記者たちの中で妙に斜に構えた姿が印象的で、そんな梶原が唐突に来店したことから、龍大海の贔屓店と知って覗《のぞ》きにきたに違いない、と睨《にら》んだ。

「いずれ梶原には、龍大海ネタでスクープを取らせてやるつもりなんすよ。恩を売るなら偉くなる前じゃないすか。大学講師や若手作家も同じこと、人脈ってのは育てるものなんすから」

そう講釈されたことも覚えているが、龍大海は別としても、こうした面々を取り込んだところで果たして格づくりに繋《つな》がるものか。金森は首をかしげたものだったが、

「しかしゲソと多可子はどうしたんでしょうね」

さらりと話題を変えた。実際、いまはそっちのことで頭が一杯だった。ゲソと多可子が寄り添って消えていった。若旦那の手前、平然と振る舞っていたものの、いつにない衝撃だった。

「どうしたもこうしたも、いま頃ホテルにでもしけ込んでるんだろ。食欲のつぎは性欲だ」

水割りを口にしながらにやにや笑う。その言葉にまたショックを受けたものの、平静を保ってまた尋ねた。

「多可子は龍大海に未練がないんですかね」

こうなったら真相を知りたいと思った。

「龍大海？　そんなもん、多可子ちゃんは端《はな》っから相手にしてねえし」

「けど多可子と龍大海が付き合ってるって言ってたの、若旦那じゃないですか」

「ああ、あれはだからその、ゲソがちょっくら仕組んだことでよ」

「仕組んだ？」

ゲソから聞かされた話によると、あの頃、多可子は龍大海から迫られて困っていた。そこでゲソが一計を案じて助けてやったのだという。

ある晩、多可子は龍大海と食事をした。あくまでもファンとして龍大海の誘いに乗ったのだが、食後に、送る、と言われて同乗したタクシーがラブホテルに横づけされた。これには多可子も驚いて逃げ帰ってきた。この一件が龍大海に火をつけた。恥をかかされたと、しつこく言い寄ってきはじめたことから、困り果てた多可子は淳也の件でも世話になったゲソに泣きついた。

「それでまあ、ゲソが龍大海に話をつけることになったらしいんだが、ゲソとしては自分一人が言ったところで弱いと思ったんだろうな」

多可子には内緒で親方からも圧力をかけさせようと考えたらしく、若旦那《わかだんな》に頼み込んできた。二人が交際している、という噂を親方の信頼が厚い金森の口から伝わるようにしたい、と。

「何でそんな回りくどいことをするかなあ」

金森は舌打ちした。そういう事情なら、ゲソが直接頼めばいいじゃないか。

「そこがゲソのゲソらしいとこでよ。話が間接的に伝わる威力を計算できるやつなんだろうな」

事実、その計算が奏功して龍大海の封じ込めに成功した。これには多可子も感激して、かねてからゲソに抱いていた好感が恋心に変わった。

「そういうことだったんですか」

金森はグラスを握り締めた。しかし、そう言いながらも釈然としていなかった。若旦那が嘘をついているわけではないと思う。いかにもゲソらしいやり方だし、淳也の件でゲソのやさしさに魅入られていた多可子が惚《ほ》れた気持ちもわからなくはないが、以前ゲソから聞いた話とも多可子から聞いた話とも違っていることに違和感があった。

「それにしても、若旦那はゲソと仲がいいんですね」

今夜のこともそうだが、恋仲を取り持つほどとは思わなかった。

「まあ、ゲソには借りがあってよ」

「借り、ですか」

問い返しながらその目を覗き込むと、若旦那はふっと照れ笑いを浮かべてから、

「まあ金森だったらいいか。実は、これがバレちまって」

小指を立てる。

「奥さんにバレたんですか？」

「いやいや、ゲソにバレたんで、うちのやつにバレねえように手当てしてもらったんだ」

それでなくても恐妻家で知られる若旦那だ。バレたら殺されるところだった、と苦笑いして水割りを口に運び、以来、機会を見つけてはゲソに一杯奢《おご》るようになったと言い添える。握り特訓の魚を都合したのも、今夜の鮨屋めぐりをセッティングしたのも、それゆえだそうで、てっきり龍大海の贔屓《ひいき》筋から仕入れていると思っていた特訓用の魚は、なんと築地直送だった。

　ここにもキンタマを握られた男がいた。金森は失笑を嚙《か》み殺した。と同時に、いま若旦那から聞いた多可子とゲソの馴《な》れ初めは真相とは違う、と直感した。ゲソの周囲で起きることを額面通りに受けとってはならない。もはや金森の脳には、そういう思考回路ができ上がっていた。といって、これ以上若旦那を問い詰めたところで真相には辿《たど》り着けないと察して、

「だけどゲソってやつは、どういう生い立ちなんでしょうね」

　ずっと気になっていることを質《ただ》してみた。若旦那なら知っているかもしれない。

「それは金森のほうが詳しいんじゃねえのか？　へらへら笑って人当たりはいいが、案外孤独な生い立ちだったりしてな」

「いえ、実はぼくも知らないんですよ」

「へえ、そうだったのか。まあ、だれにでも人に言えねえことはあるもんだしな。ただ今後、つかさ鮨はゲソがいることで変わっていくだろうな。うちの店もそうだが、古株に頼ってばっかりじゃ未来はねえ。そういう意味じゃ親方も期待してるんじゃねえかな」

　その証拠に、ゲソと多可子の仲は、すでに親方の耳に入っているという。表向きは知らないふりをしているが、満更でもない様子だそうで、

「もともと親方は妙にゲソに気をつかってるとこがあるし、それだけ一目置いてるってことだろうから、いつかゲソが店を背負う日が来たりしてな」

最後は真顔になってそう言い放つと、若旦那はリーゼントヘアを撫《な》でつけた。

その年の夏は例年になく暑い夏だった。赤道付近の海水温が上昇するエルニーニョのせいで連日の三十度超えが続き、うんざりさせられた記憶がある。

猛暑が続くと飲食店の客足はがくんと落ちる。どの店も売上げ低迷に喘《あえ》いでいたものだが、しかし、つかさ鮨に限っては売上げを維持し続けた。これには親方も驚いていた。猛暑に加えて、このところは親方と山城さんが店にいない日が大半だったからだ。

山城さんは支店開設計画の仕事が忙しくなってきた。支店オープンは新国技館が落成する昭和六十年一月の半年前、来年六月と決められている。そこから逆算すると、この九月には支店計画の全容を決定して店舗物件探しや資金調達に入らないと間に合わない。そこで親方が、

「九月の第二定休日に、みんなの前で計画を発表してもらって一気に決める」

と期限を設けた。それだけでも山城さんには重圧だというのに、最近、奥さんが入院したらしい。女将《おかみ》さんから聞いた話では入院は長引きそうだというから、山城さんとしても気合いが入っているのだろう。支店計画のためにしばしば店を空けるようになった。

ただ親方は、支店計画の中身には関与しないでいる。それでなくても山城さんとの間には軋《きし》みが生じている。迂闊《うかつ》に関与して関係を損ないたくない、と配慮しているらしい。そのぶん、ほかの職人には支店開設に向けて当事者意識を持たせたいのか、ここにきて

親方は他店の視察や魚の産地めぐりに出掛け、残りの職人だけで切り盛りさせる状況をわざとつくっている。こうした中、猛暑にも打ち勝って売上げを維持し続けたのだから、親方も驚こうというものだ。

それもこれもゲソのおかげだった。親方と山城さんが不在のときは、三番手の手塚さんがつけ場を仕切る決まりになっている。ところが、もともと手塚さんは自分の仕事だけ黙々とこなして相応の報酬を手にできればいい、というタイプの職人だ。ランチ握りが中心の昼はそつなくこなせるが、接客力が問われる夜になると親方のように店全体の空気をまとめきれない。手堅い仕事で一定の客はつかめても広がりがない。といって四番手の甲子園北島も力不足だ。威勢のよさだけが取り柄で仕事にブレがあるだけに、いまひとつお客から信頼されていない。

そこで前面に出てきたのがゲソだった。初めて客前に立ったときから常連客の心をつかんできたゲソは、場数を踏むにつれて握りの腕にも磨きがかかり、加えて〝龍《たつ》の会〟を立ち上げたことも大きかった。

龍の会とは、龍大海の後援会とはまったく別組織の私的ファンクラブだ。旨い鮨《すし》を食べつつ独自の視点から龍大海を応援しようという趣旨で、相撲の話題で盛り上がったある晩、新聞記者の梶原を会長に据えて結成された。関脇に復帰した龍大海は七月の名古屋場所こそ勝ち越したが、まだまだ右膝《みぎひざ》は万全でなく、九月の秋場所は再び負けが込むのでは、と懸念されている。当人もかなり追い込まれているだけに、こうなったらみんなで力づけよう、とゲソが提案したところ梶原も賛同し、その場にいた大学講師の竹之《たけの》内《うち》や台湾商社マンの李《り》さん、若手作家の新庄《しんじょう》といった仲間もこぞって会員になった。

会員にはゲソのお客の紹介で来店すればだれでもなれる。その意味からすると、

「店にとってもおいしい会なんすよね」

とゲソも笑うように、売上げに貢献してもらえる上、将来的には〝格づくり〟にも一役買ってもらえる可能性がある。会員の立場からしても龍大海の応援に連帯感が生まれ、割引き特典もついてくるおいしい会とあって、その後も会員は増え続けている。

この割引き特典はゲソが独断で決めたことだ。そんなことをしたら親方から怒られるかと思ったが、割引きした分を上回る売上げ増に繫《つな》がったため親方も黙認してくれている。いまでは金森が手伝っても注文が捌《さば》ききれない日があり、甲子園北島にも手伝わせている。借金返済が進んでいないおかげで甲子園北島は従順そのもので、気がつけばゲソを中心に三人で売上げをつくる体制ができ上がってしまった。

こうして慌ただしい日々が続く中、山城さんが支店計画を発表する日を迎えた。

九月中旬の定休日。つかさ鮨の全員が二階の座敷に集められた。親方を筆頭に女将さん、手塚さん、甲子園北島、金森、ゲソ、多可子まで、みんなで宴会用の大きな座卓を囲んだ。

山城さんは朝から出掛けていた。直前まで計画の詰めに励んでいたのか、はたまた奥さんの見舞いに行っていたのか、二階の座敷に現れたのは予定時刻を十分ほど過ぎてか

らだった。

「お待たせしました」

いつになく神妙な面持ちで頭を下げた山城さんはスーツ姿だった。調理白衣姿を見慣れているだけに違和感を抱いていると、背後からもう一人、背の高い男が現れた。オールバックの髪にストライプのスーツ。コロンでもつけているのか、座敷に柑橘《かんきつ》系の香りが広がる。

「飲食店プロデューサーの堂本《どうもと》さんです」

山城さんが男を紹介した。親方が露骨に眉《まゆ》を寄せた。

プレゼンと称する支店計画の発表が終わった途端、座敷に沈黙が広がった。親方が貧乏揺すりをしている。明らかに苛立《いらだ》っている。その気持ちは金森にも理解できた。

支店計画は山城さんの口からではなく堂本から発表された。配られたプレゼン資料なる書類にはセグメント、ポジショニング、カスタマイズといったカタカナ語が並び、みんなの予想とは大きく懸け離れた計画が書き連ねてあった。簡単に言えば、つかさ鮨の支店をファミリー鮨レストランの一号店にしよう、という趣旨だった。職人が握る鮨をファミリー向けに値頃感のある価格で提供し、フランチャイズ化によって三年後には関東圏内に五十店舗まで拡げようというのだ。

プレゼン資料にはグラフも添えられていた。十年前は一兆円規模だったフランチャイズビジネスが、いまや四兆五千億円と四倍以上に急成長している。いまどきめずらしい成長産業だけに、いま参入すれば関東圏内五十店舗も夢じゃない。とまあ、昔堅気の山城さんから飲食店ビジネスの最前線ともいうべき一大計画を提案されただけに、座敷にいる全員が戸惑うほかなかった。

ほどなくして沈黙を破ったのは親方だった。

「堂本さん、本日はありがとうございました。じっくり検討させていただこうと思います」

物言いは丁寧だったが、帰ってくれ、と告げている。堂本の起用について親方はまったく知らされていなかった。計画の趣旨にも納得がいかない、と顔に書いてある。

堂本が山城さんの顔を見た。山城さんは一瞬、困った顔をしてから、お疲れさまでした、と一礼した。それで察したのだろう。堂本は素早く席を立って帰り支度をはじめた。

そのとき、金森の隣にいるゲソが走り書きのメモを差し出してきた。

『これに賛成！　カネさんと北島兄さんも』

金森と甲子園北島もこの計画に賛成しろ、と言っている。意外だった。まさかゲソが賛成にまわろうとは思わなかった。ゲソも全国制覇という野望は抱いているものの、この計画は鮨屋めぐりのときに力説していた〝三割打者の味と格〟路線ではない。〝それなりの味と安さ〟路線だ。

「それではこれで」

お役御免となった堂本がコロンの香りを残して階下に下りていった。すかさずゲソが立ち上がり、弾《はじ》かれたように一階まで堂本の後を追っていき、お疲れさまでした！　と声を張っている。この気配りはいかにもゲソらしかったが、ほかのみんなは座敷で押し黙っている。親方は目を閉じて腕を組み、手塚さんはプレゼン資料に目を落とし、女将さんは正座したまま俯《うつむ》いている。唯一、甲子園北島だけは大きな背中を丸めて居眠りしていた。面倒な話は大嫌いな男だ、プレゼンの途中から舟を漕《こ》いでいた。金森は甲子園北島の膝を揺すって目を覚まさせ、ゲソの走り書きを見せた。

やがてゲソが二階に上がってきた。それを契機に親方がふと目を開け、山城さんに向き直った。

「奥さん、よくないのか？」

刺《とげ》のある聞き方だった。堂本のような男を連れてきて大風呂敷《おおぶろしき》を広げさせた山城さんに、看病が大変で堂本に丸投げしたのか？　と詰問している。

「いえ、そういうわけでは」

山城さんが首を横に振った。いまどきは職人の固い頭だけで考えていてはいけない、新しい時代に向けて自分も変わらねば、と考えた末にプロの知恵を借りたのだという。

親方も旧来の序列を無視して弟子を昇格させたじゃないですか、と言わんばかりだった。

「そうか」

親方は宙を睨《にら》みつけた。要するに山城さんは、いまもゲソが昇格したときの確執を引きずっていた。それで意地になって、あえて極端な方向に走ってみせたということらしい。

再び空気が張り詰めた。すると黙っていた女将《おかみ》さんが身を乗り出した。

「みんなの意見はどうなのかしらね」

場をなごませようとしてか、精一杯の明るい声だった。途端にゲソから脇腹を突っつかれた。カネさん、早く賛成意見を言ってください、とせっついている。仕方なくゲソに従った。

「ぼくは賛成です」

みんなの視線が金森に集まった。思いがけない金森の賛意表明に驚いたらしく、親方も戸惑いの色を隠さない。

「いえもちろん、正直に言えば、ぼくが思い描いていた支店計画とはかなり違ってました。でも、フランチャイズ化は時代の流れです。うちとしても挑戦してみる価値はあると思うんです」

本音とは違う言葉がすらすら出てきたことに自分でも驚いた。ゲソはこう言ってほしいのではないか、と忖度《そんたく》した内容が金森の言葉に変換されて湧き出してきた。そんな感覚だった。

親方が顎《あご》をさすっている。どう反応したものか困っているように見える。金森は甲子

園北島に目配せした。今度は居眠りこそしていなかったが、不意に振られて慌てたらしく、

「いや、あの、おれも賛成っす。理由は、その、金森と同じというか」

大きな体をすくめて、しどろもどろになっている。親方が口を開いた。

「ゲソはどうだ」

みんなの目がゲソに集まる。ゲソが正座に座り直し、背筋を伸ばして答えた。

「反対っす」

え、と金森は声を発しそうになった。金森たちに賛意を表明させながら、どういうことだ。裏切られた思いでいると、ただし、とゲソが続けた。

「ただし正確にいえば、本店も含めたファミレス化には反対、ということっす。もともとぼくは新しいことをやりたかったし、支店計画が決まったら志願するつもりでいたんすね。でも現状、ぼくと山城さんが支店に専念したら本店が手薄になる。しかも万が一、支店が失敗したときは本店も共倒れになる」

そう思わないすか？　とばかりにみんなの顔を見渡す。とくに反論はなかった。それはそうだ。支店が成功する保証などどこにもないし、山城さんが支店長になったらゲソなしに本店が回らないこともみんなわかっている。すぐさまゲソがたたみかけた。

「だとしたら、じゃあどうすればいいのか。ぼくはこう考えました。ファミレス化する支店は新規事業として本店と切り離すべきだと。で、ぼくは支店に志願せずに親方と手

塚さんの三人で本店を守ります。一方で山城さんは、いま賛成した二人の兄さんたちと新規事業に賭《か》ける。ファミレス鮨《ずし》なら若手中心で回せるはずだし、万一失敗しても本店は安泰だから、どっちに転んでも安心じゃないすか」

そう言いながら女将さんを見た。女将さんが小さくうなずいた。隣の多可子も首を縦に振っている。だが、親方は腕を組んでいた。その姿勢のまま天を仰いで固まってしまった。


その晩、寮の部屋でテレビを観ているとドアをノックされた。

「久しぶりにどうっすか？」

ゲソだった。お客にもらった純米酒を持ってきたという。ゲソと酒盛りなんて、いつ以来だろう。確か多可子と映画を観た日が最初だったと思うが、いや、それは思い出したくない。いまやゲソと男女の仲になっていると思うと悔しさが再燃する。二人と店にいるときも極力それは考えないようにしているのだが、それでもこうしてゲソの手下のごとく付き合っているのだから、おれの頭の中ってどうなっているんだろう。自分のことながらわからなくなる。

こたつ兼用の座卓に向かい合い、まずはコップ酒で乾杯してから、

「だけどゲソが反対って言ったときはびっくりしたぞ」

金森のほうから昼間の話題を持ち出した。支店計画は親方が結局、考えさせてくれ、

と結論を先送りしただけに、その話をしにきたに違いないと思った。ところがゲソはへらりと笑う。

「そうじゃないんすよ。あれはみんなの注意を惹《ひ》くために一発かましただけなんすから。だって反対と言いながら、本店と切り離すならいいって条件をつけてるんすから、賛成と大して変わらないじゃないすか」

「たとえ条件つきでも、あの計画ってゲソが銀座で言ってたことと正反対じゃないか」

途端にゲソが表情を引き締めた。

「カネさん、物事は上っ面だけ見てちゃダメっすよ。あれは、こっちの要求を通すために、とりあえず賛成してみせたんすから」

「こっちの要求？」

「気づいてなかったんすか？　あれは、こういう人員配置でなきゃダメだって要求したんすよ」

「共倒れしないためにだろ？」

「だからそれも上っ面の話っすよ。あの人員配置は山城を潰《つぶ》すために要求したんすから」

山城を潰す。物騒な表現に心がざわついた。

「だってカネさん、覚えてないすか？　二年近く前になるけど、親方がぼくを昇格させようとしたとき、山城が反対したじゃないすか。あれってなぜだと思います？」

「あれは、なんていうか、弟子の序列の問題で」

「違うっすよ。山城は、ぼくを怖がってるんすよ。小僧で入ったときからぼくの才覚に気づいて早々に潰しにかかった。それであのとき執拗《しつよう》に反対したわけで、ああいうやつが上にいる限り、ぼくの目的は達成できない。だからぼくは、潰してやる、と心に誓い続けてきた。その願ってもないチャンスが、やっとめぐってきたんすよ」

そう言ったゲソの目を見てぞくりとした。いつか見た怪しい光が放たれている。この男は二年近く前の一件を忘れることなく恨み続けてきた。

「カネさんだってやられたじゃないすか。昇格阻止のためにわざわざ烏賊《いか》を握らされた。あれだって実は、ぼくへの当てつけなんすよね。ぼくがカネさんを引き上げるために特訓していると気づいたから、カネさんも潰そうとした。あんときの恨み、絶対忘れちゃダメっすからね。恨みってものは百年かかっても晴らさなきゃ、けっしてつぎの高みには上がれない」

その意味でも、今回の人員配置はぜひとも勝ちとって山城を排除しなければならないという。

「だけど、その人員配置がなぜ山城さんの排除に繋《つな》がるんだ？」

「それは」

そこで言葉を切るとゲソは金森のコップに酒を注ぎ足し、上目づかいに睨みつけてきた。

「詳しいことは時機がきたら話します。とりあえずカネさんは、いまから勉強してくれないすかね」

「勉強？」

「簿記と税務の資格を取ってほしいんすよ。あと、ついでに食品衛生責任者の資格も」

「ついでにって、ちょっと待てよ」

「大丈夫っすよ。食品衛生責任者なんか一日あれば取れるらしいんで」

「いやそういうことじゃなくて」

「いいすかカネさん、これは前にも言ったことっすけど、いよいよ番頭として大きな一歩を踏みだすときがきたんすよ。いまこそ経営実務のプロを目指してください。勉強の資金は親方に出させればいいんすから」

　ゲソが要求した人員配置はまず認められる。認められた時点で、山城さんの右腕となって支店を成功させるために勉強したい、と親方に申し出れば資金援助してもらえるはずだという。

「山城さんの右腕って、つまりはおれに山城さんを潰せってことか？」

「それは時機がきたら話しますから、とにかくカネさんは勉強してください。大変なのはカネさんだけじゃないんすよ。ぼくはぼくで親方と女将さんを押さえにかかるつもりなんすから」

「押さえにかかる？」

「最終手段に打って出るんすよ」

意味がわからなかった。どういうことだ？　と聞き返したが、ゲソは口ごもる。

「なあゲソ、おれに番頭になれっていうんなら、ひとつぐらいちゃんと教えてくれたっていいだろう。おれたち、仲間なんだろ？」

さすがに苛《いら》ついてたたみかけた。ゲソは目を逸《そ》らして手酌で酒を注いだ。そして、金森を牽制《けんせい》するようにゆっくりと酒を飲み干してから、意を決したように呟《つぶや》いた。

「多可子と結婚するんすよ」

それから支店オープンまでの九か月間は瞬く間だった。瞬く間という言葉がこれほどふさわしい九か月間はない、と断言できるほど怒濤《どとう》のように過ぎ去った。

とりわけ二月までの五か月間、金森は『食品衛生責任者』『簿記検定』『税務会計能力検定』という三つの資格試験合格をめざして文字通り寝食を忘れて突っ走った。仕事以外の時間は教科書と参考書と問題集にかじりつき、ひたすら勉強し続ける日々だった。

これもゲソが要求した人員配置が認められたからこそだった。支店は試験的にファミレス化するが、本店とは切り離す。親方がそう決断してくれた結果、支店には山城支店長以下金森と甲子園北島が配属された。金森が山城支店長の右腕となる希望も叶《かな》ったため、教材や受験費用はすべて親方の援助でまかなえた。

もちろん、これもゲソのおかげといっていい。もともと親方は妙にゲソに気をつかっているところがあると若旦那《わかだんな》が言っていた。それに加えて、ゲソ自身が〝最終手段〟と言ってのけた多可子との結婚が決定打になったのだろう。まだまだ発展途上だから、という理由で結婚式はやらなかったものの、晩秋の定休日に入籍して店の二階で従業員だけのささやかな宴《うたげ》を開いた。ゲソの親族は姿を見せなかった。それに関してはだれも口にすることなくゲソの謎は深まるばかりだったが、結果的には二人の結婚が親方の説得に繋がり、金森にも転機をもたらしてくれた。

いまにして思えばゲソは最初から多可子を手に入れようと企《たくら》んでいたのだと思う。どこまでが恋愛感情で、どこまでが打算だったかはわからない。だが、まんまと出し抜かれたかたちの金森としては、そこまでやってのけたゲソを見返すためにもゲソの意向通り猛勉強しようと思った。

よくよく考えてみれば、この論理はおかしい。ゲソを見返すためにゲソを潰しにかかるのならまだしも、見返すためにゲソの腹心になろうというのだ。しかし、このときの金森には何の違和感もなかった。もはや金森はゲソの世界観の中で生きはじめていた。ゲソの世界観に呑《の》みこまれつつあった、と言い換えてもいい。実際、そうと腹を決めてからの金森は変わった。どんなに仕事で疲れていても、ちょっとした時間を見つけては本気で勉強に打ち込むようになった。

最初に取った資格は食品衛生責任者だった。食中毒など食品衛生上の危害に備える責任者の資格で、これは一店舗に一人保有者がいればいい規定なのだが、一日の講習で取れると知ったゲソが、一緒に取っちゃいましょう、と言い出した。衛生法規、公衆衛生学、食品衛生学という三つの講習に続いて小テストを受けた。それだけで本当に二人とも一日で取れてしまった。

えらく幸先《さいさき》がいいじゃないか、と簿記検定と税務会計能力検定にも取りかかった。ただし、こっちは一日では取れない。直近の試験日は両方とも翌年二月で、勉強期間は五か月ほどしかない。が、これを逃すと簿記は六月、税務は十月になるため、無謀にも二月受験と決めた。

簿記は通信講座で集中学習すれば三級と二級のダブル合格が可能とわかった。初心者には高いハードルだが、思いきってダブル合格を目指した。一方の税務会計能力検定は、税理士を目指す人が基礎学力をつけるために受ける資格だ。税理士試験よりはやさしいらしいが、所得税法、法人税法、消費税法と三つの法律の勉強が必須《ひっす》とあって、通信講座だけで大丈夫かと思案していたところ思わぬ助っ人が現れた。

そこまで本気ならば、と龍の会の面々が応援してくれたのだ。なかでも大学講師の竹之内は、ふだんは歴代三役の戦績を丸暗記して相撲博士ぶりを発揮している人なのだが、大学の専門は経済学だった。税務の基礎は学生時代に履修したからと、手弁当で個人教授を買って出てくれた。

定休日に金森がお茶の水の大学に足を運んだり、講義がない午後に竹之内が来店してくれたり、大学講師を独り占めして勉強した。ほかにも新聞記者の梶原は短期間で成果を上げられる学習法や合格のコツを聞き込んできて尻《しり》を叩《たた》いてくれたし、日本の税制に苦労してきた台湾商社マンの李さんは実体験に則してアドバイスしてくれた。

無償の支援に応《こた》えるべく金森も頑張った。仕事の合間や午後の休憩時間、定休日はもちろん寝る間も惜しんで勉強し、平均睡眠三時間の毎日にくたくたになりながらも奮闘し続けた結果、まさに努力は報われる、無謀を承知で挑戦した二月受験に合格してしまった。

「いやあ、カネさんがここまでやれるとは思わなかったすよ」

勉強しろとけしかけた張本人、ゲソからそう言われたときにはむっとしたものだが、高校時代にこれだけ勉強していれば大学にも進学できたに違いない。

ここまで頑張れたのには、もうひとつ理由がある。龍大海の存在だ。かつては使いっ走りに駆り出され、多可子との因縁もあって正直嫌っていたが、ある日、梶原からこう助言された。

「龍大海をライバルと思って勉強すればいい」

以前の龍大海は夜ごとゲソと遊び歩くなど天賦の才に胡坐《あぐら》をかいていたが、小結に陥落して生まれ変わった。夜遊びを封印して関脇に返り咲き、右膝《みぎひざ》が万全でなかった秋場所こそ振るわなかったが、十一月の九州場所、翌年の初場所と二場所連続で勝ち越した。三月の大阪場所で十三勝二敗以上の成績を残せば『三場所連続三役で勝ち越し、通算三十三勝以上』の基準が満たされ、大関昇進も夢でなくなってきた。そんな龍大海をライバルと思えば金森だって頑張れる。梶原からそう助言された瞬間、不思議と負けん気が湧いてきた。大関取りと資格受験では次元が違いすぎるかもしれないが、それでも、勉強漬けの日々に耐え続ける原動力になった。

一方で支店の準備も着々と進み、まずはつかさ鮨を法人化した。代表取締役は親方、取締役は女将さんと支店長になる山城さんと多可子の母親という布陣を敷き、〝株式会社つかさ鮨〟として法人登記。続いて両国駅の近くに見つけた店舗物件を仮押さえし、内外装設計や開店費用を詰めた事業計画書を作成して金融機関に融資を申請した。年明けの一月末には融資が決定。金森が資格試験に合格した二月には店舗物件を本契約して内外装工事にかかった。

この時点から金森は山城支店長の右腕となり、工事の進捗《しんちょく》管理から新規の仕入れ交渉、品書きの立案と原価計算、開店後の運営計画から税務対策に至るまで一手に引き受けた。工期が若干延びたものの、五月の頭には内外装工事が完了し、設備設営や試し営業などの最終調整も終えて保健所の営業許可も取得。そして六月中旬の日曜日、予定通り支店オープンに漕《こ》ぎ着けた。

オープン当日、モダンな和風テイストを取り入れた支店の店頭には『鮨レストランつかさ』と記された大きな看板が掲げられた。傍らには片倉水産をはじめ築地の仲買店や地元の商店会、古くからの常連や龍の会の面々から届いた祝いの花がずらりと並んだ。とりわけ目を惹《ひ》いたのが、〝大関　龍大海〟と筆書きされた名札が立った花輪だった。

そう、龍大海はついに大関の座を手にした。遡《さかのぼ》ること三か月前、大関昇進をかけた大阪場所で龍大海は横綱と優勝を争った。千秋楽の結びの一番で惜敗して優勝は逃したが、十四勝一敗という堂々たる成績で大関昇進を決めた。翌五月場所には大関として初土俵を踏み、またしても優勝に絡む好成績を残し、いまや横綱昇進の呼び声も高まっている。その龍大海の花輪が店頭を飾ったとあって開店初日は大盛況となった。

これには本店を臨時休業して駆けつけた親方も大喜びだった。龍大海とは多可子との一件でごたついた経緯もあったが、多可子はゲソと無事結婚し、龍大海が改心して精進していると知った親方も過去は水に流してくれたらしく、その晩の打ち上げでも終始上機嫌だった。馴《な》染《じ》みの常連はもちろん、梶原や竹之内など龍の会の会員も含めたお客全員に愛嬌《あいきよう》を振りまき、確執を抱えてきた山城支店長にも何度となく握手を求めた挙げ句に泥酔し、最後はふらふらになって女将さんとタクシーで帰っていった。

こうして無事に開店を果たした支店だったが、金森にとっては、これからが正念場だった。右腕として仕えている山城支店長からは、

「金勘定は苦手だからよろしくな」

と言い渡されている。今後は売上げ管理から節税対策まで、支店内の金の動きはすべて把握しなければならない。加えてもうひとつ、実は、これこそが山城支店長の右腕となった本当の理由なのだが、ゲソから託された〝仕事〟も実行に移さなければならない。

九か月前とは別人ともいうべき番頭スキルを携えた金森は、このとき二十五歳。これ

からだ、いよいよこれからだ、と明け方まで続いた祝宴の片隅で一人武者震いした。

支店オープンから五か月後の十一月下旬。金森は初めてゲソと多可子の家を訪ねた。富岡八幡宮《とみおかはちまんぐう》の門前町として知られる門前仲町《もんぜんなかちょう》。小さな居酒屋やバーが軒を連ねる路地沿いに、その小綺麗《こぎれい》な三階建てのマンションはあった。二人の愛の巣など正直ごめんだったが、

「例の件、そろそろ仕掛けたいんすよ」

ゲソからそう告げられて重い腰を上げた。例の件ともなれば迂闊《うかつ》な場所は使えない。事の成否は多可子次第なんだし、とせっつかれて仕方なく足を運んだ。

インターホンを押すと、はーい、と多可子の弾んだ声が返ってきた。三階角部屋の2DK。玄関には花柄のマットが敷かれ、ダイニングキッチンにはベージュのクロスを掛けた食卓、奥の座敷にはレース模様のカーテンが吊《つ》られ、白い整理棚の上には黄色い花が生けられている。寮のアパートとは比べものにならない新婚夫婦の部屋を見渡した途端、

「家賃、高いだろう」

不躾《ぶしつけ》にも聞いてしまった。

「身の丈以上の家に住んだほうが出世するってうちの人が言うから、思いきっちゃった」

多可子がふふっと笑った。うちの人、という言葉にちくりと胸が痛んだ。つい先日、

本店に顔を出したときはゲソと呼んでいたのに、自宅だからなのか呼び方を変えている。

「あ、彼女はバイトの美沙子《みさこ》」

背後に立っている女の子を金森は紹介した。

「あらら、金森さんったら手が早いのね」

「そんなんじゃないよ」

ゲソがぜひ一緒にと言うから無理やり来てもらった。

初めまして、と美沙子が挨拶《あいさつ》した。ゲソと同じくらいの背丈の二十歳の娘で、はきはきした快活な性格が気に入って金森が採用を決めた。何度か支店を覗《のぞ》きにきたゲソも、いい娘を雇ったっすね、と気に入った様子だった。

「カネさん、わざわざ申し訳ないっす」

ゲソが出てきて奥の座敷に通された。そこにどうぞ、と座卓に促すその顔は以前に比べてふっくらしている。結婚すると生活が安定して太るとよく言われるが、それを地でいっている。

「とりあえずカネさん、相談事ってやつを先にすませちゃいましょうか」

多可子が淹《い》れてくれた紅茶を啜《すす》っているとゲソに振られた。打ち合わせ通りの台詞《せりふ》だった。

「でも彼女たちは？」

多可子と美沙子を見た。話を聞かれていいのか？　と確認してみせた。

「全然かまわないっすよ。みんなつかさ鮨の従業員なんだし」

ゲソも打ち合わせ通りの台詞を返してきた。

今回の件に多可子ばかりか美沙子まで巻き込むことには若干の抵抗があった。しかし、ここまできたら後戻りできない。金森は持参した紙袋から帳簿を取り出した。この当時は小型のパソコンなどなかったから、毎日支店のレジを締めてから売上げや経費を手書きでつけていた。

「あれ？　二冊あるんすか？」

ゲソが怪訝《けげん》そうに首をかしげた。

「うん、実は、これについて相談したくてさ」

同じ表紙の二冊の帳簿を座卓の上に並べてみせ、

「中身を見比べてもらえばわかると思うんだけど」

思わせぶりにゲソを促した。ゲソが二冊の帳簿の中身を見比べて驚きの表情をつくった。

「カネさん、これってひょっとして」

「そうなんだ」

「ダメっすよ、こんなことしちゃ」

「けど、やれって言うから」

「だれが？」

「それは」

「まさか山城支店長っすか？」

一瞬、ためらってみせてから首肯した。

「そりゃヤバいっすよ」

ゲソが大仰に眉《まゆ》を寄せる。

「ねえねえ、どういうこと？」

多可子が口を挟んできた。ゲソと金森の小芝居にまんまと乗ってくれた。

「二重帳簿だよ」

しめたとばかりにゲソが答えた。一般に二重帳簿は脱税の常套《じようとう》手段として知られている。一冊は売上げを過少に記した表の帳簿、もう一冊は本当の売上げを記した裏の帳簿で、脱税犯は過少記載した表帳簿をもとに税務申告して課税を逃れるわけだが、

「山城支店長から二重帳簿をつけるように指示されたって、カネさんが言うんだ」

ゲソがため息をつきながら腕を組んだ。

「やだ、そんなことやってるわけ？」

多可子が目を吊り上げた。美沙子も困惑を隠さないでいる。

こっそり二重帳簿をつくってほしい。ゲソから指示されたのは支店オープンの直前だった。番頭役の金森なら簡単につくれるし、山城潰《つぶ》しの決定打になると説明された。簿記と税務を勉強させられた本当の意味がようやくわかった。けっして無駄な勉強ではな

かったし、番頭としてやっていく自信もついて感謝しているが、ゲソはこうまでして報復するのかとぞっとしたものだった。

「で、この二冊はどれくらい売上げを変えてるんすか?」

ゲソが小芝居を続けた。

「表帳簿の売上げは二十パーセント少なくしろって指示された」

「二十パーセントもっすか。その浮かせた二十パーセントはどうしてるんすか?」

「ここに振り込んでる」

五か月分の振込証明書を見せた。振り込み先は『堂本プロデュース事務所』。支店計画のプレゼンにやってきた飲食店プロデューサー、堂本の個人事務所だ。プレゼン当日は親方に追い返された堂本だが、実はその後、株式会社つかさ鮨と顧問契約を結んだ。横文字野郎とは付き合いたくねえ、と親方は渋ったものの、今後は専門家の知恵も必要だとゲソが説得して支店の経営にのみ助言してもらう条件で承諾させた。その堂本に対する顧問料に二重帳簿で浮かせた二十パーセントを上乗せして振り込んでいる、と金森は説明した。

「だけどカネさん、通常の顧問料にプラス、売上げの二十パーセントなんてありえないっすよ」

顧問料はふつう定額制だし、とゲソが苛《いら》ついてみせる。

「だからこうして相談にきたんだよ。いきなり親方に言いつけるのもなんだし」

金森は肩をすくめてみせた。ゲソがゆっくりと顎《あご》を撫《な》ではじめる。多可子の目を意識して考えるふりをしている。金森は紅茶を啜って待った。やがてゲソが、ふと閃《ひらめ》いたように口を開いた。

「これはキックバックだな」

「キックバック？」

多可子が横から口を挟んだ。

「出入り業者を使ってリベートを受けとる手口だ。まずは正当な顧問料にリベート分を上乗せして、株式会社つかさ鮨から堂本の事務所に振り込む。つぎにリベート分のみを山城支店長個人にバックさせる。山城支店長には奥さんの件もあるし、金に困って堂本に持ちかけたんだろうな」

「ただ、それだと堂本にメリットがない気がするけど」

金森は問い返した。多可子たちにより深く理解させるための質問だった。

「いや、もちろん堂本にもメリットはある。山城に恩を売りながら弱みも握れるわけだから、支店が成長したときに堂本は有利に立ち回れる」

「でもそれって犯罪だよね」

多可子が憤然としている。

「もちろん、会社の金を自分の懐に入れてるんだから立派な背任罪だ」

「ひどーい、みんな真面目に働いてるのに。すぐ親方に言いつけるべきよ」

「いや、気持ちはわかるけど山城支店長にも事情があるだろうし、いきなり犯罪者扱いもどうかと」

金森は慎重を装った。

「ダメだよ、こんなこと許してちゃ。美沙子ちゃんだってそう思うでしょ？」

黙って聞いていた美沙子がこくりとうなずいた。

「ほらね。どんなに困っても悪いことは悪い。絶対親方に言うべきよ。あなただってそう思うでしょ？」

今度はゲソに振る。もちろんゲソに異論があろうはずはない。それでも一応、二冊の帳簿を交互にめくって見比べてみてから、金森に向き直って諭すように言った。

「カネさん、多可子の言う通りっすね。つかさ鮨の正義のためにも、これは親方に言うべきっすよ。ただ下手をすると帳簿をつくったカネさんまで疑われかねないから、まずは身内の多可子の口からきちんと伝える。その上でカネさんが証拠を見せる。この段取りでいきましょうか」

こんな稚拙なやり方で本当に大丈夫だろうか。初めてゲソから二重帳簿の話を告げられたとき、金森は懸念を抱いたものだった。

二重帳簿と振込証明書を証拠に親方に直訴すれば山城支店長を追い込める。それがゲソの考えだったが、山城支店長にしてみれば、捏造《ねつぞう》された証拠をもとに無実の罪を着せられるのだ。激しい反発は必至だし、裁判沙汰《ざた》になってもおかしくない。そして、もしそうなった場合、矢面に立たされるのは金森だ。なにしろ山城支店長から二重帳簿を命じられた証拠などどこにもない。

「けどカネさん、山城から節税対策もやってくれって言われたんすよね」

「それは言われたけど、二重帳簿をつくれとまでは」

「節税対策という言葉で暗に二重帳簿づくりを示唆された。それでいいじゃないすか」

ゲソはそう言ったが、しかし、金森が勝手に二重帳簿をつくったと反撃されたらそれまでだし、そんな危ない橋は渡りたくないと断った。すかさずゲソが声を荒らげた。

「カネさん、何年山城と働いてきたんすか」

「ゲソより半年長い」

「だったらわかるでしょうが、山城がどんなやつか」

「昔堅気の一途《いちず》な職人だ。そう簡単には引き下がらない」

「全然違うっすよ。いいすかカネさん、もっと人間心理ってもんを読まなきゃダメっすよ。昔ながらのやり方やしきたりにこだわるやつってのは、基本的に自分の頭じゃ考えられない小心者なんすよ。新しいものには柔軟に対応できない。けど、そんなやつだと悟られるのは怖い。馬鹿にされたくない。となれば頑固職人キャラに閉じこもってたほうが楽じゃないすか」

ふだんは頑固職人キャラでやっていればなんとかなる。周囲もそれでついてくる。ところが、ときに頑固職人キャラで対応できない事態に追い込まれると、小心者の本性が現れてブレはじめる。その挙げ句に逃げを打って周囲を驚かせる。

「早い話が、手に負えなくなると面倒臭くなって投げ出しちゃうんすよ。ぼくが入店したときも、支店計画をまかされたときも、結局はそれだったじゃないすか」

ゲソという脅威に動揺した山城さんは、まずゲソを潰しにかかった。それが無理だとわかると支店計画に逃げて毎日忙しそうにしていたが、実は大したことはしていなかった。いざ蓋《ふた》を開けたら堂本に丸投げしてファミレス鮨なんていう調子のいい話に乗っただけだった。

「奥さんの入院話にしても、念のために調べてみたら食あたりで数日入院しただけだったんすね。結局、入院話も逃げの道具だったんすよ」

そんな弱みだらけの小心者は力業で嵌《は》めるに限る。二重帳簿は山城から命じられてやったと親方に信じ込ませてしまえば、山城の反撃など一蹴《いっしゅう》できる。なにしろ金森には動機がない。二重帳簿をつくっても何のメリットもないからだ。しかも、二重帳簿など命じてない、と山城が反証することは不可能だ。仮に裁判沙汰になっても金森が圧倒的に有利だし、山城支店長が山城支店長に勝ち目はない。となれば、もともと親方とは確執があった山城支店長だ。反撃どころか面倒臭くなって、すべてを投げ出して逃げてしまうに決まっている。

「だからカネさん、あとは多可子に直訴させるだけなんすよ。他人を騙《だま》すには、まず身内からじゃないすか。多可子が山城の不正を信じて直訴すれば、親方だって絶対信じるはずっすから」

ゲソの本性が、ますますわからなくなった。何も知らない自分の妻を騙してまで山城潰しに一役買わせようというのだから、そこまでするかと怖くなった。しかし実際、それからはゲソの思惑通りの展開となった。金森さんが不正を手伝わされているの、と多可子から直訴された親方は激怒した。早速、山城支店長と金森を本店に呼び、山城支店長に詰め寄った。当然ながら山城支店長は、一切知らない、の一点張りだった。そこで親方が二重帳簿と振込証明書を突きつけると、

「こんなものは初めて見た、断じて命じてない！　こいつが嵌めたんだ！」

顔を紅潮させて金森を糾弾した。もちろん金森は否定した。ひたすら否定し続けた。これには山城支店長が怒りを爆発させ、

「この野郎！」

不意に殴りかかってきた。間一髪、待機していた甲子園北島が飛びかかって山城支店長を取り押さえたが、これで親方の心証は完全に黒となった。確執を棚上げして取締役支店長にまで取り立ててやったのに、なんたる恩知らず。

「とっとと出てけ！　くすねた金は武士の情け、退職金代わりにくれてやる！」

それまでだった。これ以上、この連中とやり合っても、と面倒臭くなったのだろう。やめてすむ話なら喜んでやめてやる、とばかりに山城支店長は唾《つば》を吐いて飛び出してい

った。

翌日、株式会社つかさ鮨の臨時役員会が招集された。親方の剣幕に女将《おかみ》さんも多可子の母親も多可子の直訴を信じた。結果、山城取締役支店長の解任が決定し、一年半近くかけたゲソの〝山城潰《つぶ》し〟が成就したのだった。

考えてみれば酷《ひど》い仕打ちをしたものだった。親方との確執が絡んでいたとはいえ、無実の罪で店を追われた山城さんはどんな思いだったろう。その心境を考えるとしばらくは報復を恐れて気が気でなかったが、しかし、この一件が金森とゲソの関係を大きく変えた。これを境に金森は本当の意味でゲソの配下として機能しはじめ、ゲソの策謀を金森が実行する二人三脚は、このときからはじまったと言っていい。

数日後、親方が本支店の全員を集めて、こう発表した。

「支店長の後任はゲソに決めた。みんな、よろしく頼んだぞ」

この新人事にはみんなが驚いた。順当にいけば手塚さんが最有力候補だったのだが、いま以上の責任は背負いたくない、と手塚さんは固辞した。それならばと親方も腹を括《くく》り、甲子園北島と金森を飛び越えてゲソに白羽の矢を立てた。入店四年目。年が明けたら二十歳の誕生日を迎えるゲソは、こうして事実上のナンバーツーとなった。取締役への就任こそ時期尚早と見送られたものの、まさに異例の大抜擢《だいばってき》だった。

「さあカネさん、忙しくなるっすよ！」

支店を再開させた朝、ゲソ支店長から発破をかけられた。その後、再度の異動が行われ、ゲソの穴を埋めるべく甲子園北島が本店に移った。甲子園北島にゲソの穴は埋められないが、年末のこの時期、新たな職人を雇う余裕はない。必然的に支店は、ゲソと金森と美沙子の三人で回さなければならなくなった。

「まあなんとかなるっすよ。どうせ当面はファミレス鮨なんすから」

ゲソは笑った。年明け早々には新両国国技館が落成する。できることならゲソ流にリニューアルした支店でその瞬間を迎えたかったようだが、年末年始の繁忙期にそれどころではない。そこでゲソは、閑散期の二月になったら大胆にリニューアルしたい、と親方に申し出た。親方としても腹を括って抜擢したゲソからの申し出だけに、その手腕に期待して承諾してくれた。

「けど資金繰りはどうするんだ？」

当面の運転資金は会社の蓄えでなんとかなるが、リニューアルには改装費も必要になる。

「大丈夫。堂本のおかげで貯金も増えたし」

キックバック金のことを言っている。山城潰しのために堂本の事務所に振り込まれたリベート金は、実はゲソにバックされていた。一度は追い返された堂本を親方に頼み込んで顧問契約を結ばせたゲソは、その恩義を楯《たて》に堂本に協力させたのだった。バックされた金は、実質的には脱税金といっていいが、これに加えて、かつて特訓鮨で稼いだ金や心付けや給料を貯めた金も合わせれば四百万円ほどになる。その全額を注ぎ込んで二月中に改装を終え、三月にはゲソ流の新支店をスタートさせる予定で、いまや拠《よ》り所がなくなってしまった龍の会の面々も楽しみにしている。

ゲソ支店長は燃えていた。師走《しわす》の慌ただしい日々、ファミリー向けのセット握りに追われながらも、新たな目標に向けて走り出したゲソの幼顔は、いつになく浮き立っていた。


両国の街に寄せ太鼓が鳴り響いた。

昭和六十年一月九日。ついに新両国国技館が落成の日を迎え、敗戦後に両国を追われて以来、三十九年ぶりに大相撲が戻ってきた。緑青瓦葺《かわらぶき》の大屋根を冠した真新しい相撲の殿堂の正面には、関取の四股名《しこな》が染め抜かれた幟旗《のぼりばた》がはためき、若手力士たちが鬢《びん》つけ油の香りを漂わせて闊《かっ》歩《ぽ》している。この日を待ちわびていた相撲ファンもつぎつぎに押し寄せ、相撲の街として賑《にぎ》わっていた往時の華やかな活気が一夜にしてよみがえった。

落成式に続いて開幕した初場所も連日の満員御礼となった。土俵上では大相撲新時代にふさわしい熱戦が繰り広げられたが、一方でこの場所は世代交代場所でもあった。その象徴とも言うべき出来事が起きたのが三日目だった。憎らしいほど強い、と評された昭和の大横綱北乃湖《きたのうみ》が、三連敗を喫して引退を表明。ひとつの時代の終焉《しゅうえん》を強く印象づけた。

かたや新世代の進出も目覚ましく、その筆頭が大関龍大海だった。いまや次代横綱の最有力候補と騒がれる期待に応《こた》えて、七日目までは危なげない相撲で連戦連勝。勝ち越しをかけた八日目の立ち合いこそ一瞬出遅れてひやっとさせられたが、その後は再び安定した相撲で十四日目まで快進撃を続け、そして迎えた千秋楽、同じく連勝街道を驀進《ばくしん》してきた横綱千代《ちよ》の濱《はま》との全勝対決がついに実現した。

両国の街がそわそわする中、この日、ゲソは朝から築地に足を運んでいた。片倉水産を皮切りに仲買店をめぐり歩き、大量の鮮魚を仕入れるためだ。優勝祝賀会は八重桜部屋でやりたい。ゲソの鮨で祝ってほしい。そんな龍大海の希望に応えて、前日、八重桜部屋からゲソ宛てに三百人前の仕出し注文が舞い込んだのだった。

今日に限っては本店に応援を求めた。夜は休業するが昼は店の営業と仕出し調理の同時進行になるから、ゲソと金森と美沙子だけではとても手が足りない。龍大海の祝宴なんですが、と親方に打診したところ、支店オープン時と同様に過去は水に流し、手塚さんと多可子を従えて駆けつけてくれた。本店は甲子園北島と女将さんの二人だけになってしまうが、

「なに、大丈夫だ。本店は新国技館から離れているから支店より客は少ないだろう。今日は本店も昼と出前だけにしたし、この機会に北島も一人でつけ場を仕切ってみればいい経験になる」

と親方が余裕をかましてくれた。

午後二時。昼のお客が帰ると同時に、急いで宴席料理の盛りつけにかかった。優勝決

戦は結びの一番だ。午後五時半には決着がつくだろうから、遅くとも七時までには八重桜部屋の大広間と稽古場《けいこば》をぶち抜いた祝賀会場に、宴席料理と鮨桶《すしおけ》が並んでいなければならない。大広間の上座に金屏風《びょうぶ》を立てた主役の席には、片倉水産の若旦那《わかだんな》が調達してくれた瀬戸内産の超特大真鯛《まだい》も鎮座させる予定でいる。

盛りつけの途中、ゲソがラジオをつけた。新国技館の歓声がつけ場に響いた。龍の会の面々も、この歓声の中にいるはずだ。実況中継に耳を傾けつつ宴席料理を盛りつけ終えると、早速、多可子と美沙子が八重桜部屋に運んでいった。続いて親方以下四人の鮨職人が競い合うように鮨を握りはじめ、金森が借り集めてきた十人盛りの鮨桶三十枚に盛り込んでいく。そして午後五時過ぎ、上位力士の取り組みに入った頃には三十枚の鮨桶が握り鮨で埋まり、息つくことなくライトバンに積み込み錦糸町へ向かった。

八重桜部屋に到着すると、大広間に置かれたテレビの中では、すでに龍大海と千代濱が土俵上で睨《にら》み合っていた。緊迫した画面を若手力士や後援会関係者、祝賀会の取材にやってきた報道関係者たちがじっと見つめている。金森たちも画面をチラチラ横目にしながら、宴席用に配置された長テーブルに料理と鮨桶を配膳《はいぜん》していく。

そのとき、ひときわ大きな拍手と歓声が沸いた。いよいよ立ち合いだ。配膳の手をとめ、金森がテレビに向き直ると同時に行司が軍配を返した。

二つの肉弾が、がつんとぶつかり合った。いきなり千代の濱が右を差し左上手を取った。そのまま十分の体勢になるや、一気に龍大海を土俵際までもっていく。満員の館内に悲鳴と歓声が渦巻く。が、危ういところで龍大海が身を翻し、巻き替えにかかる。千代の濱の左上手を切り、得意の右上手をがっちり引くなり、ひょいと右に揺さぶりをかける。千代の濱がバランスを崩した、その直後だった。ここぞとばかりに龍大海の右からの豪快な上手投げが炸裂《さくれつ》し、天下の大横綱が宙を舞って土俵上に投げ飛ばされた。

「やった！」

その瞬間、八重桜部屋は拍手と歓声と万歳に包まれた。若手力士も後援会関係者も笑顔を弾《はじ》けさせて喜び合っている。

金森も諸手《もろて》を挙げて拍手していた。ゲソも手塚さんも親方も多可子までもがぴょんぴょん飛び跳ねて喝采《かっさい》を送っている。

そのとき、だれかにポンと背中を叩《たた》かれた。振り返ると部屋の若い力士がいた。

「つかさ鮨の方からお電話です」

そのまま廊下の黒電話に導かれ、受話器を手にした。

「ああ、金森くん？」

女将《おかみ》さんの声だった。龍大海の優勝を知ってか知らずか、大変なことになっちゃったの、と声を震わせている。

「やっぱ北島兄さんだけじゃ大変ですか？」

苦笑いしながら問い返すと、

「そうじゃないの。いま病院のお医者さんから電話があったんだけど、うちのお客さんがチョウエン、ほらチョウエンなんとかっていうあれにやられたらしくて」

いつもの女将さんらしくなく、しどろもどろだったが、金森にはピンときた。医者、チョウエン、ときたら腸炎ビブリオしかない。食品衛生責任者の小テストにも出題された、魚介類を通じて感染する食中毒菌だ。

四章　奪取

『物事の成否はすべて、とっさの機転で決まる。この世を生き抜くために熟考ほど無意味なものはない』

後年になってゲソこと徳武光一郎はしばしばこう口にしたものだが、このときほどこの言葉の意味を痛感させられたことはなかった。

大関龍大海が優勝を決めた直後の八重桜部屋には、後援者や報道陣が続々と詰めかけてきていた。大関と親しいプロ野球選手や芸能人も顔を見せている。その人波の中、本店の女将さんから食中毒の報を受けた金森は、すぐさま親方に伝えようと急ぎ祝賀会場に戻った。親方は宴席料理をチェックしていた。龍大海が新国技館から凱旋《がいせん》したら、まずは片倉水産の若旦那が調達した超特大の真鯛《まだい》を抱えて記念撮影をする。続いて大盃《たいはい》の清酒を口にする儀式を撮ったら記者会見から祝宴に突入する段取りだけに、粗相があっては、と盛り箸《ばし》を手に料理の盛りつけを一品一品整えている。

その真剣な眼差《まなざ》しを見た瞬間、金森は足を止めた。女将さんから伝え聞いた話に、ふと疑念が湧いたからだ。腸炎ビブリオは魚介類による食中毒の原因菌として知られている。平成十三年に厚生労働省が対策基準を改正し、この菌による食中毒は激減したが、昭和の時代には一、二位を争うほど頻発したものだった。潜伏期間は六時間から八時間。

刺身や握り鮨《ずし》に付着した菌が小腸に入って増殖し、激しい腹痛と下痢を引き起こす。嘔《おう》吐《と》や発熱を伴うこともある。

ただ通常、腸炎ビブリオ食中毒は夏場のものとされている。親方からもそう教わったし、食品衛生責任者の講義でも同様だったから、冬場のいま、女将さんの勘違いという可能性もなくはない。もし勘違いだったら同じつかさ鮨のことだけに、めでたい宴席を台無しにしてしまう。飲食店にとって食中毒ほど重大な失態はない。とりわけ生魚を扱う鮨屋には致命傷だけに、初の大仕事に張り切るゲソにも申し訳が立たないと思い、とりあえずゲソをつかまえて耳打ちした。

「それ、海老《えび》か二枚貝っすね」

即座にゲソは感染食材を口にした。残念ながら女将さんの勘違いではなかった。腸炎ビブリオ菌は、冬場でも海水温の高い東南アジアで獲《と》れた海老や貝類に付着して日本に渡ってくる。ちゃんと水洗いせずに暖房を入れた室内に放置しておくと、瞬く間に菌が増殖してしまうという。

「北島兄さんだな」

ゲソが舌打ちした。今日に限って一人で本店をまかされた甲子園北島が、テンパった挙げ句にポカミスをやらかしたに違いない、と。

「じゃあ、やっぱ親方にも伝えないと」

親方のほうへ行きかけると、ちょ、ちょっと待って、とゲソに呼びとめられた。

「この件、ぼくに預からせてください」

「でもそれだと」

「考えがあるんすよ。あとで電話するまで、これは伏せといてください」

子どもに言い含めるように低い声で告げるなり、大広間の主役の席を取り囲んでいる報道陣の群れに飛び込んでいった。テレビカメラやスチールカメラの脚立を林立させ、会見準備に余念がない報道陣の中から東日新聞の梶原記者を見つけだし、何事か耳打ちしている。ほどなくしてゲソが梶原の背中を押した。二人で群れを離れて祝賀会場から飛び出していく。

金森はひとつ深呼吸した。こうなったらゲソ支店長に従うしかない。そう覚悟を決めて何食わぬ顔で宴席料理のチェックをはじめた。まだ携帯電話が普及していない時代とあって、金森が黙っていれば当面は食中毒騒ぎを伏せておける。

そのとき、祝賀会場の入口で大きな拍手と歓声が沸き上がった。今夜の主役、大関龍大海が部屋に凱旋したらしい。拍手と歓声は瞬く間に会場全体に広がり、報道陣のライトが一斉に灯《とも》され、金屏風を背負った主役の席を浮かび上がらせる。

満面に笑みを湛《たた》えた紋付袴《もんつきはかま》姿の龍大海が、後援者たちと握手を交わしながら人垣を掻《か》き分けていく。鳴りやまぬ拍手の中、眩《まばゆ》いばかりにフラッシュが焚《た》かれ、

「日本一！」

と掛け声が飛ぶ。やがて龍大海が主役の席に辿《たど》り着いた。畳を積み重ねて一段高くし

た主役の席には大きな座布団が三枚並べられている。龍大海は真ん中の座布団に腰を下ろした。右隣には同じく紋付袴の八重桜親方、左隣には白髪にダブルの背広姿の後援会長がおさまり、まずは優勝賜杯を抱えたポーズを撮影した。続いて龍大海が超特大の真鯛を横抱きしてそっと持ち上げる。

「尾っぽを持ってくれますか！」

一眼レフを手にしたカメラマンから声が飛んだ。鯛の尾を握って豪快に吊《つ》るして持つおなじみのポーズを要求されたのだが、龍大海は笑顔で首を横に振った。

「尾っぽを持つと身割れしちゃうんすよ」

身割れ？とカメラマンが首をかしげた。

「尾っぽを持つと身の部分が重みで下がって中骨に食い込むから、身に割れ目が入るんすね。そうなると、せっかく見事な鯛なのにお造りにも鮨にも使えなくなってもったいないんすよ」

「大関、詳しいんですね」

カメラマンがシャッターを切りながら感心してみせる。

「食いしん坊なだけっすよ。優勝したら祝い鮨をたらふく食わせてくれる約束があるんすよ」

このやりとりに記者たちは食いつき、翌日の新聞には〝食通大関、横綱食う！〟〝食い意地優勝！〟といった見出しが躍ったのだが、実はこれ、ゲソとの約束だった。優勝したら絶品の真鯛を握ります、とゲソが申し出て、その際に鯛の持ち方も教えたのだが、しかし、いまや祝い鮨どころではない。飛び出していったゲソから音沙汰《おとさた》がないだけに金森は不安でならなかったが、優勝会見はどんどん進み、続いて大関は大盃になみなみと注がれた清酒を口にしてみせた。

「つぎは横綱ですね！」

報道陣から声が飛んだ。龍大海が相好を崩した。大関六場所目にして横綱を破っての初優勝だけに、いつにない自信がみなぎっている。

そのとき、失礼します、と背中を叩《たた》かれた。さっき電話を取り次いでくれた若手力士だった。ゲソからの電話に違いない。周囲を見回して親方を探した。会場の片隅で龍大海の晴れ姿を眺めている。金森はそっとその場を離れ、黒電話がある廊下へ向かった。

「カネさん、親方を連れてきてほしいんすよ」

受話器を取るなり、ゲソから告げられた。

「やっぱ深刻な事態なのか？」

「とにかく支店に連れてきてください」

詳しい事情はあとで話すから、と急《せ》かす。

「でも親方には何て？」

即座に報告しなかった負い目があった。

「そんなの、適当でいいっすよ」

「適当って言われても」

うまい言い訳が思いつかずに逡巡《しゅんじゅん》していると怒鳴りつけられた。

「四の五の言ってる時間はないんすよ！　これぞ千載一遇のチャンスなんすから！」

ゲソとの付き合いの中で忘れられない言葉は数あるが、これほど強烈な記憶として脳裏に貼りついている一言はない。この緊急事態の最中に〝千載一遇のチャンス〟と言ってのけたのだ。梶原記者と一緒に飛び出していったゲソは、てっきり食中毒の善後策に追われているのだと思っていただけに、その異様な一言にはぎょっとさせられたが、

「わかった、すぐ親方を連れていく」

金森は了承した。祝賀会場では報道陣向けの儀式と記者会見が終わり、祝宴がはじまろうとしていた。親方は若手力士らとビールの栓を抜いてまわっていたが、理由はあとで話します、とだけ告げて強引に会場から連れ出し、タクシーを奮発した。タクシーの中では二人とも無言でいた。ゲソの思惑がわからない金森は余計な口を利きたくなかったし、めずらしく沈黙を続ける金森に親方も異変を感じとったのだろう。後部座席に座るなり腕を組み、じっと目を閉じていた。

シャッターが半開きになっている両国の店に舞い戻ると、店内にはつけ場の明かりだけが灯されていた。夕方まで宴席料理の盛りつけで大わらわだった客席は薄暗く、片隅の四人掛けテーブルにゲソと梶原と甲子園北島、三人が額を突き合わせていた。女将《おかみ》さ

んだけは本店に待機してもらっているようだ。そう察して椅子を一つ追加して金森と親方もテーブルに着くなり、

「親方、申し訳ありません」

甲子園北島が半泣き顔で頭《こうべ》を垂れた。

「何があったんだ」

まだ何も知らない親方が訝《いぶか》しげに質《ただ》した。

「すいません、ぼくから説明します」

甲子園北島に代わってゲソが口を開いた。食中毒と見られる患者が、つかさ鮨で昼を食べたと言っている。そんな電話が今日の夕刻、墨田区内の病院の医者から本店に入った。症状が出ているのは五人で、うち三人は嘔吐と発熱も見られ、腸炎ビブリオの疑いが濃厚だという。仰天した女将さんが昼に出したものを調べて伝えると、とりあえず保健所に通報するので、改めて保健所から連絡がいくはずだ、と言い置いて医者は電話を切った。

「なんでまたそんなことに」

親方が吐き捨てた。ゲソが説明を続けた。今日は客足が鈍ると予想して本店も昼と出前だけの営業にしたのだが、店の客は減ったが出前は通常並みだったため、甲子園北島が握ったそばから女将さんが大慌てで配達する事態となった。

「つまり忙しすぎて海老や貝を冷蔵庫に仕舞い忘れてたってことか？」

親方が質問した。いえ、と首を振りながらゲソが答えた。

「いくら多忙でもそれはありえないって北島兄さんは言うんすね。兄さんも小僧の頃から食中毒には十分気をつけろと親方から厳しく仕込まれてきたわけですし」

「だったら、なぜそんなことが起きたんだ」

親方が甲子園北島に目を向けて睨《にら》みつけた。甲子園北島が反論しかけたが、ちょっと待ってください、とゲソは遮った。

「なぜ起きたのか、その原因については思い当たる節があるので後ほど話しますが、いまは原因究明より善後策じゃないすか。食中毒は店の存亡に関わるだけに、保健所が腸炎ビブリオと断定して騒ぎになる前に何をしておくべきか、それを先に考えるべきだと思うんです。で、その一番のポイントはマスコミ対策なんすね。『龍大海と祝い鮨を約束していた鮨屋が食中毒』なんて話は恰好《かっこう》のネタじゃないすか。それで急遽《きゅうきょ》、梶原さんに相談したんですが」

ゲソが目配せした。梶原が話を引き継いだ。

「ここからは私が説明すべきだと思うんですが、まず申し上げたいのは、私はつかさ鮨の大ファンです。すこぶる真っ当な鮨屋だとわかっていますし、こんなことで潰《つぶ》れてしまっては泣くに泣けません。だからもう、一刻も早くマスコミ対策を講じてほしいんです。初動段階でマスコミにどんな心証を与えるか、それで今後の展開がまるで違ってきますから」

親方が顎《あご》をさすっている。梶原の説明に納得がいかないらしく、

「あんたが言いたいこともわからんではない。だが、原因が何かによっても対応策は異なってくるだろうし、いかにマスコミ対策を講じたにせよ、食中毒を出した鮨屋を世間は許さんだろう」

と言い返した。梶原が反論した。

「食中毒といっても実は規模次第なんですね。いま社会部に確認したところ、被害者が数人で症状が重篤でなければ営業停止三日間と清掃消毒の徹底指導程度だそうです。その処分を真摯《しんし》に受けとめ、被害者補償にも誠意を尽くすことで立ち直った店は多いらしいんですね。ただ、つかさ鮨の場合は、たとえ軽微な食中毒であっても龍大海効果で派手に騒がれる懸念がある。それを考えると、やはり事前のマスコミ対策で騒ぎを大きくしない努力も必要だと思うんですよ」

「しかし、騒ぎを大きくしない努力と言われても」

親方はまだ顎をさすり続けている。再びゲソが話を引きとる。

「実は梶原さんが三つの対策を提案してくれたんすね。とりあえずぼくから話すと、一つ目は、即座に自主休業して原因究明に全力を挙げる。二つ目は、原因の如何《いかん》にかかわらずトップが辞任を表明する。そして三つ目は、以上の二つに関して保健所が食中毒と断定する前、つまり明日の朝一番にも謝罪会見を開いて公表する。この三つが重要であると」

親方が渋面をつくっている。それはそうだろう。食中毒という衝撃の事実を知らされたばかりだというのに追い討ちもいいところだ。そんな親方の気持ちを代弁するつもりで金森は尋ねた。

「自主休業と謝罪会見はわかるけど、辞任表明はどうだろう。トップって親方のことだよね」

これにはゲソがこくりとうなずき、

「ただこれは、親方をやめるってことじゃなくて、社長という役職を辞任するっていう意味なんすね。この国の責任者って、責任をとらずに居座ってますます世間の反発を買うことが多いじゃないすか。でも、つかさ鮨は違う。まずは責任者が潔く責任をとる。そんな誠実な姿勢をいち早くアピールして信頼を勝ちとるべきだと梶原さんは言ってるんすよ」

親方が小さくため息をついた。

「やはり、その、そこまでやらなきゃいかんのかなあ」

胡麻塩頭《ごましおあたま》を掻《か》きながら当惑している。優勝祝賀会という晴れの場から一転、社長辞任という生々しい現実を突きつけられて心の整理がつかないのだろう。するとゲソがへらりと笑った。

「親方、そんな深刻に考えなくても大丈夫っすよ。いったん社長職を退いて、事件から店が立ち直ったらまた復帰すればいいんすから。国技館だって、こうして両国に戻ってきたわけで、ここは辛抱のときだと思うんすね」

どっちが親方かわからないような口調で諭した。梶原が補足する。

「ちなみに明朝、謝罪会見をやると決まったら、他社の記者たちにそれとなく事前情報を流しておこうと思ってるんですよ」

つかさ鮨は龍大海が格別に贔屓《ひいき》にしている店だけに、迂闊《うかつ》に叩《たた》くと龍大海との良好な関係が損なわれる可能性がある。今後の取材活動のためにも、ことさら騒ぎ立てないほうが得策だ、という空気をつくっておけば、たとえ記事になったとしてもベタ記事程度か、あえて書かないところも出てくるはずだ。梶原がそう説明すると、

「マスコミってのは、そんな損得勘定で動いちまうものなのか？」

親方が眉《まゆ》を寄せた。

「それはまあマスコミだって商売です。人気者にそっぽを向かれたら商売上がったりですし」

梶原が苦笑した。ここぞとばかりにゲソがたたみかけた。

「自主休業して親方が潔く責任をとってみせる。それだけでマスコミの扱いが変わるんなら願ってもない話じゃないすか。社長を退いたって親方は親方なんすから」

いったん決断してからの親方の行動は早かった。まずは梶原記者に祝賀会場に戻ってもらい、甲子園北島だけを支店に残して親方と金森とゲソは本店へ移動した。早速、待

機していた女将《おかみ》さんに社長辞任の意向を伝え、話を聞いた女将さんも、お店を存続させるためなら、と同意してくれた。続いてもう一人の取締役、多可子の母親にも電話して同意を取りつけ、明日の朝、女将さんが登記所に出向いて役員変更登記をする段取りまでつけてしまった。

そこまで性急にやったのには理由がある。登記簿は、だれにでも閲覧できる。万一、マスコミ記者に閲覧されて、辞任を発表しながら登記簿に変更がないと騒がれる、と梶原から助言されたからだ。ところが、ここでもうひとつ問題が持ち上がった。当時の商法では株式会社の取締役は三人以上と定められていた。株式会社つかさ鮨は前年末に山城取締役支店長が解任されたため、親方が辞任すると取締役は女将さんと多可子の母親、二人になってしまうと女将さんが気づいた。

「そうか、そういう問題もあったか」

法律ってやつは厄介なもんだな、と親方が舌打ちした。すると女将さんがゲソに向き直った。

「ねえ、取締役になって」

思いがけない提案だった。

「とんでもないっす」

二十歳になりたての若造にそんな重責は担えない、とゲソは首を大きく横に振ったが、

「大丈夫、あなたならやれる。親方もやめるわけじゃないんだから相談しながらやれば

いいし」

そうでしょ、と親方を見た。親方は言葉に詰まった。さすがに即答はできなかったらしい。といって、ほかに選択肢はない。それで覚悟を決めたのだろう。

「確かにそうだな。女将の言う通りだ。いまも支店長として立派に仕切ってくれてるし、おれの復帰までワンポイントのつもりで頑張ってくれればいいんだし、やってくれるか？」

途端にゲソが天を仰いだ。唇を固く閉じたまま考え込んでいる。やけに芝居がかったその顔を見た瞬間、金森ははっとした。ひょっとして食中毒はゲソが仕掛けたのではないか。どうやって仕掛けたのかはわからないが、この展開を想定してやったのではないのか。

その考えを裏づけるかのように、やがてゲソは意を決したように親方の目を見据えた。

「承知しました。こうなったからには精一杯、頑張らせていただきます」

こうしてすべての対応策が決定し、翌朝、予定通り謝罪会見が開かれた。

場所は本店二階の座敷にした。優勝祝賀会とは打って変わって数人の若手記者が顔を見せただけだったが、それで十分だった。まずは親方が謝罪して状況を説明した。保健所から正式通達があり次第原因を特定し、衛生環境の改善に取り組むとした上で社長辞任を発表し、潔く責任をとりたい、と頭を下げた。若手記者の反応は薄く、ろくに質問も出なかった。梶原の事前工作が効いたのか、発表された事実だけを淡々とメモし終えると、さっさと座敷から出ていった。

拍子抜けするほどあっけない会見だった。取材するふりをして見守っていた梶原も、

「まあ、これ以上被害が広がらない限りは一件落着でしょう」

そう断言して安堵《あんど》の煙草に火をつけていた。

その日の夕方、ゲソが金森の部屋にやってきた。今回もまた一升瓶を提げていた。ゆうべは夜遅くまで祝賀会の後片づけに追われ、店の床に横になったのは朝方のことだった。小一時間ほど仮眠して謝罪会見に立ち会ってからも事後処理に駆けまわり、やっと部屋に戻ってこられたのは日が暮れてからだったため、正直、心身ともに疲労困憊《こんぱい》していた。だが、金森としても飲みたかった。事の真相をゲソ自身の口から聞きたかった。

「まずは会見の成功と取締役就任を祝して」

二人でこたつに向かい合い、金森のほうから乾杯を促した。今日の昼間、女将さんが早々に変更登記を済ませたそうだから、いまや登記上は女将さんが代表取締役、多可子の母親とゲソが取締役の三人体制に切り替わっている。これにはゲソもしてやったりだろうと祝意を表したのだが、なぜかゲソは沈痛な面持ちでいる。乾杯には応じずコップ酒を一気に呷《あお》り、拳《こぶし》を握り締めている。

「なんだ、もっと喜べよ。ずばり聞くけど今回の件もゲソが仕組んだんだろ？」

二人だけの場とあって直球で切り込んだ。ゲソが重い表情を変えずに嘆息した。

「カネさん、食い物で伸《の》し上がろうって人間が、自分から食中毒を仕掛けるような馬鹿

な真似をするわけないじゃないすか。今回は、ぼくのミスっす。明らかにぼくのミスなんすよ」

　意外なことを言う。ゲソは昨日、本店には行っていないから、ミスしようがない。

「いや、そういうことじゃないんすよ。北島兄さんには口止めしといたんすけど、実は、食中毒の原因はもうわかってるんすよね」

　昨日の昼どきのことだという。支店では親方たちも応援に駆けつけて大わらわだったが、その頃、本店には思わぬ人物が訪れていた。

「山城っす」

「山城？」

　そのとき、女将さんは配達に出たばかりだった。つけ場では甲子園北島が出前握りに孤軍奮闘していたのだが、その忙しい最中に昨年末に店を追われた山城さんがふらりと現れたかと思うと、勝手知ったるつけ場にずかずか入り込んできた。

「おれの小出刃がどこかにあるはずだ」

　山城さんの私物は自宅に送り返してやったはずだが、小出刃包丁が入っていなかったと言って探しはじめた。なぜいま頃？　と甲子園北島は訝《いぶか》った。それでも、かつて世話になった兄弟子だ。無下に追い払うわけにもいかず、握る手を休めずに様子を窺《うかが》っていると、山城さんは包丁置き場はもとより棚を開けたり冷蔵庫を開けたり、さらにはまな板の上の種箱や握り終えた鮨桶《すしおけ》まで退《ど》かして探しまわっていた。そして大方を探し終えた頃、勝手口から女将さんが帰ってくる物音が聞こえた。途端に山城さんは、邪魔したな、と言い捨てるなり表口から退散していった。

「もうわかるっすよね」

ゲソが低い声で言った。金森は目を見開いてうなずいた。甲子園北島が魚を雑に扱ったせいだと思っていた食中毒は、そんなわかりやすい話ではなかった。

報復だったのだ。ゲソに陥れられて一度は退散した山城さんだが、人間というものはそこまで単純ではなかった。頑固職人キャラをまとった小心者だって本気で怒らせたら分別を失う。鮨屋の弱点を知り尽くしている山城さんは密《ひそ》かに報復の機会を窺い続け、その怨念《おんねん》が腸炎ビブリオ食中毒を引き起こした。

「でも、証拠はないんすよ。立証もむずかしい。細菌を持ち込む可能性なんてだれにでもあるんすから、要するに、まんまとしてやられたってわけっすよ」

ゲソは顔を歪《ゆが》めて一升瓶をつかむと、空のコップにどぼどぼと注ぎ、またもや一気に飲み干した。幼顔が異様に紅潮している。もちろん一気飲みのせいだけではない。瞼《まぶた》が細かく痙攣《けいれん》している。こめかみに血管が浮き立っている。

「カネさん、この際、ひとつだけ確認しておきたいんすよ。カネさんは報復の可能性を考えなかったんすか？」

目の奥を射すくめられた。それで思い出した。山城さんが追い払われたとき、金森はしばらく報復が怖くて気が気でなかった。

「何でそれを言ってくれなかったんだ！」

不意にゲソが怒りを爆発させた。あのときゲソは、まんまと陥れた快感に酔いしれて報復のことなど考えもしなかったという。その脇の甘さに気づいて、報復に注意しろ、と助言するのが番頭の役目だろう、と責め立てられた。

「そりゃ結果的には、とっさの機転で店を乗っ取る手筈《てはず》を整えられたよ。よくぞこの危機を乗りきったと自分を褒めてやりたいよ。けど、こんな屈辱的な教訓ってないだろ？　おれは甘かった。おれってやつは、まだまだ本当に甘かった。なのに何で気づかせてくれなかったんだ！　あんた、番頭だろ！　潰《つぶ》すからには徹底的に頭まで叩《たた》き潰しとかなきゃダメだったんだよ！」

畜生！　と握り締めたコップをこたつの天板に叩きつけた。音を立ててコップが砕けた。かまわずゲソはコップの破片を握り締めたまま、畜生！　畜生！　と何度も天板に叩きつける。

金森は絶句していた。絶句して身を強張《こわば》らせているしかなかった。ゲソの指の間から鮮血が滴ってきた。コップを叩きつけるたびにその血が飛び散る。それでもゲソはやめない。おのれの失態と配下の不甲斐《ふがい》なさと報復を許した悔しさを一挙にぶつけるように、畜生！　畜生！　畜生！　と叫び狂いながら血まみれになった手を何度も何度も天板に叩きつけた。

三日間の営業停止処分が明けた。自主休業にしたときから数えれば一週間が過ぎたその日、取締役支店長となったゲソが最初にやった仕事は、支店に掲げられた『鮨レストラン　つかさ』の看板を撤去し、その破片をドラム缶に放り込んで燃やすことだった。これから二週間の突貫工事で店舗を改装する予定になっている。それに先駆け、まずはファミレス形態からの脱却宣言を兼ねて、わずか八か月しか掲げていない山城支店長時代の看板をこれ見よがしに消滅させる。それがゲソが考えた再始動の儀式だった。

ゲソの取締役就任と同時に、金森は直属の経営管理部長となった。これはゲソ取締役の初の人事采配《さいはい》で、金森は甲子園北島と手塚さんを飛び越え、名実ともにゲソの番頭となった。アルバイトの美沙子を含めても九人しかいない会社で部長を名乗るのは照れ臭かったが、

「カネさん、それは違う。これでもおれは半年後には三十人、一年後には百人、三年後には五百人の部下を仕切ってもらうつもりでいるんすよ。いまからその気でいてくれなきゃダメっすよ」

ゲソ取締役からそうたしなめられ、即座に考えを改めた。以来、金森は本気でその目標を達成しようと考えている。

ゲソの番頭になろう。そう決意して猛勉強した経験が、おれだってやればできる、という自信を金森の中に植えつけてくれた。と同時に、ゲソならどう考えるか、ゲソならどう行動するか、と常にゲソの気持ちを推し量ろうとする習慣がつき、あえて言葉にさ

れなくてもゲソがやろうとしていること、ゲソが喜ぶこと、ゲソが嫌がることなど、ゲソの想いが自然と読めるようになってきた。無意識のうちに忖度《そんたく》できる人間になっていた、と言い換えてもいい。

いまや金森は、ゲソが代表取締役になる日も遠くないと信じている。それも何年単位ではなく何か月単位でだ。その日に備えて金森もいよいよ腹を括《くく》った。ゲソの想いを実現させるためにすべてを捧《ささ》げる。それが金森信次に授けられた使命なのだと。

店舗改装にはゲソが貯めた四百万円にプラス、その後、金森がこつこつ貯めた四十万円と甲子園北島がやっと返済してきた一部金の十万円も注ぎ込むことにした。ただし、昭和のこの時代でも四百五十万円程度の改装費では大したことはできない。といって公的金融機関や銀行からはファミレス時代に借り入れているから当面は頼れない。そこで金森は飲食店プロデューサーの堂本を呼び、こう依頼した。改装設計案と見積りを競合させたいから、腕がいいのに受注が伸び悩んでいる内装工事会社を五社ほど見つけてほしい、と。伸び悩んでいる会社なら予算以上の頑張りを見せてくれるに違いないと踏んだのだった。

「それは難題ですね」

堂本は表情を曇らせた。腕が悪くて受注が伸び悩んでいる会社ならいくらでもありますが、とやんわり断られた。これ以上、つかさ鮨には深入りしたくない。それが本音なのだろうが、すかさず金森は切り返した。

「そこを何とかするのが堂本さんの仕事じゃないですか。今回の支店再生計画は、うちが生き残れるか否かの正念場です。これでだめならうちは潰れる。そうなったら、はっきり言いますが、あなたも一蓮托生《いちれんたくしょう》です」

「どういう意味でしょう」

堂本が片眉《かたまゆ》を上げた。

「だってそうじゃないですか。食中毒でミソをつけて潰れた鮨屋の脱税の片棒を担いでいた飲食店プロデューサー、なんて噂が世間に広まった日には」

「べつに脱税の片棒なんて」

「そのつもりでなかったとしても、上乗せして振り込まれた金を徳武光一郎の個人口座にバックしていたわけです。世間はそう噂しかねない、と言っているわけですよ」

まるでゲソが乗り移った気分だった。こうも自然に恫喝《どうかつ》できる自分に金森はびっくりしたが、効果は絶大だった。ほどなくして堂本は条件通りの内装会社を五社、ちゃんと見つけてきた。

すぐさま五社を集めて説明会を開催し、ゲソ取締役に熱弁を振るってもらった。

「忌わしい事件を引き起こした旧弊な経営者が辞任したいま、弊社は生まれ変わります！　新体制のもとに店舗再生を図り、いよいよ全国展開に向けて躍進します！」

まずは既成概念にとらわれない画期的な一号店をつくり上げ、再始動後は最低でもファミレス時代の四倍の売上げをつくる。当初三か月で現在の融資返済の目処《めど》をつけたら、その実績をもとにさらなる融資を引き出し、半年後には二号店、その三か月後には三号店を出店する。以後、勢いに乗って急速な店舗拡大を図り、五年後には全国百店舗、十年後には全国五百店舗を目標に突き進みます！　とぶち上げた。

以前、堂本が提案してきた三年後に関東圏内五十店舗をしのぐ壮大な計画だった。正直なところ金森にも夢物語としか思えない話だったが、コップの破片で負った傷痕《きずあと》も生々しい右手を振り上げ、唾《つば》を飛ばして訴えかけるゲソの言葉には鬼気迫るものがあった。加えてゲソは、この五社競合に特典をつけると言い出した。

「一号店を受注した会社には、今後、弊社が展開する全店舗の設計工事を独占させます！」

五社の担当者が身を乗り出した。またしてもゲソはとっさの機転を利かせたのだった。なるほど、これなら五社とも意欲的にチャレンジしてくるに違いない、と金森は感心したものだが、

「カネさん、世の中、そんな甘くないっすよ。一社乗ってくれたらめっけもん。それぐらいの気持ちでいたほうがいいっす」

熱くぶち上げた当人は意外と醒《さ》めたことを言う。金森が考えた競合案は面白いアイディアだが、五社が五社とも本気で集まってきたとは限らない。しょせんは潰れかけた鮨屋の法螺《ほら》話と受けとめる会社が大半だろうから、万が一でも話に乗ってくる会社があったらキンタマを握って逃がさないようにする。その程度に考えていたほうがいいっすよ、

と諭された。

実際、ゲソの言葉通りになった。五社のうち四社は早々に辞退した。つまりは逃げた。唯一、地元墨田《すみだ》区の富岡《とみおか》建装という小さな会社が競合を前提として改装設計案と見積詳細書を提示してきた。その中身は四百五十万円と告げてあった予算枠の中で、予想をはるかに上回るものだった。五割増しの予算でも足りるかどうか、とプロの堂本が驚いていたほどだ。

富岡建装は、同業の中堅会社の設計部にいた富岡社長が一年前に独立起業した会社だった。こうした会社にありがちなことだが、設計センスは優れていても営業力が劣るせいで業績が低迷していたため、この際、ゲソの経営力に社運を賭《か》けよう、と勝負に出たらしかった。

願ってもない話だった。早速、競合に勝ち残ったと伝え、飛んできた富岡社長に対してゲソは、

「富岡建装さんのご提案は、ずば抜けていました。ありがとうございます！」

深々と頭を下げると、富岡社長の目の前にパンパンパンと札束を並べた。予算総額の四百五十万円。通常なら前金として半分入れ、工事完了後に残り半分を支払うものだが、

「富岡社長に全額お預けします。そして今後は何があろうと、富岡建装さんと末長くお付き合いさせてもらいます。ともに急成長しましょう！」

これには富岡社長も感激した面持ちで眼鏡の奥の目を瞬《しばた》かせていた。年若きゲソ取締

役の自信に満ちた語り口と、全額現金前払いという気風のよさに感じ入った様子で握手を求めてきた。

こうして無事に、支店再生に向けた改装工事がはじまった。工期は二週間。一刻も早く再始動したいというゲソ取締役の意向を受けての突貫工事だが、その設計コンセプトは飲食店の常識を覆すものだった。名付けて〝入りにくい店〟。

このコンセプトには金森はもちろん、女将《おかみ》さんも仰天したらしく、

「そんなお店でお客さん、いらっしゃるの？」

わざわざ言いにきたものだった。それまではゲソの手腕に期待して見守ってくれていたのだが、これぱかりは不安に駆られたようだった。それはそうだ。なにしろ入りにくい第一のポイントは、店頭に看板を掲げないことだというのだ。もちろん、看板のない隠れ家的な店は当時もあった。しかし十年後に全国五百店舗を目指す店に看板がないのは異例中の異例と言っていい。おまけに店頭は漆黒に塗られた板塀で覆い尽くされ、その一角に料亭の通用口のごとき板戸があるだけというから、これが飲食店だとはだれも思わないだろう。

四十五坪の店内も基本色は同じだった。床も壁も天井も漆黒に塗り込められ、十人掛けのつけ台だけが白木の天然色。ほかに四人掛けのテーブルが二卓に四人用と六人用の個室が一室ずつあり、それも漆黒と白木でまとめてある。シンプルな配色だけに全体に密室感が漂い、店内に入ったお客は秘密めいた異空間に包み込まれる。

席数は全二十八席とファミレス時代から二十二席も減らしたが、そのぶんゲソは客単価の引き上げを狙った。完全予約制で昼一回、夜二回の一日三回転のみ。品書きはおまかせの特上コースと特上々コースのみという高飛車な設定にした。この手の店もないではなかったが、十年後に全国五百店舗を目指す店にはこれまたあり得ない。

この設定のメリットは、完全予約制だから仕入れに無駄がでない。二コースのみだから食材数も減らせて、仕入れの効率化とコスト削減が図れる。客数が少ないから人件費も削れ、より丁寧に接客できる。ただし、お客の立場からすればかなり来店しにくい設定だから席が埋まる保証はない。これでは女将さんが不安になって当然だが、しかし、ゲソはぴしりと言い返した。

「大丈夫っす。これでファミレス時代の四倍は売上げてみせますから」

それでも女将さんは不安そうにしていた。するとゲソは女将さんの手をぎゅっと握り締め、

「ぼくを信用してくれませんか。食中毒だって無事に乗り切れたじゃないすか。下手したら潰《つぶ》れかねなかった店を再生させるには、バーンと常識を打ち破らなきゃダメなんすよ」

物腰は柔らかかったが、だれが店を救ったんすか、と恩に着せたわけで、こうなると女将さんも強く反対できない。登記上は女将さんが代表取締役でも、再生の鍵《かぎ》はゲソが握っているからだ。

本店のほうは営業停止処分が明けた翌日から親方と女将さんの二人で店を開けている。従業員はすべて新支店に取られたから出前はやめて客前のみで営業している。だが、マスコミには騒がれなかったものの、やはり地元客には噂が広がり売上げは激減した。食中毒保険に未加入だったため被害者への賠償もあるだけに、いまやゲソなしにつかさ鮨の存続は不可能と言っていい。いわば女将さんもないキンタマを握られてしまったわけで、不安を抱きつつもゲソには抗《あらが》えない。

一方で親方も口を閉ざしている。食中毒の原因は最終的に『従業員の衛生管理ミス』と保健所には報告したが、実は山城さんの報復らしい、と親方には伝えた。そうと知った親方は、山城さんを無慈悲に追放した自分の責任だと思い込んでいる、いや、そう思い込まされているから、当面は一介の鮨職人に徹し、経営には一切ノータッチと決めてしまった。

要するに親方と女将さんは名ばかりの本店に幽閉されたも同然だった。実質的な経営の主導権はゲソに握られてしまったため、結局、女将さんの意見は一蹴《いっしゅう》され、ゲソが考えたコンセプト通りの新支店が粛々とつくられていった。

二週間の突貫工事の末、待望の新支店が完成した。店舗改装工事というものは遅延して当たり前の世界だというのに、富岡建装の頑張りもあって予定通りきっちり二週間で仕上がり、三月初頭の金曜日、ついに新装オープンの日を迎えた。

オープン時刻はネオンが瞬きはじめた夕暮れどきとした。年度末とあって両国界隈《かいわい》の飲食店には送別会や卒業祝いといった宴に向かう人々が賑《にぎ》やかに吸い込まれていく。ところが、せっかくの新装オープンだというのに、新支店の店頭には華やかさも賑やかさもない。九か月前のファミレス鮨のオープン時には開店祝いの花輪が並べ立てられ、色鮮やかなメニューが掲示され、家族連れが群がったというのに、電動工具の騒音が響いていた改装中よりも静まり返っている。

それも当然だった。なにしろ店頭には看板もネオンも開店告知も花輪も品書きも一切ないのだから、だれも気づこうはずがない。ただ時折、漆黒の板塀の前にタクシーが横づけされると、通りがかりの人たちがふと振り返る。着飾った女優や体格のいいプロ野球選手が降り立ち、板戸の奥に消えていくからだ。しかし、それも一時のことで再び店頭はしんと静まり返る。唯一、店の前が盛り上がったのは最後に黒塗りの車が止まったときだけだった。その車からのっそりと姿を現した大男が、通りがかりの人たちに向かって手を振ったものだから、気づいた人たちがわさわさと集まってきて拍手が巻き起こった。

大男は両国のヒーロー、大関龍大海だった。地元にはサービスしようと頑張ったのだろう。紋付袴《もんつきはかま》姿でひとしきり拍手に応《こた》え、何人かにサインまで奮発したところで、ようやく大きな体を屈《かが》めて板戸を潜り抜けた。板戸の奥では和服姿の美沙子が待ち構えていて、龍大海を店内に招き入れた。途端に店内にも拍手が沸き上がった。今日に限っては右手奥の個室の扉も開け放たれ、店内にいる全招待客が龍大海に拍手と歓声を送っている。

「タツ関、こちらへ！」

つけ台から声が飛んだ。調理白衣姿のゲソだった。目の前の席は龍大海のために空けてある。

龍大海が微笑みながら腰を下ろした。両脇には龍の会会長の梶原と大学講師の竹之内、続いて台湾商社の李さん、作家の新庄、プロ野球の原島《はらしま》選手や女優の桜庭美樹《さくらばみき》といった会員たちも笑みを浮かべて龍大海と握手を交わしている。その交歓風景をカメラマンが撮影している。メモをとる記者もいる。いずれも梶原が呼んだ気心の知れた記者仲間で、彼らも龍の会の会員だった。

新装オープンに際して、ゲソは真っ先に龍の会の会員を招待した。梶原をはじめとする創設メンバーのほか、原島選手や桜庭美樹も会員の一人として集まってくれた。それならばと大阪場所を目前にした龍大海も、わざわざゲソの再出発を祝うために駆けつけてくれた。

ありがたいことだった。龍の会の面々はゲソが置かれている状況をよく知っている。山城支店長が不祥事で追われ、後釜《あとがま》に就いた直後に本店が食中毒で営業停止になった。その一部始終を見ていた会員たちは、ゲソという傑出した鮨職人の不運を嘆くと同時に、拠《よ》り所をなくした喪失感にも見舞われていただけに、ゲソが仕切る新支店の開店を心待ちにしてくれていた。そこでゲソは、新支店の開店時には全会員を招待しようと決めた。不祥事の最中も応援し続けてくれた会員たちの恩義に応えるとともに、律儀な会員たちを新支店のために最大限活用しようと考えた。

ただ、いざ全会員を招待するとなると、とても一日では招待しきれない。龍の会は、その後も人の輪を広げ続けている。梶原記者のマスコミ界、竹之内講師の教育界、商社マン李さんの経済界、作家新庄の文芸界はもちろんのこと、原島選手の野球界、桜庭美樹の芸能界、若手画家柚木《ゆずき》の美術界、新進作曲家長尾《ながお》の音楽界、外科医谷畑《やばた》の医学界など、会員人脈を介して多種多彩な業界の気鋭が集結し、いまや会員数は三百人近くに膨れ上がっている。

いわゆるタニマチと呼ばれる老成した後援会とは一線を画し、ゲソの営業戦略の一環として創設された打算の会が、ここまで大きくなろうとは思わなかった。その背景にはもちろん、躍進中の龍大海人気と人たらしのゲソの人望が寄与しているのだが、ある時期から梶原会長が会員の質を統制しはじめたことも大きい。創設当初こそ、龍大海とゲソの鮨が好き、という単純明快な趣旨のもとに紹介の輪を広げていった龍の会も、会員数が三十人を超えたあたりから様相が変わった。梶原会長の承認なしには入会できなくなったのだ。

承認基準は年齢業界に関係なく、独自の見識と人脈を持っていること。こう言うとわかりにくいが、早い話が梶原会長に認められなければ会員になれなくなった。もともとこの関門は、会員が増えるにつれて、龍大海と握手したい、一緒に写真を撮りたい、といったミーハー会員が増えはじめたために設けられた。その手のファンは後援会にいけばいい。龍の会は、より次元の高いファンで構成されるべきだと会長の梶原が言いだして創設メンバーも賛同した。

「梶原さんも策士っすよねえ」

これにはゲソも苦笑していた。龍の会が拡大するにつれて、自分の情報収集網として使える、と気づいたに違いないという。その抜け目なさは、さすが新聞記者だと金森は感心したが、

「ていうより、我々にとってはますます使いでがある人材に育ってくれたってことっすよ。せいぜい抜け目なく活躍してもらおうじゃないすか」

とゲソは言い放った。要はゲソのほうが一枚上手なわけで、実際、すでに梶原を見事に使いこなしている。食中毒の際、いち早くマスコミを仕切れたのも彼を利用した成果といっていい。

あとで知ったことだが、梶原が素早く動いてくれたのには理由があった。食中毒の一報を聞いたゲソは即刻、こう梶原に頼み込んだ。龍大海の独占インタビュー権とプライベート取材権を保証するからピンチを救ってほしい、と。これに梶原は食いついた。当時の大相撲財団は力士のマスコミ露出に慎重だった。とりわけ独占やプライベートがつく取材はハードルが高く、なかなか許可されなかったのだが、ゲソの言葉を信じて救い

の手を差し伸べた結果、龍大海のたっての希望、という名目で梶原は独占インタビューとプライベート取材をものにした。

〝いずれ梶原には、龍大海ネタでスクープを取らせてやるつもりなんすよ〟

ゲソが梶原と出会った頃に口にしていた言葉を思い出した。おそらくゲソは、当時から何かしら龍大海のキンタマを握っていたのだと思う。それが何なのかは明かしてくれないものの、そうでなければ、そんな簡単に独占やプライベートがつく取材の許可が下りるわけがない。そして一方で梶原のことも早い時期から見込んでいたわけだから、いまさらながらゲソの先見には驚かされるが、これについては当人も口を開いてくれた。

「最初に梶原さんを見たときに直感したんすよ。記者の群れから一歩下がって斜に構えて状況を窺《うかが》っていた。あれは群れを成すやつじゃなくて群れを操りたいやつだって」

その直感通り、同じく群れを操りたいゲソが野望を実現する上で梶原は欠かせない人間となった。梶原もまたゲソに同じ思いを抱いているに違いなく、その意味からすると、いまや龍の会は二人の絆《きずな》を支える地盤とも言うべき存在となった。入会規定を変えて以来、会員であることがステイタスだと考える人が多くなっただけに、こうした経緯と思惑も踏まえた上で、ゲソは今回、全会員の無料招待を決めたのだった。

ただし、番頭の金森にとっては厳しい決定だった。全会員無料招待ともなれば、こっちの持ち出しは半端ではない。立食パーティにして大人数を詰め込めば二日もあれば無料招待できるものの、通常の定員だけ入れて通常通りのコースを食べてもらわなければ意味がない、とゲソが言い張るものだから、無料招待はオープンから十日間も続くことになった。ただでさえ運転資金が限られているというのに、これでは招待倒れになりかねない。金森はそう言って反対したのだが、

「カネさん、とにかく大丈夫っすから。三割打者の鮨《すし》を握って全力投球の接客で頑張り続ければ、間違いなく結果はついてくるんすから」

最後は無理やり押し切られ、結局は十日間にわたって無料招待を続けた。

正直、生きた心地がしなかった。初日こそ龍大海のほか創設メンバーからのご祝儀が入ってきたものの、二日目から十日目までは丸々持ち出し。仕入れを引き受けてくれた片倉水産から毎日仕入れる大量の鮮魚や酒類が会員たちに派手に飲み食いされる様子を目の当たりにしていると、みるみる積み上がっていく赤字を想像してきりきり胃が痛んだ。といって本店には泣きつけない。本店だって親方と女将《おかみ》さんが青息吐息で営業しているわけで新支店を助けるどころではない。

この先一体、どうなってしまうのか。深夜、店に居残って帳簿を締めるたびに金森は嘆息した。

無料招待が終了した翌日から三月末日までは、予約客のみの通常営業となった。つまりは、いよいよ本番に突入したわけだが、実はその時点で一般客からの予約は一切入っていなかった。

一般客が電話予約できるのは毎月一回のみ、その月の初営業日の午前十時から午後六時までの八時間限定、という予約ルールをゲソが定めてしまったからだ。つまり一般客は四月一日にならないと予約が入れられない。

「そんなんじゃ、ますます入りにくい店になっちゃうじゃない」

初めて予約ルールを知らされたときには多可子が呆《あき》れていた。

「大丈夫。龍の会の会員は、いつでも電話で予約がとれるっていう例外も定めたし」

ゲソがなだめた。三月末までは無料招待で味をしめた会員からの予約だけでやっていけるんだから、と。それでも多可子は納得しなかったし、金森も不安でならなかった。このままいったら、あと一か月もつかどうか。

ところが、蓋《ふた》を開けたらゲソの言葉通りになった。無料招待が終わっても会員からの予約で八割方の席が埋まったものだから、ほらね、とゲソに笑われた。まさに〝三割打者の味と格〟作戦の勝利だった。百点の魚を三割、八十点の魚を七割、きっちり揃えてほしい。そんなゲソからの注文に片倉水産の若旦那《わかだんな》が心意気で応《こた》えてくれたおかげで、プラシーボ効果が見事に働いた。この内容でこの値段ならお値打ちだ、と会員たちは驚き、銀座の老舗《しにせ》にも負けない、と褒めてくれる人までいた。加えて龍大海や女優やプロ野球選手をはじめとする龍の会会員だけが優遇される店とあって、店の格をそれなりに実感してもらえたことも大きかった。

そんなものは本物の格ではない、という意見もあるだろう。しかしゲソは本物の格など求めていない。多くのお客が、上質で格がありそうな店だと感じてくれさえすればそれでいい、と割り切っている。そして実際、会員たちはそう感じ、大半の会員が帰り際に予約を入れてくれた。

「あとは一般客からの予約次第ってわけか」

金森は期待した。三月中は会員に救われたが、本当の勝負は四月一日だ。会員の口コミを通じて一般客からどれだけ予約が入るか。それで今後が決まるだけに、当日の朝は緊張して、

「電話が鳴ったら、手が空いている人間がすぐ取ろう」

とみんなで申し合わせていた。

ところが、予約開始時刻になった途端、そんな悠長なことは言っていられなくなった。電話が鳴りっぱなしになったからだ。午前十時直前に鳴りはじめたかと思うと、あとはもう応対して切ったら鳴る、応対して切ったら鳴るの連続で、一度電話に出たらほかの仕事が手につかない。文字通り嬉《うれ》しい悲鳴というやつで、結局、午後六時過ぎまで電話は鳴りやまなかった。

「予約ルールの勝利っすね」

ゲソがへらりと笑ったものだった。無料招待のときにあえて『一般客は毎月一日限定の八時間しか電話予約できない』とアピールした結果、そうと知った会員たちが、優越感からだろう、こぞって予約ルールを言いふらしてくれた。さらにマスコミ関係の会員

が〝龍大海の秘密の行きつけ鮨〟と書きまくってくれた効果も相まって、新しもの好きの好奇心を刺激したらしかった。

ただ、電話が鳴りやまなくなった理由はそれだけではない。金森が最初に予約電話をとったとき、ゲソからこう注意された。

「カネさん、電話の応対が短すぎるっすよ。なるべく長く応対しなきゃ」

「けど早く切らないと、つぎの人を待たせちゃうだろう」

「そこが違うんすよ。何度電話しても話し中になっていれば、こんなに電話が殺到してる人気店なのかって、ますます行きたくなるじゃないすか」

電話を長引かせて予約しにくい店を演出しろ、と言われたのだった。毎月一日限定の予約ルールも同じ理由から定めたという。人間心理とは不思議なもので、限定ものにはすこぶる弱い。電話予約は一日のみ、となれば気合いを入れて電話してくる。そこに話し中が重なるから、途轍《とてつ》もない人気店だ、と勝手に思い込んでくれる。

「そうなれば龍の会の会員だって、ますます喜ぶじゃないすか」

会員だけは自由に予約がとれるから特権意識がさらにくすぐられ、得意になって友人知人を引き連れて来店してくれる。その友人知人をきちんともてなせば、また頑張って電話して来店してくれる。この好循環が続くことで連日満席の繁盛店になるというわけだ。

実はこの予約日限定ルール、平成の時代になると、けっこう使われるようになった。

日本に限らず世界各国で「半年先まで予約で満席」「予約がとれたら奇跡的」と騒がれる人気店が増えたものだが、この戦略で意図的に人気を煽《あお》った店も多いと言われている。もちろん、戦略でお客を集めても料理と接客がなっていなければ満席は続かないから、店にとってはリスキーだとも言えるが、この戦略を最初に使ったのは、いまにして思えばゲソだった。そして、電話に追われ続けた四月一日だけで瞬く間に翌月末までの予約が埋まってしまった。

「ただカネさん、毎日何席かは予備席として空けとかなきゃダメっすよ。会員やマスコミから突然声がかかったときに、特別にお席をご用意しました、って恩に着せられないすから」

ゲソはどこまでもゲソだったが、こうして新支店は、いきなり人気店になった。いや、ゲソがいきなり人気店にしてしまった。

おかげで金森の毎日は超多忙となった。仕込みと握りと接客に加えて経営管理と経理事務もある。経理事務は、ここにきて美沙子も手伝ってくれて助かっているが、それでも昼夜を問わず仕事が追いかけてくる。ファミレス鮨時代も忙しいことは忙しかったが、それは単にファミリー鮨セットを大量に握る作業が大変だっただけだ。それに対して今回は〝三割打者の味と格〟とはいえ、街場の鮨屋に比べたら遥《はる》かに次元の高いコンセプトだけに忙しさの質が違う。握る数こそ減ったものの、味と格を求める新たな客層には厄介な人も多く、その気疲れが半端ではない。

とりわけ厄介なのが自称グルメたちだった。新支店のターゲットはゲソ流に言えば〝銀座の老舗は敷居が高いけど、ちょっと背伸びしたい中流層〟とあって、

「鮨はね、まず淡白な白身からはじめて味の濃い魚に食べ進んでいくものでさ」

と安手のグルメ本の受け売りを披露したかと思うと、

「しかしこの真鯛《まだい》は旨《うま》いねえ、鮮度が違う」

と間抜けなことを言って褒めたつもりでいる。

基本的に鮨種は鮮度がすべてではない。鯖《さば》や鯵《あじ》など青魚は鮮度が命だが、真鯛や鮪《まぐろ》は、いかに熟成させて旨みを引き出すかが鮨屋の腕で、獲《と》れ立ての真鯛など握らない。その意味では、まさに三割打者の味を商うにふさわしい客が相手なわけだが、ときに龍大海が懇意にしている芸能人や文化人が来店してこれをやられると困る。真鯛の旨さは熟成で決まります、なんて正論を口にしようものなら、恥をかかされた、と怒り出す。間違いを指摘しないでいると、あとで本当のことを知って、あの鮨屋は熟成も知らねえでやんの、と腐されるのだから始末に負えない。

馴染《なじ》み顔をしたがるお客も面倒臭い。鮨屋とわかっていながらカレーを出せとごねたり、仕事中は飲酒禁止が店の決まりなのに、おれの酒が飲めないのかと絡んだり。こういうお客に限って若い女を連れてきて、鮨屋の作法ってものはね、などと講釈を垂れたりする。

「偉そうに礼儀作法を語るやつに限って、礼儀知らずなものなんすよ」

ゲソも呆れ顔で苦笑いしていたが、それにも増して非礼なのが料理評論家と称する輩《やから》だった。

新しもの好きのマスコミ筋から小耳に挟んだのだろう。会員の伝手《つて》をたどって口髭《くちひげ》を生やした料理評論家がやってきたことから、先生先生と持ち上げて丁重に接客した。ところが、さんざん飲み食いした挙げ句に帰る段になって、

「ねえ、どうしよう」

美沙子から耳打ちされた。勘定を払おうとしないばかりか車代を要求されたという。これが料理評論家というものの正体かと、いささか啞然《あぜん》としたものだが、拒めば何を書かれるかわからない。さすがに困惑してゲソに相談すると、あっさり言われた。

「キンタマ代だと思えばいいんすよ。たんまり包んどいてください」

金森としてはまだ釈然としなかったが、仕方なく大枚を包んだ。

さらに困った極めつきのお客が、その筋の男だった。一般客を入れはじめて十日ほど経った昼の営業時間のこと。まともに予約してダークスーツ姿で来店したお客だったのだが、その物腰と鋭い目つきは、だれの目から見ても堅気ではなかった。それでもいつも通りに接客しているとコースを食べ終える頃になって、吸い物に虫が入っていた、と古典的な難癖をつけてきた。

つかさ鮨時代は、こうした目に遭ったことはない。飲食店はどこも地回りにみかじめ料を払っていると思ったら大間違いで、親方が突っ撥《ぱ》ねていたからだ。それは昭和三十

年代に急逝した先代から若くして店を継いでからずっと守り続けてきた信念だった。金森たちには黙して語らないが、親方は敗戦直後の思春期、愚連隊と呼ばれた悪仲間に引き入れられていたそうで、かなり理不尽な目に遭ったらしい。以来、一度でもやつらに屈したら一生祟《たた》られると肝に銘じ、みかじめ料を要求されても毅然《きぜん》と突っ撥ねているうちに、やがて彼らも近寄らなくなった。

そのつかさ鮨の支店だというのに、なぜか顔を見せたということは、新支店になって実質的な経営はゲソが司《つかさど》っていると聞き及んだに違いない。早い話が若いゲソを舐《な》めてかかってきた。

「申し訳ございませんでした」

金森は即座に謝り、吸い物を取り替えた。こういうとき、本当に虫が入っていたかどうかは問題ではない。このレベルのクレームへの対応は即座の謝罪が基本だ。

「そんな謝り方ですむと思ってんのか！」

誠意がない！　と凄《すご》まれた。もう一度、丁寧に謝った。しかし男は納得せず、誠意を見せろ！　と再度怒鳴りつけてきた。殺気立った怒声に足が震えた。それでも頑張って、誠意とおっしゃいますと？　と問い返したところ、おまえが考えろ！　と切り返された。

もはや男の要求は明らかだった。金を出せと言えば恐喝になるから金森に自分から金を払わせようとしている。しかしそんな要求は呑《の》めない。これには往生していると、脇で見ていたゲソが一歩前に進み出た。男とは大人と子どもほどの身長差がある。

「支店長の徳武と申します。謝罪すべきは謝罪いたしますが、念のためにお伺いします」

言葉を止めて男の目を見据え、

「まさかお金とか便宜とかの要求ではございませんね？」

核心を突く問いかけだった。男が答えに窮している。男としては、そうだともそうじゃないとも言えない。その態度を見てゲソは穏やかに言葉を重ねた。

「私どもとしては誠意を尽くしました。お詫《わ》びの気持ちとしてお代はけっこうですので、どうかお引き取りください」

ぴしりと言い渡して腰を折り、出口を指差した。男が暴れ出すのでないか。思わず金森は身構えたが、それまでだった。男は舌打ちとともに店を立ち去った。

「いやあ、どうなることかと思ったよ」

ほっとしつつも金森の足はまだ震えていた。暴力沙汰《ざた》も覚悟しただけにゲソには惚《ほ》れ惚《ぼ》れした。

「カネさん、びびったら負けっすよ。やつらの暴力は無法国家の核兵器みたいなもんすから」

ゲソは笑った。要するに、暴力はあくまでも無茶な要求を通すためにチラつかせる道具にすぎない。うっかり爆発させたら要求が通らないばかりか、しのぎにならないと彼らも自覚している。だからこそ毅然として動じないことが、つけ込まれないコツだという。

「けど仕返しされるかもしれない」

金森は言い返した。山城さんに報復された際、ゲソから責められたことが脳裏をよぎった。あれほど悔しがっていたのだ、今回はきちんと釘《くぎ》を刺しておこうと思った。

「なあに、やつらだって楽して儲《もう》けたいんすよ。いちいち暴力を振るって警察沙汰になってたら効率が悪いじゃないすか。厄介な相手は避けて通る。それがやつらのやり方なんすから」

最後はそう言って笑い飛ばされた。

そうこうするうちに四月も末を迎え、経理の月末締めをして驚いた。

「すごいな、無料招待の赤字を一気に取り戻しちまった」

思わぬ好成績に舞い上がってゲソに報告した。しかしゲソは冷静だった。

「カネさん、赤字が消えたぐらいで喜んでちゃダメっすよ。ぼくにとって新支店の成功なんて踏み台にすぎないんすから。すぐに腕のいい職人を六人ほど雇ってください」

「六人？」

「二店目、三店目の準備に入るんすよ。この好調を軸に、いよいよ店舗拡大に突き進むんすから。あ、でもその前に女将《おかみ》さんに直談判《じかだんぱん》しとかないとな」

最後は独り言のように呟《つぶや》いたかと思うと、よしカネさん、善は急げで来週の定休日に直談判しましょう。勝手にそう決めるなり女将さんに電話を掛けはじめた。

玄関の引き戸を開け、ごめんください！　とゲソが声を張るなり、

「いらっしゃーい！」

廊下の奥から拓馬が飛んできた。金森が小僧だった当時は幼稚園児だったというのに、いまや小学校高学年とあって背丈はゲソを追い越しそうなほど大きい。ゲソとはよく会っているらしいが、久しぶりに会う金森としては、その成長ぶりに目を見張ってしまう。

「ちょっと拓馬、今日はダメなの。外で遊んできて」

あとから出てきた女将さんがたしなめた。今日は学校の研究発表会で早帰りだったそうで、午後一番にゲソが訪ねてくると聞いて楽しみにしていたらしい。

「ごめんな、拓馬。ファミコンはまた今度やろう」

ゲソが謝った。二年前に発売されて大人気のファミコンは、この正月にゲソがプレゼントしたという。店の実権はまんまと握りつつも気づかいは欠かさない。そこが、いかにもゲソだった。

両国から東南に十五分ほど歩いた住吉《すみよし》の住宅街。親方一家が暮らす家は先代の親方が建てた、こぢんまりした二階家だった。かつて同居していた親方の母親は昨年他界し、いまは親子三人で暮らしている。

さあさあ、と手招きされ、ゲソ夫婦に続いて金森と美沙子も居間に上がった。最初はゲソと二人のつもりだったが、今日になって急遽《きゅうきょ》、多可子と美沙子も同行することにな

った。女将さんに直談判するなら多可子も同席したほうが話が早いし、ついでに美沙子の正社員昇格も頼んでしまおう、とゲソが言い出した。もともとバイトで入った美沙子だが、経理の仕事を手伝わせているうちに意外と数字に強いことがわかった。本人も簿記の資格を取りたいと希望しているだけに、正社員に登用して本気で働いてもらいたい、と最近になって金森が提案した。

「で、お話って?」

座卓を囲んでお茶を啜《すす》ったところで女将さんから促された。親方は隣の座敷で胡坐《あぐら》をかいて新聞を広げている。おれは口出しする立場にない、とアピールしているらしいが、その姿は以前よりひと回り小さく見える。胡麻塩《ごましお》だった頭は真っ白になっているし、食中毒事件後、親方がしょんぼりしていると聞いた通り、男が仕事で自信を失うところも変わるものかと寂しくなる。

「実は新支店のオープンから一か月経ったので、現状をご報告したいと思いまして」

ゲソが経理帳簿を広げ、オープン以来の経緯と売上げの推移を説明しはじめた。多少の誇張と脚色はあったものの、順調な滑り出しなのは事実なだけに、女将さんが帳簿を覗《のぞ》き込み、まあすごいわね、と感心している。その反応を見たゲソは、いまだ、とばかりに切り出した。

「この勢いに乗って、この際、追加融資を申し込もうと思ってるんすよ」

「あら、またお金を借りるの?」

女将さんが頬に指を当てた。

「借金というよりは、今後、ますます成長していく我が社に投資してもらうんすよ。この勢いでいけば以前の融資金は無理なく返せます。それを見越して一挙に攻めの経営に転じたいんすね」

「攻めの経営って言われても何をどうしたらいいか」

「ぼくにまかせてください。責任を持って舵取《かじと》りします」

「それにしたって、まだ返済も終わってないのに追加融資なんて」

「その交渉もぼくがやりますし、女将さんの手は煩わせません。こうなったら多少のリスクを背負っても攻め続けなきゃダメなんすよ」

けど、と女将さんが助けを求めるように親方を見た。親方はまだ新聞を広げている。当然、いまの会話は耳に入っているはずだが、あえて関知しない、という態度でいる。

その耳を意識したに違いない。不意にゲソが、女将さん！　と声を張った。

「この際、はっきり言わせてもらいますが、本店の業績が低迷している中、いま攻めないことには共倒れなんすよ！　とにかくぼくは、親方が先代から受け継いだつかさ鮨の暖簾《のれん》を守りたい。多可子とカネさんもそれは同じ気持ちだし、バイトの美沙子ですら簿記を勉強して役に立ちたいって志願してくれてるんすよ！　なのにトップの女将さんが二の足を踏んでどうするんすか！」

居間の空気が張りつめた。引き合いに出された多可子と美沙子も固唾《かたず》を呑んでいる。

おれも何か言わなければ。金森は思った。何か言ってゲソを後押ししなければ、と口を開きかけると、

「なあゲソ」

親方の声だった。ゆっくりと新聞を折りたたみ、腰を浮かせてこっちの座敷に来ようとしている。すかさずゲソがへらりと笑いながら言った。

「親方ならわかってくれますよね。ぼくと親方は、だれよりも強い絆《きずな》で結ばれてるんすから」

めずらしい言い方をすると思った。だれよりも強い絆で結ばれている。ゲソがそんな言葉を持ち出したことに違和感を覚えた。ところが、その言葉に親方が反応した。浮かせた腰を静かに下ろして再び胡坐をかいたかと思うと、

「やらせてやったらどうだ」

乾いた声で女将さんに告げた。女将さんは一瞬、困惑の表情を見せたものの、反対する理由が見つからなかったのだろう、

「わかりました」

掠《かす》れた声で答えた。ゲソが素早く後ずさりして畳に両手をついた。

「ありがとうございます！」

張りつめていた空気がふっと緩んだ。ゲソと親方の間で無言のやりとりがあったことは間違いなかった。それが何なのかはわからなかったが、とりあえず金森はほっとした。

多可子と美沙子も安堵《あんど》の面持ちでいる。するとゲソが顔を上げた。

「それでは早速、追加融資の交渉に行こうと思います。ただ女将さん、いま思ったんすけど、一時的でいいすから代表取締役の肩書きをいただけないでしょうか」

女将さんがきょとんとしている。唐突な申し出だった。

「いえ、もちろん一時的でいいんすよ。女将さんが直接交渉してくださるなら、こんな面倒なことはしなくてもいいんすけど、追加融資の交渉はトップの肩書きがついていたほうがやりやすいと思うんすね。話が決まったらまた女将さんに戻しますんで」

女将さんが親方を見た。続けざまに判断を迫られて困ってしまったのだろう。これもあなたが決めて、とその目が言っている。親方が腕を組んだ。しばらく考えた末にゲソを見据えると、

「ダメだ」

と言い放つなり突如、ゲソに向かって頭を下げ、神妙な声色で告げた。

「一時的ではなく、この際、正式に代表取締役になってくれ」

ゲソが静かにうなずいた。その瞬間、金森は気づいた。ゲソの本当の目的は、これだった。ゲソは最初からこれを狙っていたのだ。

その日の夕方、金森はゲソと連れ立って錦糸町へ向かった。

実は、予定外の行動だった。ゲソは思惑通り代表取締役の座を手中にし、美沙子の正

社員昇格も決まったことから、これで今日は終わりだと思っていた。ところが、親方の家を後にするなり、

「錦糸町で若旦那《わかだんな》と会う約束なんすよ。付き合ってくれませんか」

ゲソから突然告げられ、仕方なく多可子と美沙子は先に帰らせた。

帰り際、美沙子から恨めしそうな目を向けられた。本当は今夜、食事の約束をしていたからだ。おいしいものを食べながら今後のことを話そう。そう言って金森のほうから誘った。といっても仕事の話ではない。まだ二人だけの秘密なのだが、つい最近、美沙子の妊娠が判明した。父親は金森だ。経理の仕事を一緒にやるようになって二人は急接近した。深夜に居残って帳簿をつけたり伝票整理をしたりしているうちに、気がつけば男女の仲になっていた。

出産までに結婚しよう。妊娠を知らされたとき、金森は腹を決めた。そして今日、美沙子の正社員昇格が決まったら正式にプロポーズしようと思っていた。正社員になれば産休もとれるし、公私ともに区切りをつける意味でも絶好の機会だと思ったからだが、先延ばしせざるを得なくなった。

ゲソと二人、錦糸町駅からほど近い居酒屋に入るなり、

「おう、こっちだ」

奥のテーブル席から声がかかった。若旦那だった。ふだんは仮眠をとっている時間とあって、やけに眠たそうな目をしている。その目を見て早いほうがいいと察したのだろ

う。まずは生ビールを注文したところで、ゲソはいきなり本題を切り出した。

「今日はつかさ鮨の新代表取締役として、お願いがあります」

「新代表取締役？」

若旦那が目を見開いた。思いがけない言葉に眠気も吹き飛んだらしい。ゲソが続けた。

「ずばり言いますが、今後はうちの専属になってくれないでしょうか」

「は？」

「新支店も順調に立ち上がったことですし、いよいよ全国展開に乗りだそうと思うんすが、そのために仕入れを一本化したいと思いまして」

「ほう、ついに〝鮨ゲソ〟が本格始動か」

いま新支店は鮨ゲソと呼ばれている。正式には『つかさ鮨両国駅前支店』だが、看板がないことから龍大海が冗談まじりにそう名付け、お客はもちろんゲソ自身もそう呼ぶようになった。

「ただなあ、専属は難しいな。鮨ゲソのご発展は喜ばしいが、うちには長年のお得意さんもいるし、あんまり跳ね上がったことをやると親父やまわりの連中もうるさいんでよ」

「ぼくは親父さんじゃなくて若旦那にお願いしてるんす。ぼくが代表取締役になったからには、鮨ゲソはいよいよ、五年後に全国百店舗、十年後には全国五百店舗を目指します。そのためにも、ぜひ若旦那の力を借りたいんすよ」

「五年で百店舗って、言うは易しだが簡単じゃねえぞ。どうやって拡げるつもりだ」

「大相撲に便乗します」

まずは両国駅前支店を総本山と定め、大相撲の本場所が開催されている大阪、名古屋、福岡に支店を置く。さらに地方巡業に出向く札幌、盛岡、仙台、静岡、新潟、岡山、高松、広島、熊本、鹿児島、那覇の十一都市にも随時展開して、これら十五店舗を鮨ゲソの中核店と位置づける。

「大相撲が展開している地方都市には、後援している地元の資産家がいるじゃないすか。龍大海のコネを使ってその資産家に取り入れば、中核店にも〝三割打者の味と格〟作戦が使えると思うんすね。つまり地元資産家の傘下にいる、ちょっと背伸びしたい中流層を相手に商売できる」

「しかし龍大海のコネなんてあてになるか？」

若旦那が疑念を差し挟む。いくら親しくても相手は相撲界期待の大関だ。そうそう都合よく利用させてはもらえないだろう、と言っている。

「大丈夫っす。それについては奥の手があるし」

「奥の手？」

「詳しいことは言えないんすけど、とにかく大丈夫っすから」

ゲソは自信満々だった。梶原に独占インタビューとプライベート取材を確約したときもそうだったが、一体何があるのか。

「それにしたって五年で百店まで広げるのは並大抵じゃねえだろう」

若旦那はまだ半信半疑だった。

「もちろん、それだけだと百店には届かないすから、中核店を配置し終えたら第二段階として鮨ゲソのカジュアル版を展開します」

「またファミレス鮨をやるってことか？」

「いえ、そうじゃなくて、店舗展開にもプラシーボ効果を応用するんすよ。中核店を介して鮨ゲソの味と格を地方都市に浸透させたら、その威光をバックに各都市に複数の〝カジュアル版　鮨ゲソ〟を展開して、ちょっと背伸びしたい庶民層も一挙に取り込むってわけっす」

フランス料理店にはグランメゾンと称される超高級店がある。その直営店としてカジュアル版の店を展開して成功している例はたくさんある。グランメゾンの味が気楽に味わえる、カジュアルでもワンランク上の店とお客は認識してくれるだけに、集客力がまるで違う。

「なるほどなあ」

若旦那が腕を組んだ。自由競争の論理ではやらないと言ったゲソらしい、と感心している。

「だから専属になってくださいって言ってるんすよ。親父さんやまわりの連中なんか無視してやっちゃえばいいんすよ。若旦那だって、家族経営のまんまじゃダメだ、大改革が必要だってぼやいてたじゃないすか。この際、ぼくと手を組んで業界に旋風を巻き起こそうじゃないすか！」

「ちょ、ちょっと待ってくれ。親父はまだしも卸し業界に旋風なんて、それはダメだ」

もともと卸し業界には閉鎖的な体質がある。表向きは競い合いながらも、なあなあで動いている世界だけに、下手に跳ね上がったことをやると業界から締め出されるという。

「意外と厄介な業界なんですね」

思わず金森が口を挟むと、若旦那が身を乗りだした。

「そうなんだよ。結局、出る杭《くい》は打たれる横並び社会ってやつだ」

「まあ確かに、それって、なかなか打ち破れないものですしね」

金森はうんうんとうなずいた。ゲソが攻めたい気持ちもわかるものの、若旦那だって業界を敵に回したら商売にならない。徐々にやったほうがいいよ、とゲソを諭した途端、叱りつけられた。

「カネさんまで弱気でどうすんすか！　いいすか二人とも。一番の鮨屋《すしや》になるには既存の常識を叩《たた》き潰《つぶ》さなきゃダメなんすよ！　業界仲間なんか怖がっててどうすんすか！だったら逆に」

そう言いかけて不意にゲソは言葉を止めた。何を思ったのか突如として自分の世界に入ってしまった。金森と若旦那の存在など忘れたかのように視線を宙に泳がせている。

金森は若旦那と顔を見合わせた。こんなゲソは初めてだった。何かに憑《つ》かれたかのごとく黒目がくるくる動いている。仕方なく黙ってビールを口にしていると、ゲソがふうと息を吐いた。ようやく我に返ったらしく、ゲソもビールを飲み干してから、再び金森に視線を戻した。

「カネさん、いや迂闊《うかつ》でしたよ。どうやら我々のゴールは、一番の鮨屋じゃないっすね。我々は、一番の鮨屋になるどころか、この国を、制覇できるかもしれない」

一言一言、言葉を置きにいくように呟《つぶや》き、ゆっくりと舌なめずりしてから続けた。

「やり方はこれまでと同じだから簡単す。早い話がカネさん、世間が気づかないうちにキンタマを握っちまえば、あとはこっちの思うがままなんすよ。この国のキンタマは〝食〟なんすから」

この男は、どうかしてしまったのか。金森はどぎまぎしながら生唾《なまつば》を呑《の》み込んだ。

五章　邂逅

　人は、ときに時代との幸せな邂逅《かいこう》に恵まれることがある。それがいつ訪れるか、いつ過ぎ去るかは、だれにもわからない。それに気づくか、気づかないまま過ぎ去るかも、わからない。ただ、振り返ってみたら、あのときがそうだったのかもしれない、と気づくことはないではない。本人が気づくか、周囲の人間が気づくか、後年のだれかが気づくか、それは別としても。

　ゲソこと徳武光一郎にそうした幸運が巡ってきたのは、つかさ鮨を手中にしてから二十代後半に至るまでの十年ほどだったと金森は認識している。それは奇《く》しくも世に言うバブル景気の前夜からその後遺症を乗り越えるまでの時期と重なっているのだが、時代の大波に乗って店舗拡大に走りはじめたゲソは、いま思い出しても日々異様な昂揚《こうよう》感に包まれていたものだった。

　その幸運に向けた最初の一歩となったのが、ゲソが言っていた〝奥の手〟だった。新支店の好調に乗じて追加融資を引きだしてくる。そう宣言してまんまと代表取締役の座を手中にしたゲソだが、実際は、わざわざ交渉しにいく気などさらさらなかった。追加融資ぐらいすぐ下ろさせる、と女将《おかみ》さんには豪語したものの、簡単に下りるわけがないと自覚していたからだ。

昭和六十年の後半から六十一年にかけては、いわゆるバブル景気に突入する前夜だった。その時期、すでにバブルの兆候があったと証言する人もいるが、大半の人々はバブルの兆候どころか深刻な円高不況に喘《あえ》いでいた。出口の見えない不況の真《ま》っ只中《ただなか》で、ちょっとぐらい新支店が繁盛したからといって、担保もないぎりぎり経営の零細企業に追加融資してくれる金融機関などあろうはずがない。従って、ゲソは最初から交渉などせずに奥の手を使おうと考えていた。

「なんだよ、奥の手って」

その後、改めてゲソに詰問した。いまこそ聞き出しておくべきことだと思った。

「カネさんだから話すんすけど、実は、タツ関の特大キンタマを握ってるんすよ」

「特大キンタマ？」

金森は噴き出した。

「笑い事じゃないっすよ。カネさんだって片棒担いでたじゃないすか」

ゲソとしても話すべきときだと考えたのだろう。特大キンタマについて打ち明けはじめた。

話は龍大海が関脇に初昇進した当時に遡《さかのぼ》る。ゲソも金森もまだ修業中の小僧だった時分のことで、破竹の勢いで番付を駆け上っていた龍大海は、毎夜のごとくつかさ鮨にやってきてはゲソと夜の街に繰り出していた。六本木や青山の酒場をはしごして朝まで飲み明かし、それでも土俵では白星街道を突き進んでいた。その強さとタフさには金森も舌を巻いたものだったが、しかし、あの快進撃には裏があった。

「あの頃、タツ関は星を買ってたんすよ」

星を買う。つまり龍大海は金を出して勝ち星を譲ってもらっていたという。

「買う相手は、だいたい決まってたんすけど、ここぞっていう一番になるとこっそり話を持ちかけて、ころっと負けてもらってたんすね」

それでなくても夜遊び三昧《ざんまい》だった龍大海は、朝稽古《あさげいこ》どころではなかった。稽古が足りなければ、いくら天賦の才を有する龍大海といえども勝ち越しすらままならない。力士にとって勝ち越しは給金直しと呼ばれるほど懐具合に直結するだけに、多少の金を払ってでも白星をもぎとってしまえ、と禁断の果実に手を出してしまった。

「仲介役はカネさんだったんすよね」

「おれが？」

「何度も電話を取り次いでたじゃないすか」

言われてみれば、ゲソの使いっ走りで何度となく龍大海の伝言を取り次いでいた。

「あれってそういうことだったのか」

「カネさん、鈍すぎっすよ」

失笑された。確かに鈍いと言われれば鈍かったのかもしれない。公衆電話から何度も電話してつかまえた力士に、なぜ『今度、遊ぼうぜ』なんて伝言したのか。大相撲には八百長があるらしい。そんな噂は当時も囁《ささや》かれていたから、頭の回るやつだったらすぐ気づいたに違いない。

ただ、不正は長くは続かなかった。白星買いに溺《おぼ》れていた龍大海は、やがて右膝《みぎひざ》を負傷して小結に陥落した。それで目が覚めた。龍大海は再び稽古に精進してガチンコ勝負で這《は》い上がってきたのだが、ゲソはそんな龍大海と親交を結びつつ、汚れた過去を確信犯的に握り続けてきた。

龍大海にしてみれば爆弾を抱えている気分だったろう。だからこそゲソには特別な配慮は欠かさないでいたし、その恩恵に与《あずか》りながらゲソはコバンザメのごとく貼りついてきた。

「結局、こういう特大キンタマは使いすぎちゃダメなんすよ。やりすぎは逆襲を呼ぶだけだから、ここぞっていうときに小出しにして末永く利用しなきゃもったいないじゃないすか」

ゲソの言葉通り、これまで利用したのは独占インタビューとプライベート取材を許可させたときだけだった。しかし、新たな野望を胸に全国展開に踏み切る今回は、さらに強く迫って威力を発揮させようとしたのだった。

実際、その威力たるや絶大だった。ほどなくして龍大海後援会の有力者の紹介で銀行員が飛んできた。まともに門を叩いたら地方銀行にすら相手にされない零細飲食店に、都市銀行四位の新都《しんと》銀行から稲垣新次郎《いながきしんじろう》という課長が参上した。これぞ特大キンタマを握り続けてきたおかげだったし、この時期、この男に出会えたことはゲソの運気の強さと言うほかはない。

ある日、初めて電話をかけてきた稲垣は、まずはお客として鮨《すし》を食べたい、と言った。そこで稲垣のために夜の席を用意したところ、予約時間きっかりに一人で現れた。白髪まじりの髪を真ん中分けにし、エラの張った顔に銀縁眼鏡。小太りの腹を抱えて、よいしょとゲソの前に座った姿は都市銀行のエリート行員というよりは町工場の二代目といった風情だったが、あとになってまだ三十代と知ってびっくりしたものだった。

その晩はビールを飲みながら特上々コースをひと通り食べた。仕事の話は一切なしで、なごやかに談笑して帰っていった。もちろん勘定はちゃんと払ってくれたが、これじゃ単なる紹介客にすぎないじゃないか、と拍子抜けした。

再び稲垣が来店したのは一週間後の午後だった。休憩時間にお邪魔したい、と電話してきたことから午後の二時過ぎ、店の個室に招き入れた。食事はすませてきたそうで、テーブルの向かいにゲソと金森が肩を並べて座るなり、

「早速ですが、今後の経営戦略をお聞かせいただけませんか」

いきなり仕事の話を振ってきた。ゲソが待ってましたとばかりに熱弁を振るった。大相撲の開催地に中核店を配置した上でカジュアル店を展開していく戦略をぶち上げてみせた。

「それは面白いですね」

稲垣はうなずいた。が、すぐに銀縁眼鏡をずり上げ、髭《ひげ》の剃《そ》り残しが目立つ顎《あご》に手を

当て、

「ただ、最初から大阪、名古屋と遠方に展開していくやり方はどうでしょうね」

懸念を口にした。

「先日食べさせていただいて、魚は三割方、いいものを使っておられますし、お客を惹《ひ》きつける接客術も心得ておられる。客層もそれなりの格を保っていて感心しましたが、問題は、それらをどこまでカジュアル店に反映できるか、そこが戦略の要《かなめ》だと思うんですね」

町工場の二代目風にしては、ずばり核心を突いてきた。魚は三割方いいと、そこまで見抜かれるとは思わなかった。

「そこでご提案なんですが、このビジネスモデルを、まずは東京で検証してみてはどうでしょう。両国を中核店として東京都内にカジュアル店を三店舗展開してみて、その成果を総括して運営ノウハウをパッケージ化してしまう。そのパッケージを引っ提げて地方都市に進出したほうが効率がいいですし、私どもとしても融資しやすいんですね」

なるほどと思った。先夜はただ食べにきただけに見えた稲垣だったが、実に冷静な分析を加えている。〝三割打者の味と格〟作戦を一発で見抜いたばかりか、東京で検証してから効率よく地方に進出すべき、と的を射た提案までしてきた。見た目とは裏腹に切れ者なのかもしれない、と金森が稲垣を見直していると、しかしゲソは別の部分に反応した。

「ということは、融資してくれるんすね？」

私どもとしても融資しやすい、という一言を融資を前提とした言葉と解釈して言質をとろうとしている。だが、いくら紹介者の威光が効いていようと相手は銀行だ。それは先走りだろう、とひやひやしていると、

「はい、その前提でお話ししています」

思いがけない言葉が返ってきた。金森は訝《いぶか》った。これは何か裏があるのではないか。

「あの、念のために確認しておきますが、うちには担保というものが」

口を挟みかけた途端、ゲソに脇腹を小突かれた。このタイミングで言うことか、とばかりに気色ばんでいる。ところが、稲垣は笑みを浮かべてゲソを指差した。

「担保でしたら、ここにおられます」

つかさ鮨の実情は大方把握しているが、ゲソの才覚と人柄が担保だと言っている。地方展開の前に東京で検証する、という提案さえ受け入れてもらえれば融資に応じるという。

「ほんとですか」

金森は声を上げた。有力者の紹介が、これほどの効き目とは思わなかった。さすが特大キンタマの威力は凄《すご》い、と驚いていると稲垣が牽制《けんせい》するように続けた。

「ご紹介者がどなたであろうと、融資の査定はシビアにやっています。ただ、銀行員の私が言うのも何ですが、この国の銀行はおかしいと思うんですね。どれだけ将来性があ

る人にも事業にも、担保がなければ融資しない姿勢は間違いではないかと。だって担保がなければ貸さないと言うなら質屋と同じじゃないですか。銀行業とは本来、人と事業を見て貸す商売なんですから」

ゲソには特異な事業戦略を生みだす能力があり、実行力もある。加えて、初対面の人間でもするりと懐に入れてしまう人間的な魅力もある。この若さにしてこれだけの人物が立ち上げる事業に融資しなくて何に融資するのか。とまあ、買いかぶりすぎなほどゲソを褒め上げてみせると、稲垣はゲソと金森の目を交互に見ながら言った。

「この国の景気は、あと一年もしないうちに急激に上向く、と私は読んでいます。いまでこそ円高不況が騒がれていますが、今後、国内需要の拡大策や税制改革といった施策が相次いで打ちだされると政府筋から漏れ聞いています。そうなれば、この国は好況の嵐に席巻《せっけん》される。その嵐の中で、御社のビジネスモデルは必ずブレイクすると私は直感しました。ですから、どうか私の提案を受け入れてください。そうなれば上司に嚙《か》みついてでもこの融資を実現させます」

美沙子と入籍したのは、その年の六月半ばだった。一度はプロポーズしそこなったが、すぐまた食事の機会をつくって正式に結婚を申し込んだ。そして、そろそろ美沙子の腹が目立ってきたこともあり、今後を考えると早いほうがいいだろうと錦糸町に新居のアパートを借りた。

プロポーズの際には小さな指輪をプレゼントしたが、挙式はやらないことにした。稲垣の尽力もあって早々に融資金が入ってきたものの、それは店舗拡大のためのお金であって、現状の経営が厳しいことに変わりはない。ゲソ代表取締役も金森経営管理部長も、肩書きこそ立派だが大卒の初任給にも満たない給料で頑張っている。経理を手伝っている美沙子もそれは重々承知しているだけに、いまは挙式どころじゃないし、とりあえず籍だけ入れればいいよ、と納得してくれた。

「それでも、結婚パーティぐらいやったら？」

多可子からはそう勧められた。いまだ子宝に恵まれていない多可子は、子を宿しての結婚をとても喜んでくれて、自分たちみたいに本店で祝宴を開いたら？　と言ってくれたのだった。

だが、それは気が進まなかった。いまや本店はゲソの店舗拡大計画とは完全に切り離され、昔ながらの鮨屋《すしや》を細々と続けている。ゲソも本店にかまう気はないらしく、法的には一従業員となった親方に丸投げしている。その本店にわざわざ乗り込んで祝宴を開く気にはとてもなれない。

「だったら錦糸町の居酒屋はどう？」

美沙子が言い出した。家出同然で佐賀から上京した美沙子にも、福井の実家とは音信不通の金森にも、呼びたい親族などいない。ゲソ夫婦に音頭をとってもらって安い居酒屋で気さくにやろうよ。そんな美沙子の提案でゲソ夫婦に打診したところ快諾してくれ、六月下旬の定休日、先日若旦那《わかだんな》と話をした錦糸町の居酒屋を半分貸し切りにして開くことにした。

結婚パーティ当日、この日も金森はぎりぎりまで新居のアパートで仕事に励んでいた。入籍したといって浮かれてはいられない。本音を言えば祝宴もキャンセルしたいほど忙しい状況だった。

このところは店の仕事に加えて鮨職人育成マニュアルづくりに打ち込んでいる。なにしろ来年頭までに三店舗もカジュアル店を開かなければならない。九月には金森が店長を務める西麻布店、十一月には甲子園北島が店長の三宿《みしゅく》店、来年一月には四谷《よつや》荒木町《あらきちょう》店と続けざまに開いていく。

店を増やせば鮨職人も必要になる。とりあえずはゲソに命じられた六人の鮨職人を掻《か》き集めて両国店で研修させているものの、六人増えただけでは西麻布と三宿の二店舗しか回せない。今後もどんどん店を増やす予定だから、このままでは職人不足で立ち行かなくなる。どうしたものか、と頭を悩ませた末に、自前で育てるしかない、とゲソが決断したのだった。

ただ問題は、金森も経験した徒弟修業では時間がかかるし、回転鮨レベルの速成修業だとクオリティに不安が残る。カジュアル店とはいえ鮨ゲソには握りの腕と接客が求められるだけに、この際、徒弟修業と速成修業を融合させた育成マニュアルをつくることにした。

鱗《うろこ》を落とすコツや酢飯を手につきにくくするコツなど、従来は兄弟子がわざと教えなかったこともマニュアル化しようと思ったのだが、いざやってみると思いのほか難しい。すでに一か月近く試行錯誤しているのに一向にまとまらない。結局は、結婚パーティ当日までノート片手に呻吟《しんぎん》するはめになり、同じ錦糸町に住んでいながら午後二時の開始時刻に十分も遅刻してしまった。

ところが、金森よりも上手がいた。それからさらに二十分経っても音頭とりのゲソ夫婦がやってこない。店内には手塚さん、甲子園北島のほか、片倉水産の若旦那、梶原記者、竹之内講師、商社マンの李さん、作家の新庄といった龍の会の創設メンバーに加えて新都銀行の稲垣まで集まってくれている。この顔ぶれの中に親方と女将《おかみ》さんを呼ぶのは気が引けてあえて声をかけないでもらったのだが、それでごたついているのだろうか。

「遅いなあ」

甲子園北島が何度となく外を見ている。仕方なく生ビールを注いでもらい、稲垣をみんなに紹介したりしていると、予定より四十分遅れでようやくゲソが姿を現した。

「どうしたんですか！」

美沙子が声を上げた。ゲソの左頰が腫《は》れ上がっている。唇の端が切れて血糊《ちのり》もついている。

「たいしたことないよ」

ゲソが顔を歪《ゆが》めて照れ笑いした。続いて入ってきた多可子がため息をついた。

「またあの男がきたの」

今日、ゲソ夫婦は朝から両国の店に出ていた。カジュアル店の品書きを決めるため、ゲソがつくった試作品を多可子が試食して意見を交わし合っていたのだが、午後二時が近づき、そろそろ結婚パーティに行こう、と腰を上げたそのときだった。

突如、チンピラ風の男が店内に押し入ってくるなり無言で暴れはじめた。椅子を蹴飛《けと》ばし、テーブルを蹴倒し、皿鉢を床に叩《たた》きつける。驚いたゲソが止めにかかった途端、殴りつけられた。

多可子が悲鳴を上げた。そこに見覚えのあるダークスーツの男が入ってきた。以前、みかじめ料を要求してきたその筋の男だった。男はいきなりチンピラを殴り倒し、その顔を足で踏んづけると、こういう馬鹿もいることだしな、と再びみかじめ料を要求してきた。だが、ゲソは怯《ひる》まなかった。出ていってくれ、の一点張りで一歩も引かずにいると、やがて男は舌打ちするなりチンピラを足蹴にして立たせて店から立ち去った。

「そりゃチンピラの勇み足だな」

梶原記者が煙草に火をつけながら笑った。まずはチンピラに暴れさせて威嚇してから無理な要求を吞《の》ませる。それがダークスーツ男の作戦だったのに、馬鹿なチンピラがゲソを殴ってしまった。それだと傷害事件になるから慌てて男はチンピラを殴り倒してみせてから威嚇したが、ゲソが毅然《きぜん》とした態度を崩さなかったために引きさがった。大方そんなところだろうが、

「これがもし本物の裏社会の連中が店を喰《く》いものにするとなったら、そんなもんじゃすまないぞ」

と表情を引き締めた。経営者に若い女をあてがい、私生活から骨抜きにして店を奪い取る。運転資金を融資すると持ちかけ、借金で身動きできなくした挙げ句に経営権を取り上げる。経営者のポケットにこっそり覚醒剤《かくせいざい》を入れて警察に通報し、現行犯逮捕された隙に店の実権を握る。などなど、巧妙かつ大胆な手口で仕掛けてくるという。

「覚醒剤まで使うんすか」

甲子園北島が声を上げた。

「そりゃそうだよ。いまどき暴力で脅すなんて、もっとも稚拙で、もっともリスクの高い手口だから、今回はその程度ですんでよかったと思ったほうがいい」

梶原記者は妙な慰め方をした。

「それにしたって、テーブルを倒したりお皿を割ったり無茶苦茶だわよ」

また来たらどうしよう、と多可子が体を震わせている。

「警察に相談したほうがいいですよ」

美沙子が多可子の肩を抱きながら言った。

「いや、相談したところで意味ないな」

梶原が煙草を灰皿に押しつけた。稚拙なやつらが意地になったら、威嚇と拒絶のいたちごっこになるだけの話だから、いちいち警察も取り合ってくれないという。

「ったく、いよいよ店舗拡大ってときに」

金森は首を左右に振った。すると銀行員の稲垣が話に入ってきた。

「これ、ひょっとしたら、どこからか情報が漏れたのかもしれませんね」

融資を受けて店舗拡大に乗りだすという情報がやつらの耳に入って、今度こそ喰い込んでやろうと荒技に打って出た。最初の来店から時間が経っている点から考え合わせても、店が大きくなる前に唾《つば》をつけておこうと目論《もくろ》んでいる可能性は高いという。

「確かに、それはあり得る」

梶原が相槌《あいづち》を打ち、となると、つぎはもっとレベルの高い手口を仕掛けてくるかもしれない、と言い添えた。

「もうやだっ、こんなの」

多可子が叫んだ。いつのまにか涙目になっている。金森も腹に据えかねる思いでいると、稲垣が銀縁眼鏡をずり上げ、頬を膨らしているゲソに告げた。

「こうなったら私にまかせてもらえませんか」

「殴り返してくれるんすか？」

ゲソが冗談ともつかない言葉を返した。

「いえいえ、喧嘩《けんか》はからっきしだめですけど、上の者に話せば押さえられると思うんです。ここだけの話、金融機関と裏社会は表裏一体のものでしてね。いえ、けっして悪事に加担しているわけではないんですが、腐れ縁とでもいいましょうか、ある部分繋《つな》がっているんですよ。記者さんならおわかりですよね？」

梶原に振った。

「まあその、金そのものに善悪ってもんはないから、持ちつ持たれつっていうかさ」

苦笑いしながら梶原が答えた。へえ、と思った。若い金森は意表を突かれたが、世の中、そういうものらしい。稲垣がたたみかけてきた。

「そういうわけなので、このままでは店舗拡大にも差し支えますし、とりあえず私にまかせてもらえませんか？」

諭すようにゲソと多可子に笑いかける。多可子の目がぱっと明るくなった。これには金森も光明を見出《みいだ》した思いでいると、

「まかせないっす」

ゲソがきっぱり言い放った。え、とゲソを見た。ほかのみんなも当惑の面持ちでいる。その気持ちを代弁するように多可子が、

「でもあなた」

と言いかけた言葉をゲソが遮った。

「いいすか、稲垣さん。うちとしては今後もやつらの要求は毅然として突っ撥《ぱ》ねていく。それだけの話っす。ただ、もし融資元として再びこんな事件が起きては困る、ということであれば、稲垣さんの自衛策としてどこにでも話をつければいいことっす。ぼくとしても自衛策を止めることはできないっすからね」

へらりと笑い、唇の端の傷を舌先でなめた。稲垣が何か言いかけた。が、すぐに言葉を呑み込み、神妙な顔でこくりとうなずいた。すかさずゲソがビールを手にして明るく声を張った。

「それでは皆さん、長らくお待たせしました。晴れて結婚した金森夫婦のために、乾杯！」


その日の晩、ゲソと二人で両国の店に戻った。チンピラが暴れた店内がそのままになっていると聞いて、妻たちは帰宅させ、二人で片づけることにした。

祝宴は結局、五時間以上にもわたって盛り上がった。ゲソがいつもの調子で場を盛り上げてくれたおかげで、甲子園北島と多可子がデュエットをはじめたり、若旦那《わかだんな》と李さんがダジャレ大会を繰り広げたり、稲垣と梶原が意気投合して議論を交わし合ったり、みんなで陽気に祝宴を楽しみ、店に戻るまではその余韻を心地よく引きずっていた。が、店内に入って惨状を目にするなり改めて怒りがこみ上げた。

奥歯を嚙《か》みしめながら、ひっくり返されたテーブルを起こし、椅子を並べ直した。皿の破片を掃き集め、割れた醬油《しょうゆ》差しから飛び散った醬油を拭《ふ》きとった。なぜこんな目に遭わなきゃならないのか。改装したばかりの店を踏みにじられた理不尽に、やり場のない切なさに駆られた。

ところが、当のゲソは淡々としている。いつもの閉店後の掃除と変わらない様子で床にモップをかけている。金森は片付けの手を止めて言った。

「なあゲソ、やっぱ稲垣さんに、やつらを押さえてくれって真正面から頼んだほうがよかったんじゃないか？」

さっきの話を蒸し返した。自衛策を止めることはできない、なんていうもってまわった言い方では、きちんと対応してくれないかもしれない。いまからでも頼み直したほうがいい気がした。

ゲソが黙ってモップを置き、起こしたばかりのテーブルを指差した。座って話そう、ということらしい。指示された通り向かい合って腰を下ろすと、

「カネさん、まだわかってないようだから、この際、はっきり言っときたいっす」

金森の目を覗《のぞ》き込んでくる。

「梶原さんも表裏一体って言ってたように、暴力をバックにねじ伏せようとするのがやくざだとしたら、金力をバックにねじ伏せようとするのが銀行なんすね。見た目こそまったく正反対だけど、やってることは似たようなものなんすよ。だから一度でもやつらに借りをつくったら、いつか足元をすくわれる。一生の腐れ縁になるから、やくざにはあくまでも毅然として接し、銀行にも絶対に借りをつくっちゃいけないんすよ」

「けど銀行から融資を受けたじゃないか」

金森は反論した。ゲソが肩をすくめた。

「まともに融資を受けるぶんには、対等なビジネスだから借りをつくったことにはなら

ないんす。けど、たとえ口約束であっても、裏社会を押さえてくれ、なんてことをこっちから頼んだらおしまいだし、ましてや、みんながいるところで言質をとられたらアウトじゃないすか。もちろん、銀行側が勝手にやるぶんにはかまわないんすけど、とにかくこの点だけはカネさんも心してくれないと困るんすね。いずれ銀行とは縁切りするつもりだし」

「え、銀行と縁切りするのか？」

「もちろんっすよ。銀行なんてものは踏み台にすぎないんすから。あと五年、いや三年ほどでひと財産つくったら融資なんかなしでやっていくつもりっす」

「融資なしじゃ、やってけないだろう」

「そんなことはないっす。愛知県の世界的な自動車メーカーだって無借金経営で有名っすよ。借金がないばかりか、資金不足になった銀行が頭を下げて借りにいくこともあるらしいから凄《すご》いじゃないすか。結局、いつまでも銀行なんかにへいこらしてるようじゃダメなんすよ」

ゲソが言うことには、いつも驚かされる。店舗網を拡大したら徐々に無借金経営に移行して、さらなる高みを目指す。それはつかさ鮨を乗っとる以前から考えていた既定路線だというから、この男の頭の中はどんな構造になっているのか覗き込んでみたくなる。

「そんなわけなんで、カネさん、早いとこ稲垣のキンタマを握っといてください」

しょせん銀行員なんて油断がならない。今回稲垣は、ゲソの才覚と人柄が担保だと言って融資してくれたが、あの言葉だってきれいごとでしかない。その本音は、龍大海後援会の有力者に貸しをつくりたいだけで、いつ融資を引き剝《は》がしにかかるかわかったものではない。

「その意味でも、握れるキンタマは握っとかないとヤバいっすからね」

「だけど銀行員のキンタマなんて、どうやって握るんだ？」

「銀行員だろうとだれだろうと、男は金か女に決まってるじゃないすか。最悪、ハニートラップで握ったっていいんすから」

色仕掛けで陥れて脅迫したり機密情報を暴露させたりする諜報《ちょうほう》活動の常套《じょうとう》手段を使えばいいという。政財界の権力闘争の場でもハニートラップを仕掛けてマスコミに書かせ、政敵やライバルを陥れたりするらしい。

「梶原さんの話だと、登場人物が三人いれば書けるっていうんすね。女Aが酷《ひど》い目に遭ったと騒ぎ立てる。男Bに救いの手を求める。そして男Cが証言者になってくれればスキャンダルとして成立する。だからカネさん、キンタマなんて見つからなきゃつくっちゃえばいいんすよ」

金森は唸《うな》った。こういう発想は、金森の頭の中からは絶対に生まれない。上昇志向で生きようとすると、だれしもこういう思考になるものなのか。

「ゲソって、どういう育ち方をしたんだ？」

思わず尋ねてしまった。小僧の頃から触れないできた、いや、触れられないできたことだった。

「身の上話をしろってことっすか？」

　ゲソが片眉《かたまゆ》を上げた。

「まあそういうことになるけど」

　やはり触れるべきではなかったか。

「ちなみにカネさんは、どんな身の上だと思うんすか？」

「わかるわけないだろう」

「想像でいいんすよ。これまでぼくを見てきてどんな生い立ちだと思ったか」

　そう言われても困ってしまうが、自分から持ち出した話だ、答えないわけにもいかない。

　そういえば、いつだったか片倉水産の若旦那が『へらへら笑って人当たりはいいが、案外孤独な生い立ちだったりしてな』と言っていた。それも満更間違いではない気がした。

「不幸な育ち方をしたんじゃないかな」

「どういう不幸っす？」

「それは、その、たとえば幼い頃に不慮の事故でご両親を亡くした、とか」

「ああ、なるほど。で、一人っ子だったぼくは叔父《おじ》の家に預けられた。叔父は死んだ両親とは仲が悪かったが、行き所がなくなった甥《おい》っ子を見捨てるわけにもいかず仕方なく受け入れた。ところがアウェイの状況に置かれたぼくは、ご飯をお代わりするにも、風《ふ》呂《ろ》に入るにしても、新しい鉛筆を一本買ってもらうにも、いちいち気を回さなければならなかった。叔父一家の顔色を窺《うかが》いながら無理やり明るく振る舞っていなければならなかった。そういうことっすか？」

「うーん、そうかもしれない」

言われてみれば、へらへらした人懐こい笑顔も、他人に取り入る武器として身についたものかもしれない。叔母《おば》の女心をくすぐって小銭をせしめたり、従兄妹《いとこ》に嘘をついてお菓子をかすめとったり、生きるためにはそうせざるを得ず、厳しい現実が狡猾《こうかつ》な才も開花させていった。

どこかで聞いたふうな生い立ちかもしれない。でも、わざわざゲソ本人が補足してくれたこともあって意外と当たっている気もしないではない。

「いやあカネさん、けっこう想像力、あるじゃないすか」

妙な褒め方をしてゲソはテーブルから立ち上がると、再びモップを握り締め、

「カネさんがそう想像したんなら、ぼくとしてはそれでいいっすよ」

へらりと笑った。

かちんときた。無理やり想像させておきながら本当のことは言わないつもりらしい。

「それでいいってことはないだろう」

声を荒らげた。するとゲソは金森の反応を楽しむように、もう一度、へらりと笑って

から人差し指を突きつけてきた。

「いいすかカネさん、仮にぼくがここで、これが本当の身の上だ、と語ったとしても、それが本当だという確証なんてどこにもないじゃないすか。他人の本当の身の上なんて、だれにもわかりようがないんすよ。偉人の伝記や回顧録にしたって当人が都合よく話したことかもしれないし、だれかが勝手に解釈して書いたのかもしれない。何かの意図をもって捏造《ねつぞう》された可能性だってなくはない。それは、ぼくの場合も同じことなんすね。だったら、そんな身の上話なんか聞いたところで意味ないじゃないすか。カネさんがそう想像したんなら、そう思っていればいいんすよ」


二か月半後の九月初頭。カジュアル店の一号店がオープンした。

場所は港区の西麻布。町名変更前は霞町《かすみちょう》と呼ばれていたこの界隈《かいわい》は、かつては下町風情が残る庶民の街だった。ところが、ここにきて六本木の飲食店とは毛色が違うスノッブな料理店やバーがぽつりぽつり開店し、テレビや音楽業界の人間が出入りしはじめた。そこに目をつけたお笑いコンビが、西麻布を題名に冠した歌を発表した影響で認知度が上がってきたこともあり、

「今後、間違いなくスポットライトが当たる街ですよ」

と飲食店プロデューサーの堂本から勧められた。念のため梶原記者に確認したところ、

「新しもの好きが注目してるみたいだな」

と裏もとれたことから、カジュアル一号店の立地にふさわしい、とゲソが判断した。

六本木通りから細い路地を入った先の民家を丸ごと店舗に改装した。一部では注目されていても、まだまだ一般には馴染《なじ》みがない街だけに、保証金も賃料も案外手頃だった。だったら一軒丸ごと借りてユニークな店に仕立てよう、と気合いを入れて改装に臨んだのだが、ずばり読みが当たった。その後の西麻布の盛況ぶりからもわかるように、あと一年遅ければ賃料急騰でとても借りられなかったから、これもまたゲソと時代の幸せな邂逅《かいこう》だったと言えるかもしれない。

改装の設計施工は、もちろん富岡建装に仕切らせた。あざとい手口を連発するゲソだが、こういう約束は律儀に守る男だった。西麻布店に続いて三宿店と四谷荒木町店もよろしく、と告げられた富岡社長は大張り切りで、

「西麻布店がカジュアル店の雛型《ひながた》となるよう、斬新《ざんしん》なコンセプトで仕上げます」

と全精力を傾けて取り組んでくれた。

こうして完成した西麻布店は、両国店のイメージを残しながらも、カジュアル店ならではの工夫が施されていた。店頭が漆黒の板塀で覆われている点は両国店と変わらないが、引き戸の脇には〝鮨ゲソ〟と書かれた行燈《あんどん》が灯《とも》されている。カジュアル店には店名看板が必要だが、ふつうの店名だと目立たないから鮨ゲソにしよう、とゲソ自身が言い出した。龍大海が名付けた店名となれば売りになる、という計算からだった。さらに板塀の所々に縦長のスリットを入れ、通りから店内が窺えるようにした。来店客には隠れ

家的な空間を感じさせつつ、通りがかりの人たちからは、ちょっと背伸びして鮨《すし》コースを愉《たの》しんでいる姿がチラチラと見える演出だった。

客席は一階につけ台とテーブルで三十席、二階はつけ台とテーブルで三十五席と、両国店の倍以上の規模にした。また両国店は昼一回転、夜二回転と決めているが、こっちは昼にランチコースを用意して、夜は深夜一時まで営業して何回転でもさせる。予約のルールも両国店とは変えて、いつでも予約できる。一度予約して来店すれば会員登録され、二度目からは予約なしでも会員証の提示で入れるようにして入りにくさを緩和した。

品書きは両国店より割安な二コースのほか、単品の鮨セットも二パターン揃え、客単価が最高でも両国店の七掛け、平均では六掛け程度に抑えられる価格設定にした。そのぶん上質な鮨種は一割になってしまうが、握りの技術と丁寧な接客は両国店と遜色《そんしょく》のないレベルで提供することで、両国店を上回る売上げの確保を目指した。

とはいえ、庶民の財布は意外と固い。これでもまだ不安だとしてゲソはさらなる作戦を考えた。

「あの料理評論家を使い倒そうじゃないすか」

両国店がオープンした当初、勝手に押しかけてきてタダ食いした上に車代まで包ませた口髭《くちひげ》男のことだ。名前は澤口康孝《さわぐちやすたか》。数年前からマスコミ露出が目立ってきた新進気鋭だそうで、何冊ものグルメ本を書き、雑誌でも多くの連載を抱えている。だが、改めて梶原記者に調べてもらったところ、その実態はタダ食い車代つきの〝取材〟で、厚遇された店だけを褒めちぎる御用評論家として業界では有名らしい。事実、車代効果なのか、しばらくして澤口から雑誌で紹介したと記事のコピーが送られてきた。この男に褒めさせれば販促に直結する、とゲソは踏んだのだった。

「そのかわり、ふつうに褒めさせたんじゃダメっすからね。まずは女向けに褒めさせること。うちが儲《もう》かる鮨種を褒めさせること。この二つがポイントっす」

女向けに褒めさせたいのは、来年春に施行される男女雇用機会均等法を睨《にら》んでのことだという。同法の効果で女性の社会進出が促進されると見込まれるため、ここにきて新聞雑誌はこぞってキャリア女性特集を組んでいる。その流れにあやかって〝キャリア女性が気さくに使うならカジュアル鮨ゲソ〟と澤口に煽《あお》らせる。予約がとれない両国の名店が開いたカジュアル店こそ新時代の女性にふさわしい店、と印象づけようというわけだ。

一方、うちが儲かる鮨種を褒めさせるというのは、鮨種には儲かる種と儲からない種がある。鮪《まぐろ》のトロ、雲丹《うに》、平目といった種は小売価格は高いが原価も高いから儲けが薄い。鮪の赤身、鰺《あじ》、烏賊《いか》、蛸《たこ》、玉子といった鮨種は原価が低く大量仕入れが可能だから食べてもらうほど儲かる。そこで、赤身と生鰺こそ本物の鮨好きが愛する通の鮨種であり、そこにあえて力を入れている鮨ゲソは素晴らしい、と褒めさせ、コースにも赤身と生鰺をしっかり組み込むことにした。

早速、金森は澤口に掛け合った。グルメ大関の龍大海が名付け親になるほど贔屓《ひいき》にしている鮨ゲソを、強力にプッシュしてほしい、と。澤口は条件つきながら即座に請け負ってくれた。その条件とは、顧問料を支払うこと、龍大海と鮨対談をやらせてもらうこと、この二つだった。

「せこい条件っすねえ」

ゲソが失笑したものだった。顧問料は覚悟していた。しかし龍大海との対談要求は、どう考えても国民的な人気者とコネをつけたい、という姑息《こそく》な下心が見え見えだった。それでもゲソは、

「どっちの条件もオッケーっす。これで澤口康孝のキンタマを完全に握れるじゃないすか」

と了承し、ほどなくして女性誌各誌に澤口の記事が掲載されはじめた。

『女性の皆さんは、いつまで男に鮨屋を独占させておくつもりだろう。いまや女性といえども使い勝手のいい鮨屋の一軒も持つべき時代である。馴染みの鮨職人の一人もいなくて何がキャリアウーマンか。そこで注目したいのが〝カジュアル鮨ゲソ〟だ。一年先まで予約で埋まっている両国の名店鮨ゲソが、満を持して話題のエリア西麻布に進出する系列カジュアル店である。絶品の鮨コースをリーズナブルに提供したい。店主の徳武光一郎氏の思いを凝縮した新機軸の鮨屋というから期待は大きい。両国で味わった衝撃の旨《うま》さを反芻《はんすう》しつつ、小生、いち早くプレ営業中の西麻布店を訪ねてみたのだが、いや驚いた。まずはお奨《すす》めの鮪の赤身と生鯵からはじめたところ、これが素晴らしい。トロ

や雲丹は旨くて当たり前。通人好みの鮪の赤身は、ほのかな酸味がすっと鼻に抜ける。東京湾産、つまり江戸前の生鯵の鮮度と滋味深さには思わず唸《うな》った。系列カジュアル店だからと侮るべからず。両国の味と格は確実に新世代店へと受け継がれた』

これには金森も、いや驚いた。ゲソが挙げた二つのポイントが過不足なく盛り込まれた見事な作文だった。それでようやく気づいた。彼は広告屋なのだ。コピーライターなのだ。車代にしろ顧問料にしろ、広告制作料と掲載料だと思えば安いものではないか。

「カネさん、いま頃そんなことに気づいたんすか」

ゲソに呆《あき》れられた。そして、これでマスコミを使った宣伝は大丈夫そうだから、この際、もうひとつ仕掛けようじゃないすか、と言うなり、つぎの販売促進策について語りはじめた。

休日の表参道《おもてさんどう》は華やいだ女性たちで溢《あふ》れていた。

海外ブランドのバッグを手に流行《はや》りのワンレングスの髪をなびかせ、並木の歩道を晴れやかに行き交っている。そのうちの一人、体のラインにぴったり沿ったボディコンシャスのスーツに身を包んだ女性に目をつけ、金森は思いきって声をかけた。

「あの、覆面調査員をやってみませんか？」

女性は一瞬歩調を緩めたものの、すぐに視線を逸《そ》らし、ハイヒールをかつかつ鳴らして足早に去っていった。

続いてやってきた二人連れの女性にも同じように声をかけた。二人は顔を見合わせるなりぷっと噴き出し、金森を無視してさっさと歩いていってしまった。

「ダメよ、カネちゃん。完全に怪しいスカウトと間違えられてる」

多可子に笑われた。やっぱあたしたちがやったほうがいいみたいね。そう言うなり金森を下がらせ、一緒に連れてきた美沙子とともに微笑みを浮かべて声をかけはじめた。

「店の前に行列をつくろう」

これがゲソの考えたつぎの販売促進策だった。これからの飲食店の主役は若い女性だから、店の前にずらりと若い女性を並ばせて繁盛ぶりを演出しようと言うのだった。

「それはどうかなあ」

金森は難色を示した。いくらカジュアル店とはいえ、狙うお客は〝ちょっと背伸びしたい庶民層〟だ。ラーメン屋じゃあるまいし、せっかく両国で築き上げた店の格を損なう気がした。

「だったらウェイティングとか言い換えたらいいんすよ。キャリア女性が颯爽《さっそう》とした立ち姿でカジュアル鮨ゲソの前で列をなしてウェイティングしている。〝これがいまどきの流儀！〟とか女性ファッション誌に載ってれば、かっこいいイメージができちゃうじゃないすか」

一階の入口にはウェイティングバー、店頭にはカフェ風のベンチを置き、そこを起点におしゃれな女性が気どって列をつくっていれば、少なくともラーメン屋の行列には見えないし、女性はもちろん男だって注目する。そのためにも早急に見栄えのする女性を調達してオープン初日から並ばせる。もっと端的に言えば、サクラの女性を使って行列をつくらせる。

「けどサクラ代はどうする？」

金森は牽制《けんせい》した。毎日サクラを並ばせるとなったら、かなりの経費がかかる。

「サクラ代なんて鮨でいいんすよ。サクラとは言わずにサクラをやらせるんすから」

新しいスタイルの鮨屋の覆面調査員になってほしい。そう言って声をかける。一般客のふりをして鮨を試食してアンケートに答えてくれれば鮨代は無料、という条件だったら、懸命に一般客を演じてくれると同時に女性客の本音まで集められる。

さらにオープン初日には、大関龍大海をはじめ龍の会会員の芸能人や文化人も呼んでサクラ女性とともにウェイティングさせる。その模様を梶原記者経由で誘《おび》き寄せたマスコミに撮影させればサクラ効果は倍加する。

「ここまでやれば世間も注目するから、サクラを使うのは、せいぜい三日でオッケーっす。この国の女は〝いま大人気〟とか〝有名人御用達〟とかが大好きじゃないすか。くだらないチラシを撒《ま》くより、よっぽど安上がりで効果的な宣伝になるから、一か月も経たないうちに繁盛店っすよ。だからカネさん、経費の心配なんかより、いまから若旦那《わかだんな》の尻《しり》を叩《たた》いといてください」

ぽんと尻を叩かれた。

その後、片倉水産の若旦那は逡巡《しゅんじゅん》の末に専属仕入れを請け負ってくれた。従来の片倉水産はそのままに、企業内起業的な新規事業として鮨ゲソ専属部門を立ち上げて同志となってくれた。

立ち上げに際しては、若旦那は台湾商社マンの李さんに支援を求めた。片倉水産は近海物の魚介類の扱いが中心だったため、東南アジアなど海外物には弱い。その強化のためには李さんの力が必要だと口説いたところ、ゲソの役に立つならと快諾してくれ、本業そっちのけで若旦那とともに頑張ってくれている。おかげでオープン予定の都内三店舗の仕入れ見込みがついたばかりか、今後の店舗拡大にも対応できそうだという。この若旦那の頑張りように、最初はぶつくさ言っていた若旦那の親父さんも何も言わなくなったらしい。取り扱い高は、まだまだ片倉水産本体のほうが上だが、いずれつかさ鮨のごとく若旦那の下剋上《げこくじょう》もあり得なくない気がする。

こうして周辺環境も整ってきただけに、ゲソとしてはカジュアル一号店は絶対失敗できない。その緊張感が料理評論家の取り込みやサクラ集客といった販促策を思いつかせたらしく、最初は不安ばかりだった金森もようやく、いけそうだ、という気持ちになってきた。

オープン初日がやってきた。夕暮れの西麻布には、多可子と美沙子の奮闘で集められたサクラ女性が続々と集まってきた。龍大海目当ての新聞雑誌やテレビの取材陣も駆けつけている。梶原記者ほか龍の会のメディア関係者が触れ回ってくれたおかげだった。

やがて黒塗りの車が横づけされた。テレビのライトが灯《とも》され、フラッシュが焚《た》かれる中、タキシード姿の大関龍大海が降り立った。関取は公の場では着物姿でなければならない。それが大相撲財団の規定だが、掟《おきて》破りの洋装にサクラ女性たちが目を輝かせた。ほかにも女優やスポーツ選手、人気シェフといった著名人がつぎつぎに到着し、龍大海とともにウェイティングに加わる。

これには近所から集まった野次馬も大喜びだったが、このウェイティング・パフォーマンスが思わぬ事態を引き起こした。オープン初日は予約なしで入店できることにしたため、ウェイティングの列に一般客も加わってみるみる延びてしまい、近隣の店や住民から苦情がきてしまった。

だが、嬉《うれ》しい想定外だった。いまや相撲界やマスコミ界はもちろん財界、教育界、医学界などにも人脈を広げている龍の会の面々が口コミ宣伝してくれた効果も相まって、金森が近所に謝り歩いている間にも列は延び続け、この時点で金森は西麻布店の成功を確信した。

店内では澤口康孝と龍大海の対談がはじまっていた。テーマは〝新時代の女性と行きつけの鮨屋〟。このテーマと対談の流れもゲソが澤口に指示した。とりわけゲソがこだわったのは、

『鮨は握り立てが一番旨いから、握ったそばから間髪容《い》れず食べるのが本物の鮨っ食いである』

という点だ。一見、的を射た主張のようだが、その裏には、客の回転を速くする、というゲソの思惑が潜んでいる。鮨は種とシャリが馴染《なじ》むよう多少時間を置いてから食べるのが好きだ、という食通もいなくはないのだが、そこは広告屋の澤口だ。龍大海からも、握り立てが一番、というコメントを引きだし、ゲソが握った鮨を素早くぱっぱと食べてみせた。

この模様は早速、翌朝のモーニングショーで放映された。両国の隠れた名店がキャリア女性にふさわしい鮨屋を誕生させたとアナウンスされ、タキシード姿の龍大海や女優、人気シェフたちが笑顔を振りまく映像が繰り返し流され、スポーツ紙の芸能面にも大きく掲載された。その影響力たるや恐ろしいほどで、二日目の昼には六本木界隈《かいわい》で働く女性たちが押し寄せてきた。夜の予約も瞬く間に埋まり、女性に引っぱられて男性客もやってきた。しかもお客の大半が澤口の主張を鵜《う》呑《の》みにして素早く食べて帰るものだから回転率も申し分なし。

結果、ゲソの予想を覆して開店二日にしてサクラ女性はお役御免となったのだった。

西麻布店が成功したとみるや、ゲソは早々につぎの行動に移った。

開店二週間目の定休日。今後の戦略を二人で話そう、と呼ばれて両国店に足を運んだところ、

「金森、明日から取締役になってもらう」

突如、タメ口で告げられた。女将《おかみ》さんは取締役を解任するという。

「いや、それはもちろん光栄な話だけど、そんな簡単に解任できるのか？」

驚いて問い返した。

「できるんですか？　だろ」

ぴしりと訂正された。これからは敬語を使え、と指示されたのだった。そう言われてしまうと、いまさら逆らえない。改めて、できるんですか？　と問い直すと、

「臨時役員会を開いて多可子の母親とおれが賛成すれば、二対一で解任決議が成立する。多可子の母親はおれの言いなりだから、いますぐ女将さんは解任できる」

会社の株も、すでに三割方持っているという。売上げが激減した本店の赤字を補塡《ほてん》するかわりに株を売ってくれ、と掛け合って手にしたそうで、多可子の母親の株を足せば五割以上になる。

「つまり、これで完全に乗っとり成功ってわけだな」

ゲソは得意げに口角を上げた。社名もこの際〝株式会社　徳武プロジェクト〟に変えるという。

「じゃあ今後、本店はどうなる？　いえ、どうなります？」

「本店は独立採算でやらせておけばいい。ただし、社の方針に逆らったら潰《つぶ》す」

躊躇《ちゅうちょ》なく言い放つ。ドライなものだった。西麻布店が思惑通り成功したことが、よほど自信になったのだろう。小僧時代とは別人のごとく突き出た腹をさすりながら含み笑

いするその顔には、まだ二十代前半とは思えない貫禄《かんろく》が漂っている。

「それと金森、近々に大卒を雇ってくれ」

西麻布店の成功で三宿店と四谷荒木町店の成功も約束されたも同然だから、続いて都内に五店舗オープンさせたら地方都市にも中核店とカジュアル店を展開していく。そのためにも早急に大卒社員を雇って社内体制を充実させたいという。

「あんまり高学歴の人間は入れないほうがいいんじゃないですか？」

高卒の金森としては、正直、大卒は使いたくなかった。新都銀行の稲垣と話しているときもそうなのだが、なぜか見下されている気分になる。ゲソだって中卒か高校中退のはずだ。同じような気持ちにならないのだろうか。

「なあ金森、大卒なんかにコンプレックスを抱いてどうする。いいか、これだけは忘れるな。学校の勉強ができたやつほど馬鹿なんだ。やつらは言われたことを丸暗記して忠実に実行する頭と従順さは持っているが、独自の発想を大胆に実現させる頭と度胸は持ち合わせてない」

なぜかといえば、この国の権力者がそういう教育を施しているからだという。こうと命じれば意のままに動く人間を大量に育てたほうが権力者には都合がいい。自分の頭で考えて実現させる人間など育てた日には、いつ権力を奪取されるかわかったものではないから、この国の教育機関は突出した才能を叩きに叩いて均質化する兵隊養成機関になってしまっている。

「つまり大卒なんてもんは兵隊養成機関を最高峰まで上り詰めたやつらなわけで、最終的には似たようなリクルート服を着て似たような面接の受け答えをして似たようなサラリーマンになっていく究極の兵隊ってわけだ。今後、おれたちが使い倒すには願ってもない人材じゃないか。やつらには鮨ゲソの経営ノウハウをパッケージ化して与えるだけでいい。どうやって中核店をオープンして、どうやってカジュアル店の繁盛に結びつけていくか。その一連の流れを体系づけて、この通りにやれ、と命じるだけで忠実に実行してくれるんだからな」

嘲笑《ちょうしょう》まじりに捲《まく》し立てると、そこでだ、と身を乗り出した。

「金森には今後、経営管理部長改め社長直属の取締役経営管理室長として大卒の手綱を握る仕事もまかせる。とりあえずは店長兼鮨職人として西麻布店を切り盛りしつつ、大卒の面接採用から人事采配《さいはい》、査定評価まで、すべて金森の責任で進めてくれ。ただし金森には経理の統括仕事もあるから、鮨の技術指導は北島にまかせていい」

「大卒に鮨職人もやらせるんですか？」

「ゆくゆくは店長やエリアマネージャーもまかせるつもりだが、まずはつけ場を知らなきゃ話にならん。金森がつくったマニュアルを使って北島にびしびし鍛えさせ、最低でも北島レベルの鮨ぐらいは握れるようにしとかないとな」

体育会系の甲子園北島なら生っちょろい大卒の尻《しり》を叩《たた》かせるには打ってつけだから、三宿支店長兼任の職人育成部長に任命するという。さらに手塚さんは鮨職人兼任の品質管理部長に任命し、今後オープンしていく店舗の〝三割打者の味〟と〝食品衛生〟を一括管理させる。

「手塚さん、そこまでやってくれますかね」

鮨《すし》職人の責務を果たして相応の報酬を得られればそれでいい。そんな信条のもとに支店長就任を断った人だ。他店の品質管理まで背負いたくない、と拒まれる可能性は高い。

「拒まれたらクビにしろ。つかさ鮨は親方が仕切る家業だったが、鮨ゲソは徳武プロジェクトが展開する企業なんだ。企業人になる覚悟のない人間は即刻切り捨てていい」

あっさり言い切った。今日になって突如タメ口を利いて金森との上下関係を明確化させたように、従来とは一線を画した冷酷なトップとして君臨していく。ゲソとしてはそう宣言したかったのだろう。その決意を誇示するかのごとく指示は続いた。

「明日までに今後オープンする全店舗の売上げ予測を試算しといてくれ。このペースで急成長した場合、どの程度の期間で無借金経営に移行できるか。当面の目処《めど》だけでもつけたい」

「承知しました」

「それと今回、サクラ女性を使って気づいたんだが、彼女たちのアンケート回答には値千金の価値がある。これからはサクラでなく本物の覆面調査員として定期的に女性を雇って、各店舗を厳しく評価してもらってくれ。店の本当の姿は、お客目線でないと見えないからな」

「早速手配します」

「あと美沙子の簿記検定は？」

「妊娠中も頑張って勉強していたので、まず合格できると思います。ただ彼女としては出産後、さらに高い目標、税理士を目指したいと言ってます。会社の経理全般を把握するには簿記だけではダメだと気づいたって言うんですね」

「それは頼もしいな。しかし子育てしながら大丈夫か？」

「頑張って両立させると言ってます」

「だったらぜひ目標を達成してもらってくれ。そうなれば経理部門は彼女にまかせられる。ちなみに、多可子はホールスタッフの統括責任者に任命した。パートやアルバイトも含めた全店舗のホールスタッフを彼女の指揮下に置く」

「周知させます」

「それから、そうだ、もうひとつあった」

　指示は途切れることなく続いた。徳武プロジェクトの頭脳は、このおれだ。このおれが、おれの頭で考えた通りのことを金森以下、すべての社員が石に齧《かじ》りついてでも実現させせろ、とばかりにこれでもかと指示を繰り出してくる。その眼差《まなざ》しは、金森を見ているようでいて、よく見るとどこに向けられているかわからなかった。どこか遠くにある途轍《とてつ》もなく大きなものの輪郭をなぞりながら、それを自分の言葉に置き換えている。そんなふうに見えた。

ゲソはまたひとつ大きな壁を突き抜け、もはや金森の想像を超えた領域に向かって飢えた野獣のごとく突進している。番頭を拝した立場としては、野望に猛《たけ》るその小さな背中をひたすら追っていくしかないと思った。どこへ行くとも知れないゲソを見失わないように、ただひたすら。

それからの数年間、足かけ六十四年続いた昭和が終わって平成と命名された時代に入るまでの期間は、金森にとってはまさに〝駆け抜けた〟という表現がふさわしい。なにしろその駆け抜ける速さといったら、いま思い返しても、よく倒れなかったと自分に感心するほどで、実際、妻の美沙子からは一時期、

「あなた、変な臭いがする」

と心配されたものだった。けっして垢《あか》にまみれて臭いとか、二十代後半にして加齢臭がきつくなったとかいった意味ではない。朝起きたときに死臭にも似た不快な臭いがすると言われたのだ。

医学的にはどうか知らないが、過労死直前の人が異臭を発していた、という証言は多いらしい。つまり金森は死の淵《ふち》ぎりぎりを無我夢中で駆け続けていた。それでも淵へ転落せずに駆け抜けられたのは、ゲソの指示で採用した大卒社員の力が大きかった。とりわけ大卒一期生の紅一点、吉成由香里《よしなりゆかり》の存在なしには、まず転落してしまったと思う。

一期生はほかに八人いたのだが、一年後には由香里ともう一人、川俣《かわまた》という男子しか残

っていなかった。

「それはどういう意図からでしょうか」

これが由香里の入社当初からの口癖だった。黒目がちな大きな目を見開き、ショートヘアを掻《か》き上げながらぴしりと問われると、金森はいつもどきりとしたものだった。大学では経営学を専攻していた彼女だが、女性の時代と騒がれているわりには、

「二番手の大学っていうだけで、まるっきり相手にされなかったんですよ」

というわかりやすい就活状況だったらしく、そんなとき、ひょんなことから徳武プロジェクトの求人が目に留まって会社訪問に訪れた。

面接したのはゲソ社長だった。ここぞとばかりに今後の戦略をぶち上げてみせたらしく、由香里はゲソ社長に魅入られた。既存の安定企業より今後の成長企業で頑張りたい、と果敢に入社してくれた。それだけに、ひ弱な大卒男子と違って、年齢や役職が上の相手にも動じることなく、何事も理詰めで迫って吸収していく貪欲《どんよく》さがあった。

その貪欲さが地方進出の際、大きな力になった。地方進出は当初の計画通り、龍大海人気にあやかって大相撲の地方場所に便乗した。三月の大阪場所、七月の名古屋場所、十一月の九州場所と、地方場所の開催に合わせて中核店をオープンさせ、同時にカジュアル店も展開していった。ただ、中核店にはゲソも金森も全力投球できるが、なにしろ二人とも忙しい。カジュアル店には力配分が薄くなりがちなため、どうしたものかとゲソに相談したところ、

「由香里を責任者にすればいいじゃないか」

即座に抜擢《ばってき》した。正直、金森は不安だった。新卒の女子社員に、いきなりカジュアル店づくりを丸投げして大丈夫なものか。

ところが、いざやらせてみると当初こそ質問攻めに辟易《へきえき》させられたものの、理詰めできちんと指示してやったところ見事な仕切りっぷりでカジュアル店を立ち上げてしまった。これには感心して翌年、大卒二期生として三十人採用し、由香里をリーダーに据えてみた。すると、並みいる男子社員の尻を叩いて指示を飛ばし、全店舗に百人以上いるパートやアルバイトにも目配りしてまとめ上げ、つぎつぎにカジュアル店をオープンしていった。

大卒なんて究極の兵隊だ、とゲソは嘯《うそぶ》いていた。確かに大卒男子はゲソが言う通りの兵隊ばかりだったが、由香里は違った。指示に忠実なだけでなく、そこに独自の発想を加え、より高収益なカジュアル店に仕立ててくれる。聞けば、彼女の実家は北海道の旭川《あさひかわ》で食堂を営んでいるらしい。幼い頃から当たり前のように店を手伝ってきた経験が奏功しているのだろう、接客ひとつにしても売上げ獲得の要領を心得ている。男女の客に酒の追加を促したいときは、女のほうに、お代わりいかがですか、と尋ねれば男が慌てて注文してくれる。接待客の帰り際には、接待された側に、いかがでしたか、と聞けば必ずおいしかったと答えてくれるから、接待した側は、またここで接待しよう、と贔屓《ひいき》にしてくれる。こうした些細《ささい》な積み重ねが売上げに撥《は》ね返ってくるわけで、ゲソもそうだが、接客の才とはつくづく機転なのだと思い知らされる。

こうした中、鮨ゲソの全国展開をさらに後押ししてくれる吉報が舞い込んだ。その日、金森は博多《はかた》のカジュアル店にいた。職人育成部長の甲子園北島が大卒社員をびしびし鍛えてくれたおかげで、西麻布店は大卒一期生の川俣にまかせられるようになった。そのぶん金森は全国各店の管理仕事のほうが多くなり、その日も博多店の運営状況をチェックしていたのだが、

「龍大海の横綱昇進が決定しました！」

金森の携帯電話に喜びの第一報が入ったのだった。この時代、金森はようやく携帯電話を持ちはじめた。といっても昭和六十二年発売の第一号機は、煉瓦《れんが》のごとく馬鹿でかく重さも一キロ近かった。人の一人も殴り殺せそうなほどごつい代物で、とても気軽に携帯できるものではなかったが、はったりをかますためにも地方出張には必ず持参していた。

この吉報にはゲソも大喜びだった。中核店がオープンすると必ず来店して盛り上げてくれていた龍大海も、土俵では苦しい日々が続いていた。大関昇進の翌年に初優勝を飾って以来、横綱昇進を期待されながら毎場所チャンスを逸し、手厳しいスポーツ紙からは〝万年大関〟呼ばわりされはじめていた。それだけにゲソとしても、龍大海頼みはそろそろ限界か、と戦略転換を考えはじめていたのだが、横綱昇進がすべてを変えた。第六十代横綱龍大海が誕生すると同時に、龍大海が名付け親となった鮨ゲソの注目度も飛

躍的に高まった。四大都市の各店舗の売上げが軒並み四割もアップし、これに続く全国主要十一都市への進出にも弾みがついた。

しかもこの時期、昭和六十二年から平成元年にかけての二年ほどは後に言うバブル景気の絶頂期だった。金森の感覚からすれば、昨日まで円高不況で騒いでいたくせに何が起きたんだ、と面食らったものだが、株価は天井知らずで吊《つ》り上がり、不動産価格は倍々ゲームで高騰し、日本全体が空前の投機熱に浮かれていた。

その浮き足立ったムードに乗って、バブルの恩恵に与《あずか》っていない人たちまでが〝財テク〟という新しい言葉に踊らされた。身の丈以上の借金をして投資マンションを買ったり、飲みつけない高額ワインに蘊蓄《うんちく》を垂れたり、海外でブランド品を買い漁《あさ》ってきたりしはじめた。早い話が鮨ゲソのターゲット、〝ちょっと背伸びした中流層や庶民層〟が一挙に増殖した時代に邂逅《かいこう》する幸運に恵まれたわけで、結果、徳武プロジェクトには驚くほどの利益が転がり込んできた。

「なんだか怖くなるよな」

これには金森も経理担当の美沙子と顔を見合わせてしまった。一度事態が好転しはじめると、こんなに儲《もう》かるものかと仰天した。

おかげで金森一家はこの時期、錦糸町のアパートから四谷のマンションに引っ越せた。間取りも1Kから2LDKとなり、美沙子との間に生まれた長女との三人暮らしには十分な広さとなった。それでも周囲からは、賃貸なんか卒業して分譲マンションを買えばいいのに、と煽《あお》られた。鮨ゲソのナンバーツーなら銀行がいくらでも貸してくれるだろうと。

だが、それはしなかった。金森にもそうした気持ちがないわけではなかったが、

「金森、ここで浮かれたら終わりだからな」

ゲソから釘《くぎ》を刺された。ゲソ夫婦もここにきて門前仲町の2DKから乃木坂《のぎざか》の3LDKに引っ越したのだが、ローンを組んで買ったりはしなかった。両国店の一角に置いていた本社も手狭になって千駄ヶ谷《せんだがや》に移転したが、それも当然ながら賃貸だ。

なぜかといえば、ゲソは金融機関など信用していなかったからだ。この時期ゲソのもとには、以前は相手にもしてくれなかった銀行や信用金庫が連日のように融資を申し出てきた。ゲソの信条を知る新都銀行の稲垣ですら、さらなる追加融資を匂わせてきたものだが、

「わかりやすいやつらだよな。借りたいときは貸さなかったくせして、揉《も》み手して寄ってきやがる。だが、やつらの言いなりになったらおしまいだ。いつかきっと痛い目に遭う」

眉間《みけん》に皺《しわ》を寄せて吐き捨てると、すべての申し出をきっぱり断り、

「ただし金森、我々は借りないが、優秀な社員には会社が保証人になって銀行から借りさせろ。由香里はどこに住んでるんだ？　いまや独身女もマンションを買う時代だ。住宅資金融資の保証人になっちまえば、彼女のキンタマも握れる」

こういう抜け目なさは、やはりゲソだった。要するにゲソは、この程度の成功ではまだまだ満足していなかった。未曾有《みぞう》の好景気の恩恵で転がり込んだ利益は、融資金の返済と店舗拡大にそっくり注ぎ込み、さらなる成功に向けて全力疾走する。そのためには使える手下を一人でも多く増やし、『思うがままに動かせる手下が一人いれば、そいつを使って十人動かせる』というあの理論を現実のものとして、盤石の高みに上ることしか考えていなかった。

大した男だと思った。強引な力業で伸《の》し上がっていくやり方には異論も多い。それでも、ゲソは揺るぎない執念だけを頼りに上へ上へと突き進んでいる。そのブレのない意志には比類なき強靭《きょうじん》さが秘められているだけに、この男は一体どこまで上り詰めていくのか、と最後まで見届けたい気持ちに駆られる。

ただ一方で、忘れた頃になって、あの裏の顔がひょいと顔を覗《のぞ》かせる場面にも遭遇させられた。それは煉瓦ブロックのごとき携帯電話を手にして半年ほど経った頃だった。

大阪は難波《なんば》のカジュアル店をチェックしているとき、鞄《かばん》の中で携帯電話が鳴った。近くにいたバイトの女の子が不思議そうな顔で見ている。当時はまだ携帯電話など見たことがない人がほとんどだったから、金森は誇らしげな気分で携帯電話を取りだして応答した。

「あたしだけど」

美沙子からだった。どうした？　と問い返すと、

「いまゲソさんから供花を贈ってくれって指示されたの」

「贈ればいいじゃないか」

いまや美沙子は経理全般をまかされている。供花への出費などわざわざ相談することではない。

「けど山城さんに贈る供花なのよ」

「山城さん？」

食中毒事件以来、二年ぶりに耳にする忌わしい名前だった。しかも電車に轢《ひ》かれて亡くなったという。え、と金森は声を詰まらせた。山城さんはこのところ御徒町《おかちまち》の回転鮨店で働いていたそうで、仕事帰りに駅のホームから転落したらしい。ほかの乗客に当たられたのか、自分から飛び込んだのか、それは不明で、警察は事故と自殺の両面で捜査中だという。

しかし金森は、そうと聞いた瞬間、直感した。これは事故でも自殺でもない。ゲソだ。もちろん美沙子には言わなかった。転落させた証拠はないし、証拠など残しているはずもない。

「一緒に弔電も打っといてくれ」

それだけ告げて電話を切った。途端に胃袋がきゅっと締めつけられ、よろけそうになった。

ささくれ立った気持ちを切り替えようと、金森はその後も仕事に打ち込んだ。頑張れば頑張るほど各都市の店舗が勢いづき、見る間に売上げが伸びていく。良かれと思って実行したことが即座に結果に繋《つな》がることが、こういうときには一番の救いだった。

ところが、嫌なことは連鎖反応のごとく続くもので、ほどなくしてまた出張先の名古屋で携帯電話が鳴った。

「相談に乗ってくれないか」

若旦那《わかだんな》の声だった。その一言で厄介事だと察した。

こうした電話は、いまや日常茶飯事のごとくかかってくる。品質管理部長を渋々受けてくれた手塚さんが最近仕事をサボってばかりいると告げ口されて苦言を呈しにいったり、甲子園北島が育成中の大卒男子を殴ったと通報されて謝罪にいったりと枚挙に暇《いとま》がないが、しかし、若旦那からの電話はその手のトラブルとは深刻さが違った。

「仕入れが、ちょっとやばい感じでさ」

若旦那はそう表現したが、ちょっとどころの騒ぎでないことは、すぐにわかった。

六章　神風

「社長、時間がないんです」

前の席にいるゲソに声をかけた。

「まあ待てよ」

ゲソは面倒臭そうに呟《つぶや》き、まだ土俵を見つめている。能登《のと》半島を西南に下った日本海沿いに位置する尾之浜《おのはま》市。人口十五万人ほどの港町の市民体育館では秋の巡業相撲が繰り広げられている。土俵上では一番の呼び物、子ども相撲がはじまり、群がる子ども力士を相手に横綱龍大海がやんわりと突き飛ばしたり、ひょいと投げたりするたびに観客席から爆笑が沸いている。

そんなのどかな光景を目の前にしながら、しかし金森は苛《いら》ついていた。何のためにわざわざ尾之浜まで出向いてきたのかゲソはわかっているんだろうか。尾之浜駅に到着したとき、ゲソが偶然にも巡業相撲のポスターを見つけ、ちょっとだけ、と言い出したことから仕方なく立ち寄ったのだが、それが失敗だった。若旦那との待ち合わせ時刻はとっくに過ぎているというのに、ゲソは子ども相撲に見入ったまま動こうとしない。

子どもができないせいなんじゃない？　この場に美沙子がいたらそう言う気がする。先日も奥さんの多可子とお茶をしたとき、ゲソが冷たくなった、子どもができないせいよ、と愚痴って涙ぐんでいたらしい。

「社長、ほんとに時間がないんですよっ」

語気を強めた。するとゲソと並んで座っている吉成由香里が振り返り、

「いいじゃないですか、あとちょっとなんだから」

忌々しげに言い返された。かちんときた。それが上司に対する言葉づかいか。

いまや由香里はカジュアル店舗統括マネージャーとして、カジュアル全店の仕切りをまかされている。入社当初から心酔しているゲソ社長から直々に大抜擢《だいばってき》され、好き勝手にやらせてもらっているだけに、ここにきて急に態度が大きくなった。流行《はや》りのキャリアウーマンよろしくタイトスカートのスーツ姿で、すっかりゲソの腹心ヅラをしている。

「先方を待たせてるんだ、子ども相撲どころじゃないだろがっ」

たまらず由香里を叱責《しっせき》した。途端にゲソからたしなめられた。

「なあ金森、いくら部下だからって、そういう物言いはないだろう」

「しかし社長、若旦那から催促の電話が入ってるんです」

「ああわかったわかった。ったく金森は、きっちりきっちりやりすぎだよな」

苦笑しながら由香里に同意を求めると、由香里は肩をすくめてくすっと笑い、社長、うるさいから行きましょ、とゲソの手をとって立ち上がった。ゲソが、はいはい、と甘えるようにして腰を上げる。

なんなんだこの二人は。再び苛立ちながらも、金森は二人を急き立てるようにして待

たせてあったタクシーに押し込み、日本海側でも有数の漁港、尾之浜漁港へ急行した。

五分ほどで漁港に到着するなり渋面をつくった若旦那が飛んできた。

「何やってたんすか！」

すぐさま岸壁へ連れていかれた。

午後のこの時間、岸壁には早朝の漁を終えた漁船がずらりと繋留《けいりゅう》されている。まだ秋とはいえ日本海から吹きつける潮風は冷たい。身を縮こまらせながら岸壁の外れまで歩いていくと、ほかの船より二回りほど大きい漁船が停泊していた。船首には永徳丸《えいとくまる》と記されている。

「小堀《こぼり》さん！」

若旦那が船に呼びかけた。操舵《そうだ》室の窓から初老の男が顔を覗かせ、遅《おせ》えぞ！　と怒鳴りつけられた。船主の小堀だった。ごつい陽焼け顔に無精髭《ぶしょうひげ》を生やし、頭には汚れたタオルを巻いている。

「申し訳ありません」

若旦那が腰を折った。

「ぼやぼやしてねえで早く上がってこい！」

尻《しり》を叩《たた》かれるようにして船に乗り込み、操舵室から続く船室に入った。三畳間ほどしかない船室には灰皿や漫画誌が散らばっていた。二十トン級の漁船とあって、ここに十人もの乗組員が乗り込んで出漁するという。

思い思いの場所に腰を下ろし、自己紹介もそこそこに小堀が口火を切った。

「昨日も組合のやつから電話で圧力かけられてよ。ったく冗談じゃねえや」

舌打ちして煙草に火をつける。

「いや私もびっくりしちゃいましてね」

若旦那は大きくうなずくなりセカンドバッグから封筒を取りだし、これ、来月分の先払いってことで、とおやっさんの前に置いた。封筒からは札束が覗いている。おやっさんは封筒を手に取り、札の厚みを確かめるようにパラパラと親指でしごきながら、

「まあ金はありがてえけど、このまんまじゃやってけなくなっちまうんだよな」

煙草の煙を盛大に吐きだす。現金を手にして多少は機嫌が収まったらしいが、それでもしかめっ面は崩さない。

永徳丸で獲《と》った魚を現金先払いでそっくり売り渡す。それがおやっさんと若旦那が結んでいる直《じか》取引き契約で、これまでは順調に取引きしていた。ところが、ここにきて突如、地元の漁師共同組合〝漁共《ぎょきょう》〟が圧力をかけてきたという。漁共を通じて市場に出荷するのが通例だというのに、直取引きするとは何事か、と文句をつけられた。

「だけど、漁師さんにとっては直取引きって良いことなんじゃないですか？　だからほかの港の漁師さんも直取引きに踏み切ってくれたって聞いてますけど」

由香里だった。タイトスカートの膝《ひざ》を揃えて船室の床に正座している。

「そりゃもちろん、漁師にとっちゃ理想の取引きだ。ねえちゃん、知ってっか？　この

国の漁師は市場に出荷すっとき、自分で獲った魚に値段をつけられねえんだ」

たとえばパン屋は自分が焼いたパンに値段をつけられる。これは苦心して焼いた旨《うま》いパンだから二割高くして三百円、などと決められる。なのに漁師は、どれだけ苦労して獲った魚でも値段は決められない。百円と言われたら、その言い値で売り渡すしかない商慣習になっている。従って、景気が良いときはそれなりに儲《もう》かるが、景気が悪くなると途端に追い詰められる。一般社会では景気が悪くても良い品には高値をつけられるが、漁師は一律に安く叩かれる。

「これじゃ頑張ろうって気力もなくなるだろが。だから近頃の若い連中は漁師になりやしねえ」

事実、昭和二十八年には八十万人ほどいた漁師が昭和六十三年には四十万人を割っている。

「そんな酷《ひど》い状況なんですか」

由香里が目を剝《む》いた。

「まあ十年後二十年後には、日本近海の魚で鮨《すし》なんか握れなくなるかもしんねえぞ」

小堀がふんと鼻を鳴らす。

「なのに漁共は小堀さんに圧力をかけるんですか？　漁共って漁師の味方のはずですよね」

本来なら漁共が率先して漁師のためになる仕組みに変えるべきなのにおかしい、と由香里は憤る。若旦那《わかだんな》が口を開いた。

「最初は漁師のために結成された漁共だが、組織ってやつは月日が経つと硬直化して現状維持にしか目が向かなくなるんだな。おれが親父のとこから独立したのも、結局はそれだし」

もともと若旦那は、片倉水産の中に鮨ゲソ専属部門を立ち上げ、海外の魚は台湾商社マンの李さんから、主力の近海魚は浜の仲買業者から買いつけていた。ところが、鮨ゲソの仕入れ量が増えるにつれ、片倉水産だけに大量供給するのは難しい、と浜の仲買が言い出した。だったら買い取り価格で勝負しよう、と若旦那は現金を片手に相場を上回る高値で買い漁《あさ》りはじめた。

これに反発が起きた。札束攻勢で市場を荒らすとは何事か、と仲買商業組合が圧力をかけてきた。それればかりか、これまで黙認していた若旦那の親父さんまでが、業界の和を乱すな、と鮨ゲソ専属部門の閉鎖を通告してきた。この暴挙に怒った若旦那は、やってらんねえや！　と独立を宣言。ゲソの支援のもと〝株式会社鮨ゲソ水産〟を立ち上げ、新たな買いつけ方法として漁師との直取引きに乗り出した。大手商社がやっている遠洋鮪《まぐろ》漁の〝一船買い〟を真似て、小堀をはじめとする近海の漁師たちをつぎつぎに取り込んでいった。おかげで再度、仕入れが円滑に運んでいたというのに、今度は漁共が圧力をかけてきた。

「やっぱ組合っておかしいですよ。仲買商業組合も漁共も、せっかくうまくいってるところに圧力かけてきて」

　由香里が口を尖《とが》らせた。

「確かに困ったもんだよなあ」

　金森は途方に暮れて船窓を見た。窓の外に広がる日本海に白波が立っている。潮風が強まったらしく、永徳丸の船体もゆっくりと揺れはじめている。そのとき、ゲソが顔を上げた。

「だったら小堀さん、こっちも組合をつくろうじゃないすか」

「組合？」

　小堀が訝《いぶか》しげにしている。

「漁師個人で太刀打ちできないなら、うちと直取引きしている漁師が直取引漁師連合〝直漁業連〟をつくって対抗すればいいと思いましてね」

「いや社長、それはどうでしょう」

　金森は横から牽制《けんせい》した。いま鮨ゲソと直取引きしている漁船は小堀の永徳丸を含めて十一艘《そう》。それぞれに平均十人ほど乗っているから漁師の数としては百人ちょっとにしかならない。それが束になったところで組合員が四十万人近い組織に立ち向かう対抗勢力になれるわけがない。

「そういうのを浅はかな計算って言うんだ」

　ゲソに失笑された。

「いいか金森、ある大手スーパーの伝説的経営者が、こんなことを言ってるんだな。〞世の中に存在感を示せるかどうかの境目は、業界シェア十パーセントにある〞と」

この国のスーパーの黎明期《れいめい》、その経営者は全国各地で地元商店街の排斥運動にさらされ、当初は何を言おうとまるで相手にされなかった。それでも業界シェア十パーセントを目指して頑張ったところ、十パーセントを超えたあたりから状況が一変した。彼の発言が世間から注目されはじめ、世の中に存在感を示せるようになった。それが契機となって既存勢力の懐柔に成功し、スーパーと地元商店街が共存共栄していく道が拓《ひら》けていった。

「スーパーと直漁業連とじゃ話が違うと思うか？　いいや、そんなことはない。早い話が人数の多寡なんてもんは、やり方次第で乗り越えられるんだ。実際、キューバのカストロは三万六千人の政府軍に十六人で立ち向かって勝利した。たった〇・〇四パーセントほどの勢力で攻略したわけだから、十パーも取り込めば十分に対抗勢力たり得るだろうが」

「ただ、四十万人の十パーだと四万人ですよね。百人ほどしかいない直取引きの漁師を四万人まで増やすのは並大抵じゃないですよ」

金森は反論した。ここは番頭として物申しておこうと思った。生意気なだけの由香里とは違って苦言を呈せるところを見せたつもりだったが、

「なあ金森、やる前から弱気でどうする。やり方さえ間違えなければ、これはけっして

不可能な話じゃない。たとえば、梶原記者を巻き込んで世論を焚《た》きつけたらどうだ。彼は先日、文化部に異動したそうだ。小堀さんの特集記事を書いてもらって、漁師の現状を世に訴えてもらう。で、世論をバックにつけて直漁業連の存在をアピールして組合員を獲得していくってわけだ。こういう世論誘導の仕掛けとセットで頑張れば、けっして不可能じゃないと思うんだな」

諭すように言ってへらりと笑う。すかさず由香里が声を上げた。

「社長、それ凄《すご》いです！　こういう危機は、それぐらいドラスティックな戦略でやらなきゃ乗り越えられないと思います！」

ドラスティックなんて横文字は金森の語彙《ごい》にはなかったが、由香里から褒めちぎられてよほど嬉《うれ》しかったのだろう。ここぞとばかりにゲソは小堀に向き直り、船室の床に両手を突いた。

「そういうわけなんで小堀さん、この際、直漁業連の組合長に就任してくれないっすか。いえ、面倒は一切かけないっす。我が社きっての精鋭、吉成由香里を事務局長に据えて仕切らせますんで、小堀さんは大船に、いや永徳丸に乗ってどーんと構えててくれればいいんすから」

尾之浜から帰京した翌日、多可子に呼び出された。

ゲソと由香里は若旦那とともにまだ尾之浜に居残っているのだが、四谷荒木町店でトラブルがあってひと足先に帰ってきたところ、東京にいるなら話したい、と電話が掛かってきた。このところの金森は地方出張が多い。めったに東京にいないことから、

「たまには娘と遊んでやってよ」

妻の美沙子からも文句を言われるが、いまや金森の仕事は全国各店のトラブル処理が中心だからどうしようもない。店舗用地を借りている地主がへそを曲げて賃借契約がごたついている。地元の鮨屋組合への加入を会社の方針通り断ったら、組合長を務める地元の県議から呼び出しを食らった。といった厄介な案件ばかりがまわってくる。尾之浜の件もそうだが、金森が現地に足を運ばないわけにはいかなかった。

一方の多可子は、当初はホールスタッフ統括責任者としてパートやアルバイトの教育や仕切りに当たっていたが、最近は常時、千駄ヶ谷の本社に詰めている。由香里がカジュアル店舗統括マネージャーに抜擢《ばってき》された結果、多可子の職掌とバッティングするケースが増えた。そこに女同士の意地の張り合いも絡んで現場での鍔迫《つばぜ》り合いが頻繁に起きたことから、これでは下の者に示しがつかない、とゲソが多可子を本社業務担当の取締役に就任させた。名ばかりの取締役だった多可子の母親を解任しての昇格人事だったが、その本音はまるで違った。多可子を本社に張りつけて由香里との衝突を避けたのだった。

以来、多可子は本社の仕切り役として、いまや百人近くに膨れ上がった本社スタッフに睨《にら》みをきかせている。ゲソ社長も金森と同様、全国を飛びまわっていて本社にはめったに立ち寄らないため、多可子を女帝と呼んで恐れている社員も多いらしい。

そんなこんなで金森が多可子と直に話す機会はほとんどなくなった。久々に本社で情報交換したいのだろうと察して呼び出しに応じたのだが、しかし、呼ばれた場所は本社ではなかった。四谷荒木町店の用事をすませたら、昼過ぎに乃木坂の自宅マンションに来てほしいと告げられた。

乃木坂といっても南青山に近い、眼下に青山霊園を望む丘の上にそのマンションはあった。昭和の時代にはまだ目新しかったオートロック式の五階建て。かつて門前仲町のマンションには二重帳簿の件も含めて何度か訪ねたが、乃木坂に引っ越してからは初めてだった。

教えられた部屋は五階の角部屋だった。3LDKと聞いていたが、いざ入ってみると一室がふつうの三倍ほども広い。門前仲町時代は、身の丈以上の家に住んだほうが出世する、と背伸びしていたゲソ夫婦だったが、いまや背伸びせずともこんな家に住めていると思うと隔世の感がある。

「カネちゃん、尾之浜に行ったんだってね」

リビングの革張りソファに向かい合うなり問われた。今日の多可子はスカート姿で香水を香らせている。そういえば小僧の頃、錦糸町でデートしたときもスカートだったと思い出した。

「実は、仕入れがやばいことになっちゃってさ」

金森は勧められた紅茶を啜《すす》りながら苦笑いした。

「それは聞いてるけど、なんであの女も連れてったわけ?」

由香里のことを言っているらしい。

「仕入れのトラブルは、カジュアル店舗統括マネージャーにとっても一大事だからね」

「だったら北島さんと手塚さんも連れていくべきじゃない?」

「二人は兼任業務で忙しいから彼女にまかせたんだ」

職人育成部長の甲子園北島と品質管理部長の手塚さんは、現在、中核店舗マネージャーも兼任してくれている。だから由香里しか連れて行けなかった、と釈明した。

「それにしたって仕入れの一大事に中核店の責任者を連れて行かないなんておかしいし、まだゲソとあの女が現地にいるってどういうこと?」

「それはだから新たな使命が」

言いかけた言葉を断ち切られ、

「なにが新たな使命よっ。どうして隠すわけ?　ほんとのこと言ってよっ」

眉《まゆ》を吊《つ》り上げて詰め寄られた。ようやく自宅に呼ばれた理由を理解した。いくら鈍感な金森でも、ここまで言われればわかる。このところのゲソは、由香里に特別に目をかけて連日のように連れ歩いている。子宝に恵まれないことに負い目を感じている多可子は気が気でないのだろう。

といって金森としては、ゲソと由香里の急接近を肯定はできない。男女の仲になっている疑いもあるだけに、迂闊《うかつ》に多可子に告げ口した日にはゲソとの関係にひびが入りかねない。それでなくても由香里の台頭以来、金森の立場が揺らいでいるのだ。

「いや違うんだ」

尾之浜での顚末《てんまつ》を話した。ゲソが直漁業連の設立を思いつき、由香里に事務局長を命じたため、いまも若旦那《わかだんな》と三人で小堀組合長と打ち合わせているのだと。

「またあの女を取り立てたんだ。下心が見え見えじゃない」

多可子が吐き捨てた。直漁業連なんていっても、しょせんその場の思いつきだろうし、由香里を口説きたくて大風呂敷《おおぶろしき》を広げたに決まってる、と断じる。

「きみは特別なものを持っている、とか言って口説いてるのよ。あたしのときと一緒」

憤然とソファから立ち上がり、窓際へ歩いていく。窓の向こうには紅葉に染まった青山霊園が広がっている。鮮やかな色絵巻を見やりながら多可子は自分に言い聞かせるように続けた。

「はっきり言っちゃうけど、あたしはもうこれで十分なの。まだ二十代だっていうのに、こんな立派なマンションに住んで、外国車を乗り回して、好きな服を買ったり、豪華な食事をしたりできるようになった。両国の頃を考えたら夢のようだし、ほかに何を望むっていうのよ。子ども？　それは授かりものだから仕方ないけど、とにかく、あたしはもうこれでいいの。何年後に何店舗だとか全国制覇だとか、そんなの全然興味ない」

金森は黙っていた。ここは黙っているべきだと思った。すると多可子がくるりと振り返り、窓ガラスにもたれて金森に視線を投げてきた。

「あたし、正直、わかんなくなってきたの。この際、きちんと聞いときたいんだけど、男って、どこまで成り上がったら気がすむものなの？」

　言葉に詰まった。どこまで成り上がったら気がすむものなのか。そんなことは聞かれたことがなかったし、考えたこともない。返答に窮していると多可子が続けた。

「あたし、あの人と結婚してからずっと背中ばっかり見てきた気がするんだよね。あの人って一緒に暮らしていても、いつも背中しか見せてくれないし、一人でどんどん走っていっちゃう。それでいて、お金とかはちゃんとくれるの。それはそれでありがたいっていえばありがたいけど、ただ、何年一緒にいても、あの人との間に磨りガラスが一枚入ってるみたいな感じで、本当の姿が見えたことがないわけ。ベッドに入ってもおんなじ。裸で抱き合ってそういう行為はしてるんだけど、頭の中では別のことを考えてるっていうか。代わりはいくらでもいるんだぞって言われてるみたいで、いつ置いてきぼりにされるかと思うと心がひりひりしてくる」

　おれと似ていると思った。言われてみれば金森もゲソの背中ばかり追ってきたから、いつ置いてきぼりにされるかと焦ってしまう。といって、じゃあどうすればいいのか、と考えても、どうしようもないことに気づく。どうしようもないから苛《いら》立《だ》たしいし、子どもみたいに拗《す》ねたくもなる。そんな金森の本音と多可子も同じだったかと思うと不思議な気分になる。

「ごめんねカネちゃん、こんなこと言われても困るよね。けど、ここで一回、立ち止まることはできないのかと思ったもんだから。だってあたし、本当にわからなくなってきたの。あの人は成り上がっていく過程を楽しみたくて走っているのか、成り上がった結果を楽しみに走っているのか、走ること自体が楽しいだけなのか、本当にわからなくなってきた。もし走ること自体が楽しい人だったら、どうしようって思うし。だって、もしそうだったら、どこまで成り上がったところで終わりがないってことじゃない」

　おれは一体、どうなりたいんだろう。何が楽しくてゲソに仕えているんだろう。ゲソが成り上がっていく過程を楽しみたいのか、成り上がった結果を見届けるのが楽しみなのか、あるいは、ゲソに伴走することだけが楽しいのか。

「それはおれにもよくわからないな。おれとしてはゲソについていくしかないわけだし」

　金森はそう答えて腕を組んだ。すかさず問われた。

「それでいいの？　ほんとにいいの？　あたしはやだ。だってこれ以上、こんなことを続けていたら、いまにみんながバラバラになっちゃう気がする。だから、あたしは」

　ふと言葉を止めて荒い息をつくなり多可子は窓際を離れた。そのまま金森のそばまで歩いてきて背後にまわったかと思うや、つぎの瞬間、ソファ越しに後ろから抱きついてきた。

　え、と金森は振り返った。頬をすり寄せられた。二人の頬が密着する。甘い薫りに鼻《び》腔《こう》をくすぐられた。なめらかな肌の感触に生唾《なまつば》を呑《の》み込む。

　多可子の息づかいが密着した肌から伝わってきた。その息が、かすかに震えている。

泣いているのだろうか。当惑しながらも金森はそっと手を伸ばし、いたわるように多可子の髪を撫《な》でた。

多可子が小さく啜り上げた。やはり泣いている。触れ合った頬に涙のしずくが滴ってくる。

ゲソが帰京したのは数日後だった。その日、金森は大卒店長の川俣にまかせきりだった西麻布店を覗《のぞ》きにいったのだが、打ち合わせをしたい、と突然ゲソから電話が入った。有楽町のガード下にある古ぼけた喫茶店を指定された。自分たちの店だと従業員の耳がある。本社には多可子がいるから落ち着かないのか、このところは打ち合わせというと人目につかない外の店を指定される。

午後二時と告げられた十分前に扉を開けると、すでにゲソは到着していた。電車が通過するたびにびりびり震える店内にお客は三人だけで、ゲソは奥のボックス席に座っていた。ジャンパー姿で背中を丸めて書類に見入っている。

会社がここまで大きくなっても、ふだんのゲソは小僧時代と変わらずジャンパーばかり着ているのだが、その姿を認めた途端、金森は立ちすくんだ。怖くなった。多可子とのことはバレるはずがない。そう思いつつも、書類を睨みつけるゲソの目に恐怖を覚えた。

多可子がどういうつもりで迫ってきたのか、それはわからない。だが、もともと多可子のことは好きだっただけに、頬を伝う涙に気づいた瞬間、男の感情を抑えられなくなった。いや、これだと正確ではない。正確に言えば、男の感情を抑えられなくなると同時にゲソに当てつけたい気持ちも湧き上がり、多可子をソファに押し倒していた。多可子は抗《あらが》わなかった。むしろ積極的に唇を合わせてきたほどで、ソファの上で抱き合った不自由な体勢のまま自分からスカートと下着を脱ぎ捨てた。あとはもう無我夢中だった。貪《むさぼ》るように情を交わし合い、束の間の背徳に酔いしれた。

大変なことをしてしまった、と我に返ったのは多可子の中で精を発した直後だった。こんなことがゲソに知れた日には、どうなることか。ホームから突き落とされるのか。東京湾に沈められるのか。サスペンスドラマのごとき情景が浮かんで居ても立ってもいられなくなり、そそくさと衣服を身に着けて乃木坂のマンションを飛び出したものだった。

「金森、こっちだ」

ゲソがふと書類から顔を上げて声をかけてきた。気づかれてしまった。金森は弾《はじ》かれたようにボックス席まで飛んでいき、向かいに座ってコーヒーを注文した。

「あれはどうなった？」

早速、質《ただ》された。直漁業連に絡めたマスメディア対策の件と察した。あれと言われて即答できないようでは ゲソの番頭は務まらない。

「昨日の夜、梶原さんに会って事情を説明しておいたので、おまかせで大丈夫だと思います。流通取引きの弱者として虐げられている漁師の地位向上は、社会正義の先頭に立つべきマスメディアの使命に適《かな》っている。鮨ゲソのファンとしても看過できない事態だから、龍の会のネットワークを駆使してキャンペーンを張ると言ってくれました」

つまりは、ゲソから指示された通り着々と進行している、と報告すると、

「そうか、わかった」

そっけなく言ってまた書類に目を落とす。それは分厚い名簿のようなもので、しげしげと眺めている。バレたんだろうか。それでこんなにそっけないんだろうか。

「あの、尾之浜のほうはどうなりました？」

恐る恐る話を変えた。ゲソが面倒臭そうに目を上げた。

「あれから尾之浜漁共の理事長に会った」

巡業で来ていた龍大海にお出まし願い、能登の高級旅館に一席設けて渡りをつけてきたという。

「え、漁共にも接触したんですか？」

金森は声を上げた。こっちは直漁業連づくりのために頑張って梶原記者の支援を取りつけたというのに、敵方の漁共にも取り入っていようとは思わなかった。

「なあ金森、我々は社会正義のために闘ってるわけじゃないぞ。目的はひとつ、大量仕入れルートの確保だ。世論をバックに漁共に直漁業連をぶつければ、漁共だって直取引きに妥協せざるを得なくなる。そうなったら我々は、漁師と漁共の利害を調整して直取

引きの主導権を握れる。その結果、スムーズな大量仕入れが実現しさえすれば御の字なわけで、漁師の地位向上だの、硬直化した漁共の改革だの、そんなことはどうでもいいことだ」

しれっと言い放った。やはりゲソはゲソだった。大手スーパーやカストロの話まで持ちだして焚《た》きつけておきながら、その裏ではいたってドライに動いていた。

小僧の頃に言われた言葉を思い出した。目的のためなら手段や方法なんてどうでもいい。この男の本性は、当時とまるで変わっていない。そう思うと、ゲソの狡猾《こうかつ》さには慣れっこのつもりでいた金森も改めて空恐ろしくなる。これで多可子とのことがバレたらと思うと血の気が引く。

するとゲソがテーブルに両肘《りょうひじ》を突き、最近ますます丸くなった顔を間近に寄せてきた。

「だから金森。これだけは言っておくが、商売という戦に勝つコツは、勝てる戦しかやらないことだ。そのためには、打つべき手はすべて打つ。潰《つぶ》すべきものはすべて潰す。これに尽きるんだ。で、ここからが今日の本題だが、今回の件ではもうひとつ、仕掛けておきたいことがある」

ジャンパーからペンを取りだし、名簿書類の余白に〝直取引飲食店連合〟と書きつけた。

「略して直飲食連。どういうことかわかるか？　この際、漁師と直取引きする飲食店も組織化して直取引き促進の気運を高めていくつもりだ。直漁業連、漁共、直飲食連、三つの団体を我々がコントロールして、まずは尾之浜で新たな流通の仕組み、〝尾之浜流通モデル〟を構築する。あとは店舗展開のときと同じように、尾之浜流通モデルを全国各地の漁港に拡げていくわけだ」

「でも、そうなるとまた仲買商業組合が騒ぎ出しますよね」

「そりゃ騒ぐだろう。それが圧力団体ってもんだしな。だが、これもまた業界シェア十パーセント理論を応用すればいい話だ。直取引きシェア十パー超えを目指して突っ走れば十分に対抗できるし、そうなれば漁共だって我々のコントロール下で共存共栄していく妥協案を呑まざるを得なくなる。ここまで仕掛けてこそ勝ちを呼び寄せられるってわけだ。どうだ？」

　手品の種明かしをした子どものように相好を崩し、コーヒーを啜《すす》った。

「つまり、いずれにしても最後は社長が表舞台に立って仕切れる構造にもっていくわけですね」

　金森は言った。いや違う、と即座に否定された。

「いいか金森、ここが肝心なところだから、よく覚えとけ。表舞台に立つようなやつは馬鹿なんだ。おれの理想は、支配されていると気づかれないように支配することだ」

　わかるか？　と威嚇するように金森を睨《にら》みつけ、

「そのためにも、まずは近海魚の扱いが多い日本料理店を一店でも多く、直飲食連に加盟させなければならない」

名簿を手にしてパラパラとめくってみせる。そこには鮨屋《すしや》や割烹《かっぽう》料理屋、和食屋のほか天麩羅《てんぷら》屋、居酒屋、鍋《なべ》料理屋、うなぎ屋も含めた広義の日本料理店の店名がずらり並んでいた。東京都の約八千店、尾之浜の約四百店のリストだという。

「ここにリストアップしたうちの十パーだから、東京は八百店、尾之浜は四十店。最低でもそれだけ直飲食連に加盟させてしまえば、港の連中には大きな圧力になるし、尾之浜流通モデル構築の強力な追い風になる。だから金森、おまえが事務局長になって早急に動いてくれ」

そう命じるなりパシッと名簿を叩《たた》いた。金森は慌てた。ただでさえ経営管理と経理統括の仕事で手一杯だというのに、直飲食連の事務局長なんてとても手が回らない。

「そう困った顔をするな。金森が忙しいのはおれだってわかっている。そこで考えたんだが、これを機会に、金森は経営から外す」

「は？」

「今後、鮨ゲソの経営管理と経理統括は、由香里を執行役員に取り立ててやらせる。で、由香里がやってたカジュアル店舗統括マネージャーには、西麻布店長の川俣を昇格させる。西麻布が鮨ゲソ全店舗のトップを維持し続けているのは、川俣の功績だしな」

金森は耳を疑った。さらりと告げられたが、これはどう考えても戦力外通告に等しかった。ひょっとして由香里に謀られたんだろうか。あるいは多可子との一件がバレたのか。腋《わき》から嫌な汗が噴き出してきた。が、かろうじて平静を保って言葉を返した。

「由香里に経営管理と経理統括の両方は、荷が勝ちすぎるんじゃないでしょうか。とりわけ経理統括については、まだまだ経験不足かと」

「なあ金森、この際はっきり言っとくが、人間には二つのタイプがある。物事を泥まみれになって立ち上げる人間と、立ち上げたものを磨き上げて大きくしていく人間だ。これから必要なのは後者であって、それが由香里なんだな。ただし、金森が言う通り経理統括に関しては経験不足が否めないから、今後は新都銀行の稲垣をサポートにつける。稲垣は近々、うちの会社に引っ張って経理担当取締役に就かせるつもりだから、いまからがっちり嚙《か》んでもらう」

「でも、それだと」

口答えしかけた途端、ゲソが目を剝《む》いた。

「いつまでガタガタ言ってんだ！　おまえは命じられたことだけやってればいいんだ！」

店内に響き渡る罵声《ばせい》とともに名簿を投げつけてきた。

その日、有楽町の喫茶店を後にしてからどこでどうしていたのか、金森には記憶がない。

いや違う。喫茶店を出てしばらくは日比谷《ひびや》界隈《かいわい》を歩き回っていたのだが、やがて昼間から営業しているガード下の焼き鳥屋に入った。そこでホッピーを何杯か飲んで、ぼんやり考え込んでいたところまでは記憶しているが、つぎに気づいたときには早朝の錦糸町駅前に座り込んでいた。

膝《ひざ》を抱えて寝込んでいたらしく、どんよりと頭が重かった。目をこすりながら周囲を見回すと、金森を避けるようにして通勤客が行き交っている。スーツは汚れ、髪は乱れ、左頰には大きな擦り傷があることに気づいたが、なぜそうなったのか、そこに至るまでの経緯はまるで覚えていなかった。

何がいけなかったんだろう。

忙《せわ》しげな通勤客を眺めながら自分に問いかけた。おれはおれなりに精一杯頑張ってきたじゃないか。なのに一体、何がいけなかったのか。考えるほどに頭が混乱してわけがわからなくなる。悔しさと切なさと身の置き所のなさに叫び出しそうになった。

擦り傷のついた顔で帰宅した金森に、美沙子は何も言わなかった。美沙子はいまも経理部の事務責任者をやっているから金森の左遷人事を知らないわけはないと思うのだが、あえて触れずにいてくれた。金森も言わなかった。多可子との件があるし、藪蛇《やぶへび》になってもいけない。

それから十日ほど金森は家にこもっていた。つかさ鮨に入って以来、十日も仕事をしなかったのは初めてのことだ。娘の彩夏《あやか》を保育園に送り迎えしたり、一緒に遊んだり、食事をしたり、めずらしく父親らしいことばかりしていたが、気分は沈む一方だった。

不意打ちで戦力外通告をされた衝撃はもちろんだが、時間が経つにつれ、ゲソから見放されたダメージのほうが大きいことに気づいた。おれはこんなにもゲソに依存していたのか、といまさらながら思い知らされた。

欠勤を続ける金森に、稲垣と川俣から携帯に電話があった。稲垣は明らかに金森の現状に探りを入れてきた様子だった。由香里の差し金だと察して適当にあしらっていると、

「そのうちにまた一杯やりましょう」

社交辞令とともに稲垣は電話を切った。

一方の川俣は、突然の抜擢《ばってき》人事に戸惑っているらしく助言を求めてきた。前任の由香里に相談したものの、自分の頭で考えなさいよ、と一蹴《いっしゅう》されたそうで、

「また金森さんとご一緒したいです」

と泣き言を言われた。こうなったらおれもゲソに泣きついてみようか。ついついそんな思いに駆られたが、泣きついたところでどうなる男でもないことは金森が一番よくわかっている。

四日目ぐらいに、思いきって美沙子に会社の様子を尋ねてみた。相変わらず仕入れが大変な状況なのは変わらないものの、由香里が執行役員就任と同時に若旦那《わかだんな》を焚きつけ、どこからか近海魚の調達先を見つけてきた。おかげで当面の仕入れは賄えるらしいが、それはあくまでも当面に限った話だから根本的な解決にはなっていないという。

「やっぱ神風でも吹かなきゃだめかもな」

金森は弱気に笑った。

「だめよ諦《あきら》めちゃ。ああいう女には敵も多いから、いまにまたあなたに声がかかるわよ」

そう言って励まされたが、確かに、もはや由香里がしくじるのを待つしかないのかもしれない。実際、尾之浜流通モデルが成功しない限り、いくら由香里が頑張ったところで事態は好転しない。好景気のおかげでかろうじて持ちこたえてはいるものの、現状に変わりはないのだし。

と、そこまで考えて、ふと気づいた。そうか、その意味からすると、由香里の命運はおれが握っているんじゃないか。ゲソは言っていた。尾之浜流通モデルを成功させるには、直漁業連、漁共、直飲食連の三つをコントロールできるようにしなければならない。つまり金森が直飲食連を成功させなければ由香里の成功もあり得ない。となれば、由香里が行き詰まっているところに金森が直飲食連の成果を手に凱旋《がいせん》すれば、再び立場が逆転するはずだ。やはり金森がいなきゃだめだ、とゲソだって考え直すに決まっている。

そうだ、逆転だ。こうなったら逆転凱旋しかない。

ようやく光明が見えてきた思いで気分が上向きはじめたその日、待ちかねていたように、もう一筋の光が射した。梶原記者の特集記事が約束通り掲載されたのだ。願ってもない援護射撃だった。直飲食連への加盟を募る上での大義名分になるから、逆転凱旋に大きく近づいた気がした。

こうしてはいられない。仕事を休みはじめて十一日目、金森は再び動き出した。考えてみれば、経営の第一線からは外されたものの、金森がまだ取締役であることに変わりはない。取締役の給料だっていまもちゃんと振り込まれている。

早速、自宅に直飲食連の事務局用に電話を引いた。部下の一人も置けない状況ではあったが、金森だけでもやれない仕事ではない。まずはゲソにもらった名簿から東京の有力店を抽出し、厨房《ちゅうぼう》の仕入れ担当者を順次攻略していこうと思った。料理人は横の繫《つな》がりが強い。修業先の師弟関係は、他店に移ってからも独立してからも長く続く。梶原の特集記事を手につてを辿《たど》り、仕入れ全体の二割三割でいいから漁師との直取引きに切り替えませんか、と直飲食連の加盟店を募れば道は拓《ひら》けるのではないか。直取引きは飲食店にとっても悪い話ではないし、二割三割であれば切り替えやすい。仕入れ担当者を一人説得すれば料理人の師弟繫がりで芋づる式に加盟店を増やせるはずだから、それだけでも既存流通業者にとっては脅威になる。

一人こつこつと加盟店獲得に動きはじめた。あとはもう考えるより行動するしかない、と気持ちをリセットし、精力的に有力店を訪問して歩いた。

こうして一か月ほど経った頃だろうか。多可子から携帯に電話があった。

金森は身構えた。多可子とはあれ以来、会うのはもちろん電話もしていない。これ以上、危険な関係を続けるべきではない、と自戒したからだが、

「二人で会いたいの」

開口一番、誘われた。

「もうやめよう」

即答した。しかし多可子は引かなかった。もう一度誘われてもう一度断ったが、それでもまた誘われ、ここが男女の厄介なところで、結局、三度目の誘いに応じてしまった。

さすがに乃木坂のマンションは危ないからと、横浜の港が見えるシティホテルで落ち合った。これで本当にいいのだろうか。おれはとんでもない道に踏み込もうとしているのではないか。迷った末の逢瀬《おうせ》だったが、ダブルルームで二人になったらもう衝動が止められなかった。ストレスに勝る精力剤はないとはよく言ったもので、ろくに話もせずに多可子を抱き締め、気がつけば激情にまかせて二度も精を放っていた。

「おれ、ゲソに殺されるかもしれない」

ようやく落ち着いたところでベッドで仰向《あおむ》けになったまま苦笑いした。軽口めかした言い方をしたが半分は本音だった。

「大丈夫。あの人、もうあたしに興味ないし」

金森の裸の胸に顔を埋《うず》めたまま多可子は呟《つぶや》いた。最近はベッドも共にしなくなったという。それでも倫理に背いていることは事実なわけで、これからどうなってしまうのか。

不安に駆られていると、

「それより、その後どうなの？」

話を変えられた。二人になって二時間以上経って初めて近況を聞かれた。金森は一瞬、言葉に詰まったが、こんな関係になった多可子に隠し立てしたところで仕方がない。

「なかなかうまくいかないもんでさ」

いま金森が何を考えて何をやっているのか、正直に答えた。梶原の特集記事はそれなりに話題になったし、金森自身も頑張ってはいるのだが、実は、直飲食連の加盟店は一向に増えていない。二十軒に一軒ほどが多少は興味を持ってくれるものの、加盟まで至る店はほとんどない。

「由香里のほうは、どうなってんだろうなあ」

自分がダメなぶん、彼女の動向が気になった。もし向こうが成果を上げていたら逆転凱旋どころではない。

「それはあたしもよくわかんない。ていうか、あんな女のことなんかどうでもいい」

多可子は口元を歪《ゆが》めた。会社の業績は相変わらず右肩上がりではあるものの、最近のゲソと由香里は会社の人間が与《あずか》り知らないところで動いているらしく、多可子も動向がつかめないという。

「まあでも、直漁業連がうまくいってるとは思えないけどね」

金森に気づかってか、ゲソへの反発なのか、絶対に苦戦してるはずよ、と強調する。

「だったらますます逆転のチャンスなのになあ」

「しょうがないよ、みんなが好景気に浮かれてる時代だし」

なにしろ、いまどきは中間マージンを価格に上乗せしても売れてしまう時代だ。わざわざ直取引きに切り替えて中間マージンを省こうとまで思わない店が大半なのよ、と多可子は言う。

言われてみればその通りだった。夜の街には札びらを切る大人が溢《あふ》れ返り、料理は高級食材を使ったものから先に売れ、酒はドンペリがポンポン抜かれ、深夜のタクシーはチップの一万円札をひらひらさせなければつかまらない状況だ。

「だから知ってる？　最近は手塚さんまでが浮かれちゃって、銀行からお金を借りて投機用のマンションを買ったんだって。もうびっくりしちゃった」

甲子園北島が株式投資に熱中している噂は金森も聞いていたが、職人気質の手塚さんまで、と思うと確かに驚く。おかげで鮨ゲソも急成長を謳歌《おうか》しているのだから、とやかく言える立場ではないかもしれないが、こんな馬鹿げた時代がいつまで続くのかと心配になる。

ただ、そうした中でもゲソは当初の経営姿勢を崩していないらしい。銀行からの融資金は大方返済し終え、念願の無借金経営に移行できるのも時間の問題らしく、その点だけはブレていない。多可子が本社で女帝と呼ばれて煙たがられているのも、実はそうしたゲソの経営姿勢に倣って厳しく節制しているからだそうで、

「どっちにしてもカネちゃん、もうしばらくは辛抱して頑張るしかないよ」

慰めるように多可子が言った。

「うん」

金森は小さくうなずき、裸の多可子を抱き寄せた。結局、おれも多可子もゲソという

男に翻弄《ほんろう》されている者同士なのだ。そう思うと、こんな立場に追い込んだゲソが恨めしくなるが、ここで負けるわけにはいかない。

逢瀬の翌日から、金森は再び東京の日本料理店をこつこつ訪問しはじめた。神風でも吹かなければ立ち行かない状況であろうと、いま逃げだすわけにはいかない。由香里を見返してやる。その思いだけを支えに、断られても追い払われても名簿を頼りに一店一店、シラミ潰《つぶ》しに歩いてまわり、直飲食連の加盟店を探し続けた。

すると、何事も諦めずにやってみるものだ。多可子の言葉ではないが、辛抱して頑張り続けていれば本当に道は拓けるもので、それから二か月としないうちに思いがけない事態に遭遇した。

神風が吹いたのだ。

その朝、金森は一本の電話を受けた。直飲食連事務局用の電話は、受信機能が壊れているのかと思うほど鳴らない日々が続いていたのだが、めずらしく派手に鳴り響いたかと思うと、

「直取引きの話、もう一度聞かせてもらえませんかね」

という問い合わせだった。加盟店を募りはじめた当初に足を運んだ、赤坂の老舗《しにせ》割烹《かっぽう》料理屋の板長だった。仕入れ原価の大幅引き下げを目指して直取引きの導入を考えたいというのだった。

「すぐお伺いします」

慌てて赤坂に飛んでいき、詳しく説明をした。試しに仕入れの二割でも三割でもいいので切り替えてみてください、直飲食連に加盟しただけで直漁業連と直接やりとりして直取引きできます、と押しまくった結果、

「よし、お願いしよう。二割三割と言わず全面的に導入するよ」

板長はその場で決断してくれた。

「ありがとうございます」

丁重に礼を言って帰ってきた。話を聞くなり首を横に振られた前回とは大違いだった。板長は料理界では知られた大物だ。彼が全面導入したとなれば、師弟筋にも料理界にもかなりの影響を及ぼすに違いない。そして実際、これが転換点となった。翌日から板長の師弟筋はもとより、多くの業界関係者から問い合わせが入りはじめた。以前勧誘に訪ね歩いた店の仕入れ担当者からも電話が舞い込み、加盟店が一店また一店と増えていった。

一人の板長の影響力がこれほどとは思わなかった。板長には感謝してもしきれないが、しかし、その幸運が板長だけの影響力ではないことが、すぐに判明した。そのときすでに神風が吹きはじめていたのだ。その正体は、バブルが弾《はじ》けた、と後に表現された金融秩序の崩壊だった。

きっかけは、当時の大蔵省が打ち出した二つの施策にあった。一つ目は、〝不動産融

資の総量規制〟だ。バブル景気の最中には、土地を担保に借金して土地を買う、その土地を担保に借金してまた土地を買う、という繰り返しで大儲《おおもう》けする人たちが増殖し続け、不動産や株が本来の価値以上に高騰し続けた。この状況を憂えた大蔵省は、金融機関に対して不動産への融資を前年より増やしてはならない、と規制をかけた。同時にもう一つ、〝公定歩合の引き上げ〟を実施して金利を引き上げ、金を借りにくくした。

この二つの実施によって突如として世の中に金が回らなくなった。不動産の売り手はたくさんいるのだが、買い手は借金できないために買えなくなった。結果、不動産価格も株も急落し、バブルに狂奔していた人たちが大損したり自己破産したりして連鎖反応的に潰れていった。

こうなると今度は金融機関も困ってしまった。このままでは貸した金が回収できなくなって自分たちも潰れる。焦った挙げ句に、真っ当な事業主への融資も止めたばかりか融資金の回収にかかった。まったくもって無茶苦茶な話だった。つい先日まで、借りてくれ借りてくれと揉《も》み手して借りてもらった金を、いきなり全額返せと迫ったのだ。おかげでバブルの狂奔には関わり合いがなかった多くの企業の経営までが傾き、倒産が続出する事態となった。

この世の中全体の苦境が、しかし金森にとっては願ってもない神風となった。札びらを切りまくっていたバブルの紳士たちが潮が引くように高級店から姿を消し、慌てた高級店の板場が一銭一厘でも安く仕入れる方法を模索しはじめた。その流れが高級店から一般店にも拡がったことから、直飲食連はまさに恰好《かっこう》の受け皿となった。赤坂の板長が呼び水となって多くの飲食店が直取引きにシフトしはじめ、倍々ゲームで加盟店が増えていった。

ここを先途と金森は攻め続けた。つぎつぎに入金される加盟会費を使って事務局を新宿の貸しビルに移転し、事務局員を雇い、圧力団体の体裁を整えていった。

「面白いことになってきたよ」

久しぶりに会った多可子に金森は笑いかけた。今回の逢瀬《おうせ》も横浜のシティホテルをとったが、以前より奮発してスイートルームを押さえ、シャンパンも用意させた。

「あらら、カネちゃんにはバブル到来みたいね」

多可子はくすくす笑いながら金森が注いだシャンパンを口に運んだ。前回は部屋に入るなりベッドに押し倒したものだが、今回はその前に、このところの成果を勢い込んで話して聞かせた。直飲食連を軌道に乗せたことで、金森の中で一度は萎《な》えかけた自信がよみがえっていた。

「ちなみに、いつ凱旋《がいせん》するわけ?」

多可子が冷やかすように言った。

「いやそれがさあ」

金森は頭を掻《か》いた。経営中枢に逆転凱旋して由香里の鼻を明かしてやりたい。その一心でここまで奮闘してきたものの、いざこうなってみると気持ちが揺らいできた。いまさら経営に復帰したところでどうなるというのか。どうせまた以前のように、ゲソから無茶な命令を下されて苦悩する日々に舞い戻るだけじゃないか。

多可子とのこともある。こうした逢瀬がいつまで続くのか、それはわからないし、多可子もその話題は避けている。だが、いずれゲソの知るところにならない保証はないし、いや、実はすでに知られていて泳がされている可能性もなくはない。そうした中、再びゲソのもとに復帰するリスクは計り知れないし、それこそ命がけの凱旋といってもいい。となれば、このまま直飲食連の事務局長として思うがままに仕切っていく道を選ぶべきではないのか。ここに至るまでは大変な苦労をしたが、一度軌道に乗せてしまえば団体の運営にさほどの労力はいらない。精神衛生上もリスク管理上も、そのほうが遙《はる》かに良い選択だという気がしてきた。

「まあ当面は事務局長の仕事に集中したいから、復帰についてはぼちぼち考えていくよ」

金森は言葉を濁すとグラスのシャンパンを飲み干し、多可子を隣室のベッドに促した。生臭い話は切り上げて、そろそろ楽しもうと思った。すかさず多可子もグラスを空け、わざとしなをつくってベッドルームに入っていく。

そのとき、携帯電話が鳴った。とっさに出てしまった。

「明日の晩、時間を空けてくれ」

いきなり告げられた。その甲高い声に凍りついた。ゲソだった。ちらりとベッドルームに目をやると、多可子はもうベッドに潜り込んでいる。

「かしこまりました」

小声で即答して電話を切った。そんな自分に驚いた。ついいましがたまで、もうゲソのもとには戻りたくない、と考えていたというのに、ゲソの声が耳元で響いた瞬間、条件反射のごとく番頭モードに切り替わってしまった。

「だれから？」

多可子が声をかけてきた。ぎくりとした。ゲソからと勘づかれたのだろうか。急に鼓動が高まったが、動揺に気づかれてはならない。金森はそっと深呼吸してから抑えた声で答えた。

「野暮用だ」


できれば横浜に泊まりたかった。せっかくスイートをとったからには、ホテル内のレストランで夕食をとり、翌朝までゆっくり二人の時間を愉《たの》しみたかったのだが、明日の晩にゲソと会わなければならないと思うと、それどころではなくなった。

多可子も今夜は一泊できる段取りをつけてきてくれたのだが、急用ができた、申し訳ない、と謝り倒し、夕刻にはチェックアウトしてその足で渋谷《しぶや》へ向かった。

川俣に会うためだった。かつての西麻布店長、いまはカジュアル店舗統括マネージャーを務めている川俣に電話したところ、今日は三宿店に詰めているとのことで、三宿から近い渋谷で落ち合うことにした。

　川俣と会うのは、しばらくぶりのことだ。彼が西麻布店長だった頃には何かと目をかけてやったこともあり、金森が経営中枢から外されたときには電話で泣き言を言ってきたものだが、

「おまえのためにも、今後はおれに接触しない方がいい」

　と金森は言い聞かせ、あえて距離を置いてきた。

　その川俣となぜまた会おうと思ったのかといえば、ゲソに呼び出された真意を探りたかったからだ。直飲食連が軌道に乗ってきたことは、まだゲソに報告していない。いつ報告したものかタイミングを計っていたのだが、考えてみれば、ここまで直飲食連が盛り上がっていればゲソの耳に入らないわけがない。仮にそれで呼び出されたのだとすれば、ひょっとしてまた金森を外すつもりなのだろうか。立ち上げ役の金森はお役御免で、運営は別の人間にやらせるつもりなのか。そんな懸念も抱いたことから、川俣から情報を得て対応策を練っておこうと思った。

　渋谷道玄坂《どうげんざか》の途中にある百軒店《ひゃっけんだな》と呼ばれる路地街に入った。ストリップ劇場や飲み屋、ラブホテルなどが軒を連ねる狭い路地を奥まで進み、雑居ビルの地下にある小さなバーの扉を開けた。短いカウンターとテーブルが二卓あるだけの薄暗い店内に入ると、奥のテーブルにスーツ姿の川俣が座っていた。

「待たせたな」

声をかけると川俣がびくっと体を震わせ、慌てて会釈した。隠れ家のごときバーに呼びつけられて当惑しているのか、前髪を垂らした細面の顔には生気がない。

どうした、元気ないな、と苦笑いしながら向かいに腰を下ろした。バーボンソーダを注文し、さてどう切り出したものかと考えていると、

「金森さん、ぼくは関係ないんです」

唐突に川俣が訴えかけてきた。何を言っているのかわからなかった。

「本当にぼくは関係ないんです。社長が勘違いされてると思うんです、どうか信じてください」

頬を紅潮させて必死に弁明する。これは只事《ただごと》ではない。何かが起きたに違いない。そう察した金森はカマをかけた。

「まあおれも信じてないわけじゃないが、とりあえず川俣が知ってることを話してくれないか。おれとしてもその上で判断したい」

あえて余裕の笑みを浮かべて促すと、川俣が堰《せき》を切ったようにしゃべりはじめた。

「首謀者は稲垣さんです。その話に由香里さんが乗って計画が進んでいただけで、ぼくが知ったのはつい最近なんです。絶対に仲間なんかじゃないです」

「そうか、首謀者は稲垣だったか。ちなみに計画の規模は、どの程度だったんだろう」

わかったふりをして続けさせた。

「まずは年内に和食屋を五店舗立ち上げて、それをパッケージ化して各地に拡げていく。

要するに鮨ゲソのやり方をそっくり真似て、三年後には五十店舗まで増やす計画だったみたいです。由香里さんが事務局長だった直漁業連が急に軌道に乗って、仕入れ先も押さえたからって調子づいたんでしょうけど、そもそもが無謀な計画ですからね」

「どう無謀なんだ？」

「だっていきなり五店舗分の物件を土地ごと買っちゃったわけじゃないですか。いくら右肩上がりの時代だからって、全額借金で買うなんて無謀もいいところですよ」

案の定、バブルが弾《はじ》けて地価は暴落するわ銀行は貸した金を引き剝《は》がしにかかるわの事態に陥り、首が回らなくなったという。

「だけど稲垣は銀行員なんだから、もっとうまく立ち回ってもよさそうなもんじゃないか」

「もともと銀行を辞める前提で動いてたらしいので、銀行も助けてくれなかったみたいです。で、追い込まれた挙げ句に由香里さんが会社の金に手をつけてしまった。結局、二人とも会社を裏切った報いなんですよ。そんな二人の仲間だと思われてるなんて、ぼくは本当に心外です」

心底、悔しそうにしている。それで話が見えてきた。早い話が、バブルの崩壊によって全国各地で起きたことが、ここでも起きていた。鮨ゲソの繁栄ぶりを目の当たりにしてきた稲垣が色気をだして、由香里をそそのかして独立を目論《もくろ》んだ。ところが時代の風向きが変わった結果、無謀な借金の貸し剝がしに遭った由香里が横領に走り、それがゲソにバレた。

金森の知らないところで、まさかそんな謀反《むほん》が起きていようとは驚いたが、そうと知ったゲソの怒りは、いかばかりかと思った。あの抜け目のないゲソがまんまと裏切られたのだ。怒り心頭なのは間違いないし、一度は見限った金森にも再接近したくなろうというものだ。

こうなると稲垣と由香里の身が案じられるが、しかしそれは自業自得と言うしかないし、二人の近くにいた川俣も怯《おび》えようというものだ。川俣にしてみれば、裏切りが発覚した直後に、突如、金森から呼び出しを食らったわけだから、自分も疑われているに違いない、と慌てたのだろう。ゲソの逆鱗《げきりん》に触れたらどうなるか、会社の中枢に関わっていた川俣は身にしみてわかっている。なんとしても身の潔白を証明しなければ、と思い詰めて金森に会いにきたのだろう。

金森はバーボンソーダを口に含み、ゆっくりとテーブルに両肘《りょうひじ》を突いてから言葉を発した。

「そうか、わかった。川俣の潔白は信じよう。おれも川俣には目をかけてきたことだし、ここからはおたがい腹を割って話そうじゃないか」

川俣の目をまっすぐ見据えた。

「実は明日の晩、ゲソ社長と会う予定になっている。そこで、ひとつ確認しておきたい。ここしばらくおれは直飲食連の仕事に専念してきたが、先々の目処《めど》もついたことだし、改めて経営に復帰したいと思っている。そのときは、おれの腹心として動いてくれるか？」

忠誠を誓うなら、川俣はシロだとゲソに注進してやる。そうでなければ、と言外に滲《にじ》ませた。

おれも役者になったものだと思った。今回の戦力外追放では金森も学習した。もしこれを契機に番頭に復帰できたとしても、今後は腹心の部下を抱えていなければ再び足元をすくわれかねない。ここはしっかりと川俣に恩を売り、キンタマを握っておこうと思った。

「かしこまりました。よろしくお願いいたします」

川俣としてもここが正念場だと悟ったのだろう。いつにも増して殊勝な態度だった。

金森は一転、勝ち誇った気分になった。明日の晩、ゲソに会うのが急に楽しみになってきた。

「よし、今夜は飲もう。これからゲソ社長のもとでどう会社を切り回していくか、二人で徹底的に議論しようじゃないか」

右手を伸ばして握手を求めた。川俣は一瞬たじろいだものの、おずおずと握手に応じた。よほど緊張していたのだろう、その手はじっとりと汗ばんでいた。

約束の翌晩、引き戸を開けて店に入るとゲソが一人でつけ場に立っていた。めずらしく調理白衣を身につけ、柳刃包丁を手に黙々と仕事をしている。ほかの従業員は帰らせたらしく、久しぶりに訪れた鮨ゲソ発祥の両国店は、しんと静まり返っている。

金森は店内を見渡した。漆黒を基調とした内装に磨き込まれた白木のつけ台が美しい。かつては金森も毎日、ここのつけ場に立って仕込みをしたり鮨を握ったり接客したり、早朝から深夜まで立ち働いていたものだった。いまや全国各地に支店網を拡げた鮨ゲソも、この店で頑張っていた日々の延長線上にあると思うと、あの頃の健気《けなげ》な自分の姿が脳裏によみがえる。

正直、多可子とのことでは後ろめたさがある。ものすごくある。なのに、これは一体どういう心理なんだろう。いまは後ろめたさより再びゲソと会えた安堵《あんど》感のほうが勝っている。

「こちらへどうぞ」

敬語で促された。由香里に裏切られて落ち込んでいるんじゃないか。そうも思っていたのだが、そんな気配は微塵《みじん》も感じられない。いつにもまして温和な声に導かれてつけ台に腰を下ろした。

すかさずゲソが升に酒を注いで差し出してきた。どうやら今夜はお客になれということらしい。それならば、と腹を決めて升酒を口に運ぶと、

「まずは平目からいきましょう。平戸《ひらど》の天然ものです」

種箱の中から柵《さく》取りした平目を取り出し、柳刃をすっと引いて削《そ》ぎ切りにする。それ

を左手に持ち、右手をお櫃《ひつ》に入れてシャリ玉をつくる。平目に山葵《わさび》をつけ、すぐにシャリ玉と合わせてきゅっきゅと握る。向きを変えてまたきゅっきゅと握り、最後に煮切り醬油《じょうゆ》を刷毛《はけ》でさっと塗りつけ、金森の前に置いた。

見事な握りだった。流れるような舟型のフォルムに、煮切りをまとった平目の白い身肌が光を放っている。早速、指でつまんで口に放り込む。酢飯がほろっとほどけ、ほどよく熟成された淡白な身から清冽《せいれつ》な脂を含んだ甘みが口に拡がる。思わず顔が綻《ほころ》んだ。

旨《うま》い。

「つぎは三河《みかわ》湾の本みる貝です。これからが旬ですが、走りにしては身厚です」

言いながら再びきゅっきゅと握って、そっとつけ台に置く。すぐに頰張ると、上質な貝に共通したさくりとした食感が歯を喜ばせ、鼻腔《びこう》に香りが広がり、厚みのある身からしっとりした滋味が滲み出してくる。さすがはゲソが握った鮨《すし》だった。シャリと種のバランスも見事で、同じ鮨職人だった金森ですら、いや、同じ鮨職人として握ってきた金森だからこそ、突出した握りの技巧に惚《ほ》れ惚《ぼ》れした。

あとはもう怒濤《どとう》の握り三昧《ざんまい》だった。続いて真鯛《まだい》にあおり烏賊《いか》、さよりに小鰭《こはだ》、赤貝に真鰺《まあじ》、いくらに車海老《くるまえび》、漬け鮪《まぐろ》に中トロと一分の隙もないハイレベルの鮨種をゲソはリズミカルに握り続け、とろりとした煮詰めを垂らした穴子に至るまでの全二十二貫。若旦那《わかだんな》に特別に仕入れさせたという、とびっきりの鮨種をすべて握り終えるなり、

「締めです」

デザート代わりに玉子焼きを角切りにして差し出し、柳刃包丁の刃をさらしですっと拭《ぬぐ》って置き、お櫃の蓋《ふた》を閉めた。

「いや旨かった。本当に旨かったです」

金森は最大級の賛辞を贈った。今夜の鮨は、鮨ゲソ流の三割打者ではなく完全試合の投手だった。店がここまで成長したいまも、やはりゲソの鮨あっての鮨ゲソだと率直に伝えた。これにはゲソも満足そうにへらりと笑ったかと思うと、

「金森、また一緒にやろう」

唐突に告げてきた。由香里たちに裏切られたことは口にしなかった。いずれわかってしまうことだとしても、ゲソのプライドが口にさせなかったのだろう。

「かしこまりました」

二つ返事で受けとめた。由香里に裏切られたと聞いたときは、ざまあみろという気持ちもないではなかった。しかし、いまはただゲソのもとに復帰できることが嬉《うれ》しかった。この気持ちをどう表現したらいいだろう。

もしかしたらおれは寂しかったのかもしれない。父親から冷たくされ、その寂しさからいじけていた息子のような心境、と言い換えてもいい。年下のゲソにそんな感情を抱いていた自分が奇妙にも思えるが、しかし、やはりそれが正直なところだった。

「ひとつ新しいアイディアがある」

感慨に耽《ふけ》る金森をよそに、ゲソは早くもつぎの話をはじめた。もう過去は断ち切った

とばかりに、つけ場のまな板に両手を突いて言葉を継ぐ。

「バブル景気が崩壊したいま、資金が途絶えて青息吐息の飲食店チェーンは山ほどある。飲食店としての経営は優良なのに、投資に失敗したばかりに瀕死《ひんし》の状態に陥った店がほとんどで、それはまさに宝の山だ。それを我々が買い叩《たた》こうと思う。これまで無駄づかいしてこなかったぶん内部留保はしっかりあるから、選《え》り好み放題の買い手市場ってやつだ。まずは店舗の土地建物を所有している会社を最優先に、買い叩いて買い叩いてごっそり手に入れる。そして未曾有《みぞう》の不景気を逆手にとって、我々はさらなる急成長を謳歌《おうか》するってわけだ」

早くも〝ゲソ節〟全開だった。アイディア自体は、由香里たちの裏切りに遭ったことで奇《く》しくも閃《ひらめ》いたのだろうが、転んでもただでは起きないとはこのことだった。

一方で、直飲食連と直漁業連の立ち上げに成功し、漁共の妥協も得られた結果、尾之浜流通モデルが稼働しはじめている。それを手本に、いまやほかの漁港にも同モデルが拡がっていることから、直漁業連と漁共と直飲食連の三団体をコントロールして流通全体を仕切れる体制が整いつつある。そこに買い叩いた飲食店チェーンを受け皿として投入すれば、漁業の現場から飲食店の厨房《ちゅうぼう》までが一直線に繋《つな》がり、一括して意のままに操れる。ゲソはそう目論んでいるのだった。

「ただ問題は、そんなにたくさん鮨屋チェーンがあるか、ですよね」

金森は疑問を呈した。久しぶりに番頭らしい発言をしてみせたのだが、瞬時に笑い飛ばされた。

「なあ金森、ちゃんと聞け。おれは鮨屋チェーンを買い叩くとは言っていない。鮨屋も含めたあらゆるジャンルの飲食店チェーンを買い叩いて一大飲食帝国を築くと言ってるんだ。割烹《かっぽう》料理屋、和食屋などを含めた広義の日本料理店はもちろん、洋食、中華、フレンチ、イタリアン、カレー、鉄板焼きなどなど、鮨にこだわることなく取り込めるジャンルは何でも取り込む。と同時に、漁業だけでなく農業と畜産業にも直取引きできる体制を整え、それらをバックボーンに全飲食店の十パーセント制覇を目指す。十パーを達成したら、つぎは五十パー超えを目指す。そして五十パー超えに成功したら、つぎはどうなると思う？」

「凄《すご》いことになりますね」

「そんな平凡な感想はいらん。いいか金森、よく考えてみろ。五十パーを超える飲食店を制覇するってことは、生産者も流通も我々には刃向かえなくなるってことだ。もし我々が、おたくからは仕入れない、と言い出したらえらいことになるじゃないか。要するに我々は、この国の食に関わる全産業のキンタマを握れるってわけだ。そうなったら、今度はどうなると思う？」

「それは」

立て続けに質されて返答に詰まっていると、ゲソがじれったそうに正解を口にした。

「この国の食に関わる全産業を牛耳れるってことは、もし我々が、食の供給を止めろ、と命じたら全国民が困るってことだ。ここまで言えば鈍い金森だってわかるだろう。食は人間が生きる根元だから、我々がこの国のキンタマを握れるってわけだ」

わかるよな、とばかりにへらりと笑う。そうか、こう繋がるのか、と思った。かつて錦糸町の居酒屋で若旦那と三人で飲んだときのことを思い出した。この国のキンタマは〝食〟だ。食を押さえればこの国を制覇できる、とゲソはぶち上げた。当時は酔いにまかせた法螺《ほら》話だと思っていたが、そうではなかった。あの時点でゲソは、ここまで視野に入れて考えていた。

この男なら成し遂げられる。そんな確信が不意に湧き上がった。いまの時点でも法螺話の域を出ていないと言う人がいるかもしれない。それでも、この男なら成し遂げられる。ゲソならきっと力業で成し遂げてしまうはずだ。

その瞬間、多可子の顔が浮かんだ。その顔を慌てて打ち消すように金森はゲソに向かって、

「以前にも増して頑張ります！　よろしくお願いします！」

と声を張った。ゲソが首筋を掻《か》いた。

「まあそんなにしゃっちょこばるな。すべては、これからだ。これから二人で、さらなる極みを目指そうじゃないか」

たしなめるように言うと、

「それと、稲垣と由香里のことだが、今後は金森の直轄下に置く」

初めて二人のことに触れた。

「彼らをまだ使うんですか？」

驚いた。ゲソ流でいけば裏切り者は処分して当然だと思っていたのに、裏切り者も使い方次第では使えると思ったのか。あるいは、裏切り者は即死させるより、じわじわなぶり殺そうと考えたのか。不可解な判断だと思ったが、しかしゲソは金森の問いに答えることなく、最後にもうひとつだけ伝えておきたい、と金森を見据えた。

「今日を限りに、おれは鮨を握らない」

思わぬ宣言だった。いまも握る機会は減っているものの、それでも、自分は鮨職人だという自覚を促すためにときどき握っていたそうだが、今後、鮨職人は封印するという。一体どう反応したものか。金森が言葉を失っていると、たたみかけられた。

「ちなみに今日、一番旨かった種は何だ？」

「それは、なんというか、全部百点だったと思いますが、あえて言えば、小鰭でしょうか」

やっとそれだけ答えると、ゲソが種箱から小鰭を取り出して握りはじめた。鮨職人として握る最後の一貫を食べてほしい、ということなのかもしれない。そう察した金森は急に神聖な気持ちになって背筋を伸ばすと、きゅっきゅと小気味よく握っているゲソの手元を見つめた。

握り上がった小鰭が目の前に置かれた。最後の一貫も見事な出来栄えだった。その美しい握り上がりをしっかり目の網膜に焼きつけたところで、金森は静かに手を伸ばし、小鰭《こはだ》の握りをつまもうとした、そのときだった。

ゲソが突如、右の拳《こぶし》を振り上げたかと思うと、あろうことか小鰭の握りの上に力まかせに振り下ろした。息を呑《の》んだ。声を発する間もなかった。つぎの瞬間、つやつやと銀色に輝く小鰭の握りは、ぐちゃっと無残に叩き潰《つぶ》されていた。

七章　制圧

「いくよっ！」

幼い声が雄叫《おたけ》びを上げた直後に水しぶきが上がった。空豆の形の白いプールに湛《たた》えられた水の中に、小さな裸体が頭から滑り込み、やがて身を翻してプハッと水面に顔を覗《のぞ》かせて息を継ぐ。

「よーし、パパもいくぞ！」

続いて丸々と太った裸体が飛び込んだ。が、ぷっくりと膨れた腹が重たかったのか、頭より先に腹から着水した。激しい水音とともに大量の水しぶきが跳ね上がり、プールサイドにまで水滴が飛んでくる。

「だめだよパパ、頭から飛び込まなきゃ」

男の子が大笑いしている。

「いやー、腹が痛い」

水中から浮き上がってきた太っちょパパのゲソが、赤らんだ出腹をさすって照れ笑いしている。その顔めがけて男の子がふざけてバシャッバシャッと水を掛ける。お、やる気か、とゲソも応酬して水掛け合戦になる。ゲソと息子、父子二人が濡《ぬ》れねずみになってじゃれ合っている。

金森は思わず目を細めた。プールサイドのデッキチェアに横たわり、二人のはしゃぎっぷりをサングラス越しに眺めているのだが、こんな屈託のないゲソの姿はめったに見られるものではない。これが同じゲソかと目を疑いたくなるほど子煩悩なパパがそこにいる。

たまには金森も遊びにこい。そう誘われてゲソが所有する南伊豆《みなみいず》の別荘にやってきた。別荘といってもバブル景気の真っ只中《ただなか》に東京の株長者がつくった豪勢なリゾート施設で、オーナーズハウスを中心に三つのゲストコテージに二つのプールにテニスコート、フットサルコートに射撃場にヘリポート、さらには白砂がきらめくプライベートビーチまで備わっている。

まさに金に飽かしたバブル仕様というやつで、景気低迷が続く中、長いこと塩漬けにされていた物件だった。そこに目をつけたゲソが竣工《しゅんこう》時の五分の一の価格で買い叩《たた》き、妻の多可子の趣味に合わせて大改装した。以来、家族はもちろん取引き先や賓客の接待にも使っているが、当のゲソが遊びにこられるのは半年に一度ほど。今回も多可子からせっつかれ、八か月ぶりに三日間の休暇をとって訪れた。

息子の名前は徳武俊太郎《しゅんたろう》という。来春は小学校入学だというから早いものだと思う。金森の一人娘はもう中学生で、金森自身、来年は四十路《よそじ》に突入するのだからそれも当然なのだが、しかし、俊太郎の成長を目の当たりにするたびに胸がざわつき、いたたまれなくなる。こうしてじゃれ合っている二人は父子そのもので、実際、俊太郎はゲソと多可子の長男とされているものの、金森には疑念が拭《ぬぐ》いきれないからだ。

多可子が妊娠したと知ったのは金森が番頭に復帰した翌年、いまから七年ほど前のことだ。

「金森、おれもようやく父親になる」

ゲソの口から誇らしげに告げられたのだが、その瞬間、違和感を覚えた。多可子は逢《おう》瀬《せ》のたびに、ゲソとはめったにベッドをともにしないと言っていたし、ゲソには子種がないと多可子から言われていただけに、まさかと思った。しかも、そうと知った直後に多可子から電話が入り、

「もうおしまいにしよ」

という一言で、秘めたる関係に突如幕を引かれた。だが正直、この関係は続けたかった。ゲソの番頭に復帰して再びストレスにまみれた日々が続いている金森にとって、多可子との逢瀬は唯一、心の休まるひとときだったのだが、多可子のほうから拒まれてはどうしようもない。

それからというもの、疑念を抱いたままいまに至っている。おれは種馬にされたのではないか。そうとは知らずにゲソはおれの子を我が子として可愛がっているのではないか。そう勘ぐりつつも、こんなことはだれにも言えない。多可子はゲソの子だと言い張っているし、ゲソも自分の子と認めているのだから、DNA鑑定でもやらない限り真実はわからない。それだけに、子煩悩を絵に描いたような父子の交情シーンを見るたびに

焦燥感にも似た、いたたまれなさに見舞われる。

リゾートには多可子も何食わぬ顔で同行してきた。今日は午後から美容師を呼んで髪をカットしているため、男たちだけでプールにきたのだが、ゆうべみんなで食事したときも、金森との情事など忘れ去ったように女房然として振る舞っていた。

多可子は最初からこうするつもりでおれに迫ったのだろうか。飲食業界の覇者となりつつあるゲソとの絆《きずな》を子宝で繋《つな》ぎとめておくために、このおれを利用したんだろうか。

そう思うと急に悔しさが湧き上がり、我知らず拳を握り締めてしまうのだが、そのとき、デッキチェアのサイドテーブルに置いてある携帯電話が鳴った。着信を見ると川俣からだった。いまや普及率が五割を超えた携帯電話だけに、南伊豆のプールサイドにもちゃんと電波が届くようになり、おかげで休暇中も仕事から逃れられなくなった。

「金森だ」

抑えた声で応答した。

「長野の案件、買値が決まりました」

川俣が言った。このところ買収にかかっていた長野を拠点とする和食チェーンを傘下に入れる契約がまとまりそうだという。川俣に忠義を誓わせて八年が経つが、いまや金森が東京を離れていても、きっちり機能してくれるまでに成長した。

「ご苦労。明日の午後にはこっちを発《た》つから、詳しいことは晩めしでも食いながら聞こう」

そうねぎらって電話を切りかけると、

「ただ金森さん、別件でちょっと気がかりなことがありまして」

川俣が声を低めた。千葉を拠点とするイタリアンチェーン『サバターニ』本店のことだという。

「売上げが落ちたのか？」

「いえ、経営は順調なんですが、なんていうかその、従業員の空気がおかしいらしくて」

「従業員の空気？」

意味がわからなかった。金森が経営に復帰して以来、徳武プロジェクトは全国各地の飲食店チェーンや老舗《しにせ》飲食店をつぎつぎに傘下に収めてきたが、とりわけサバターニは、鮨《すし》以外の飲食店も取り込む、とゲソが宣言した直後に買収したチェーンだけに、極めて思い入れが強い。

買収したチェーンや老舗飲食店は、当初、ゲソと金森が二人で乗り込み、なぜ経営が傾いたのか、徹底的に原因を究明してテコ入れ再生してきた。サバターニの場合は、店舗の拡大に乗じて改装費と宣伝広告費を過度にかけすぎていたことが原因だった。新店舗オープンのたびに内外装に凝り、チラシやＤＭを大量に撒《ま》き、地元のテレビやラジオにＣＭを出しまくって集客したはいいが、肝心の料理や接客に金も目配りも足りなくなり、リピーターが生まれなかった。

そこでゲソは、料理のコストパフォーマンスと接客を重視した経営に転換させると同時に、

「今後の新規出店は全部〝居抜き〟でいけ」

と命じた。居抜きとは、閉店したよその店の看板だけを掛け替え、内外装や店内設備はそっくり以前の店のものを使って営業すること。さらに宣伝は一切やめ、味と価格と接客に満足したお客の口コミだけで集客する手法に切り替えた。これが的を射た。ほどなくして経営が上向きはじめ、数年後には関東圏を中心に二百店舗以上を展開する優良チェーンに生まれ変わった。

これがお手本となった。その後に買収した飲食店チェーンや老舗飲食店は、〝サバターニに学べ！〟を合言葉に、金森と川俣が直轄する経営再生マネージャー百人に仕切らせ、つぎつぎに再生していった。結果、いまでは全国の飲食店の二割以上が徳武プロジェクトの傘下に置かれ、加えて直飲食連と直漁業連を介して直取引きしている飲食店も増殖し続けている。こうした店の人たちは徳武プロジェクトが裏で糸を引いているとは知らないのだが、直飲食連と直漁業連に仕入れのキンタマを握られているわけだから、これまた傘下に置かれたも同然。こうした店も合わせれば、いまや全国の四割近い飲食店が傘下といっても過言ではなく、携帯電話なみの五割とまではいかないにしても、数年後には五割超えも夢でないところまできている。

この成功に歓喜したゲソは、麻布の一等地に三十二階建ての本社ビルを建設した。社

長室、経営管理室、秘書室、経理部、総務部をはじめ全国各チェーンの統括本部、直飲食連、直漁業連などの各本部も含めた全機能を一棟に集中させた当時最先端のインテリジェントビルだった。

とりわけ力を入れたのが、高層階から東京の空を眺めるのが大好きなゲソの指示でつくられた社長室だった。最上階のフロアを全床ぶち抜いて百人単位の大会議が開ける会議スペースを確保し、その奥にマホガニー無垢《むく》材を使った巨大な演台のごとき社長デスクを鎮座させた。背後の壁一面には巨大な日本地図を張りめぐらせ、傘下店がある場所に烏賊《いか》ゲソのマークがついた小旗を点々と立てていった。どうせなら世界地図にしてはどうか、と金森は助言したが、この国を食で牛耳ることだけがおれの目標だ、とゲソは日本地図にこだわった。

そして本社ビルの竣工日、ゲソは金森以下全傘下店の経営幹部を真新しい社長室に呼び集め、〝制覇地図〟と命名した日本地図の前に仁王立ちして檄《げき》を飛ばした。

「諸君。ついに念願の我らが城が完成した。しかしけっして、これをもって我らがゴールと考えてはならない。この城を拠点に全国津々浦々に至るまで、ゲソ小旗がびっしり立ち並ぶ日、それが我々のゴールだ。その栄えある日に向け、まずは傘下店の全国五割超えだ。さらに六割、七割、八割と進撃を続け、この国を完全制覇するまで死ぬ気で突っ走れ。休みたいやつ、遊びたいやつ、怠けたいやつは一人たりともいらん。そんな生ぬるい輩《やから》は、とっととこの場から去れ！」

ゲソの突撃ラッパが高らかに鳴り響き、以後、徳武プロジェクトの社内スローガンは〝サバターニに学べ！　サバターニに続け！　サバターニを超えろ！〟と改められ、いまやサバターニは全傘下店のシンボル的な存在となっている。

そのシンボルたるサバターニの本店に異変が起きたと聞いては、金森としても黙っていられない。要領を得ない電話の向こうの川俣に対して、

「具体的に言ってくれないか。社員に不満でも溜《た》まってるのか？　上司に反発してるのか？　あるいは転職者が続出してるのか？」

続けざまに問い質《ただ》していると、

「どうかしたか？」

ゲソの声が飛んできた。いつプールから上がってきたのか、水を滴らせながら目の前に立っている。反発だの転職者だの、不穏な言葉を聞かれてしまったようだが、正直、この程度のトラブルは金森レベルで解決したかった。

「いえ、ご心配なく。社長のお手を煩わせる案件ではありません」

さらりと受け流すと、途端にゲソが眉《まゆ》を下げて猫撫《ねこな》で声を出した。

「なあ金森、そういうつれないことを言うな。おれを裸の王様にするつもりか？」

あの裏切り事件以降、ゲソはときどきこういう物言いをするようになった。以前なら即座に怒鳴りつけていた場面でも、金森には気をつかっているとアピールしたいらしく、やさしいボスっぷりを見せようとする。

といって、それに油断して、とにかく社長の出る幕じゃありません、と突っ撥《ぱ》ねようものなら、一転して激怒される。気づかう素振りは見せても、やはりゲソはゲソで、つい先週も喫茶店で熱いコーヒー入りのマグカップを投げつけられたばかりだ。間一髪、マグカップの直撃は免れたものの、コーヒーまみれになった金森に罵声《ばせい》を浴びせ続けるゲソの剣幕に、驚いた店主が割って入ったほどで、三十路《みそじ》に入ってからというもの、ゲソの感情の起伏は以前にも増して激しくなった。

仕方なく携帯電話をゲソに渡して川俣の口から直接状況を説明させた。ゲソは海水パンツ姿のままうんうんと話を聞いていたが、ほどなくして金森に携帯を突き返し、

「サバターニに行くぞ」

バスタオルで体を拭《ふ》きはじめた。

「しかし社長」

牽制《けんせい》しようとすると、たたみかけられた。

「そうだ、タツも連れていこう。すぐ連絡してくれ」

「タツさんもですか？」

私だけでは不足でしょうか、と言外に込めた。

「ぐだぐだ言わずに呼べ。米騒動のときだってタツがいなかったらどうなってたと思う」

じれったそうに言い放つなり、ゲソはプールに向かって声をかけた。

「俊太郎、ごめんな！　パパはお仕事に行かなきゃならなくなった！」

プールの中から、えーっ、と困惑する声が返ってきた。ゲソとは似ても似つかないその声色に、やはりおれの子だ、と金森は改めて確信した。


タッと米騒動。これについては詳しい説明が必要だろう。ここまで急成長できた徳武プロジェクトにとって、それはバブル崩壊に続くもうひとつの大きな節目だったからだ。タッというのは、かつてはタッ関と呼んでいた龍大海のことだ。七年前には角界きっての苦労人横綱として国民的人気がピークに達し、私生活では生涯の伴侶《はんりょ》も得て土俵人生の絶頂を極めていたが、翌年、突如として土俵を去った。いや正確には土俵を追われた。

転落のはじまりは、いまにして思えば生涯の伴侶を得た結婚だった。結婚が龍大海の人生の構図を大きく変えたといってもいい。龍大海が選んだ伴侶とは、あの吉成由香里だったからだ。ゲソを裏切って独立を画策し、横領にまで手を染めたものの、ゲソの寛大な処置で生き長らえた由香里が、ある日突然、龍大海とツーショットでスポーツ紙の一面を飾ったのだ。

金森はまったく知らなかった。いわゆるマスコミ辞令というやつで、その朝、川俣から手渡されたスポーツ紙を見て、全国民と同じように仰天したものだった。記事によれば、二人は龍大海の有力支援者が開催した異業種交流パーティで知り合った。二十代にして外食産業の幹部となったキャリアウーマンの由香里に龍大海が一目惚《ぼ》れし、猛アタックの末に、結婚後も仕事を続けていい、という条件つきで結婚に至ったとされていた。当時はまだ平成も一桁《ひとけた》の時代とあって、平成の名横綱が平成の働く女性と結ばれ、平成のいまどき夫婦が誕生した、と騒がれたのだった。

「有力支援者って社長のことですか？」

そのときゲソに尋ねた。ゲソを裏切った由香里を天下の横綱に紹介するはずがない、と思いつつも、念のために尋ねてみたのだが、

「さあどうだかな」

ゲソはへらりと笑っただけで否定はしなかった。正直、何を考えているのかと思ったものだが、金森がとやかく言うことではない。それでなくてもその時期、金森は新たな壁にぶつかっていて裏切り者の処遇を云々《うんぬん》するどころではなかった。

「金森、つぎは農産物だ」

ゲソからそう命じられていた農産物が新たな壁だった。あらゆるジャンルの飲食店を傘下に収めるには、米や野菜など農産物の大量仕入れルートの確保も必須《ひっす》だ、と急《せ》かされていた。

ところが、いざ確保に動いてみると農産物の流通も漁業と似たような状況にあった。手はじめに稲作農家との直取引きを模索してみたものの、当時の農家には規制がかかっていた。農共という同業者組合を通じて国が定めた米価で売らなければならなかった。

つまり、どんなに高品質の米をつくっても自分が売りたいようには売れない。農家が自分で直取引きすると非合法の〝闇米〟になってしまう。この頑張っても報われない規制のために、気がつけば農家の稲作離れが進み、この国の稲作農業はじり貧状況に陥っていた。米ほど規制が厳しくない野菜もそれは同様で、農共の支配力が圧倒的に強いために直取引きの道は閉ざされたも同然となっていた。

そこで金森はゲソに提案した。

「こうなったら李さんに頼んで輸入農産物だけに絞りませんか。価格的にも安上がりですし」

台湾商社マンだった李さんは、その後、徳武プロジェクトの専属商社を立ち上げて海外からの魚介類の輸入を一手に引き受け、若旦那《わかだんな》を支援してくれている。その守備範囲を広げてもらい、輸入農産物も全面的にまかせてはどうかと考えたのだが、すかさずゲソに怒られた。

「馬鹿か金森！　いまどき世間は輸入物にシフトしてるが、商売ってもんは長い目で見なきゃだめなんだ。輸入農産物には為替変動や関税のリスクに加えて品質的な問題もある。もし外交上のトラブルが起きたら輸出を止められる懸念もある。輸入物はあくまでもサブに留《とど》めておくべきで、高品質の農産物を安定的かつ大量に仕入れるためには国産物をメインにすべきなんだ」

言いたいことはわからなくはなかった。それでも無理なものは無理だった。農産物についても直取引き組合をつくる手はなくはないが、漁業と農業では状況は似ていても詳細が違う。

「そこを何とかするのが金森の仕事だろうが。できない理由を並べ立てるのは木っ端役人の仕事だ。どうしたらできるか、それを考えろ！」

これには金森も追い詰められた。腹を括《くく》って経営に復帰したものの、農産物のせいで再び戦力外に追放されるかもしれない、と頭を抱えていると、悪いときには悪いことが重なる。金森の苦悩に追い討ちをかけるように平成五年の秋、この国の農業の根幹を揺るがす事件が起きた。

その年の夏は例年にない日照不足や長雨、台風のために八十年ぶりの大凶作となった。それが祟《たた》って秋口になると米価が急激に上がりはじめたため、全国の業者や家庭が慌てて米の買い占めに走り、後に〝平成の米騒動〟と命名された国を挙げての深刻な米不足に陥った。その結果、規制されていた外国米を輸入せざるを得ないほど事態は切迫し、徳武プロジェクトも国産米の大量仕入れどころではなくなってしまった。

そんな折にゲソから電話が掛かってきた。さすがに方針変更だろう。金森としては内心ほっとして電話に出たものだが、しかしゲソは平然たるものだった。

「二度も神風が吹くとは、金森もラッキーなやつだな」

ふっふっふと含み笑いを漏らしたかと思うと、

「帝都ホテルのスイートを押さえてくれ。応接室つきの豪勢なやつをな」

と指示してきた。どういうことだろう。いささか当惑したが、言われた通りの部屋を押さえ、当日、ひと足先にチェックインして待っていると、ゲソが思いがけない二人を連れてきた。

龍大海夫妻だった。龍大海に会うのはしばらくぶりだったが、着物姿の巨体には以前にも増して横綱らしい風格が漂っていた。妻の由香里は相変わらずタイトスカートのスーツを着込み、横綱の秘書のごとく寄り添っている。

挨拶《あいさつ》もそこそこに応接ソファに向かい合った。龍大海夫妻は呼ばれた理由を聞かされていないようで緊張した面持ちでいる。とりあえずはルームサービスにシャンパンを持ってこさせ、穏やかに乾杯したところでゲソが切り出した。

「横綱のご実家は農家だったんすよね」

「秋田の貧乏百姓だけどね」

軽口めかして龍大海が笑った。

「それで心配してたんすけど、今回の騒ぎは大丈夫っすか？」

米騒動のことを聞いている。

「ああ、いろいろと大変みたいだ」

龍大海が表情を曇らせた。実家の農業は長兄が継いでいるそうで、そもそもは天災が原因だったが、国の農政が事態を悪化させた側面もあり、どこの農家も困っているという。

「やっぱそうなんすね。ぼくも今回の一番の被害者は農家だと思ってるんすよ。日頃は国と農共に都合よく仕切られて自分がつくった米を自由に売らせてもらえず、減反まで迫られる。なのに凶作になったら、なし崩し的に外国米を入れられてしまう。これじゃ農家は追い詰められる一方じゃないすか。農産物を仕入れている我々としても、農家の窮状を見かねているんですよ」

そこでお願いなんすが、とゲソは膝《ひざ》を乗り出した。

「タツ関、高杉晋作になってくれないっすか。いまこそ農家が立ち上がらなきゃいけないときだと思うんすよ。仕切られっぱなしの国と農共に対抗して、まずはデモをやろうじゃないすか。国民的人気者のタツ関が先頭に立って農家の窮状を世に訴え、直取引きの自由を与えろとアピールするんすよ。いやもちろん、たった一度のデモで事態が打開できるわけじゃない。それでも、デモを契機に直取引き農家連合〝直農業連〟を立ち上げれば、国中の人たちが応援してくれると思うんすね。いつまでも国と農共まかせにはしていられない。いざとなっても外国米に頼らなくていい農業に立て直してこそ、この国の人にとっても農家にとっても幸せなことなんだと、農家の次男坊でもある国民的ヒーローの口から訴えてほしいんすよ！」

熱弁を振るうゲソの傍らで、金森はようやく彼の意図を理解した。つまりゲソは、米騒動に乗じて漁業のときと同じことをやろうとしていた。しかも龍大海を担ぎだし、漁業のとき以上のスピードで実現させるつもりでいる。

ところが、龍大海は難色を示した。横綱という立場上、そこまで過激な行動はできないと渋った。その頑《かたく》なな態度に業を煮やしたのだろう。ゲソは応接ソファにもたれかかり、顎《あご》をさすりながらしばらく考え込んでみせてから、

「あえて言いたくないんすけど、タツ関にも奥さんにも貸しがあったじゃないすか。この意味、わかるっすよね。そういう話が世間に漏れたら、それこそ横綱という立場上どうなんすかね」

二人の目を交互に見ながらへらりと笑った。

いつになく直截《ちょくせつ》な物言いだった。それだけゲソも必死だったのだろうが、その鬼気迫る恫喝《どうかつ》に龍大海が顔を引き攣《つ》らせた。傍らの由香里も動揺を隠せないでいる。こういうときのために二人を結びつけたのか。いまさらながら金森は唸《うな》ってしまったが、この一撃で龍大海は落ちた。

三週間後には、全国各地から集まった農家によるデモが永田町《ながたちょう》で繰り広げられた。龍大海の求心力が大きく働いた結果なのはもちろんだが、その裏でゲソが糸を引いていたことは言うまでもない。デモの模様は今回もまた梶原記者と龍の会の手助けで全国各地に配信報道され、大きな注目を集めた。そして翌年には国が農政を転換せざるを得なくなった。規制が緩和され、既存の流通ルートだけでなく農家の直取引きも認められた。

もしデモがなくても国は方針転換せざるを得ない状況だった。後年になってそうした論調も多く見られたが、そんなことはゲソにはどうでもよかった。龍大海を担ぎ出した

ことで多くの農家が直農業連に加盟し、直取引きネットワークの拡大によって大量仕入れルートが拓《ひら》けたのだ。その後、インターネットの時代になると農家の直取引きなど当たり前になったものの、当時としては画期的なことであり、ゲソはその成果を得られただけで満足だった。

ただ、この件は、これだけでは終わらなかった。結果的にしてやられたかたちの農共に軸足を置く勢力が、事態が収束した時期を狙い澄ましたかのように龍大海に反撃してきたのだ。

「金森さん、大変なことになりました」

今回もまた川俣が最初に知らせてくれた。手渡された週刊誌には、こんな見出しが躍っていた。

〝衝撃! 横綱龍大海に八百長相撲の過去〟

かつて龍大海と八百長相撲をとった元力士の告白を掲載した独占スクープだった。

その見出しを見た瞬間、ゲソのリークではないかと金森は疑った。が、よくよく考えてみれば、それはあり得ない。ゲソがリークしたところで何の得もないし、それどころかせっかくの特大キンタマを手放すことになる。やはり農共勢の仕業に違いない。金森は、すぐさま梶原記者に電話して、明らかな謀略記事にはどう対処すべきか、助言を求めた。梶原の答えはこうだった。

「たとえ謀略記事であっても、ここまでセンセーショナルに騒ぎ立てられたら、当面は否定声明を発表して、ほとぼりが冷めるまで身を隠しているしかないだろうね」

早速、龍大海には言い含めて身を隠してもらった。さらに全国の直取引き農家には流通ルートの口コミを利用して、あの記事は龍大海を貶《おとし》める謀略記事だと触れまわった。

それでもスクープ記事の余波はあまりにも大きく、ほどなくして龍大海は相撲界から追放された。といっても、大相撲財団が発表した追放理由には八百長のやの字もなかった。力士の政治活動を禁じる規則に反してデモを煽動《せんどう》したこと、地方巡業の際に裏社会の人物と会食した疑惑があること、着物で行動すべきところタキシードでマスコミに登場したことなど、横綱の資質を問われる行動が目に余るとして、現役横綱に対しては異例の措置として龍大海に永久追放処分を下したのだった。

南伊豆の別荘を出発して四時間、金森はゲソとともに夕暮れの千葉にいた。最近ゲソが気に入って乗っている運転手つきのジャガーの後部座席。居眠りしているうちに到着してしまった。

駅前の繁華街からちょっと外れた街道沿いにその二階家レストランはあった。歩道の際にイタリアンカラーで『サバターニ千葉』と描かれた看板が立てられ、奥には十台ほど駐《と》められる駐車場がある。この手のチェーン店にしては駐車台数が少ないのは、もともとサバターニは単独のイタリア料理店だったからだ。創業時の店舗をチェーン仕様に改装したため敷地に余裕がない。

夕食どきとあって店内は家族連れの客で賑《にぎ》わっていた。とりあえずは客のふりをして店の中を覗《のぞ》いてみたが、とくに変わった様子はなかった。ホール係の女の子はきびきびとサービスしているし、厨房《ちゅうぼう》のコックたちも遅滞なく料理を提供している。

どこに問題があるというのだろう。不思議に思っていると、

「お疲れっす！」

背後から声をかけられた。振り返ると、髪をオールバックにした大男がお辞儀をしている。

「おうタツ。急なことですまなかったな」

ゲソが片手を上げた。いまはタツと呼ばれている元横綱龍大海だった。その後、大幅に減量して細身になったせいか、立派な髷《まげ》を落としたせいか、街を歩いていても気づく人は少ないが、いまでは徳武プロジェクトの農産物仕入れ責任者として全国の直取引き農家を仕切っている。

八百長が暴露された直後は、タツもゲソのリークを疑ったらしいが、やがてそうではないと理解した。八百長は否定したものの激しいバッシングにさらされていたタツを、ゲソが親身になって匿《かくま》った。それればかりか、永久追放処分で一夜にして無職となったタツを無条件で会社の幹部に採用してやった。こういうときのゲソは怖ろしいほど面倒見がいい。もちろん計算ずくの面もあったはずだが、タツにしてみれば、どれほど助かったことだろう。八百長に手を染めていたのは紛れもない事実だから、まともにバッシン

グに立ち向かったらさらなる地獄が待っていたはずで、その意味で、もはやタッは一生ゲソに頭が上がらなくなってしまった。

ただ一方で、タツの妻由香里は、ゲソの温情には一切あずかっていない。タツが相撲界から追われた直後に失踪《しっそう》してしまったからだ。世間は由香里がタツを見捨てたと非難した。上昇志向だけで生きてきた女の本性を暴く、とばかりに一部の週刊誌が由香里の行方を追ったりもしたが、日本海側の漁港で見かけた、という目撃情報を最後に足取りが途絶えた。

この失踪にはゲソが絡んでいる。金森はそう確信しているが、あえてそこに踏み込むつもりはない。これまでも、これからも、そこにだけは触ってはならないと自戒しているからだが、これで由香里は終わりだと思った。潰《つぶ》すと決めた相手は、どれだけ時間をかけてでも潰す。それがゲソという男だ。

こうして相撲界追放に加えて妻の失踪という二重の傷心を抱えたタツは、以後、ゲソには絶対服従で仕事に打ち込んでいる。幸いにして全国の農家もタツへの恩義を忘れていなかった。相撲界から袖《そで》にされても我々にとっては大恩人だと、律儀にタツを支えてくれているおかげで仕事はすこぶる順調に運んでいる。

「わざわざご足労いただき、恐縮です」

店の奥から川俣と店長が飛んできた。最初は体が大きいタツに気づいたらしかったが、ゲソまでいることに仰天したらしく、ここでは何なので、と近所のカラオケ店に連れていかれた。

もちろん、歌いたかったわけではない。客商売は口コミが命だ。地元の人に聞かれたくない話はカラオケルームで話せ、とゲソから指示されている。貸し会議室を借りるより割安だし、防音もしっかりしている。そのまま打ち上げだってできるから打ってつけのスペースだとゲソは考えている。

L字型のシートに全員が腰を下ろしたところで、金森は川俣に質《ただ》した。

「一体どこが問題なんだ？　売上げは悪くないし店もちゃんと回ってたし、よくわからないな」

ゲソも同様の感想らしく、腕を組んでうなずいている。川俣が眉《まゆ》を寄せて答えた。

「それがちょっと、妙な話なので浜野《はまの》から説明させます」

イタリアンカラーのネクタイを締めた店長の浜野に振った。浜野は緊張した面持ちでゲソに会釈すると上ずった声で話しはじめた。

「事の発端は、なんと言いますか、半年前、柳沢《やなぎさわ》というホールスタッフを雇ったんです」

柳沢は浜野店長より一歳上の三十歳。こなれた人柄で、ほかの飲食店で働いた経験もあると聞いて採用したところ、入店当初から突出した働きぶりを見せてくれた。入店研修を終えた翌日には、スタッフマニュアルを完璧《かんぺき》にマスターしてホール仕事を見事にこなしてしまった。メニューはしっかり頭に入っていたし、客あしらいにはそつがないし、厨房との連携も手慣れたもの。一日働いただけでほかのスタッフも一目置く存在となり、一か月と経たないうちにスタッフのまとめ役として機能するまでになった。

浜野店長は喜んだ。店長の仕事で一番難しいのがスタッフ管理なのだが、柳沢がいれば浜野が非番の日でもホールと厨房をきっちり仕切ってくれる。これに感心してスタッフのシフト管理もやらせたところ、これまた店の都合とスタッフの都合をすり合わせてスムーズに回してくれる。

「素晴らしい人材を雇ったと思いました。この男なら、と三か月目には本社に昇格申請して、アルバイト契約から契約社員に引き上げてやりました」

異例のスピード昇格だった。しかし、その期待にまたしても柳沢は応《こた》えてくれ、おかげで業績が急上昇した。

「ちなみに、ここ四半期はチェーン全店の三本指に定着し、伸び率では全店中トップに立っています」

川俣が補足した。まさに、このところ低迷ぎみだったサバターニ本店が再浮上する立役者になってくれたわけだが、しかし、その頃から店の内部に異変が生じはじめた。

「スタッフの動きがどうもおかしいんですね」

浜野店長が再び話を引きとった。スタッフが得体の知れない何かの指示で動いている。そんな空気が感じられてならないという。

「得体の知れない何か？」

ゲソが問い返した。

「ええ、そうとしか思えないんです。その後、何人かのスタッフが個人的な事情で辞めて新しいスタッフが入ってきたんですが、それでますます違和感が強まったというか」

途端にゲソが失笑を漏らした。

「おい浜野、ナンバーツーを恐れちゃだめだな」

柳沢に店長の座を奪われるのでは、と不安になって上訴してきた。そう解釈したようだった。

「そうじゃないんです。もっと何か別の力が働いて、つまり」

浜野店長が言い淀《よど》んだところにゲソが突っ込んだ。

「なあ浜野、しばらくほかのグループ店舗でやってみるか」

やってみるかと聞いてはいるが、この言葉は事実上の左遷宣告といっていい。スタッフをきちんと統率できないのなら、店長のままでは置いておけないと言っている。

「いえ、けっして私はそういった意味で申し上げたわけではなく」

浜野店長が慌てている。ゲソの一言がそのまま辞令となるのが、この会社だ。

「じゃあどういう意味だ。それをちゃんと説明できないようじゃ管理職失格だ。そうだな、金森」

不意に同意を求めてくる。この場面では異を唱えてはならない。御意、とばかりに首肯すると、今度は金森に矛先を向けてきた。

「てことは、金森、これはおまえの管理責任でもあるんだぞ。千葉の店だというから、てっきり食日《しょくにち》コーポレーションがらみの話かと思ったら、この体たらくとはな」

食日コーポレーションとは栃木県を拠点とする飲食店グループで、和食、ラーメン、ステーキ、イタリアンといった各種のチェーンを抱え、周辺の茨城県、群馬県、埼玉県も含めた北関東全域で勢力を振るっている。これらの地域には東京から近いわりに、社長室の制覇地図にほとんどゲソ小旗が立っていない。つまりそれほど食日コーポレーションの力が強いわけで、最近では千葉県や東京都、神奈川県への勢力拡大も企てていると言われている。

強さの理由は北関東の稲作農家、野菜農家、畜産農家を手堅く押さえている点にある。その結束は思いのほか強く、仕入れルートを締めつけて傘下に引き込む手法も使えず、ゲソは以前からピリピリしていた。それだけに、千葉の店で異変と聞いて、ついに進攻してきたか、と押っ取り刀で駆けつけてきたゲソとしては拍子抜けしたらしい。

「以後、注意します」

金森は頭を下げた。部下の管理責任を持ちだされたら頭を下げるしかないとわかっている。すかさずゲソが大きなため息をついて席を立った。これ以上、この場にいる理由はないとばかりにカラオケルームのドアを開ける。

「あ、あの、待ってください！」

浜野店長が呼びとめた。悲痛な面持ちだった。かまわずゲソは出ていこうとしたその

とき、

「社長、この件、おれに預からせてくれないすか」

沈黙を保っていたタツだった。浜野店長にほだされたのか、事態の収拾を買って出た。ゲソがふと立ち止まった。口元がへの字に歪《ゆが》んでいる。この会社ではゲソの判断は絶対だ。ひやひやしながら見守っていると、しかしゲソは思いがけない返事を口にした。

「よしわかった」

金森は慌てた。タツに預けられてはナンバーツーの立場がない。

「いや社長、ここはぜひ私に」

負けじと金森も志願した。二人の火花の散らし合いにゲソが苦笑して、

「だったら二人でやれ」

肩をすくめて言い放ち、長居は無用とばかりにカラオケルームから出ていった。

残された四人に気まずい沈黙が広がった。だが、いつまでもこうしてはいられない。ナンバーツーとして先手を打たなくては、と金森が焦って今後の展開を考えていると、

「柳沢と話してみようじゃないすか」

タツから提案された。浜野店長の違和感の正体を検証しようというのだった。

「うん、おれもそのつもりでいる。ここは浜野の言い分だけ聞いて判断すべきじゃない。よし、みんなで行こう」

川俣と浜野店長を促した。ここでタツに主導権を奪われてはならない。リーダーシッ

プを示そうと真っ先にカラオケルームを飛び出した。

サバターニ千葉まで早足で歩いた。タツもそそくさと後を追ってくる。ところが、店の前まできた金森は立ちすくんだ。明かりが消えている。ついさっきまで夕食どきの賑《にぎ》わいを見せていた店内の照明はもちろん、店の前の看板まで消えて真っ暗になっている。

「今夜は早仕舞いか？」

浜野店長に聞いた。駐車場に溢《あふ》れていた車も一台もいない。

「いえ、そんなはずは」

浜野店長はそう言ったきり絶句した。


翌朝、金森は一番でサバターニ千葉に駆けつけた。タクシーを飛ばして店の前に乗りつけると、すでにタツが自分の車で到着していた。

ゆうべは結局、なすすべがなく、早仕舞いした理由をスタッフに問い質《ただ》しておくよう浜野店長に申しつけ、その場で解散した。一夜明けた今朝の状況を確認した上で今後の対応を考えようと思った。ゲソには伝えていない。何もわからないまま報告したところで怒鳴られるだけだ。川俣は今日から札幌出張が入っているため、タツと二人で対処しよう、と申し合わせて開店時間の朝十時に待ち合わせたのだった。

「ちゃんと営業してるみたいすよ」

タクシーを降りた金森にタツが言った。見ると店のドアには営業中の看板が下げられている。窓ガラス越しに店内を覗《のぞ》くと、スタッフが何事もなかったように働いている。

どういうことだろう。訝《いぶか》しみつつ店内に入ると、いらっしゃいませ、と笑顔の女性スタッフが飛んできた。浜野店長を呼んでもらった。すぐに奥から現れ、

「申し訳ありません。実はですね、昨夜は早仕舞いの予定だったのを忘れてまして」

恐縮した面持ちで謝られた。深夜に厨房《ちゅうぼう》の配管工事があるため、早仕舞いして排水管から水を抜き、乾燥させておくように施工会社から言われていたのだという。

「なんだ、そういうことか」

拍子抜けした。ゆうべはひと晩、さまざまな悪い事態を想定して対応策を考えていたのだが、そんなうっかり話だとは思わなかった。

「柳沢は？」

タツが聞いた。

「ああ、彼が柳沢です」

浜野店長が厨房を指差した。ひょろりと背の高い男が厨房のスタッフに指図している。念のため柳沢も呼んで事情を聞くと、浜野店長と同じ答えだった。ほかにもいろいろと質問してみたが、昨日、浜野店長から言われたような違和感は感じられない。

「ぜんぜんふつうじゃないか」

柳沢を仕事に返して金森は言った。どこに違和感があるのか、と浜野店長に質《ただ》すと、

「申し訳ありません。ゆうべ改めて考えてみて、社長がおっしゃった通りだと気づきま

した。ナンバーツーの柳沢を意識しすぎていたみたいです」

昨日とは一転、殊勝な顔で反省してみせる。ますますもって拍子抜けだった。

「カネさん、とりあえず引き上げましょう」

タツに促された。もうちょっと浜野店長と話してみたい気もしたが、二人で話したいんす、と耳打ちされて仕方なくうなずいた。

タツの車の助手席に乗り込んだ。横綱時代とは違って中古の国産車だった。上背のあるタツが窮屈そうに背中を丸めてハンドルを握り、店の前を走る街道から湾岸線へ続く高速道路に乗った。

「どうも腑《ふ》に落ちないんすよ」

前方を見据えたままタツが首をかしげた。浜野店長の態度が一夜にして変わったことが奇妙に思えてならない、何か裏があるはずだ、と言うのだった。

「まあ、おれも拍子抜けしたことは確かだが」

金森が曖昧《あいまい》に応じると、

「稲垣さんに会ったほうがいいと思うんす」

「稲垣に？」

「いつだったか酒の席で稲垣さんに聞いた話があって、それを思い出したもんすから」

「どんな話だ？」

「それも含めて稲垣さんに会って相談したほうがいいと思うんす」

この件の主導権を握りたいのか、詳しく話そうとしない。かつて新都銀行に勤めていた稲垣は、あの裏切り事件以来、金森の部下になった。といっても、実質的にはゲソのコントロール下にあり、ゲソの指示で動いているのだが、タツは金森のコントロール下にあると思い込んでいるらしい。それならそう思わせておいたほうが都合がいい。金森は携帯電話を取り出した。

運よく稲垣は都内にいた。新宿であればすぐ会えるとのことから、新宿西口のシティホテルに電話して部屋を押さえた。小一時間ほどで高層ビル街の真ん中にそびえるシティホテルに到着すると、ロビーの片隅で稲垣が待ち受けていた。銀行員時代の稲垣を知る人なら、人間の容貌《ようぼう》とはこうも変わるものかと驚くに違いない。以前はエラの張った顔に銀縁眼鏡をかけ、町工場の二代目のごとく見えたものだが、いまそこにいる男は不揃いな髭《ひげ》を蓄えた顔にサングラスをかけ、歌舞伎町《かぶきちよう》の住民顔負けの負の匂いを放っている。

「お疲れさまです」

サングラスを外して会釈してきた稲垣を伴い、高層階の客室に上がった。目の前に東京都庁を望める応接コーナーつきの部屋に入り、ソファに腰を落ち着けるなり金森の口から状況を話した。

稲垣は足を組んだままじっと話を聞いていた。そして大方の状況を把握したところで、

「同業者の匂いがしますね」

ぼそりと呟《つぶや》いた。

「同業者？」

金森は眉《まゆ》を寄せた。同業者といっても元銀行員という意味ではない。いま稲垣は、金で買収できない飲食チェーンを裏技で取り込む仕事を専門に手掛けている。簡単に言えば乗っ取り屋だ。

裏切った稲垣をなぜ潰《つぶ》さないのか。当初は金森も不思議に思ったものだが、要するにゲソは、横領を手引きした稲垣を告発しない対価として徳武プロジェクトの汚れ役を押しつけた。元銀行の課長クラスであれば、企業乗っ取りの手口ぐらい頭に入っている。それを実行に移せと迫れば手を染めるに違いない。そう睨《にら》んだゲソの期待に応《こた》えて稲垣は汚れ役を受け入れ、つぎつぎに乗っ取りを成功させてきた。その当人が同業者の匂いがすると言うのだから只事《ただごと》ではない。

「つまり、だれかが乗っ取りを仕掛けていると？」

「そんな兆しを感じます。ただ、今回の件がもし乗っ取りの前兆だとしたら、極めて特殊な方法なので、本当にそうなのかは微妙ですが」

「極めて特殊な方法というと？」

「会社乗っ取りの手口というと、上場会社の場合は株が公開されているから株を買い占めて実権を奪いとる敵対的買収が一般的です。でも飲食業は非上場会社が多いため、株の買い占めは難しい。そこでたとえば、資金融資を餌に外部から取締役を送り込んで既存の取締役を取り込み、やがて取締役会でクーデターを起こして実権を握る。あるいは、食材の仕入れ元を押さえることで圧力をかけ、吸収合併を呑《の》ませる。とまあ、いろいろと力業を駆使するわけです」

稲垣の場合は後者の手口で乗っ取っている。直飲食連、直漁業連、直農業連という息のかかった三つの団体を利用すれば、一介の企業の仕入れぐらい自在にコントロールできるから、吸収合併に応じなければ仕入れを止める、と脅しつけるわけだ。

「ところが、こうした手口とは違って、最初に従業員を乗っ取ってしまうやり方もあるんです」

まずは乗っ取りたい会社に優秀な工作員を送り込み、卓越した仕事ぶりを見せつける。上司に一目置かせるだけでなく、従業員の心もしっかりつかんで求心力を高めていく。工作員に反発する上司や同僚がいれば謀略を仕掛けて追い払う。そして短期間のうちにリーダー格に上り詰めたところで経営ノウハウを盗み取り、同時に、従業員を煽動《せんどう》できる体制をつくり上げてしまう。

「ここまで仕込んだら、あとは経営陣に経営権の禅譲を迫るだけです。経営権を寄こさなければ従業員を焚《た》きつけてストライキを起こす、と脅しをかけ、実際にストライキを起こしてみせる。それでも経営陣が経営権を手放さなければ、最後の手段として別会社を設立し、全従業員を移籍させて仕入れ先や取引き先ごとそっくり奪い取る」

「えらく手間と時間がかかることをやるもんだなあ」

金森が驚嘆していると、稲垣が苦笑した。

「実はこれ、新興宗教団体が資金源にしたい会社を乗っ取るときによく使う手口なんですよ。手間はかかるが、株を取得する資金がいらないし、工作員の煽動のもとに従業員が一致団結しているから、乗っ取った後もスムーズに会社を運営できる」

「じゃあサバターニ千葉の場合は、柳沢が工作員ってことか。となると仕掛けた相手は」

言葉を切って金森が考えていると、

「食日コーポレーションでしょう」

稲垣が断言した。このところの動向からして、それしか考えられないという。

「とりあえず金森さん、柳沢の経歴を調べてくれますか。それで両者の接点がわかるはずです。接点がわかれば、ゆうべの早仕舞いは、柳沢が店長に脅しをかけたのかもしれない。柳沢の台頭に恐れをなした店長が金森さんたちを呼んで直訴に及んだ、と察した柳沢は、意表を突くミニストライキを敢行してみせた。この店はおれの意向で自在に動かせるぞとアピールして、最後の難関だった店長を恫喝《どうかつ》し、店長はあっけなく屈した」

つまり浜野店長は一夜にしてキンタマを握られ、本店を牛耳られたのだと稲垣は言っている。

「しかもこれ、千葉の本店だけのことと思わないほうがいいですよ。はっきり言って舐《な》められてますから、同じことがサバターニのほかの支店でも起きている可能性は十分にある。いや起きているに違いないから、早急に調べたほうがいいと思います」

「うーん」

金森は唸《うな》った。想像以上に厄介なことになった。うんざりしながらホテルの窓の外を見やると、目の前にはバブルの遺跡ともいえる豪奢《ごうしゃ》な都庁舎がそびえ立っていた。都民を睥睨《へいげい》するごとき高圧的な佇《たたず》まいをぼんやりと眺めながら、

「社長に報告しないとまずいな」

ふと漏らしていた。もはやゲソの判断を仰ぐべき事態だと思った。

「いや、まだ早いんじゃないすかね」

タツに牽制《けんせい》された。我々二人がまかされたのだ、二人で解決すべき案件だと切り返された。

「うーん」

金森はもう一度唸った。そう言われてしまうと強くは言い返せなかった。


その晩になっても妙案は浮かばなかった。タツと稲垣を帰してからもホテルの部屋に居残り、一人悶々《もんもん》と思案していたのだが、窓の外の都庁舎がライトアップされる時刻になっても一向に善後策がまとまらない。

そうこうするうちに本社の総務部から連絡が入った。早速、調査会社を使って柳沢の身辺を洗わせたところ、稲垣の推測が瞬く間に裏づけられた。柳沢はちょっと前まで食

日コーポレーションの社員だったと判明した。そうとわかれば、ますます早く善後策を講じなければならないのだが、気持ちばかりが焦って頭が空回りしてしまう。

忠臣の川俣を通じて、サバターニの全店長に現状を報告させれば乗っ取りの兆候がわかるかもしれない。そうも思ったが、いや、それはまずい。もし店長が食日コーポレーションに取り込まれていたら藪蛇《やぶへび》になる。従業員に聞き込んだところで本音など吐くわけがないし、かといって放っておいたら、気がついたら乗っ取られていた、なんていう失態を演じかねない。

ではどう対処したらいいのか。いくら考えても妙案は浮かばなかった。事態は急を告げているというのに、このままでは北関東全域にゲソ小旗を立てるどころか、千葉や東京など周辺地域の小旗まで奪われかねない。そして千葉と東京を奪われたら最後、全国の傘下店にも影響が及ぶ。

おれは再び大きな分岐点に立たされている。そう思うほどに頭の中が混沌《こんとん》として収拾がつかなくなり、焦りと恐怖の堂々めぐりに陥っているうちに翌朝になっていた。

都庁舎に反射する朝陽の眩《まぶ》しさに金森は目を細めた。とりあえずは仕切り直しだ。シャワーを浴びて階下のダイニングルームで朝めしを食べ、部屋に戻ってくると携帯電話が鳴った。

着信を見ると妻の美沙子だった。仕方なく応答すると、

「今夜は帰れる？」

憮然《ぶぜん》とした声で聞かれた。美沙子は五年前に会社の仕事を辞め、いまは娘の彩夏と世田谷に買った戸建てで暮らしている。かつては税理士試験の勉強までして経理事務の責任者として奮闘していたが、横領事件を契機にゲソが、財布の紐《ひも》はトップ自らが握っていないと危険だ、と言いだし、経理部門はゲソの直轄管理となった。以来、一切の権限を奪われたかたちの美沙子は、すっかり会社に嫌気がさして専業主婦に鞍替《くらが》えした。

「すまん、当分帰れないかもしれない」

そう答えざるを得なかった。このところは多忙続きでめったに帰宅できなくなり、美沙子は娘の彩夏と二人、母子家庭のごとき生活になっている。

「今日、何の日かわかってるわよね」

言われて思い出した。彩夏の誕生日だ。

「すまん、仕事が落ち着いたら改めて祝おう」

すかさず詫《わ》びたものの、

「何年経ったら落ち着くんでしょうね」

皮肉とともに電話は切れた。

金森は嘆息した。美沙子の気持ちもわからなくはないが、いまはそれどころではない。実際、美沙子との電話が終わるのを待ちかねたように仕事の電話が入りはじめた。昨日は一日、携帯にもホテルの部屋にも電話させるな、と本社の秘書室に指示しておいたのだが、今日はそうもいかない。金森が二日間も電話をシャットアウトしたら傘下店の仕事が立ちゆかなくなる。

徳武プロジェクトはサバターニのほかにも数多くの傘下チェーンや傘下店を抱えている。その各会社の経営幹部から経営相談、トラブル処理の要請、資金融資の依頼といった案件が日々続々と飛び込んでくる。そのたびに焼き肉チェーンの役員更迭を命じたり、顧問弁護士に指示を仰いだり、売上げが低迷する料亭の経営者を叱りつけたりするわけだが、そうしたやりとりが丸一日止まっていた。つまり今日は二日分の案件が一挙に押し寄せてくるとあって、あとはもう続けざまの電話対応に追われた。昼めしも晩めしも抜きで電話に齧《かじ》りつきっぱなしになった。

気がつけばとっぷりと日が暮れていた。時計を見ると午後十時を過ぎている。もうこんな時間か。金森は窓際に歩み寄り、両手を上げて伸びをした。すでに都庁舎のライトアップは終わり、闇空の中に赤い航空障害灯だけが明滅している。

サバターニ千葉はどうなったろう。この件に関してはなぜか今日一日、何の連絡もなかった。何度かタツに電話したがつかまらなかったし、札幌出張中の川俣や本社からも何も言ってこなかった。やはりゲソに報告すべきなのかもしれない。電話が一段落したこともあり、急に不安になった。相変わらず妙案は浮かばないし、こうしているうちにも事態は悪化しているに違いなく、早いことゲソと協議して善後策を講じないと取り返しのつかないことになりかねない。

逡巡《しゅんじゅん》の末に本社の社長室に電話してみた。一部の幹部しか知らないホットラインだ。

まだ社長室にいるかどうかわからなかったが、三回コールしたところでゲソが出た。

「金森ですが」

恐る恐る名乗った途端、

「なんだいま頃！」

叱り飛ばされた。タツからはゆうべ報告が上がってきたんだぞ！　と激昂《げきこう》している。

やられた、と思った。ゲソの判断を仰ぐべきだという金森の考えを一蹴《いっしゅう》したタツは、その舌の根も乾かぬうちにゲソに報告を入れていた。そこまでタツが、ライバル意識を剝《む》き出しにして抜け駆けしようとは思わなかった。

「申し訳ありません、善後策をまとめてからご報告しようと思ったものですから。いまから協議させていただけないでしょうか」

善後策など何も浮かんでいなかったが、そう申し出るしかなかった。

「いまさら遅い！」

即座に撥《は》ねつけられた。しかし社長、とすがりつくように重ねた言葉を、受話器を叩《たた》きつける音に断ち切られた。またしてもゲソの信頼を損ねてしまった。戦力外通告されたときの記憶がふとよみがえり、全身から嫌な汗が噴き出した。

どうしたものか。改めて善後策を考えた。が、いくら考えても何も浮かばない。

やはりゲソに会わなければならない。めげずに馳《は》せ参じて指示を仰がなければならない。ようやくそう思い至ってホテルをチェックアウトした。時計は午後十一時を回っている。すでにサバターニ千葉は閉店している時間だが、明朝まではゲソと善後策をまとめようと思った。

タクシーに乗り込み、麻布本社の住所を告げた。まだゲソがいるかどうかはわからないが、アポなしで押しかけようと思った。本社にいなければ隠れ家にいる可能性もある。ゲソは最近、本社の近くにタワーマンションの一室を買った。その存在を知るのは社内では金森だけだが、そこもまたゲソ好みの最上階の部屋で、多忙なときは一人で寝泊まりしている。たまに若い女を連れ込んでいる気配もないではないが、それは金森が関知することではない。

新宿を出たタクシーは四谷四丁目から外苑《がいえん》西通りに入った。この時間ならあと十分も走れば本社に着ける。車窓を流れる夜の街を眺めながら、ぼんやり考えていると、携帯電話が震えた。

浜野店長の名前が着信表示されている。一昨日《おととい》会ったときに携帯番号を交わしておいたのだが、こんな時間に何事だろう。もしもし、と応答するなり、

「火事です！」

緊迫した声で告げられた。

「火事？」

「店から、その、出火して、いまあの、消防が消してるんですが、火勢が強くて、その」

動揺しているらしく、しどろもどろになっている。

「わかった、すぐ行く」

急遽《きゅうきょ》、行き先を変えて外苑入口から首都高速に乗ってもらった。そのまま湾岸線を飛ばして五十分後にはサバターニ千葉の近くまで辿《たど》り着けた。ところが、警察官が道路を封鎖している。周囲には野次馬が群がり、その先には赤色灯を回転させた消防車が何台も停まっている。火事は鎮火したのか火の手は見えない。すぐさまタクシーを降り、

「サバターニの者です！」

警察官に告げて火災現場へ向かった。

消火水で水浸しの道路を走って店の前まできたところで思わず足を止めた。消防車のライトに照らし出された木造二階家は、すでに焼け落ちていた。噎《む》せ返るほどの焦げ臭さの中、外壁と厨房《ちゅうぼう》機器の一部が焼け残っているだけで、レストランだった面影はまるでない。道路沿いの看板だけが、かろうじてここがサバターニ千葉だったと教えてくれている。

すでに消防の現場検証がはじまっていた。その傍らに男がしゃがみ込んでいた。浜野店長だった。駆け寄って肩を叩いた。浜野店長がはっと顔を上げ、虚《うつ》ろな目を向けてきた。

「火の元は点検したんです、本当にちゃんと点検して帰ったんです、なのに」

あとは言葉が続かなかった。

　朝一番、社長室のドアを開けると以前と内装が変わっていた。本社ビルが竣工《しゅんこう》した当時は北欧風のデザインだったのが、しばらく訪れていないうちに和風に改装されていた。ゲソ小旗がずらりと立てられた制覇地図だけは、そのまま壁一面に張られているものの、社長デスクも椅子も応接ソファも和に統一され、社長デスクの背後の壁には三社造りの神棚まで祀《まつ》られている。

　どうした心境の変化だろう。怪訝《けげん》に思いつつも、社長デスクで新聞に目を落としているゲソに、

「昨日は失礼いたしました」

　タツよりも報告が遅れたことを改めて詫びた。

「用件は？」

　新聞から目を上げないまま質《ただ》された。

「二つありますが」

　言いかけてふと社長室を見回した。だれかに聞き耳を立てられては、と用心したのだが、

「安心しろ。改装ついでに防音工事と盗聴対策も施した」

　大声で叫んでも大丈夫だ、と促され、まずは一夜明けたサバターニ千葉の現状を報告した。

「出火原因は火の不始末と不審火の両面から捜査中だそうですが、まだ断定できないようです」

「そうか」

「それともうひとつ、今後サバターニ千葉をどうするか、ご相談したいと思いまして」

「ご相談？　そんなものは決まっている。こんな不祥事を起こしたからには取り潰《つぶ》しだ」

「取り潰し？」

「そう、見せしめだからな」

意味がわからなかった。

「わからんやつだな。あの店は、やつらにがつんと思い知らせるために燃やしたんだろうが。今後のことは、すでに指示した。サバターニ千葉は不審火による店舗焼失につき即刻閉鎖。店長以下スタッフは出火責任をとらせて全員解雇。加えて、ほかにも同じ状況のサバターニ支店があれば同様に処する。以上で乗っ取り屋の排除は完了だ」

「ちょ、ちょっと待ってください。思い知らせるために燃やしたって」

言いかけた言葉にゲソが重ねて、

「いいか金森、人間なんてもんは不意打ちで張り飛ばしてやれば一発で戦意を喪失する。いま頃は食日コーポレーションも思い知っていることだろう。舐《な》めたことしやがったら店の一つや二つ潰してでも追っ払うぜ、と我々が突きつけたメッセージにびびってるはずだ。しかし、さすがはタツだよな。そこまで計算して仕掛けたとは元勝負師の面目躍如ってやつだ」

「じゃあ、あれはタツがやったんですか？」

金森を出し抜いてゲソに報告したばかりか、違法行為にも手を染めていようとは思わなかった。

「いや、手を下したのは手塚だ」

思いがけない名前が出てきた。バブル崩壊で負債を抱えたかつての品質管理部長、手塚さんが、高額報酬を目当てに志願したという。

「そう深刻な顔をするな。我々の天下獲《と》りも、いよいよ最後の詰めだ。食日コーポレーションが目前の障壁とあらば、手段など選んでいられんだろうが。障壁を打ち崩すためならサバターニごときは全店を取り潰したところで一向にかまわんし、それぐらい破壊力のある反撃を加えんことには勝てる戦も勝てん。先生もそうおっしゃってたしな」

「先生？」

「榊《さかき》先生だ」

最近、稲垣から紹介された著名なアドバイザーだというが、初めて聞く名前だった。

「なんだ、榊東勲《とうくん》先生を知らんのか」

ゲソは小馬鹿にした顔で失笑すると、制覇地図を指差した。

「これを見ろ。我々はここまで急成長しながら、あと一歩のところで伸び悩んでいる。

その原因は我々の我武者羅さの欠如にある。たまたま時代との幸運な邂逅《かいこう》に恵まれて伸《の》し上がったばかりに、全社員が慢心してしまっているわけだな。だからこそ、たとえ脛《すね》に傷を持つ身になろうとも我武者羅に攻めないことには、やがては運からも見放される。先生はそう喝破してくださり、その箴言《しんげん》にタツが見事に応《こた》えてくれた。それに比べて金森、おまえにはがっかりしたぞ」

忌々しげになじられた。

「ですけど犯罪行為はまずいでしょう。うちがやってきた乗っ取りだって、あくまでも合法の範疇《はんちゅう》だったわけですし」

「そこがおまえの甘いとこだ。バルザックの『ゴリオ爺《じい》さん』は読んだことあるか？あの中でヴォートランという悪党が、こんな台詞《せりふ》を吐いている。〝ご馳走《ちそう》を作ろうと思ったら、手をよごさなくちゃならん。ただ、あとでそのよごれをきれいに落とすすべを知ることさ。それが、いまのご時世の道徳のすべてなんだ〟名文句だろうが。要は手の洗い方なんだ。何事も天下を獲るとなったら巧妙に清濁併せ呑《の》まなきゃならんし、そうしないことには、いつか足元をすくわれる」

「それにしても放火はないでしょう。重大な犯罪じゃないですか。こんなことを続けていたら破滅を招きます。こういうやり方には、たとえ再び経営から外されようと断固反対です！」

いつになく強い口調で反駁《はんばく》した途端、

「きれいごとも大概にしろ！」

怒声が飛んできた。

「いいか金森、おまえはいま二つ勘違いしている。一つは、おまえだってすでに何度となく手を汚して洗ってきたってことだ。八百長の片棒を担いだり、つかさ鮨の乗っ取りに加担したり、人様に胸を張れないことを散々っぱらしでかしてきたろうが。そして、それも含めて二つ目の勘違いは、もはやおれはおまえを外せないってことだ。ここまでどっぷり深入りしたおまえは外そうにも外せない。外すためには消し去るしかない。この意味がわかるか？　いまやおまえは泣こうが喚《わめ》こうがそういう立ち位置にいるんだと、そのことだけは肝に銘じておけ！」


制覇地図の北関東一帯にみるみるゲソ小旗が立ちはじめた。サバターニ千葉焼失事件は想像以上の脅威を食日コーポレーションに与えたらしく、以後、彼らの乗っ取り作戦は腰砕けになった。いまや汚れ仕事コンビとなったタツと稲垣が火災に乗じて、

『食日コーポレーションがあくどい従業員乗っ取りを目論《もくろ》んだ挙げ句に、過失を装ってサバターニ千葉を炎上させた』

と根も葉もない噂を北関東全域に広め、従業員乗っ取りの手口まで暴露したことから、食日コーポレーションは各方面から顰蹙《ひんしゅく》を買い、経営が大きく揺さぶられた。その間隙を突いてタツと稲垣が栃木県を皮切りに茨城県、群馬県、埼玉県と怒濤《どとう》の勢いで攻め込

んだ。食日系列の店に金と謀略を駆使した一斉攻勢をかけたところ食日コーポレーションも音を上げ、ある日、龍の会の人脈を介して、

「ぜひ徳武社長とお会いしたく存じます」

とトップから泣きが入った。しかしゲソは申し出を一蹴《いっしゅう》。さらなる勢いで攻め続けた結果、ついに食日コーポレーションは白旗を掲げ、ゲソ小旗が北関東全域に立ち並んだのだった。

この攻防劇の顚末《てんまつ》が全国各地の飲食業者に瞬く間に伝わった。これもまたタツと稲垣が仕掛けたことだが、北関東の〝食日牙城《がじょう》〟が切り崩されたとあって、ほかの未制覇地域にも脅威が広がり、あとはもう一気だった。勝ち馬に乗りたい連中と、もはや中央パワーには勝ち目がないと諦《あきら》めた連中が続々と傘下入りし、雪崩を打ったように列島全体にゲソ小旗が立ちはじめた。

これにはゲソも有頂天になった。ある日のこと、麻布の隠れ家タワーマンションに金森を呼びつけ、どこまでも広がる東京の空を眺めながら、

「なあ金森、この国のキンタマってやつは意外と小せえじゃねえか」

と嘯《うそぶ》いたのは、ちょうどこの頃だった。外そうにも外せない、とゲソ自身が表現した金森相手だからこそ漏らした本音だったと思うが、ゲソという男の根っこの部分に微妙な歪《ゆが》みが生じはじめたのも、いまにして思えばこの頃からだった気がする。

やがて全国から二百名余りの幹部社員が呼び集められた。毎度のごとく本社最上階の

社長室、七百坪のワンフロアに集合させると、制覇地図の前に設《しつら》えさせた演壇に駆け上がった。その出《い》で立ちは、いまやトレードマークとなった相変わらずのジャンパー姿だったが、百六十センチに満たない小柄な体がこれまでになく大きく見えた。それは、たっぷりと贅肉《ぜいにく》がついた腹周りのせいでも、はち切れんばかりの二重顎《あご》のせいでもない。全身からほとばしる揺るぎない自信と、すべてを見下した睥睨《へいげい》オーラが放たれているがゆえだった。

二百余名の幹部社員が見つめる中、まずはゲソが、先日来、社長室に祀《まつ》っている神棚に向かって二拝二拍手一拝、厳かに祈りを捧《ささ》げた。居並ぶ幹部社員も一糸乱れぬ動きでそれに倣う。

祈りの儀式が終わるとゲソが幹部社員に向き直った。

最前列には経営中枢の金森、タツ、稲垣、若旦那《わかだんな》の四人、続いて三十代を中心とした若い世代が並んでいる。鮨ゲソ時代に大卒採用された生え抜きの直系幹部だ。つぎに控えているのが吸収合併や乗っ取りで配下となった外様幹部で、大半がゲソより年上の白髪や禿頭《とくとう》の中高年男。その中には先頃屈したばかりの食日コーポレーションの元社長もいる。ゲソは元社長をあえて追放せず、配下に従えた。元社長にしてみれば、いかばかりの屈辱だったかと思うのだが、すでに気持ちの折り合いはついているのだろう。神妙な面持ちで演壇を見つめている。

ゲソがゆっくりと全員を見渡し、ひとつ咳払《せきばら》いをした。幹部社員が固唾《かたず》を呑んだ。が、まだゲソは口を開かない。何を考えているのか、口をつぐんだままじっと演壇に佇《たたず》んでいる。幹部社員の間に戸惑いが広がった。ひょっとして緊張のあまり、しゃべる内容を忘れたのか。徳武光一郎とはその程度の人物だったのか。そんな面持ちの外様幹部もいる。

それでもゲソは言葉を発しない。一分、二分、いや五分にも感じられる長い沈黙を続けた挙げ句に、ゲソはこほんと小さく咳払いしてから低い声を発した。

「諸君、ついに、目の前まできた。ついに、我々は、創業以来、悲願としてきた食の天下獲りを、現実のものにしようとしている」

聞きとりにくい声だった。いつもの甲高い声とは別人のような呟《つぶや》き声で訥々《とつとつ》と話すものだから、後ろにいる幹部は身を乗りだして聞き耳を立てている。だがもちろん、これはゲソの計算だった。多数の聴衆に言葉を届かせるためには、まずは静かに語りはじめて聴衆の意識を自分に集める。その上で徐々に声を高めて聴衆の興奮を煽《あお》っていく、演説の定石ともいえる手法だった。

そして幹部社員の意識が集中したとみるや、ゲソは声のボリュームを一段階引き上げて制覇地図を指差した。

「見ろっ、このゲソ小旗の群れを。日本列島津々浦々、我らがゲソ小旗がここまで立ち並んだ。あとはもう、どれだけゲソ小旗の密度を高めていけるか、我々はすでにその段階に至っているっ。あと一歩でこの国の食を牛耳れるところまできているんだっ。ただしっ」

言葉を切り、再び幹部社員を見回してから不意に右の拳《こぶし》を突き上げた。

「ただし！　我々はまだ頂点に立ったわけではない！　この国を完全に制覇するまでは、攻めて攻めて攻め続けなければならない！　そのためにも、いいか、本日は諸君に新たなるスローガンを授ける！　ついに頂点を射程に入れた諸君にふさわしい旗印を！」

すかさず金森は畳一畳ほどもあるパネルを手に演壇に上がり、頭上にかざした。二百余名の視線が一斉にパネルに注がれる。そこにはゲソ自らが筆を振るった新スローガンが躍っていた。

ゲソがおもむろに、その文字を読み上げる。

「食は徳武にあり！」

尊大極まる一言だった。ゲソの自信と自負と自意識が過剰なまでに凝縮された檄《げき》だった。

「復唱！」

金森は命じた。全幹部が大声で復唱した。

「〝食は徳武にあり！〟」

金森が繰り返す。

「食は徳武にあり！」

全員がまた復唱する。

「〃食は徳武にあり！〃」

「食は徳武にあり！」

「〃食は徳武にあり！〃」

「食は徳武にあり！」

「〃食は徳武にあり！〃」

憑《つ》かれたごとき連呼が続き、やがてゲソが満足そうにうなずいたのを合図に、最後にもう一度、

「〃食は徳武にあり！〃」

声を限りに絶唱したところでシュプレヒコールは終了し、大きな拍手が巻き起こった。傍目《はため》には滑稽《こっけい》にも見えかねない異様な光景だったが、だれもが真剣だった。なにしろついにゲソは全国二十万以上の飲食チェーンと飲食店、仲買業者、流通業者、同業者組合の過半数を制圧するに至ったのだ。世間が与《あずか》り知らないところで念願の過半数超えを達成し、そのすべてを掌握する総帥として君臨しているわけで、この国の胃袋を制圧したと言っても過言ではない。

いまや、これがゲソ総帥のお考えだ、と漏れ伝わっただけで全国過半数の飲食業者が右へ倣えで足並みを揃える。ゲソ総帥が不快感を覚えておられる、と噂が立っただけで即座に関係幹部の首がすげ替えられる。その圧倒的な影響力に対して、臣下の幹部たちは羨望《せんぼう》と恐怖と保身のために否が応でもゲソに忠誠を尽くさざるを得なくなった。

ただ一方で、金森はまたしても微妙な立場に置かれていた。表向きの序列は以前と変わらぬナンバーツーのままだが、ゲソの信頼はすでに汚れ仕事コンビのタッと稲垣にシフトしている。ゲソが直接指令を発したり汚れ仕事を画策したりすることはほぼなくなり、タッと稲垣がゲソの意向を忖度《そんたく》して権力を行使する状況が黙認されている。

つい先日もそうだった。神奈川漁共の組合長が地元の宴席で、

「チビのくせして言うこたでけえや」

と笑いながらゲソを評したことがあった。あくまでも酒の上での軽口だったが、その発言をいち早く察知したタッが先手を打って組合長の首を飛ばした。これには全国の臣下が震え上がった。やりすぎではないか、という陰口が金森の耳にも多数届き、タッと稲垣をゲシュタポ呼ばわりして強権体質を危惧《きぐ》する声も相次いだ。

それでも金森には手の下しようがなかった。いまの金森は、ゲソ曰《いわ》く〝外そうにも外せない〟立ち位置にいる人間だ。不本意ながらも口を閉ざし、うわべのナンバーツーを演じ続けるほかなかった。

そうした中、ゲソは政治家との付き合いにも力を注ぐようになった。かつてはどれだけアプローチされようとも、

「政治家なんてもんは、利権を貪《むさぼ》りにくるだけのハイエナだ」

と付き合いを拒んでいた。何度となく勧められた株式上場についても、株主に振り回され、乗っ取り屋を喜ばせるだけだと拒み続けてきたのと同様、政治家とも頑《かたく》なに距離

を置き続けてきたというのに、持論を翻して政治家に急接近しはじめた。

その裏には榊東勲の存在がある。権力者たるゲソの身の安全を図るためにも、徳武プロジェクトが未来永劫《えいごう》繁栄し続けるためにも、抑止力としての政治家を抱えておくべきだ、とのご神託を得た結果、榊東勲から紹介された政治家たちに多額の金を貢ぎはじめた。これには金森も仰天し、

「榊先生って何者なんです？」

稲垣に尋ねたものだった。ここ最近はゲソの口から頻繁に聞かれる名前なのに、金森は一度も会ったことがない。ゲソが会わせないようにしている節もある。榊東勲とは何者か。紳士録の類《たぐい》を当たっても載っていない。インターネットで調べられる時代でもなかった。といってゲソが信頼している人物を調査会社に調べさせるのも気が引けた。万が一でもゲソに発覚したらおおごとになる。仕方なく稲垣に尋ねてみたのだが、あっさり答えが返ってきた。

「肩書きは経営戦略アドバイザーなんですけど、本職は復古神道の流れを汲《く》む祈禱《きとう》師です」

「祈禱師？」

きょとんとしてしまった。

「代議士とか大企業の社長とかって、その手の人間を身近に置いてるじゃないですか。たまたまゲソ社長と飲んだときにそんな話になって、いい人はいないかと聞かれて紹介

したんです」

だから社長室に立派な神棚を祀《まつ》ったのか。ようやく合点した。権力者の仕事は日々、意思決定の連続だ。社運を左右するような重大な局面で、どっちの道を選んでも勝算は五分五分、といった決断を迫られることもしばしばだけに、その重圧は半端ではない。実際、神風に二度も救われた金森も神頼みに走りたくなる気持ちはわからなくはない。それでも、あれほど狡猾《こうかつ》なゲソが祈禱師ごときに入れ揚げようとは思わなかった。神棚を拝む程度ならまだしも、ご神託ごときであれほど忌み嫌っていた政治家とも付き合いはじめたとなると、いささか不安になってくる。

「正直、ぼくも後悔してるんですよ。ゲソ社長の意向に背くわけにもいかなくて銀行筋では有名な榊先生を紹介したんですけど、ここまで入れ揚げるとは」

稲垣は首を左右に振った。その手の人物に心酔すると、知らず知らずのうちに依存心が強くなる。気がつけば自分では何も決められなくなって堕《お》ちていった権力者も数知れない。それだけに稲垣としても複雑な思いでいるというのだが、稲垣に言われるまでもなく、すでにゲソの中で榊先生は聖域になりつつある。迂闊《うかつ》に榊先生を腐そうものなら逆鱗《げきりん》に触れかねない。

「その意味でも、大番頭の金森さんから、びしっと進言してくれると助かるんですけどねえ」

金森の立場を知りながら、しれっと振ってくるところが、いかにも稲垣だった。この

男はこうして生き残ってきたのかと思うと、腹立たしさより先に鼻白んでしまうが、

「稲垣さんの気持ちもわからないじゃないけど、ここはみんなで見守りましょう」

心ならずも大人の言葉を返し、これ以上稲垣には関わらないほうが賢明だと自戒した。

そんな折に多可子から電話があった。もうおしまいにしよ、と幕引きされて以来、初めての電話とあって、着信表示を見たときには目を疑った。

発信間違いの可能性もないではない。十回コールされるまで出なかった。それでも鳴り止まないものだから、さすがに無視しきれなくなって、はい、と応答するなり遠慮がちに告げられた。

「ちょっと会いたいんだけど」

八章　惑乱

三十分遅れでゲソ総帥が会議室に入ってきた。徳武プロジェクト本社の最上階。待ちかねていた金森、タツ、川俣、三人の中枢幹部は、やっと来たかと席を立ち、ゲソ総帥に会釈した。

途端に総帥が血相を変えた。タツの頭上に何か見えたのだろうか。泡を喰《く》ってジャンパーを脱ぐなりタツの席へ駆け寄り、ジャンパーの襟元をつかんで振りかざしてバッ、バッ、バッと三度頭上を打ち払った。続いて川俣の席に移り、同じく頭上を三度バッ、バッ、バッと打ち払い、

「いやあ危ないところだった」

安堵《あんど》の面持ちでふうと息をつき、もう大丈夫だ、追っ払った、と得意げに眉《まゆ》を吊《つ》り上げた。

川俣がきょとんとしている。何が起きたのか理解できないでいる。だが、金森は困惑していた。総帥が遅刻の照れ隠しでやった冗談なのか、本気でやったことなのか、判断できなかったからだ。

すると総帥が神棚に向き直り、パンパンと柏手《かしわで》を打った。これも神のご加護の賜物とばかりに感謝の念を捧《ささ》げている。それでようやく判断できた。総帥は本気だった。自分

がタツと川俣に憑《つ》いていた悪霊を追い払ったと信じ込んでいる。金森は鼻白んだ。榊東勲と出会って以来の神がかりは重々承知しているが、こうなると尋常ではない。

ところが、つぎの瞬間。タツが神棚に向き直ったかと思うと、

「ありがとうございました！」

深々と頭を下げた。あろうことか総帥の神がかりに追随している。そればかりか、ようやく事態を察した川俣までもが、一瞬、金森の顔色を窺《うかが》ってから、

「ありがとうございました！」

タツに倣って神棚に頭を垂《こうべ》れた。

こいつら、どういうつもりだ。総帥の神がかりにも困ったものだが、それにおもねる二人にも呆《あき》れた。しかも、こんなわかりやすいお追従に対して当の総帥は、へらりと満足げに笑い、

「まあみんな安心していろ。このおれがいる限り、災難が降りかからんようにしてやるから」

恩着せがましく言い放つ。それは一方で、へつらわない金森への当てつけにも聞こえたが、金森は素知らぬ顔でいた。不信も不満もあえて口にせずに押し黙っている。それが、いまの金森にできる精一杯の誠意だと思った。

なにしろ、このところの総帥の言動は目に余る。お祓《はら》いからはじまったこの会議もまさにそれで、とても会議と呼べるものではなかった。

「どうかみんなの忌憚《きたん》のない意見を聞かせてくれ」

最初こそ全員に意見を述べさせたものの、意見が出揃うなり突如総帥は怒り出した。

「どいつもこいつも甘すぎる！」

頭ごなしに全員の意見を否定するなり、あとはもう総帥の独演会となった。語る内容は会議の議題とはまるで関係ない。

「おれがこんなに頑張っているのに、いつになったらおまえらは成長してくれるんだ。これでおれがいなくなったら、この先どうなる。いつまでもおれの才能に頼ってないで、おれを踏み越えて伸《の》し上がるぐらいの気概をもってくれんことには、この会社の未来はどうなる！」

早い話が、有能な自分に頼りっぱなしの臣下たちの無能を嘆いて責め立てることに終始する。

一度これがはじまったら二時間でも三時間でも独演会は続く。口角に泡を溜《た》め、おのれの弁舌に酔いしれるごとく果てしなく続く。その間、部下たちはひたすら傾聴し続ける。もはやこれは総帥のストレス解消の場になっているとわかっていながら、しおらしく感じ入ったふりをしたり必死でメモを取ったりしながら聞き続けるほかない。

ただし聞いてはいても、そこで語られた内容を鵜《う》呑《の》みにしてもいけない。おれを踏み越えろと責め立てられた挙げ句に、本気で総帥を踏み越えようとする臣下が現れると、言葉とは裏腹に出る杭《くい》を叩《たた》きにかかるからだ。

先日の川俣もそうだった。本社で開かれた百人幹部会議の席上、冒頭に唱和したシュプレヒコールの声が小さい、と名指しでいちゃもんをつけられ、

「そんなことでおれを凌駕《りょうが》できると思ってんのか!」

百人の前で涙目になるほど罵倒《ばとう》された。

その悔しさから、つぎの会議で川俣は、総帥を凌駕すべく一大プレゼンを打った。来たるインターネット時代を見据えて産直食材のネット販売部門を立ち上げたらどうかと、分厚い企画書を書き上げ堂々たる提案を行った。ところが、それが仇《あだ》となった。その場のだれもが称賛したこの企画が、なぜか総帥のプライドに障ったらしく恒例の独演会に突入した。

「ネットだパソコンだと、たかが機械仕掛けの装置に幻想を抱きすぎなんだよ。人間ってもんは直接顔を突き合わせ、魂と魂を触れ合わせてはじめて心が動くんだろうが。ネットなんぞに注ぎ込む金があったら、産直販売レディを大量採用して富山の薬売りよろしく全国各地を売り歩かせたらいいんだ。どうだ金森、このアイディアは。時代に逆行する? 馬鹿かおまえは! この国の完全制覇を目指すからには、ほかと同じことをやってどうする! あえて時代に逆行してこそ勝てるという理屈がなぜわからん!」

顔を真っ赤にして罵《のの》られた。それでも金森には、川俣のアイディアに嫉妬《しっと》した総帥の思いつきにしか思えなかった。とても黙っていられず、さらに川俣案を擁護したところ、総帥は意地になった。その結果、どうなったかといえば、総帥命令で産直販売レディ作

戦が強引に実行に移され、しかし、こんな思いつきが成功するわけもなく、半年も経たずに大赤字を計上した。

それ見たことかと、川俣をはじめ会議に出席した全員が陰口を叩いたものだったが、それでも総帥は悪びれない。しれっとした顔で再び会議を招集したかと思うと、

「今回はおれの失敗だった。それは認める」

のっけからしおらしく反省してみせてから、こう続けた。

「ただ、今回のことを教訓に、ひとつ言っておきたいことがある。おまえらは、なぜおれを止めなかったんだ。産直販売レディ作戦なんてものは時代に逆行した無謀な作戦だった。なのに、なぜおまえらは無批判におれの提案を受け入れ、大枚かけて実行に移してしまったんだっ。天性の才を称賛されるおれだって中身は人間だ。ときに間違いを犯すことだってないわけじゃないっ。その間違いに気づいてブレーキをかけてくれることこそ、おまえら臣下の役割じゃないか！」

まさに逆切れもいいところだった。たまらず金森も言い返した。

「冗談じゃないです、あのとき私が反対したじゃないですか」

すかさず、馬鹿野郎！　と怒鳴りつけられた。

「アリバイ的に反対したからって偉そうな口を利くな！　本当に反対だったんなら、なぜ命がけで止めん！　おかげで、このざまだ。番頭がそんな根性だから下の者だって右へ倣えだ！　この大赤字の責任は、おまえにある！　おれの暴走を止められなかったお

まえこそがA級戦犯だ!」

もう滅茶苦茶だった。まさに、ああ言えばこう言うで、こんな矛盾した話もないのだが、しかし総帥の頭の中では筋が通っているらしく、激怒されて責任転嫁されて一件落着、と万事がこの調子だから始末に負えない。

日々の業務にしても同様だった。朝令暮改という言葉があるが、総帥の場合は〝朝令朝改〟すら日常茶飯事となっている。おまけに朝改したことをすっかり忘れ、

「けさ命じたことと違う!」

と怒り出すのだから、かつてあんなに人当たりがよくて人懐こい男だったのが嘘のようだ。こうなっては部下たちも腫物《はれもの》に触るような態度になる。ゲソ総帥に物申せる人間などいなくなって当然で、気がつけば物申せるのは榊東勲ぐらいになってしまった。いまだ社内では稲垣以外だれも会ったことがない榊東勲だが、いまや総帥は頻繁に相談を持ちかけているらしく、彼から授かるご神託を頼りに指揮しているといっても過言ではない。

その影響で抜擢《ばってき》人事も恒常化してしまった。榊東勲が発した〝底流の苦悩に神が涙しております〟というひと言でアルバイトが突如営業部長に昇格したり、〝神風は西で吹く〟と告げられて本社総務部長が久留米《くるめ》の豚骨ラーメン屋の店長に飛ばされたり、人材の流動化と言えば聞こえはいいが、神がかりの思いつき人事の横行に、本社内はもちろんグループ全体が戦々恐々としている。さらには本社の外壁を群青色に塗り替えろだの、

全社員に気功体操を義務づけろだの、珍妙な社命がやたらと下される。おかげで現場を直接指揮している川俣はすっかり疲弊してしまった。

「男子トイレにだれかがこもりきりなんですよ」

掃除のおばちゃんに言われて総務の人間がこじ開けたら川俣がうなだれていた、といった笑えない事件すら起きたほどだ。鮨ゲソの大卒社員一期生として入社してきた川俣も、いまや妻子持ちの三十代後半。細面のやさ男だった顔にも痛々しいほど深い疲労が滲《にじ》んでいる。

これでは多可子が不安になる気持ちもわからないではない。先日、唐突に電話がきたときには何事かと身構えたものだが、迷った末に多可子に会ってみると、開口一番、

「怖いの」

と目を伏せたものだった。

その日、多可子と落ち合ったのは逢瀬《おうせ》を重ねていた当時と同じ横浜のシティホテルだった。まず金森がチェックインして後から多可子がやってくるやり方も、あの頃と同じようにした。

部屋は応接ルームつきのスイートを押さえた。けっして情事を期待したわけではなく、ベッドルームは別のほうがおたがい気楽だろうと配慮した。そして応接ルームで待つこと三十分。ドアチャイムが鳴り、多可子が部屋に入ってきた。かつてならさっさとシャ

ワーを浴びてベッドに飛び込んだところだが、いまはそんな二人ではない。しかもソファで向かい合った途端、

「怖いの」

と多可子から切り出されたことから、のっけから重い空気に包まれてしまった。

「何かあったのか？」

金森は努めて穏やかに尋ねた。会社でのゲソの横暴ぶりからして、夫婦間でも暴君と化しているのかもしれない、と心配はしていたが迂闊《うかつ》には深入りできない。

「何かあったっていうか、カネちゃんだから聞くけど、あの人、最近会社ではどうなの？」

ここ数年、多可子は会社とは距離を置き、ゲソが麴町《こうじまち》に建てた邸宅に息子の俊太郎と暮らしている。いまも名ばかりの取締役ではあるものの、金森の妻と同様、専業主婦状態になっている。

「会社でのゲソは、そうだなあ、あれだけの権力を手にしちゃえば、やっぱ人間、いろいろと変わってくるけど、家で何かあった？」

はっきりとは答えないまま問い返した。平日は麻布のタワーマンションに泊まり込むことが多くなったゲソだが、週末は金森よりマメに帰宅していると聞いている。

「どう言ったらいいか、家に帰ると、なんだか怯《おび》えてるのね」

「怯えてる？」

意表を突かれた。怖いと言うから暴力でも振るわれているのかと思った。

「とんでもないわよ。暴力どころか、自信過剰なぐらいの自信家だったあの人が臆病《おくびょう》な仔犬《こいぬ》みたいになってるんだもの」

帰宅したきり書斎にこもっているから覗《のぞ》いてみたら、執務デスクの下に潜り込んで膝《ひざ》を抱えていた。夜中に寝室からいなくなったかと思うと、キッチンの片隅でキャベツを引き千切っていた。食事中に背後で物音がした途端、びくっとして手にしていた味噌汁《みそしる》をぶちまけた。ひとつひとつは些細《ささい》なことだが、それが頻繁に続くだけに、心の病を疑って、それとなく病院に行くように勧めてみたり、万一のためにキッチンの包丁は使うたびに隠したりしているという。

信じられなかった。会社では我が世の春とばかりに好き放題に権力を振りかざしているゲソが、一体何に怯えているというのか。

「それがよくわからないんだけど、いまに何かしでかすんじゃないかって不安なの。あの人への愛情なんて、もうとっくにないけど、カネちゃんや会社のみんなに、とんでもない迷惑をかけるんじゃないかって」

「愛情、ないのか？」

あえて問い返した。ぽろりとこぼれ落ちた言葉が胸に刺さった。

「それはそうよ。だってあたし、騙《だま》されて結婚したんだし」

「騙されて？」

初耳だった。逢瀬を重ねている頃ですら聞いたことがなかった。

「いまさら言いたくなくて黙ってたけど、ゲソと結婚する前、あたしとタツ関が付き合ってるって噂が立ったこと、覚えてる?」

もちろん覚えている。それで多可子から、出鱈目《でたらめ》を言い触らさないで、と怒られたものだった。

「ごめんね、あのときはカネちゃんのせいだと思い込んでたから」

「いや、おれもあとになって若旦那《わかだんな》から本当のことを聞いたんだ。タツ関から強引に迫られて困ってた多可子を、ゲソが一計をめぐらせて助けてやった。それで多可子はゲソに恋したんだろ?」

「やだ、そういう話になってたんだ、それも全然違う」

実際には、多可子が惚《ほ》れてるみたいっすよ、とゲソがタツ関をけしかけてあの騒動を巻き起こした。つまりゲソは、自分で仕掛けて自分で丸く収めてみせることで、親方にもタツ関にも恩を売り、多可子の恋心までつかんだ。

「このことは結婚後になってタツ関から打ち明けられたの。それでゲソって男に冷めちゃった。結局、ゲソって人を利用することしか考えてないのよ。由香里のことだって許したように見せかけて、まんまとタツ関と結婚させたでしょ。あれだって、由香里はまだ利用できると思ったからそうさせただけで、利用するだけ利用したらポイだった。だから彼女の失踪《しっそう》だってゲソが仕組んだにきまってるし、いまも由香里が元気で生きてるなんて考えられない。裏切り者には何年かけても仕返しするのがゲソだから、怖い話だけど、だれかをけしかけて由香里を消しちゃったにきまってる。そう考えると、いまのゲソって怖いの。何かに怯えてるってことは、また何か、だれかの手を汚させようとしてるに違いないから」

吐き捨てるように言い募ると、多可子は嫌々をするように首を振った。

ふと俊太郎について聞きたくなった。あの子は本当はだれの子なのか。

だが聞けなかった。俊太郎という存在は多可子の報復かもしれない、と思ったからだ。多可子は利用されるために騙されて結婚した。そう気づいたものの、ゲソを知りすぎた多可子は別れを切り出しただけで消されかねない。ゲソという男は裏社会を嫌っているくせに、いざとなると汚れ仕事をやらせるやつを的確に見つけ出して実行させる冷酷さを持っている。だから多可子は、俊太郎を産む、という意表を突く報復を思い立った。それは多可子にしかできない報復だけに、まず間違いないのではないか。

多可子もおれと同じ立場に立たされているのかもしれない。長らく距離を置いてきたおれに連絡してきた真意は、その思いを共有したかったからではないのか。そう思い至った金森は、改めて多可子の目を見据えた。

「わかった。そういうことなら、今後はまた連絡を取り合って、公私両面からゲソを監視していこう。でないと、いつ不測の事態が起きるかわからないし」

昔と違ってメールを使えば秘密の連絡も取りやすいし、マメにやりとりしよう、と言い添えると、多可子はこくりとうなずいた。

多可子とは体の関係も含めて長い付き合いになる。小僧の頃から数えればそれこそ二十年もの歳月が過ぎた。金森の頭には白髪が目立ち、多可子の顔にも年齢相応の皺《しわ》が刻まれているが、しかし、いま初めて本当の意味で心が通い合った気がした。

無言の時間が続いた。多可子はまだソファの向かいで俯《うつむ》いている。

金森は静かに立ち上がり、多可子の隣に移動した。いまなら抱き寄せてもいい気がした。そして、そう思ったらもう自制が利かなくなった。そっと手を伸ばして肩を抱いた。多可子がゆっくりと体を預けてきた。

恐れていた〝不測の事態〟が起きてしまったのは、その翌年のことだった。

世紀が変わって五年目の平成十七年五月。ついに国中が揺さぶられる大事件が発生したのだが、しかし、それより一か月前の四月、金森にはもうひとつ個人的に揺さぶられる出来事が起きた。

妻の美沙子と離婚した。といっても、そこに至るまでには長い別居生活が続いていたから、たがいの生活に変化はなかった。美沙子は高校生になった娘の彩夏と世田谷《せたがや》の家で暮らし、金森は南平台《なんぺいだい》のマンションで一人暮らし。離婚届が区役所に受理され、多額の慰謝料を美沙子の銀行口座に振り込んだ以外は本当に何の変化もなかった。

ただし、精神的には痛手だった。別居を続けつつも、いずれは家族と同居したいと考えていた金森だけに、美沙子からせっつかれて判を突いた紙切れを区役所に提出したときも未練だらけだった。多可子と再び関係を結んだくせに身勝手な、という批判もあろう。しかし男というものは不思議なもので、かろうじて繋《つな》がっていた心の支えをぷつりと断ち切られた思いだった。

そして離婚の痛手も癒《い》えない五月の下旬。たたみかけるように〝不測の事態〟に見舞われたのだから、悪いことはなぜこうも続くのだろう。

その日、札幌での仕事を終えた金森は、午前便に乗って新潟空港に降り立った。とりあえずは着信を確認しようと到着ロビーに出るなり携帯電話の電源を入れると、部下の川俣から緊迫したメールが届いていた。

『鮮魚の仕入れが一斉に止まりました。一匹も入ってきません！』

驚いて川俣に電話した。

「いつからだ？」

「今日の朝イチからです。なぜか全国一斉に止まったと、さっき連絡が入りまして」

そんな馬鹿なことが起きるものなのか。冗談を言われているとしか思えなかった。もしそれが本当なら、平成の米騒動さながらに全国の関連飲食チェーンや飲食店が大混乱に陥る。

徳武プロジェクトは、その後も貪欲《どんよく》に飲食チェーンと飲食店を喰《く》い続けてきた。結果、いまでは全国の七割近くを傘下に置くまでになっている。世間の人が知らないところで、だれもが知っている牛丼チェーンも回転鮨《ずし》チェーンもファミレスチェーンも徳武プロジェクトが仕切り元になって動かしている。とりわけ鮮魚に関しては、もともとが鮨屋だっただけに関連飲食チェーンと飲食店の八割方を牛耳るまでになり、ほぼ独占状態になっている。その鮮魚の供給が止まったとなれば影響は計り知れない。鮮魚を扱う店だけでなく日本経済全体にも影響を及ぼしかねない。

「若旦那はどうしてる？」

とっさに尋ねた。かつての片倉水産の若旦那もいまや五十の峠を越え、魚介仕入れ部門の最高責任者として全国の漁港や市場に睨《にら》みをきかせている。その意味からすると、もはや若旦那ではないのだが、いまだにみんな若旦那と呼んでいる。

「さっきから連絡してるんですけど、つかまらないんですよ」

「ほかに事情を知る社員はいないのか？」

「いま調べさせてます。まずは金森さんに第一報をと思いまして」

「わかった。引き続き情報収集してくれ」

電話を切ると、空港ターミナルビルの前からタクシーに飛び乗った。今日は新潟市内で直農業連新潟本部の元理事長の葬儀があるが、もはやそれどころではない。

「新潟港にやってくれ」

まずは現場を確認しようと思った。

走り出したタクシーの中から若旦那に電話してみた。電源が切られているか電波が届かないところにいるらしい。仕方なく川俣にメールを入れ、続いて本社の秘書室に電話して葬儀に代役を出してもらった。ただし、新潟港の関係者には何も知らせるな、と釘《くぎ》を刺した。これから金森が新潟港を訪れるとなれば騒ぎになる。ゲソからは疎んじられていても、徳武プロジェクトのナンバーツーには、いまやそれほどの存在感がある。

三十分ほどで新潟港の漁港区に着いた。信濃《しなの》川の河口に位置する埠頭《ふとう》は閑散としていた。集魚灯をずらりと吊《つ》るした烏賊《いか》釣り漁船が何艘《そう》も停泊しているが、乗組員の姿はあまり見かけられない。たまたま一艘の漁船の甲板でぼんやり煙草を吹かしている漁船員を見つけて声をかけると、

「出荷しちゃダメなんだってよ」

昨日になって突如、そう言われて漁は休んだという。

「だれがダメだって言ってるんです？」

「さあ、とにかく上からの指示ってことだし、まあしょうがねえや」

魚市場も休みだから行っても無駄だ、と言い添えられた。これでは埒《らち》が明かない。待たせていたタクシーに再び乗って新潟駅へ向かった。東京への空路はないから新幹線で戻ることにしたのだが、タクシーが走り出した途端、携帯が鳴った。若旦那からだった。

「一体どうなっちゃってるんです？」

挨拶《あいさつ》もそこそこに金森は尋ねた。

「どうなってるって、なんだ聞いてなかったのか」

内密に、とゲソ総帥から言われていたそうだが、ナンバーツーの金森が知らされていなかったことに驚いている。

「しばらく出張に出掛けっぱなしだったんで、総帥と話せてないんですよ」

金森は苦しい言い訳をして、再度、なぜ供給を止めさせたのか尋ねた。

「ゲソが三日間止めろって言うからそうしただけだ」

「三日間も？　ダメっすよ、そんなの絶対にヤバいっすよ」

「けど、アドバイザーの偉い先生も賛成してくれたって言ってたぜ」

偉い先生といったら榊東勲だ。まさに恐れていた事態だった。今年不惑の歳になったゲソだが、不惑どころか血迷ったとしか思えない。

この国を食で牛耳る。そうぶち上げて以来、ゲソは、いつでも食材の供給を止められると恫喝《どうかつ》することで対抗勢力を制してきた。いわば核をチラつかせて大国化したようなものだが、しかし、本当に供給を止めてしまったら洒落《しゃれ》にならない。使ってはならない核を使うに等しい暴挙だ。

「文句ならゲソに言ってくれねえかな。おれもヤバいとは思ったけど、おれにはどうしようもねえし、金森はナンバーツーなんだろ？」

そう言われてしまうと返す言葉がない。これ以上話しても無駄だと悟り、電話を切った。

仕方なく、すぐさまゲソに電話した。麻布のマンションと本社のホットラインにコールしたが、どちらも出なかった。本社の秘書室にも聞いたが、東京にいるはずだが居所はわからない、という返事だった。メールが使えればいいのだが、ゲソは携帯もパソコンも使わない。

「車は社会を変えた優れた道具だが、トップに立つものが運転手になってどうする。どうやって車を有効活用するか考えるのがトップの仕事なわけで、携帯電話もパソコンもそれと同じことだ」

そんな屁理屈《へりくつ》を楯《たて》にＩＴツールを一切拒んでいるのだからどうしようもない。

そうこうするうちにタクシーが新潟駅に着いた。こうなったら、とりあえず帰京して麻布のマンションで待ち伏せするしかない。そこでゲソをつかまえて直談判《じかだんぱん》しよう。最後はそう腹を決めて上越新幹線に乗った。

東京駅の改札を抜けた直後に川俣から電話が入った。新幹線の車中でも何十本もの着信とメールが入ってきたが、川俣からの連絡以外は無視していた。

「何かわかったか？」

丸の内側の車寄せに急ぎながら尋ねた。

「いま詳しく話してよろしいですか？」

「話してくれ」

そう促し、車寄せで待っていた秘書室差し回しのハイヤーに乗り込んだ。

「税務調査がきっかけだったみたいです」

電話越しに川俣が説明しはじめた。急成長企業に抜き打ちの税務調査が入るのは常識だけに、徳武プロジェクトの本社には幾度となく調査官が押しかけてきた。ところがこの五月は、本社はもちろん傘下の直系飲食チェーンも標的にされた。全国各地の傘下店に網を張るごとく同時多発的に調べられ、それに加えて保健所の抜き打ち検査も多くの傘下店に入った。これは店内の衛生状態、器具の消毒方法などが点数評価され、問題があると厳しく処分されるものだが、なぜこんなにも抜き打ちの対象になるのか、関係スタッフが訝《いぶか》しんだものだった。

「その報告が総帥のお耳にも入ったようで、えらく怒ってらしたそうなんです。役人どもが申し合わせて我々を潰《つぶ》しにかかったに違いないと」

そう聞いて金森はピンときた。それでなくてもゲソは役人嫌いだ。なにしろ徳武プロジェクトが急成長する過程ではさんざん苛《いじ》められてきた。新規出店したり傘下チェーンを買収したりするたびに法律や条例を拡大解釈して営業許可を下ろしてくれなかったり、出店や買収に成功してからも税務面や衛生面で難癖をつけられたり、しつこいほど意地悪され、やり場のない怒りをエネルギーに変えて木っ端役人と闘い続けてきた。

「やつらが考えることは、いつだって同じだ。いかに責任をとらないで済むように立ち回るか、それだけを考えて悪知恵を働かせるから始末に負えん！　おれが大嫌いなやくざですら、いざとなったら指を詰めて責任をとるってのに、責任をとらずにきた役人ほど出世しやがるんだからどうしようもない！」

常々、そう吠《ほ》え立ててきたゲソの耳に抜き打ち調査の話が入ったのだから、積もる怨《えん》嗟《さ》を晴らさんと反撃に出たところでおかしくはない。こうなったら我々の底力を思い知らせてやる、とばかりに限定的核使用、つまりは三日間の供給停止による恫喝を思い立ち、敬愛する榊東勲に伺いを立てたところ、天罰を下してやりなさい、とでもけしかけられたに違いない。

「ご苦労だった。とりあえず、おれは総帥に直談判してみる。川俣は情報収集を続けてくれ」

金森は電話の向こうの川俣に告げ、車窓を流れる午後の東京に目をやった。丸の内から日比谷通りに入ったハイヤーは、東京タワーを右手に望む芝公園《しばこうえん》を右折するところだった。

それにしても厄介なことになった。ゲソが役人を恫喝したい気持ちもわからないではないが、だからといって核を使うことはない。恫喝どころか、我々もどれだけ返り血を浴びるかわかったものではない。

冗談じゃない。

いいかげん腹が立って舌打ちしていると、

「駐車場に入れますか？」

運転手に問われた。我に返って見ると麻布のタワーマンションに着いていた。

とりあえずエントランス前に路上駐車してもらい、ゲソの部屋に電話してみた。まだ帰っていないようだ。本社の秘書室にはすでに、帰社したら連絡してくれ、と指示してあるが、その連絡もない。こうなったら長期戦だ。念のため多可子にもメールして、麴町の自宅に帰ったら連絡してくれ、と頼み込み、刑事よろしく路上駐車したまま張り込むことにした。

それから何時間待ったろうか。最初のうちは運転手と世間話に興じて退屈を紛らわせていたが、午後の陽が陰りはじめる頃にはそれにも飽きた。刑事の辛抱強さにほとほと感心しつつも、じりじりと待ち続けること、さらに三時間。夕闇が広がりはじめた時刻になってようやっとゲソが帰ってきた。

めずらしくタクシーを使っていた。ハイヤーに乗っている金森には気づくことなくエントランス前に停めさせて降り立つと、続いてもう一人、だれか降りてきた。胸元と脚を露出した若い女だった。正直、呆《あき》れた。安易な恫喝を仕向けて現場が緊急事態に陥っているというのに、女を連れ込んでお楽しみのつもりらしい。

憤然とハイヤーから飛び出し、ゲソを呼びとめた。

「なんだ、こんなところで」

ゲソがぎょっとした面持ちで足を止め、怪訝《けげん》な目を向けてくる。

「すぐやめてください」

勢い込んで告げた。むろん鮮魚の供給停止のことだ。

「馬鹿かおまえは、無粋な口出しをするな」

女遊びを咎《とが》められたと思っているようだ。

「そうじゃないです、とにかく、いますぐ供給停止を中断してください！」

いつにない金森の剣幕に気圧《けお》されたのだろう。ゲソは困惑の色を浮かべながらも、降り立ったばかりのタクシーへ女を押し戻した。やだ、なによ。女がぶつくさ言っている。すかさずゲソは財布から万札の束を抜きだし、車内に投げ入れるなり、行け！　と運転手に告げた。それでも文句を垂れ続けている女を無視して運転手はバタンと後部ドアを閉じ、タイヤを鳴らしてタクシーを発車させて走り去った。

ゲソと肩を並べてエレベーターに乗り込み、最上階まで上がった。二人とも無言のままゲソの隠れ家に入った。リビングルームを抜け、以前は洋風だった部屋を京風に改装した座敷に通された。これもまた榊東勲のご神託だったのだろう、真新しい畳の匂いに包まれながら、蒔絵《まきえ》が施された乾漆仕上げの座卓に向かい合うなり、

「何で言ってくれなかったんですか！　こんな重大なことを勝手にやられたら困ります！」

改めてゲソに詰め寄った。へっ、とせせら笑われた。

「いいか金森、おれたちは役人どもに舐《な》められたんだ。ここで思い知らせてやらないことには、やつらがますますつけ上がるだけだろうが」

ガタガタ言われる筋合いはない、と突っ撥《ぱ》ねられた。

「いや違うんです。顧問会計士に確認したところ、抜き打ち調査は税務調査全体の六パーセントほどらしいんですね。うちぐらいの規模のグループ企業だったら同時期に何件か重なってても確率的にはちっともおかしくないそうで、今回の抜き打ち調査に恣意《しい》的な意図はないんです。どうか冷静になってください」

そうたしなめた途端、

「どこまで弱腰なんだ！」

ゲソが座卓に拳《こぶし》を叩《たた》きつけた。

「いいか金森、仕掛けられたら仕掛け返す、それがおれのやり方だ！ 完全無欠な天下獲《と》りを目の前にしたこの時期、そういう弱気は一番の大敵だろうが。そんなことだから、おまえには黙ってたんだ！」

人差し指を金森に突きつけ眉《まゆ》を吊《つ》り上げ、怒鳴りつけてきた。そのやけに芝居じみた表情を見た瞬間、多可子の言葉を思い出した。ゲソは何かに怯《おび》えている。臆病《おくびょう》な仔犬《こいぬ》のように怯えている。そう言っていたが、言葉を替えればこういうことだ。高みに上り詰めた極度の緊張からくるが弱気を悟られまいとするあまり、ゲソは真逆の行動に走ってしまったのではないのか。

「ちょ、ちょっと待ってください」

両手を前に突きだし、金森はとっさに攻め口を変えた。

「いいですか総帥、百歩譲って抜き打ち調査が役人の陰謀だったとしても、今日一日供給を止めたんですから、もう十分じゃないですか。すでに日本中が大混乱に陥ってます。役人だって思い知ったはずですし、これ以上は恫喝《どうかつ》を超えてます。うちの損失だって半端じゃないし、ここは大人の引き際というものを」

「おめえは何様だ！」

罵声《ばせい》を投げつけると同時に座卓を蹴《け》ってきた。負けずに金森も声を張った。

「私はあなたの忠実な臣下でしょうがっ。だから小僧の頃から二十年以上も仕え続けてきたんでしょうがっ」

「黙れ金森！」

昂奮《こうふん》したゲソがつかみかかってきた。たまらず金森も胸ぐらをつかみ返し、長いこと封印してきたタメ口で吠《ほ》えかかった。

「おまえこそ黙れ！　この際はっきり言っとく。何某《なにがし》先生のご神託が何だろうが、このままだとおまえはダメになるっ。間違いなくダメになっちまうおまえを、おれはこれ以上、黙って見てらんねえんだっ。食を制すれば、この国を制せる？　その発想に間違いはなかったと今日証明されたろうがっ。その画期的な発想のおかげで烏賊《いか》ゲソがアタマまで伸《の》し上がれたんだからもう十分だろうがっ。これ以上一体、何を望むんだ。この国を完全制覇したところでどうなるってんだ。もうおれは十分だ。長年連れ添ってきた臣下として、あんたが無残に潰れていく姿は見たくないんだっ、わかるかこの気持ちが！」

ゲソの額に額を擦《こす》りつけ、胸ぐらを締めつけた。その途端、不覚に嗚咽《おえつ》がこみ上げた。胸の底に沈殿していた鬱憤《うっぷん》が怒濤《どとう》のごとく噴出して止まらなくなり、つぎの瞬間、金森は力まかせにゲソを突き放し、

「この通りだ！」

涙声とともにべったりと土下座した。

成田空港は、やけに混み合っていた。

チャーターバス二台に分乗してきた百名が出発ロビーに入ると、先頭を歩く添乗員が掲げている小旗も見えないほどの旅行客でごった返している。

考えてみれば、世間は夏休みシーズンに入っている。束の間の休暇に浮かれた家族連れや若者たちが大挙して海外へ繰り出そうと集結したらしく、チャーターバスから降り立った百名が瞬く間に人波に呑《の》まれてバラバラになってしまった。

「まいったな」

スーツケースを引きながら金森は苦笑いした。連れ立って歩いている川俣も、迷子になっちゃいそうですね、と肩をすくめている。今日ばかりはみんなと一緒に大人しくチャーターバスに乗ってきたゲソ総帥も、いつのまにか姿が見えなくなっている。

株式会社徳武プロジェクトの主要幹部を引き連れ、ヨーロッパへ慰安旅行に行こう。そう言い出したのはゲソ総帥だった。金森の捨て身の説得が功を奏し、無謀な恫喝的核

使用はかろうじて一日で終了し、翌日から平常通り鮮魚が供給されはじめた。そこまではよかった。金森も全社員もほっと安堵《あんど》したものだったが、しかし、わずか一日とはいえ鮮魚の供給が停止してしまった影響は甚大だった。

テレビや新聞のトップニュースとなって全国の注目を集めたばかりか、丸一日、臨時休業に追い込まれた全国各地のチェーンや飲食店はもちろん、来店客や消費者からも苦情や損害賠償請求が相次ぎ、その事後処理に金森たち幹部も現場の社員たちも追い回された。

金森に苦情を寄せてきた人の中には多可子もいた。会社の仕事からはすっかり手を引いている立場も忘れ、真っ先に金森に電話してくるなり、

「だからしっかりゲソを監視してって頼んだじゃない。カネちゃんがそんなだからもう大打撃だし、がっかりしちゃったわよ」

と叱りつけられた。

ただもちろん、今回の黒幕がゲソ総帥だったことは一般には知られていない。魚の供給地が勝手に一斉休業した、としか巷間《こうかん》には伝えられていない。それでも、役人を恫喝したつもりが全国各地に思いもかけない波紋を巻き起こしてしまった失態に、我に返った総帥も大いに反省したのだろう。数日後には幹部社員を招集し、今回の件では大変迷惑をかけた、と謝罪の言葉を初めて口にした。さすがに今回ばかりは、なぜみんなおれの暴走を止めてくれなかった、といった矛盾だらけのゲソ節も鳴りを潜め、謝罪の最後

には、幹部社員へのお詫《わ》びも兼ねて慰安旅行をプレゼントしたい、と言い出した。

また余計なことを、と金森は当初、聞き流していた。総帥は慰安のつもりでいるようだが、それでなくても全社一丸となって失地回復のために全力を尽くさなければならない時期なのだ。幹部社員が一週間もの長期間、こぞって日本を離れてしまったら失地回復が大幅に遅れるばかりか、下の社員たちにも示しがつかない。幹部社員がいない一週間、残った社員だけでどう社業を動かすのか、その事前調整だけでも並大抵のことではない。

なのに当の総帥ときたら、潔く頭を下げた上に素晴らしい謝罪企画を思いついた、とばかりにすっかり調子づき、せっかくのプレゼントだから早急に実施してくれ、と金森にせっついてきた。こうなると金森としても無視できない。仕方なく全国の傘下チェーンや傘下店に発破をかけ、再び社内中が大騒ぎした末に、供給停止事件から二か月後の今日、ようやく出発当日を迎えたのだった。

ところが、いざ実現に至ったまではよかったものの、間の悪いことにバカンスシーズンの幕開けとぶつかってしまった。空港内の出発ターミナルはラッシュ並みの混雑に見舞われ、手荷物検査にも長蛇の列とあって、出国前からこれでは先が思いやられる。

「ちょっとビールでも飲んでくるか」

出発までまだ時間があるし、と金森は川俣を誘った。

「金森さん、とてもそういう気分にはなれないです」

即座に断られた。

「なんだ、どうした」

「いえ、ですから、こんなことしてる場合じゃないと思うんすよ」

供給停止事件には川俣も振り回され続けた。とりわけ彼は全国の現場と直《じか》に接しなければならないポジションにいるだけに、出発前日のゆうべも、迷惑をかけた人たちに深夜まで謝罪して歩いていた。そうした後始末もまだまだ積み残している上、事件の総括もまったくできていないというのに、慰安旅行なんかしている場合っすか、と苛《いら》ついている。

「まあ気持ちはわからないじゃないが、ここはスパッと切り換えようや」

金森はとりなすように笑いかけた。その笑みにかちんときたのか、

「だけどカネさん、このままだとうちの会社は」

と川俣が気色ばんだ、そのときだった。

突如、背後で女の悲鳴が上がった。思わず振り返った。近くにいる旅行客も一斉に同じ方向を見ている。

混雑した人波の一角が激しくざわついている。だれかが揉《も》み合っているらしい。なんだなんだ、何事だ。揺れ動く人波の周囲に野次馬の輪が膨らみはじめた。だれもが一様に動揺している。その動揺が子どもたちにも伝わり泣き出した子もいる。

ほどなくして空港警察が飛んできた。警棒を揺らして金森の脇を走り抜け、野次馬の

輪に飛び込んでいく。その直後に、野次馬の輪の中から別のだれかが飛び出してきた。見ると、徳武プロジェクトの幹部の一人だった。群れをなした旅行客をかき分けかき分け抜け出してくるなり蒼白《そうはく》になった顔で叫んだ。

「総帥が襲われました！」

今度は金森が走る番だった。降って湧いた事態に仰天して群衆の中に飛び込んでいくと、野次馬の輪の中心に血まみれのゲソが倒れていた。傍らにはジーンズ姿の女性旅行客が両膝《りょうひざ》を突いてしゃがんでいる。通りがかりの看護師なのだろう、ゲソの腹に衣服を裂いた布を巻きつけ、止血作業に没頭している。周囲の床には鮮血が飛び散り、その凄《せい》惨《さん》さにだれもが息を呑んでいる。それでもゲソに意識はあるらしく、タツと空港警備員が懸命に励ましている。

「だれにやられた？」

タツの耳元に質《ただ》した。

「中年男が刺して逃げた」

ゲソに寄り添って歩いているとき、短刀を手にした中年男がふらふらと近寄ってきたかと思うと、いきなりゲソの腹を刺した。とっさにタツが体当たりし、元横綱の破壊力に男は一発で弾《はじ》き飛ばされ、床に転げたものの、すぐさま立ち上がってダッと逃げ去った。この人混みの中、突然のことだけに、それ以上どうしようもなかった、とタツは唇を嚙《か》む。

やがて救急隊員が二人、ストレッチャーを押してやってきた。野次馬が左右に退き、ゲソの近くへ通す。救急隊員は看護師の女性に容体を確認するなり、二人でよいしょとゲソを持ち上げ、ストレッチャーにのせる。

「後始末、お願いします」

タツから告げられた。金森が黙ってうなずくと、ゲソをのせたストレッチャーを移動させていく救急隊員の背中を追ってタツが出発ロビーの人混みに消えていく。

すかさず金森は川俣に告げた。

「慰安旅行は中止だ」

ところが、川俣は立ちすくんだままでいる。目が据わり、体をかすかに震わせている。

「早く行け！」

パシンと背中を叩《たた》いて怒鳴りつけた。

「は、はい」

我に返った川俣が目を見開き、添乗員を捜しに駆け出した。

翌日の午前中、金森は緊急会議を招集した。

メンバーは中枢幹部のタツ、稲垣、若旦那《わかだんな》、川俣の四名。場所は葛飾《かつしか》区の下町、立石《たていし》のカラオケ店にした。本社の会議室やホテルの一室に呼び集めることも考えたが、あえて場末のカラオケ店を選んだ。ゲソは単なる通り魔に襲われたのではない。不穏な思惑が絡んだテロなのは間違いないだけに、中枢幹部も用心するに越したことはない。集合時間にもあえて時間差をつけ、別々に入店した。

ゲソの容体は、結果的には全治一か月の重傷と診断された。現場ではかなり出血していたから、正直、万が一の覚悟もしていたが、そう聞いたときは、ほっとしたものだった。ただし、診断書の上では重傷に分類されたものの、この程度ですんだのは運がいいほうです、と医者から言い添えられた。あと一、二センチずれていたら間違いなく命にかかわっていたというから、まさしく不幸中の幸いというやつだったらしい。

「問題は、だれが命じたか、だな」

煙草の臭いが滲《し》みついたカラオケルームで金森は腕を組んだ。ゲソを刺した犯人は、昨夜、成田署に自首したそうで、五十代の無職の男だったというが、おそらくは鉄砲玉みたいなやつだったに違いない、とタツは言う。

「あんな弱っちいおやじにしてやられるなんて、おれも焼きが回ったよな」

タツが歯嚙みしている。相撲という格闘技の世界でトップに立った人間が守りきれなかった。それがよほど悔しいらしく、拳《こぶし》を何度もテーブルに叩きつけている。

「だけど、五十にもなって何で関係ない人を刺せるんですかね。信じられないですよ」

川俣が憤然と吐き捨てた。根が生真面目な男だけに、テロ現場のショックがまだ尾を引いているらしい。すると稲垣が肩をすくめた。

「川俣さん、四十になろうっていう大人が世間知らずすぎますよ。この世の中、若かろうがじいだろうが捨て身で人を殺《あや》めるやつなんかごまんといるんですよ。でっかい借金を背負ってたり家族を人質にとられてたりすれば、短刀でひと突きぐらい豆腐を切るより簡単だ」

「家族を人質にとったりもするんですか」

「そりゃそうですよ。ひと突きすりゃ娘が風俗に売り飛ばされなくてすむ、瀕死《ひんし》の妻の手術代が工面できるとなりゃ、五十だろうが六十だろうが喜んで鉄砲玉になる。世の権力者ってやつは、そういう哀れな人間を利用して権力闘争を勝ち抜いていくわけですから」

「じゃあ、裏にはやはり、総帥を蹴落《けお》とそうとする勢力が？」

義憤に満ちた顔で川俣が質した。途端に稲垣が笑い出した。

「その勢力がどういうやつらなのか、それを話し合うのが今日の趣旨でしょう。まあ、私は漁共だと睨《にら》んでますがね」

言いながら金森を見る。そもそもが、ゲソの策略に寄り切られて徳武プロジェクトの傘下に組み込まれてしまった組合だ。それだけでも屈辱なのに、今度は何の相談もなくいきなり魚の供給を止められたのだ。まさに面目丸つぶれというやつで、さすがに組織としての危機感を抱き、ゲソ潰《つぶ》しに動いたのではないかと推測してみせる。

「だけど、身内の可能性もあるっすよね」

タツが口を挟んできた。

「たとえば、サバターニの元社長なんかやりかねないと思うんすよ。もともと野望を抱いて北関東の雄にまで伸《の》し上がった人っすからね。まんまとゲソ総師に乗っ取られて外様幹部として冷や飯を食わされてるわけで、そんなの、いつまでも耐えられるわけないじゃないすか」

一度は権力の座についた人間なら、今回の供給停止にはまた違う思いを抱いたはずだ。ただでさえ神がかりな言動が目立つゲソ総師を見知っていただけに、このままではヤバいと力ずくで逆乗っ取りに打って出た可能性は十二分にあるという。

「だったらほかの外様幹部にも可能性があるってことじゃないですか。それはまずいなあ」

川俣だった。またトイレにこもりかねない面持ちで嘆息している。しかし金森は牽制《けんせい》した。

「まあ確かに、可能性としてはそれもなくはない。だが、おれは身内よりは役人を疑う」

役人？　と川俣が首をかしげ、

「だけどカネさん、役人のことは総師が勝手に恨んでいただけですし、だいいち役人が鉄砲玉を雇いますかね」

上目づかいに金森を見る。

「いやもちろん、総師が役人を恨んでいたこととは別の話だし、役人が自分で鉄砲玉を雇ったわけでもないだろう。だが、自分の手は汚さず、だれかをけしかけてやらせるのが役人のやり口だし、なにより動機がある」

「動機、ですか」

「そう、今回の供給停止で一番慌てたのは役人だと思うんだな」

徳武プロジェクトから鮮魚の供給停止という強烈なメッセージが発せられたことで、ゲソが長年吠《ほ》え続けてきた〝食を制すれば、この国を制せる〟という真理を役人たちは肌で実感した。その結果、この国は我々が仕切っている、という歪《ゆが》んだ自意識が染みついている役人たちは恐怖に駆られた。これまでもゲソの振る舞いを苦々しく見守っていたが、本気で国を制しかねないゲソなる人物は、早急に潰しておくべきだと腹を括《くく》った。それでなくても官僚組織を守るためなら冤罪《えんざい》事件すらでっち上げる連中だ。漁共なり外様幹部なりの不満分子を焚《た》きつけて一気にゲソを排除しようと仕掛けた。

「ああ、確かにその線もありますね」

稲垣が首肯した。偏差値が高かったやつらほど悪知恵も働く。稲垣もある意味、同類項と言っていい人間だけに、素直に納得したようだったが、ただし、と金森は続けた。

「これもあくまでも仮説でしかないですし、迂闊《うかつ》に断定するわけにはいきません。そこで」

言葉を止めてみんなの顔を見渡し、

「とりあえず、こうしましょう。まずはゲソ総帥の身の安全が第一なので、当面はタッさん、総帥の身辺警護をお願いします」

　タツの目を見据えた。

「了解っす。引退した元力士にも声をかけて二十四時間態勢でやりましょう」

　意外にも二つ返事で快諾してくれた。金森がゲソに直談判して供給停止をやめさせたことは、タツも含めたみんなが知っている。その功績が、改めて金森の求心力を高めてくれたのかもしれない。

「それと、稲垣さんは役人関係を探ってくれませんか。稲垣さんの銀行人脈と裏社会人脈を辿《たど》れば、糸を引いた役人が浮かび上がる気がします。犯行を実行に移した連中も特定したほうがいいと思うので、川俣は外様幹部を、若旦那は漁共関係を洗ってください。ぼくは梶原記者のメディア人脈を通じて探りを入れてみるつもりなので、そうですね、それぞれ総帥の退院までには目星をつけるとしましょう」

　テロの首謀者が明らかになれば、総帥の退院後、すぐに今後の判断を仰げる。こうなったからには、以前のように猛然と突き進むだけでは危険だ。多方面に目配りした慎重な舵取《かじと》りが必要とされる。

　その意味で、いまは大きな転換期だと思った。ゲソ総帥のもと、徳武プロジェクトがこの国の食の世界に君臨できるか否か。生き残りを賭《か》けた闘いがいよいよはじまる。

「いま一度、みんなで気を引き締めましょう。どうか、よろしくお願いします！」

　最後は自戒も込めて金森はみんなに発破をかけた。

九章　裏切

ゲソ総帥が退院してきたのは、それから二十日後のことだった。

さすがは総帥、全治一か月のはずが十日も早く退院とは、やはり生まれながらに生命力が強いのだろう。そう思っていたら、実は全治一か月という診断には、ほぼ治っているが一応は通院して経過を見る、という期間も含まれているという。つまり総帥の場合は、入院二十日目には傷が癒《い》え、通院するだけでも大丈夫な状態になった、と医者が判断したため、その日のうちに退院できたのだった。

入院中は約束通り、タツと元力士たちが二十四時間態勢で病室を警護してくれた。それに加えて、総帥の意向で妻子と榊東勲以外は面会謝絶になったため、長年の臣下である金森ですらお見舞いは一度もできなかった。

久しぶりに総帥に会えたのは、退院の翌日だった。午後になって突如、電話で呼ばれて麻布の隠れ家マンションを訪問した。エレベーターで最上階に上がると、入院前とは別人のようなゲソが玄関先に現れた。歳を重ねても童顔だった顔は痩《や》せこけ、肌はどす黒く沈み、目だけが異様に血走っている。全身から生気が吸い取られたごとく、ひと回り小さく縮んで見える。

わずか二十日でこうも変わるものだろうか。正直、驚いた。以前、金森は多可子から、ゲソが何かに怯《おび》えている、と相談されたことがあるが、権力者ならではの潜在的な恐怖を抱えていたところに不意打ちのテロに見舞われた。その衝撃が肉体的にも精神的にも、どれほどのものであったか、改めて思い知らされる。

「お怪我のほうは？」

まずは気づかいの言葉をかけた。

「大丈夫だ」

総帥は短く答え、すぐに京風の座敷に通してくれた。すると先客がいた。金森が退院後の初対面だと思っていたら、仕立てのよさそうな背広を着込んだ男がすでに座卓に着いている。銀縁の丸眼鏡に、きれいに手入れされた口髭《くちひげ》。金森より一回り上の五十代後半といったところだろうか。

「金森と申します」

自己紹介した。男が丸眼鏡をずり上げながら、

「榊だ」

ぶっきら棒に名乗った。思わずまじまじと見つめてしまった。あの榊東勲に、ようやく会うことができた。が、たがいに名乗り合っただけで二人の会話は終わった。すぐさま総帥が、入院中のエピソードも退院した感慨も語ることなく本題を切り出したからだ。

「ひとつ頼みがある」

はい、と金森は背筋を伸ばした。

「外様幹部を切ってくれ」

さらりと告げられた。

「あの、全員でしょうか」

唐突な話だった。ゲソは黙ったまま首肯すると、

「やり方はまかせる」

目に力を込めてきた。あとは察しろ、ということらしい。

「承りました」

そう答えるしかなかった。ゲソがちらりと榊東勲を見た。身じろぎもせずに見守っていた榊東勲が小さくうなずいた。それを確認するなりゲソは再び金森に目を向け、

「じゃ、そういうことで」

座卓から立ち上がった。

用事はすんだ、ということらしい。座敷に入って五分と経っていなかったが、仕方なく金森も腰を上げ、ゲソとの二十日ぶりの再会はそれで終わった。

それにしても、外様幹部を切れとはどういうことだろう。

本社のオフィスに戻って改めてその意味を考えた。退院までには目星をつけようと申し合わせていたテロの首謀者は、いまだに判明していない。役人なのか漁共なのか身内なのか、中枢幹部それぞれが探りを入れているものの、一向に尻尾《しっぽ》がつかめない。なのに早くも総帥は、外様幹部が首謀者だと判断を下し、〝粛清〟しろ、と命じてきた。

早計すぎる気がした。おそらくは榊東勲のご神託が下され、それであの場に同席していたのだろうが、そう簡単に外様幹部を切ってしまっていいものか。ここは腹を括って総帥の命令に逆らうべきではないのか。

デスクに両肘《りょうひじ》を突いて悶々《もんもん》としていると、電話が鳴った。

「どうでした、総帥は」

稲垣からだった。中枢幹部の四人だけには、今日総帥に会うと伝えておいた。

「元気でした。病み上がりなので長居はできませんでしたが」

慎重に答えた。榊東勲のことは伏せておきたかった。

「でしたら、いまから時間をもらえませんか？」

「何かありましたか？」

「いえ、折り入って話したいことがありまして」

思わせぶりに言うと、赤坂の喫茶室を指定してきた。

約束の時間に喫茶室に入ると、店内はテーブル席が衝立《ついたて》で仕切られた個室風の設《しつら》えになっていた。赤坂界隈《かいわい》は、近所の永田町の政治家や秘書たちが頻繁に出入りしている。そうした人たち御用達の密談仕様なのだろう。見れば、そこかしこのテーブルでダークスーツの男たちがぼそぼそと話し込んでいる。

待ち合わせだと店員に伝えると、一番奥のテーブル席まで連れていかれた。衝立の奥に稲垣が座っているのが見えた。

「お待たせしました」

稲垣の向かいに腰を下ろし、コーヒーを注文したところで、

「総帥は入院ダイエットに成功してましたよ」

冗談めかして総帥が痩せ細っていた様子を伝えた。

「やっぱ心身ともに大変だったんでしょうねえ。あれだけの事件だったっていうのに、永田町の連中も冷たかったし」

稲垣は肩をすくめ、コーヒーをひと口啜《すす》った。

あれだけ政治献金を奮発していたにもかかわらず、この男と繋《つな》がっていたらヤバい、と政治家たちの直感が働いたのだろう。来るなと言っても何かにかこつけては押しかけてきていた政治家連中が、入院と同時にぱったりと足が途絶え、気がつけば見舞いの花すら寄こさなかったのだから恐るべき逃げ足の速さだった。

「まあそういった点も含めて、総帥にはいろいろと応えたんでしょうが、それやこれやを鑑《かんが》みて、実は提案がありましてね」

金森の目を覗《のぞ》き込んでくる。

「この際、ぶっちゃけちゃいますが、総帥は当面、陣頭指揮に立つのはむずかしいと思うんです。体調面はもちろんのこと、いまだテロの首謀者が判明していないことも考え合わせると、安全面からも総帥の行動は制限されるでしょうし、先頭に立って指揮を執

ることは控えていただくほうがいいんじゃないかと」

「まあ確かに」

金森は首肯した。途端に稲垣は声を潜めた。

「そこで考えたんですが、単刀直入に言います。これからは私と金森さんの二人三脚でやっていきませんか？」

「は？」

「この事態を乗り越えるには、私たち二人が先頭に立って会社を動かしたほうがスムーズに事が運ぶと思うんですよ」

思わず稲垣の顔を見た。

「金森さん、そんな怖い顔をしないでくださいよ」

いなすように笑ってみせると、稲垣は再び真顔になり、

「まあ聞いてください。金森さんもご承知の通り、いまこそ経営体制を刷新しないことには、せっかくここまで育ててきた会社を存続させられないと思うんですよ。のんきに総帥の復調を待っていたのでは立ち直れるものも立ち直れない。ですから、ここは火中の栗を拾うつもりで、がつんと一発、二人で仕掛けようじゃないですか。いやもちろん、段取りについてはまかせてください。これでも元銀行マンです、経営刷新には山ほど実績があります。ですから金森さんは、つぎの時代を切り拓《ひら》く経営刷新リーダーとして、ドーンと腰を据えていてくだされればいいんですっ」

いかがです、と身を乗り出してくる。

金森は拳《こぶし》を握り締めた。さすがはゲソを裏切った過去がある男だと思った。経営刷新という言葉は使っているものの、要するに稲垣は、ゲソ総帥が窮地に陥っている隙に二人で会社を乗っ取ろうと言っている。あのサバターニ事件をヒントにしたのだろう。かつての食日コーポレーションよろしくまずは従業員を丸ごと乗っ取り、その上でゲソ総帥を追い落とそうと言っている。

「やめましょうよ、そういうことは」

ぴしりと言い放った。そんなかたちでゲソを裏切るなど、まず金森にはできない。

「金森さん、そう結論を急がないでくださいよ。実は今回、テロの背景を探るため、役人筋にいろいろと接触したんですが、人脈を辿《たど》っているうちに、これ以上彼らを刺激しちゃダメだと気づいたんですね。役人の犯人捜しなんかするより、役人と手を組んだほうが遥《はる》かに現実的だし、実際、手を組めそうなんですよ」

神がかりの榊東勲にすがっているくらいなら、役人頼みのほうがよっぽど実になりますしね、と言い添えて、また金森の目を覗き込んでくる。

金森は後悔していた。こうしてのこのこ赤坂まで足を運んできた自分を呪った。

「とにかく、そういうことはできません」

改めてきっぱり断るなり店の伝票をつかんで立ち上がった、そのときだった。不意に稲垣が片頬を上げたかと思うと、

「本当にそれでいいんですかね」

半笑い顔で金森を見上げたかと思うと、言葉を繋いだ。

「そうあっさり断る前に、念のため、横浜の某ホテルでこっそり会っていた女性にも相談してみたらどうですかね」

背筋に冷たいものが走った。この男は何を言ってるんだ。

「いえ、べつに野暮を言うつもりはないんです。親しい男女が何を愉《たの》しもうが、そんなことは他人の私がとやかく言うことじゃない。ただ、もしそういう話がうっかり世間に広まって金森さんまでもが窮地に陥っては、と老婆心ながら心配しましてね」

金森の頭は目まぐるしく回転していた。なぜ知られたんだろう。だれが見ていたんだろう。どう切り返したらいいんだろう。

「こう言ってはなんですが、金森さん、いまやあなたは一介の鮨《すし》職人とは違うんです。天下の徳武グループのナンバーツーなんですよ。あなたが知らなくても、あなたとその女性を知っている人など、いくらでもいます。とりわけシティホテルには、バンケットに関わる飲食業界の人間が頻繁に出入りしてますから、時間差なんかつけて誤魔化そうとしても、あれ？　と気づく人はいくらでもいる」

金森は固まっていた。頭の中はもう真っ白だった。そこに追い討ちをかけるようにたたみかけられた。

「三日待ちます。その女性にもきちんと相談して、三日後までに返事をいただければ、それでけっこうですから」

悪魔の選択を保留したまま、翌日から金森は外様幹部の粛清に取りかかった。

ゲソ総帥から命じられたときには、正直、迷いがあったが考えを改めた。テロの首謀者は外様幹部だ、と総帥が判断したのだ。たとえそれが榊東勲のご神託によって下された判断であろうが、あらゆる手を尽くして粛々と実行に移すことがナンバーツーの使命だと受けとめることにした。

いまの金森は、かつてとは違う。〝外そうにも外せない〟存在だと突き放され、見せかけのナンバーツーの座で腐っていた頃とはまるで違う。

金森の直談判《じかだんぱん》に応《こた》えて総帥は供給停止をやめてくれた。あれで二人の関係が微妙に変化したところにテロ事件が発生した。総帥が命がけで徳武グループに君臨していることの凄《すさ》まじさを目の当たりにしたことで、金森の中に新たな気持ちが芽生えた。これまでの確執は確執として、今後は自分も命がけで総帥に忠誠を尽くしていこう。そんな覚悟が決まった。

その意味でも、稲垣とは組まない、という結論を変えるつもりはまったくなかった。稲垣のごとき男と組んだところで、いずれ裏切られることは明らかだからだ。

ただ一方で、矛盾した話だが、密会の件については稲垣と馴《な》れ合っておかないことには総帥に忠誠を尽くすどころではなくなる。思い起こせば、以前、ゲソ総帥から稲垣のキンタマを握っておけ、と指示されたことがある。なのに金森は本気で握りにいかないまま、いまに至ってしまった。あのときの指示は、こういう意味だったのだ。その真意をいま頃になって理解した自分が金森は恥ずかしくなった。

いずれにしても金森の気持ちは揺るがなかった。それから三日後、稲垣と組む件は再度きっぱり断った。よくよく考えてみれば、おれも今回、稲垣の弱みを握ったじゃないか。そう気づいたからだ。一度はゲソを裏切った稲垣が、今度は金森に裏切りを持ちかけてきた。これが総帥に知られたら、ただですむわけがない。つまり今回、金森と稲垣はキンタマを握り合う関係になったわけで、だとしたら金森が断ったところで大事には至らない。

この決断が金森の忠誠心にさらなる拍車をかけた。こうなったら徹底して粛清に励もう。そう決心した金森は、サバターニの元社長も含めた外様幹部リストを川俣につくらせ、あらゆる理由をつけて冷酷に切っていった。

当然、抵抗する外様幹部は数多くいた。それはそうだ。外様幹部がテロに関与していた証拠などどこにもない。それでも金森は粛々と切り続けた。それが総帥の判断なのだから、しぶとく食い下がる相手には調査会社を差し向けて重箱の隅を突《つっ》かせ、些《さ》細《さい》な損失計上から不倫疑惑まで容赦なくあげつらい、冷徹に排除していった。

この粛清によって徳武グループ全体の雰囲気が一変した。麻布の本社にもピリピリした空気が漂いはじめ、テロを契機に組織が違う方向に動きはじめたことが全社員に印象づけられた。そして、この徹底した態度が総帥から評価されたのだろう。その後、金森には新たな命令が下された。

命令は電話で発せられた。退院以来、総帥は隠れ家マンションにこもり続けている。出入りが許されているのは榊東勲と、たまの外出時に警護につくタッだけで、ほかの人間は金森はもとより妻子すら寄せつけなくなってしまったため、必然的に総帥とのやりとりは電話にならざるを得なかった。

一日に最低一回は携帯電話が震える。はい、と応答するなり、

「今後は午年《うまどし》生まれの人間は雇用するな」

といった命令が総帥から一方的に告げられ、全国の傘下店の採用リストから午年の応募者が一斉に排除される。ほかにも『慈善事業をやって、その活動ぶりをテレビCMにして流せ』と命じられてCM目的の支援基金が立ち上げられたり、『埼玉農共の理事長に米を百俵上納させろ』と理事長の忠誠心を試してみたり、以前にも増して不可思議な命令がつぎつぎに下された。

とりわけ驚いたのは、

「今後は役人をどんどん受け入れろ」

と命じられたことだった。これには耳を疑った。役人嫌いが高じて供給停止までやった張本人からの命令だっただけに、

「テロの首謀者が役人の可能性もありますが、それでも天下りを受け入れてよろしいん

でしょうか」

念のため確認したものの、

「馬鹿かおまえは。天下りなんかじゃない、人質だ。役人とその身内を取り込んでおけば、今後、規制の壁に突き当たったときは人質を楯《たて》に規制を外させられるだろうが」

とやり返され、結局は役人とその身内が続々と入社してくる事態となった。

正直、釈然としなかった。これでは天下りと大差ないと思うのだが、当の総帥は、素晴らしいアイディアだ、と自画自賛するばかり。ここにきて総帥は、おれが考えたことは、すべて正しい、おれには何でもできる、だれよりも偉い、と信じて疑わなくなっている。こういう状態を心理学では〝全能感〟と呼ぶらしいが、いまや総帥は全能感のみで動いているとしか思えない。

それでも金森は忠誠を尽くした。その場の思いつきだろうがご神託だろうが、総帥の命令をすべて忠実に実行しているうちに、いつのまにか社員の金森を見る目が変わってきたからだ。

いまや総帥と意思疎通できる人間は金森しかいなくなった。金森以外の人間には面会はもちろん電話の授受すら許されなくなったため、総帥から丸投げされた命令を金森が自分勝手に解釈して川俣に指示し、川俣が現場に橋渡ししてやらせる流れが自然と定着してしまった。早い話が、実質的には金森が指揮を執っているも同然の状況になっているだけに、徳武グループ内の人間にとっては金森こそが実質的な最高権力者になってしまった。言葉を換えれば、社員のだれもが金森の意向を忖度《そんたく》し、金森の思うがままに動くようなった。

これはこれで金森にとっては面白いことだった。最高権力者の座についたゲソが一気に舞い上がってしまった気持ちが、わからなくもなかった。

一方で総帥はますます表に出なくなった。再度のテロを怖れているのか。はたまた金森への信頼がさらに厚くなったからなのか。その本音は定かではないが、退院して半年一年と経つうちに総帥の動向はすっかり謎に包まれてしまった。

勢い、さらなる総帥の神格化が進んだ。グループ内のだれもが総帥の影に怯《おび》えるようになり、その怯えがまた金森の存在感を高めるという奇妙な権力構造が醸成され、徳武グループはますます迷走と混沌《こんとん》にまみれていった。

「このままでいいんでしょうか」

ある晩、川俣から問われた。

たまたま二人で打ち合わせに出掛けた帰り道、ちょっとお話ししたいんですが、と神妙に告げられ、通りがかりの恵比寿《えびす》のシティホテルの展望バーに立ち寄った。

「このままでって、何がだ？」

橙色《だいだいいろ》の明かりを灯《とも》した東京タワーを眺めながら金森は問い返した。最近の川俣は、金森の命令を実現するために現場と直接やり合う立場にある。それだけに、下からの風当たりがかなりきつくなっているらしく、トイレ立てこもり事件やテロ現場での狼狽《ろうばい》ぶりに象徴されるような、生真面目さゆえの心の脆《もろ》さが出なければいいが、と気にかかっていた。

「金森さんだから言っちゃいますけど、粛清をやって以来、この会社はどんどん悪い方向に進んでいる気がします。こういう組織って、いつまでも続かないと思うんです」

探るように言ってジンのロックを口にした。

「ほう、どういうことだろう」

あえて微笑みを浮かべて先を促した。それで安心したのか川俣は続けた。

「何ていうか、みんなが萎縮《いしゆく》して、みんなが口を閉ざして、金森さんの顔色ばかり窺《うかが》っている。面従腹背どころか、恐怖と保身だけで動いてるように見えるんすね。なのにグループの業績は相変わらず上がり続けていて、この国の制覇も間近なところまできている。こういう状況って、どうなのかと思って」

「どうなんだと思う？」

穏やかに問い返した。

「それは」

川俣は目線を外してしばらく考え、

「権力を極めるためだけに突き進んでいく恐ろしさを感じます」

意を決したように言った。

「権力を極めるためだけ、か」

金森は白髪まじりの髪を掻《か》き上げた。

「だけどそうじゃないですか。いけいけどんどんで急成長してる頃は無我夢中だったから、総帥が手段を選ばずに権力を追い求めても、そういうものだと思ってました。それがここ数年、なんだか急に、こういうやり方って異常じゃないのか、と思いはじめたら急に苦しくなってきたんですね。だって、そうやって上昇し続けてきた挙げ句に行き着いた先は、結局のところ、供給停止やテロや粛清だったわけじゃないですか」

またジンのロックを流し込む。

「じゃあ、ほかにどうすればいいんだ」

金森は聞き返してバーボンソーダを啜《すす》った。

「それは、その、これからは幸せを極めるために突き進む会社にしなきゃダメだと思うんです」

「幸せを極める、か。まあ理想論だな」

はっはっはと笑ってみせた。

「けど金森さんだって前はそういう考えでいたじゃないですか。なのに気がついたときには、はっきり言いますけど、金森さんも総帥みたいな権力者になってしまった。それが納得いかないんです。金森さんって、いつからそうなっちゃったのか」

いつになく際どい部分に突っ込まれたが、金森は冷静に返した。

「しかし、物事には権力があってこそ成し遂げられることだってあるわけだしな」

「だからって権力っていう得体の知れないものに利用されちゃったらダメだと思うんです。このままじゃ、いつまでたっても終わりがないじゃないですか。一体どこまでいったら満足するんですか」

「それはだから、この国を制覇したら、だろうな」

「マジですか？　マジでこの国を制覇したら満足するんですか？」

挑発するように金森の目を覗《のぞ》き込んでくる。ふと、いつだったか多可子から投げられた問いかけを思い出した。

〝男って、どこまで成り上がったら気がすむものなの？〟

同じことを川俣から問いかけられるとは思わなかった。どう答えたものか言葉に詰まっていると、

「金森さん、そろそろこの会社を変えなきゃダメだと思うんです。だって金森さんは権力という得体の知れないものに利用されてるだけなんですから」

「ひょっとして総帥を裏切れって言いたいのか？」

「悪い言い方をすればそうなります」

「おいおい、酔ったんじゃないか？」

苦笑いしながら牽制《けんせい》した。すると川俣はグラスに残っているジンをひと息に飲み干し、顔を近寄せてきた。

「でしたら、べつの言い方にします。このままだと金森さんは、権力に使い倒された挙げ句に使い捨てられます。だからその前に、やり方を変えましょう。でないと取り返しのつかないことになります」

やけに押しつけがましいその物言いに、稲垣の顔が浮かんだ。ひょっとして、と思い、カマをかけてみた。

「なあ川俣、だれからそそのかされたんだ？」

途端に川俣が目を逸《そ》らした。

「やっぱ、だれかにそそのかされたんだな」

再度、声を低めて詰め寄った。すみません、と川俣が肩を落とした。

「はっきり言って、もう疲れちゃったんです。権力に利用される生き方はもうやめたいんですよ。とにかくマジで疲れちゃって」

酔いが回りはじめたせいなのか、急に投げやりな口調で悪態をつく。

その瞬間、かつてゲソから告げられた言葉がよみがえった。ここはひとつ、がつんと言っておくべきかもしれない。そう思い立つなり、金森はゲソの言葉をなぞりながら言い放った。

「なあ川俣、もっと強くなれ。ここまで深入りしちまったおまえは、もうやめようにもやめられないんだ。やめるためには消え去るしかない。わかるか？　おれが言ってる意味が。いまやおまえは泣こうが喚《わめ》こうが、そういう立ち位置にいる。そのことだけは肝に銘じておけ」

川俣が押し黙った。肩を大きく上下させて荒い息をついている。

金森はゆっくりとバーボンソーダを口にして、高層階から望む夜景を見やった。東京タワーはまだ橙色の光を放っている。


数日後、しばらくぶりにゲソ総帥の麻布の隠れ家マンションへ向かった。

ゲソ総帥とは退院直後に一度会ったきり、電話でやりとりするだけの日々が一年以上も続いてきたのだが、昨日、突如として向こうから呼び出された。

この日の東京は朝から秋雨に濡《ぬ》れていた。ここ数日の小春日和が嘘のような肌寒さに、タクシーを拾おうと自宅マンション前の歩道に立った金森は、コートを着てこなかったことを後悔した。

約束の午前十一時より早めに最上階まで上がった。エレベーターを降りて廊下を歩き出すと、ゲソ総帥の部屋から先客が出てくるのが見えた。仕立てのよさそうな背広に銀縁の丸眼鏡をかけている。

榊東勲だった。以前一度だけ会ったものの、覚えてくれているだろうか。心配しながら、すれ違うときに会釈したものの無視された。

不快さを胸の内に押し込めて総帥の部屋まで辿《たど》り着いた。

今日はリビングルームに通され、窓際に置かれた北欧製のソファに腰を下ろすなり、

「どうだ、仕事のほうは」

向かいに座った総帥から問われた。

「全国各地の売上げ、収益、買収実績、人事管理も含めてすべて順調に推移しています。それと、例の〝赤割り箸《ばし》〟の件は、すでに手配ずみです」

赤割り箸とは、文字通り赤く染めた割り箸だ。家族に幸せをもたらす新アイテムとして全傘下店に常備させろ、と総帥から命じられ、超特急で川俣に発注させた。ホテルのバーでは本音を剝《む》き出しにしてきた川俣も、翌朝には、昨夜は大変失礼しました、と謝罪してきて、その後は淡々と職務に励んでいる。赤割り箸のような珍妙極まりない命令にもきちんと対処しているのはもちろん、通常の経営実務も着実にこなしてくれている。順調に推移している、と答えたのも、その安堵《あんど》の気持ちを含めたものだった。

「そうか、ご苦労」

ゲソは気のない声で呟《つぶや》くと、大きなガラス窓の外を見やった。今日の総帥は、なぜか以前のようにゲソと呼びたくなる空気を纏《まと》っている。

最上階のリビングからは、晴天の日には恵比寿や目黒一帯の街並みから遠く富士山まで望めるのだが、今日は富士山どころか街全体が灰色の雨に煙っている。それでも総帥はソファに体を埋《うず》めるようにして背中を丸め、窓の向こうの灰色の世界に見入っている。

また痩《や》せたようだ。金森は思った。退院直後も以前よりひと回り縮んで見えたが、それにも増して貧相な見た目になった気がする。かつては人懐こい笑顔を振りまき、けっして人を逸らさない潑剌《はつらつ》とした男だったというのに、いま目の前にいる中年男は抜け殻のように見える。

金森が観察している間も、ゲソは黙りこくっていた。あまりに長い沈黙に、こっちから話題を振りたくなったが、それも許さない雰囲気だ。仕方なく金森も雨に霞《かす》んだ暗い空を眺めていると、

「稲垣はどうしてる？」

唐突に聞かれた。目はまだ窓の外を向いている。

「稲垣さんは」

答えかけて慌てて言葉を呑《の》み込んだ。あろうことか、乗っ取りを企てている、と口にしそうになったからだ。そんな自分に驚いて、わざと咳払《せきばら》いしてから、

「相変わらずのようです」

無難な答えを返した。ゲソがようやく窓から目を逸らして金森に向き直った。

「本当に相変わらずか？」

「ええ、まあ」

後ろめたさを覚えながらうなずくと、

「そうか」

途端にゲソは視線を宙に泳がせ、またしばらく押し黙ってから独り言のように言った。

「何年になるかな」

「は？」

「正確には二十と何年、おまえとやってきたのかと思ってな」

急にどうしたのか。訝《いぶか》りつつも答えた。

「二十と七年、だと思います」

「ほう、二十七年もやってこれたか」

ゲソはそう応じるなりふと真顔になり、

「金森がいてくれたしな」

ぽつりと呟いた。

めずらしいことを言うものだと思った。しかし、感慨めいた言葉はそれだけで、すぐまた視線を金森に戻し、ゲソから一転、総帥の目になって命じてきた。

「稲垣を処理してくれ」

処理、という言葉がずしりと響いた。消す、と同義語に聞こえた。

「榊先生のお告げでしょうか」

なぜ、と問い返すかわりにそう尋ねた。

「これがお告げで命じることだと思うか？」

醒《さ》めた目で射すくめられた。どきりとした。榊東勲が帰ったばかりだというのに、そういう言い方をされたことに驚いた。

いましがたの感慨めいた言葉といい、今日は一体どうしてしまったのか。

不意に〝佯狂《ようきょう》〟という言葉が浮かんだ。権力者にとっては神秘性も道具立てのひとつだと何かで読んだことがある。ゲソ総帥は本当に神がかりなのか。装っているだけではないのか。だとしたら、なぜ今日に限ってそれを匂わせたのか。

めまぐるしく頭を回転させていると、ゲソ総帥はおもむろにソファから立ち、目顔で部屋の出口を指し示した。用事はすんだ、と言っている。

このまま帰っていいのだろうか。もっと話すことがあるんじゃないのか。激しく後ろ髪を引かれつつも、この場に居続ける言い訳が思いつかず、金森は大人しくソファから腰を浮かせた。

タクシーの中から川俣に電話を入れた。

ひょっとしたら何か知っているかもしれないと思ったからだ。ゲソ総帥が突如、稲垣の処理を託してきた。これまでは隠密裏《おんみつり》にゲソ本人が処理していたのに、なぜ今回に限って金森に振ってきたのか。感慨を口にしたり佯狂を匂わせたりした不可思議も含め、異変の糸口だけでもつかみたかった。

十回コールしたが、出なかった。いつもなら三回もコールすればすぐ応答する男が、どうしたのだろう。留守電に伝言を残し、念のため本社にも電話してみた。外出してらっしゃいます、と女子社員から告げられた。

「出先は？」

「都内だと思うのですが、何もおっしゃらずに出掛けられたので」

こんなときに限ってどこにいるのかわからない。さすがに苛《いら》ついたが、どうしようもない。

こうなったら稲垣を直撃してやろうか。そうも思ったが、安易な感情にまかせて行動するほど危険なことはない。仕方なく、先日からの予定通り、篠突《しのつ》く雨の中、秘書室差し回しのハイヤーで築地へ向かった。

築地仲買人組合の理事長と築地市場移転問題について話し合う約束があった。これは平成十六年に東京都が『豊洲《とよす》新市場基本計画』を策定したことから持ち上がった問題で、移転推進派と反対派が真っ向から対立して築地を二分する騒ぎとなっている。徳武グループも解決に向けて介入してほしいと、かねてから会談を打診されていたのだが延び延びになっていた。

ところが、いざ出席した会談は意外な展開になった。二時間以上もの間、移転話はそっちのけで、徳武グループの今後について理事長から突き上げられたのだ。築地仲買人組合は、若旦那《わかだんな》の尽力もあって早い段階で徳武グループの息がかかった組合になったのだが、ここにきて徳武グループ内の雰囲気がどうもおかしい。ゲソ総帥、金森、川俣の三人が柱となった中枢派からは無茶苦茶な指令が飛んでくるばかりで、稲垣を中心とする変革派のほうがよっぽど現場の意見を汲《く》んでくれている。一体どういうことか、と詰問されたのだった。

もともと理事長は金森に近い存在で、だからこそ歯に衣着《きぬ》せぬ意見を言ってくれたのだが、迂闊《うかつ》なことに金森は、徳武グループ内に中枢派と変革派という分け方があること自体知らなかった。本当に知らないんですか、と理事長は呆《あき》れていたが、恥ずかしながら本当だった。

ここしばらくの金森は、ゲソ総帥から下される珍妙な命令を最高権力者然として解釈実行させるだけで精一杯だった。それが祟《たた》ったのだろうか。知らぬ間に二大派閥が生まれ、最近では中枢派より変革派のほうが支持されているという。汚れ仕事専門だったはずの稲垣が、いつのまにか徳武グループ内の期待を集めているというのだから驚いた。

一方で総帥からは〝稲垣を処理しろ〟と命じられた。なぜ総帥は稲垣の処理を決めたんだろう。変革派の粛清にかかったのだろうか。あるいは、稲垣が乗っ取りを企てていることがバレたのか。乗っ取りがバレたのだとしたら、多可子との不義もバレた可能性もある。だとすれば、一体だれからバレたのか。ひょっとして二大派閥の対立と関係しているのか。

考えるほどに金森の胸はざわついた。あらゆる事柄が稲垣の処理を命じられた件と繋《つな》がっているように思えてならなくなった。おかげで理事長との会談は防戦一方のまま時間切れとなり、煮え切らない状態のまま築地場内の仲買人組合事務所を後にした。

今日の仕事は、ここまでにしよう。どうにも気持ちが鎮まらなくなった金森は秘書室に電話を入れた。以後の予定をすべてキャンセルし、駐車場に待機していたハイヤーも帰らせた。雨も上がったことだし、久々に築地をぶらついてみようと思った。小僧の頃は早朝の築地に通ったものだが、夕暮れどきの築地を探索しよう。そう思い立つなり大きな伸びをして、ゆるゆると歩きはじめた。

その瞬間、古い記憶がよみがえった。二十年ほど前になるだろうか。築地本願寺の裏手にバーがあった。小僧の頃にゲソたちと銀座で鮨《すし》を食べ歩いてから、若旦那に連れられて行った小さなバー。二人でしみじみ語り合ったものだが、不思議と落ち着く店だった。

まだあるだろうか。うろ覚えの記憶を辿《たど》り、築地本願寺の裏手の路地に入った。そのまましばらく歩いていくと、やがてそれらしき店が見えてきた。あれかもしれない。嬉《うれ》しくなって早足で近づくと、期待に反して店は潰《つぶ》れていた。まだ潰れて日が浅いとみえて看板は残っているのだが、閉じられたシャッターに〝テナント募集中〟と貼り紙がしてある。

急に行き場を失った気分になった。どうしようか。再び思いをめぐらせながらその場に佇《たたず》んでいると、ポケットの携帯電話が鳴った。だれだろう。着信を見ると知らない電話番号からだった。念のために出てみると、

「川俣祐司《ゆうじ》さんをご存知でしょうか」

品川警察署からだった。彼の携帯電話の着信履歴に、金森の番号が頻繁に入っていたことから連絡してみたという。

「川俣の上司ですが、何か？」

金森が問い返すと、声を改めて告げられた。

「川俣さんが天王洲《てんのうず》のビルから転落して亡くなりました」


南平台の自宅マンションに帰り着いたのは、その日の深夜だった。

何という一日だったんだろう。深いため息とともに一人暮らしのリビングルームに明かりをつけた。今日一日、まったくろくなことがなかった。朝はゲソ総帥から稲垣の処理を命じられ、午後は築地で理事長から詰め寄られ、夕暮れどきには川俣の死を知らされた。まさに最悪の一日としか言いようがない。

あれから金森は品川警察署へ急行した。川俣は天王洲のオフィスビルの非常階段から飛び降りたらしく、ほどなくして駆けつけてきた川俣の奥さんと二人で変わり果てた姿を確認した。監察医の検視の結果、死因は自死。事件性はないと判断された。取り乱す奥さんに代わって各種の手続きと葬儀の手配をすませた。そして、憔悴《しょうすい》しきった奥さんをタクシーで調布《ちょうふ》の自宅まで送り届け、そのまま夜道をとんぼ返りして帰ってきた。

今夜はシャワーを浴びて寝よう。上着を脱ぎ、ネクタイを緩め、ポケットの携帯電話を充電器に差した。その瞬間、気づいた。そうだ、メールが大量に溜《た》まっていた。午後から気忙《きぜわ》しくてずっと放ったらかしてあったが、とりあえず件名だけ眺めてみた。

仕事関係のメールばかりだった。が、その狭間《はざま》に一通だけ、件名のないメールが埋もれていた。

川俣からのメールだった。発信時刻は今日の午後四時三十二分。ちょうど築地で理事長と会談していた頃だが、心が衰弱していたのだろう、思いの丈を裸のままぶつけたぶつ切りの文章が綴《つづ》られていた。

『金森さん、すみません。稲垣さんから乗っ取りに誘われました。やろうと思ったけど最後は断って、手柄を立てたくて総帥に言いつけました。怒鳴りつけられました。乗っ取りに誘われるようなやつは、そもそもがそういう根性なんだ、覚悟しとけって。じゃあ一体どうすればよかったんですか。金森さんは言いました。おまえはもうやめようにもやめられないって。だけど総帥からは粛清される。稲垣さんは敵に回した。一体ぼくはどうすればいいんですか。会社から住宅ローンを借りています。妻と二人の子どもがいます。滅茶苦茶です。家庭も制せないのにこの国なんか制せません。総帥はもうまともじゃありません。稲垣さんは狡《ずる》いです。金森さんも狡いです。ぼくも狡いです。みんな狡いです。疲れました。振り回されてばっかりでわけがわからなくなりました。本当に疲れました。家族をよろしくお願いします。行き所がなくなったので仕方ありません、ぼくは天に行きます』

金森はうなだれた。

あの晩、なぜおれはあんなことしか言えなかったんだろう。川俣は会社のやり方を変えなければダメだと訴えていた。だれかにそそのかされたからだと認めていた。つまりあの時点では、稲垣の乗っ取りに参加しようと考えて金森に相談してきた。金森も変革派に合流してほしい。彼はそう言いたかったのに、金森は恫喝《どうかつ》した。彼を臣下に留《とど》めておきたい一心で、ゲソの受け売りで恫喝してしまった。だから川俣は断念した。生きるためには中枢派におもねるしかないと、一転して総帥への密告に走った。ところが今度は総帥から怒鳴られた。総帥も軽い恫喝のつもりだったのかもしれない。しかし川俣には、そう伝わらなかった。

もう権力に弄《もてあそ》ばれたくない。最後はそんな思いが川俣の背中を押し、雨雲に覆われた東京の空へ飛ばせたのだろう。生真面目で頭のいい男だった。それが裏目に出たばかりに、周囲のさまざまな思惑に振り回された挙げ句に、自分を制御できなくなったのだろう。

再び携帯電話を充電器に差し、金森はシャツとズボンを脱ぎ捨てた。今夜は寝よう。もう寝るほかない。そう自分に言い聞かせ、冷たいベッドに潜り込んだ。

ところが、だった。世の中はまだ金森の一日を終わらせてくれなかった。充電器に差したばかりの携帯電話が不意に鳴り響いた。

多可子からだ。設定してある着信音でわかった。

「もしもし」

ため息まじりに応答した。間髪を容《い》れず切迫した声が返ってきた。

「逃げて」

「え？」

「とにかく逃げて、お願い！」

涙声で告げられた。

十章　回帰

昨日の雨が嘘のように晴れ上がった。天高くとはよく言ったもので、仰ぎ見ると吸い込まれそうなほど眩《まぶ》しい秋空がどこまでも広がっている。

眠れない一夜を過ごした金森は、窓から射し込む朝陽の中、ジャンパーを羽織り、スニーカーを履いた。そして、秘書室にメールして今日の予定をすべてキャンセルすると、自宅マンションを後にした。

車は使わなかった。今日は一日、歩きでいこうと思った。逃げるわけではない。けっして逃げるわけではなく、川俣の通夜がある夜まで自分の脚で歩きながら、これまでのこと、これからのこと、やるべきこと、やるべきではないことを熟考しようと思った。

渋谷区南平台から国道二四六号線を辿って東へ向かった。まずは渋谷から青山へ向かい、皇居方面へ行ってみよう。この青空のもと、この国の中心地を通り抜けたかった。

多可子はどうしているだろう。歩きはじめてすぐ心配になった。ゆうべはかなり動揺していた。明け方まで話し込んで落ち着かせたものの、その後、ちゃんと寝ただろうか。妙な真似はしていないだろうか。

二人の仲が、まもなくゲソに発覚する。それが彼女が電話してきた理由だった。早ければ一夜明けた朝にもわかってしまうから、そうなったら、ただではすまない。だから逃げて。一刻も早く逃げて。取り乱した彼女から泣きながら懇願された。

発端は稲垣だった。昨夜、多可子と息子が暮らしている麹町の邸宅に突如訪ねてきて、話がある、と近所の料理屋に連れ出された。政治家や財界人の密会によく使われる店だった。応対に出た女将《おかみ》に導かれて個室の奥座敷に通され、女将が下がったところで唐突に迫られた。

「乗っ取りに力を貸してほしい」

とんでもない申し入れに多可子は仰天した。

多可子はいまも表向きは、徳武プロジェクトの最高権力者の妻だ。徳武プロジェクトの取締役にも名を連ねている。だれが考えても、無茶苦茶な申し入れだ。しかし、そうと聞いた金森は、即座に稲垣の思惑が理解できた。稲垣は戦略を変えたのだ。乗っ取り仲間に引き入れたかった金森からも川俣からも袖《そで》にされ、こうなったら最後の手段、力ずくで取締役を一本釣りするしかない、と腹を決めたのだろう。

なぜそう決めたのか、その理由も察しがつく。乗っ取りに誘われた川俣は、遺書がわりのメールに『手柄を立てたくて総帥に言いつけました』と書いていたが、その旨を稲垣に伝えたのではないか。乗っ取り計画はもうバレている。総帥から鉄槌《てっつい》が下されるぞ、と稲垣を追い込んだ。事実、総帥は金森に稲垣の処理を命じている。そこまでは川俣も知らなかったはずだが、いずれにしても、『振り回されてばっかりでわけがわからなくなりました』と書き遺した川俣は徳武プロジェクトに騒乱の火種を撒《ま》いて黄泉《よみ》へ旅立っていった。

この事態に稲垣のタガが外れた。金森とはキンタマを握り合う関係だった稲垣も、乗っ取り計画が総帥にバレたのなら、と破れかぶれの一本釣り作戦に打って出た。その第一号に選ばれたのが多可子だった。総帥と多可子が夫婦の体を成していないことを稲垣は知っている。おまけに多可子と金森の不義の事実も知っている。一本釣りの第一号には打ってつけではないか。

こうして多可子は料理屋の個室で、総帥を裏切れ、と迫られた。

「できません」

当然ながら多可子は断った。あとはもう先日の金森と同様だった。不義の話を持ちだされ、押し問答の末に、

「三日待つ」

と稲垣は言い置いて帰り、多可子は慌てて金森に電話してきたのだった。

東宮御所の杜《もり》が左手に見えてきた。赤と黄の鮮やかなグラデーションに染まった木々が、石積みの塀に覆い被《かぶ》さるように、こんもりと盛り上がっている。国道二四六号線を渡った右手には青山ツインタワービル、その手前には外苑東通りを挟んでホンダの本社ビルが立っている。

徳武プロジェクトの麻布本社が目に浮かんだ。

ツインタワーにもホンダ本社にも負けないほど立派な本社ビルだが、その内情はとい

えばビルの外観ほど立派ではない。いまはまだ業績を上げ続けているものの、内部には繕いようのない綻《ほころ》びが見えはじめている。たとえ全国制覇を果たした会社であろうとも、組織というものは、こうして内部から疑心暗鬼にまみれ、崩壊に向かって突き進んでいくものなのか。

青空に向けて誇らしげにそびえるビル群を見上げ、しばし感慨に耽《ふけ》った金森は、再び歩きはじめた。

この先、二四六号線は赤坂見附《あかさかみつけ》から永田町へ続く坂道を上り、さらに進むと皇居のお堀に突き当たる。右折すれば桜田門から日比谷方面に至る。左折すれば半蔵門から九段方面に至る。

道というものは先に進むたびに岐路に突き当たる。いまおれが直面している岐路は、どっちへ進むのが正解なのか。左右二つの道に正解などあるのだろうか。

枯れ葉が舞う歩道を一歩一歩踏みしめながら金森は自問し続けた。

夕暮れ近くになって両国橋を渡った。

左右に分かれる岐路に立ちすくんで迷った末に、皇居のお堀を右折して日比谷を抜け、有楽町のガード下の居酒屋で昼めしを食った。それから銀座に立ち寄り、日本橋のカフェで一服し、人形町まで足を延ばしたところで、ふと思いついて秋葉原に向かい、ここまで来たのなら、と両国へ足を向けたのだった。

両国橋の中程で隅田川を見下ろした。金森が小僧になった頃はひどく汚れたどぶ川で、夏場には腐臭が漂っていたものだが、当時に比べたら遥《はる》かに浄化されている。対岸の川べりには〝隅田川テラス〟と命名された遊歩道が整備され、杖《つえ》を突いた老人が秋の夕陽を浴びつつ、のんびりと散歩している。

もう四半世紀前になるだろうか、あの川縁には鉄柵《てっさく》がめぐらされ、ぽつんと一本街灯が立っていた。その鉄柵の傍らで兄弟子の甲子園北島から三十万円もの金を無心されたものだった。

彼はいまどうしているだろう。バブル景気が終わるまでは、彼も徳武プロジェクトの職人育成部長として頑張っていたが、社業の急成長に舞い上がって株に入れ揚げたばかりにバブル崩壊で大火傷《おおやけど》した。会社としても助けたかったのだが、ある日突然、妻子を捨てて夜逃げしてそれっきりになった。同じく品質管理部長だった手塚さんもバブルで身を持ち崩し、最後は放火犯に成り下がったきり、いまはどうしているかわからない。

両国で立ち上げた小さな会社は躍進に次ぐ躍進を重ね、この国の飲食業界を揺るがすまでの存在になったというのに、しかし一体、だれが幸せになったというのか。

そういえば、あのとき甲子園北島に貸した金は、結局、全額は戻らなかった。給料が倍々ゲームで上がっていくにつれ、おたがいどうでもよくなってしまったからだが、いまにして思えば一円たりともルーズにすべきではなかった。その甘い対応が甲子園北島の失敗に繋《つな》がったのではないかと思うと、逆に申し訳なくなってくる。

苦い思いを噛《か》み締めながら両国橋を渡り終えた。やがて現れた交差点を左折し、両国駅へ続く大通りに入った。両国へ行こう、と秋葉原で思い立ったときから最後はここに来るしかないと思っていた。街はいつしか薄暮に包まれ、大通りには街路灯が点灯しはじめている。かつてと違って美しくタイル舗装された歩道の先には、いまやだれもが知る両国の象徴、国技館の大屋根が街明かりに浮かんでいる。

あの大屋根の下でタツが横綱龍大海として国民的ヒーローだった時代も、過去の語り草と化してしまった。時の流れとは残酷だ。金森が取り次いだ八百長事件がなければ、いま頃、龍大海は年寄りとして大相撲財団に残っていただろうに、因果応報とはよくぞ言ったものだ。

左手に和菓子屋の看板が見えてきた。四半世紀以上前と変わらない姿で店を開けている。和菓子屋の隣に目を向けると、そこにも以前と変わらない広い間口の木造二階家が、ひっそりと佇《たたず》んでいる。

つかさ鮨の本店だ。

小僧で入った往時と寸分違《たが》わぬ瀟洒《しょうしゃ》な店構えに見惚《みと》れ、ふと足を止めた。その瞬間、通りがかりの人に体が触れた。すみません、と謝られたが、悪いのは金森のほうだ。懐かしさのあまり帰宅を急ぐ人たちが目に入っていなかった。歩道から外れ、改めてつかさ鮨本店の前に立った。店内には明かりが灯《とも》っている。いつも通り開店しているようだ。意を決して玄関前の石畳に踏み入った。ぴしりと糊《のり》をきかせた暖簾《のれん》をくぐり、ガラガラと音を立ててガラス戸を開ける。

「いらっしゃいまし」

しわがれた声に迎えられた。見ると、黒光りしたつけ台の向こうに鮨職人がいる。背中がなだらかに丸まり、顔には皺《しわ》としみが目立つものの、柳刃包丁を手にしたその立ち姿は以前と変わらない。親方だった。すでに七十も半ばを超えているはずだが、いまもかくしゃくとして名代のつけ台を守り続けている。

「まあ金森くん」

最初に気づいてくれたのは女将さんだった。白い割烹着《かっぽうぎ》姿は相変わらずだったが、親方と同じく背中は丸まり、年相応の皺も刻まれている。それでも営業用の化粧は忘れることなく、きれいに白粉《おしろい》を塗って口紅も引いている。

女将さんの声で気づいたのだろう、奥の煮炊き場から若い鮨職人が姿を見せた。

「お久しぶりです」

金森の目をまっすぐ見据え、爽《さわ》やかな笑顔を向けてくる。目元に残る面影でわかった。親方と女将さんの一粒種、拓馬だった。いまは何歳になったのか、きりっとたくましい青年の面立ちになっている。

「こちらへどうぞ」

親方からつけ台の真ん中の席へ促された。その顔には柔和な微笑みが浮かんでいる。金森をお客として扱ってくれるつもりらしい。

言葉に甘えて真ん中の席に腰を据えた。すかさず女将《おかみ》さんが小皿と箸《はし》とおしぼりを出してくれた。おしぼりは金森の小僧時代と同じようにきっちり巻かれている。

「何から握りましょう」

親方に聞かれた。おまかせでいきたいところだが、あいにく通夜の時間が迫っている。

「お決まりで一人前、握ってください」

お決まり一丁、と親方が声を張った。その声に思わずこみ上げそうになった。この店は変わっていない。本当に何も変わっていない。そう思うと不覚にも瞼《まぶた》が熱くなり、こぼれ落ちそうな涙を下唇を嚙んで堪《こら》えた。

ゲソに経営権を乗っ取られて以来、この本店だけは店舗拡大計画や徳武プロジェクトの事業展開とは完全に切り離されてきた。法的には一従業員となった親方が、昔ながらのやり方で細々と営業を続けてきた。その間、ゲソも金森たちも本店には一切かまわなかった。その存在すら忘れていた、と言ってもいい。

だが、それがよかったのだ。いまにして初めてそう思った。

「まずは〝ソゲ〟からいきます」

親方が言うなり、年齢を感じさせない手さばきで白身を握り、すっと目の前に置いた。秋のこの時季、親方は平目の子ども、ソゲを好んで握る。大きく育った平目よりも脂が薄くて淡白だが、その品のいい味わいが金森は好きだ。なんの偶然か、ゲソという言葉を逆さにした呼び名だけに、ゲソも逆立ちしたら品のいい男になれるかもな、と金森が冗談を飛ばしたものだったが、親方はそれを覚えてくれていたのかもしれない。

早速、口に運んだ。口の中で鮨飯《すしめし》がはらりとほどけた瞬間、ああ、親方の握りだ、と思った。ソゲの身と鮨飯のバランスがまさに理想的といっていい。

「旨《うま》いです」

自然と微笑みがこぼれた。

「青森産のいいやつがありましてね」

親方も深い皺をさらに深くして微笑んだ。隣にいる拓馬もうんうんとうなずいている。なんて幸せなのだろう。もう二十年以上も会っていなかったというのに、一貫の握りと、この短いやりとりだけで気持ちが通じ合った。続いて、小鰭《こはだ》、鮪《まぐろ》赤身、赤貝、真鯛《まだい》、そしてあおり烏賊《いか》と、心地よいテンポで一貫一貫差し出される親方の握りを夢中で食べた。

これが鮨屋なんだ。これが飲食店なんだ。きちんとした食材を仕入れて、きちんとした仕事をして、おいしいものを食べたいお客に気持ちよく食べてもらう。それでいいのだ。それだけがすべてなのだ。

おれは一体何をやっていたんだろう。いまさらながら自分を恥じた。食で儲《もう》けようだの、食で制覇しようだの、食で支配しようだの、それが何になる。

ゲソというモンスターを肥大化させてしまった責任は、おれにもあるのかもしれない。ゲソの罪は数限りなくある。個人的に糾弾したいことも山ほどある。しかし一方、このおれだって罪深いやつだった。ゲソ唯一の善行は皮肉なことに、つかさ鮨をこうして残したことだが、翻っておれは、ゲソの背中を押し続けること以外、何もやってこなかった。そもそもが鮨職人として握り続けることを放棄した時点で、すべてを誤ってしまった。そんな気さえしてきた。

自省の念に駆られながらも、至福の握り十貫と鉄火巻き一本を食べ終えた。鉄火巻きは、息子の拓馬が巻き簀《す》で器用に巻いてくれた。もっと食べたい。もっとここにいたい。そう思ったものの、しかし時間切れだった。川俣の通夜が待っている。

「ご馳走《ちそう》さまでした。また伺います」

最後に深々と頭を下げ、ふと思いついて、川俣の亡骸《なきがら》に捧《ささ》げる鮨折も握ってもらった。そして、財布から万札を二枚取りだし、おつりは取っといてください、とばかりにつけ台に置いて席を立った途端、

「十年早《はえ》えや」

親方に叱りつけられた。年季の入った叱り声に、またしてもこみ上げそうになった。

女将さんがくすくす笑いながらおつりを持ってきてくれた。

「またおいでね」

近々また寄ります、と頭《こうべ》を垂れて、つかさ鮨を後にした。いい気分だった。こんな幸せな気持ちになれたのは、いつ以来のことだろう。

心地よい余韻に包まれながら大通りの歩道に出たところで腕時計を見た。鮨折を追加

したぶん時間が押してしまった。いまから調布までだと、電車に乗ったほうが早そうだ。

そう判断して両国駅へ向かって歩き出したそのとき、

「ちょっといいですか」

だれかに呼びとめられた。背広姿の男が二人いた。一人が背広の内ポケットから黒革の手帳を取り出し、警視庁、と型押しされた金文字を突きつけるように示すなり、

「ポケットの中を見せていただけますか」

穏やかな口調で告げられた。わけがわからずきょとんとしていると、

「ポケットの中！」

もう一人が声を荒らげた。何かの間違いでしょう、と苦笑いしながらジャンパーの内ポケットから携帯電話と財布をだして見せた。脇のポケットも、と顎《あご》をしゃくられ、右ポケットに手を突っ込み、何もない、と裏地を引き出してみせた。続いて左ポケットにも手を差し入れると、指先に何か当たった。

ビニールのような、心当たりのない感触だ。何だろう。首をかしげながらつかみ出した瞬間、やられた、と思った。

「いえ、これはべつに」

とっさに後ずさりした途端、

「ご託はあとで聞く」

両脇から二人がかりで腕をつかまれた。

終章　自白

刑務官に呼ばれて面会室に入ると多可子がいた。

白髪まじりの髪をアップにまとめ、地味なグレーのスーツ姿でかしこまっている。目尻《めじり》の皺《しわ》がかなり増えた。多可子も五十路《いそじ》なんだなあ、と改めて思う。

収監されて以来、初めての面会だった。基本的に面会できるのは身内と決められているが、出所後の社会復帰に必要な人物だと申請して刑務所長に許可されれば、検閲つきで手紙のやりとりからはじめて面会まで漕《こ》ぎ着けられる。

面会時間は三十分と決められている。ただし、同席する刑務官が不適当な内容だと判断した場合は即刻打ち切られる。多可子もそれは承知しているから、おたがい慎重に話さなければならないが、それでも、ようやく多可子と再会できた喜びは大きかった。

「元気？」

微笑みかけられた。

「うん」

微笑み返した。もっと気の利いたことを言おうと思っていたのだが、うまく言葉が浮かばなかった。まさかこんな場所で再会しようとは夢にも思わなかった。本当なら、あれから一時間後には川俣の通夜で顔を合わせていたはずだった。

金森のポケットから出てきたのはビニール袋入りの白い粉だった。それを目にした瞬間、かつて新聞記者の梶原から聞いた話が瞬時によみがえり、金森は衝撃を受けた。あれは金森と美沙子の結婚パーティの席上だった。パーティの直前、つかさ鮨両国店がチンピラに襲われ、その際、ポケットにこっそり覚醒剤《かくせい》を入れて陥れる裏社会の手口を梶原が教えてくれた。

嵌《は》められたんです、と金森は主張した。知らぬ間にポケットに入れられてたんです、と裁判中も一貫して主張し続けたが、結局は認められなかった。覚醒剤は営利目的で所持していると、初犯でも実刑が科せられる。金森の場合、ポケットに入っていた量がかなり多かったため営利目的とみなされ、しかも、最後まで所持を認めなかったことから悪質犯と判断され、初犯ながら懲役三年の実刑判決が下された。

まんまとゲソに嵌められたと思った。多可子との不義を稲垣から密告され、報復に及んだに違いない。そういえば、つかさ鮨本店に入る直前、通行人と接触した記憶がある。あのときポケットに入れられたのだ。後々になってそうと気づいたものの、残念ながら証拠がない。

もちろん、そもそもは不義を働いた金森が悪い。その自覚はあるが、こういうやり方で刑に処せられたことが悔しかった。刑期を終えたらどうしてくれよう。収監されてからというもの、それればかり考えていただけに、房の中で見た週刊誌の記事はいまだ信じられない思いでいる。

あのしたたかなゲソが、まさか自殺しようとは。

「彼、亡くなったんだって？」

まずはその事実を多可子に確認した。同席の刑務官の耳があるから名前は口にしなかった。

「うん、結局、そういうことになっちゃって」

多可子は小さくうなずいて目を伏せた。やはり記事に間違いはないらしい。

「そうか、残念だ。彼にはいろいろ言いたいことがあったし、おれがこうしていることだって」

言葉を止めて唇を噛《か》んでみせた。嵌められて収監されたことがいまも悔しくてならない。そう言外に込めたつもりだったが、多可子は肩をすくめた。

「あの人は何もやってないの」

「え？」

この期に及んで夫を擁護するつもりか。

「あれは、あたしがやってもらったことなの」

言いながらまた目線を落とし、スーツのポケットをさすった。さりげない動きだっただけに、すぐには気づかなかったが、しばしの間を置いて金森は目を見開いた。

覚醒剤は多可子がだれかに依頼してポケットに入れさせた。そう告白されたのだった。

そういえば、梶原が薬物で陥れる手口を語ったとき、多可子も一緒にいた。その記憶をもとに金森を犯罪者に仕立て上げたというのか。

「ごめんね、ほかにどうしようもなかったの。彼はあなたをものすごく大事な存在だと思いながらも、すごく嫉妬《しっと》してたでしょ」

「おれを嫉妬？」

「そう。とくに最後の頃は、立場を逆転されるんじゃないかって本気で妬《や》いてた」

「それは買いかぶりすぎだ。おれは彼の忠臣だからこそ頑張れてたわけで」

「でもその頑張りが、彼には逆に見えていた。そこに稲垣さんからあたしたちのことを告げ口されちゃったから、あのままだとあなたは」

語尾を濁した。あのままだとゲソに処理される可能性があった、と言いたいらしい。

「じゃあ、おれを避難させたってこと？」

言葉を選びながら聞いた。多可子はうなずき、

「だって一番安全な場所だし」

と言い添えた。思わず刑務官の反応を窺《うかが》ってしまった。刑務所に入れてしまえばゲソも手出しできない。そういう理屈だった。

「けど多可子だって安全だったわけじゃないだろう」

不貞の妻も同罪だ。どんな報復に遭っているかと収監後も心配でならなかった。

「ううん、あたしは大丈夫だった。彼はあたしに頭が上がらない人だったしね。だってあたしを騙《だま》して一緒になったおかげで、お店をものにできたし、息子も持てた。あたし

を利用しっぱなしの人生だったわけだから、あなたとのことがわかっても手出しできなかった」

本当だろうか。あの冷酷な男が不貞の妻に手出しできなかったなんて信じられない。

すると、金森の思いを察した多可子が顎《あご》を引いた。

「だったらもっと深い話をするね。なぜ彼が本店を残していたか、わかる？」

さあ、と首をかしげた。

「彼って親方の子なの」

「は？」

「いまも親方は隠し続けてるけど、親方の婚外子」

啞然《あぜん》とした。あの職人気質の親方に、そんな過去があろうとは思わなかった。

「あたしを騙して一緒になったことがバレたとき、初めて彼が告白したの。母親を捨てた親方を何としても見返してやりたかったって」

おれは勝ち続けなきゃならない運命に生まれた。ゲソはそう言っていたという。

生まれた時点で負けていたから意地でも勝ち続けなければならない。その執念だけで、母子二人の耐乏生活の中、頑張りに頑張って進学高校に入った。だが入学してすぐに、こういう勝ち方ではだめだと気づいて父親の居所を探しはじめた。母親はけっして口を割らなかったが、ゲソは粘り腰で実の父である親方を見つけ出し、おれの素性は伏せておくから弟子入りさせろ、と迫り、強引につかさ鮨に入店した。

だから最初から〝あいつ〟呼ばわりしていたのか。金森はようやく合点した。まだ小僧だった時分、ゲソは陰では親方をあいつあいつと吐き捨てていたものだった。そして、その後のことは金森も知っての通りだ。何も知らない女将《おかみ》さんに取り入り、策を弄《ろう》して姪《めい》の多可子を手中にし、策謀をめぐらせて店を奪い取った。

つまりゲソの当初の目的は、自分を婚外子という境遇に追いやった親方への報復だった。なのに、いざ店を奪い取った途端、報復が新たなる野望へと転化し、あとはもう野望に衝《つ》き動かされるがままに伸《の》し上がっていった。ただ一方で、それでも親方は実の父だ。それだけは紛れもない事実とあって、ゲソは愛憎相半ばする中、親方の居場所として本店だけは残してやった。

「そう考えると、彼って打算だけの人じゃないのよ。だから逆に、彼はあたしに手出しできなかった。だってあたしに手出ししたら、俊太郎が婚外子だって認めることになるから」

思わず多可子を見た。俊太郎はゲソの子じゃないと初めて認めた。

「つまりゲソは俊太郎のためを思って、あえておれたちのことを掘り返さなかったと？」

俊太郎はおれの子か？　という確認も込めて聞いた。多可子はこくりとうなずき、

「あたしは掘り返してほしかったんだけどね。だってそうでなきゃ、彼にとってあたし

って何だったの、って話になるじゃない」

気色ばんでいる。ゲソには愛なんてない、と突き放していた多可子の意外な本音だった。

憎悪をたぎらせながらも多可子は冷めていたわけでも愛がないわけでもなかった。その本音をどう受け止めたものかわからなくなって、

「だけど今後、会社はどうなるんだ？」

金森はふと話を変えた。多可子は一瞬表情を曇らせたものの、すぐスイッチを切り換えた。

「会社のことは手紙にも書いたけど、あなたがここに入ってからグループはバラバラになる一方なの。だからあの会社って、最後はあなたがいたから持ってたんだなって、つくづく思った。組織が成り上がっていくときって、強引で恥知らずで人を舐《な》めた人間が無茶苦茶に突っ走らないと成り上がれないけど、いったん天井が見えてくると、そういう人は浮いちゃうんだと思う。言い方は悪いけど、あなたみたいな弱気なナンバーツーに支えられていないと成立しなくなるっていうか」

「確かに言い方が悪い」

金森がわざと怒った顔をしてみせると、

「ごめんね。けど、どっちにしても、あなたがこうなって、あの人も逝《い》っちゃったから、もうおしまい。いまあの組織は戦国時代に突入して、新しい闘いがはじまっちゃってる

しね」

タツを担ぎ上げて主導権を握りにかかる連中がいれば、しぶとく生き残った稲垣の暗躍で潰《つぶ》されていく連中もいる。グループ全体に疑心暗鬼が広がる中、もはや徳武プロジェクトの世の中への影響力は薄れていく一方だという。そうした中、全国各地で食材流通ルートや飲食店チェーンの再編成が雪崩を打って進み、これまでにない新興勢力も台頭しはじめた。

「そうか、それで彼は自暴自棄になったのか」

ゲソの自殺に話を戻した。ところが多可子は、

「そうじゃないの」

首を横に振って続ける。

「あなたがこうなっても、あの人は変わらなかった。ていうか、ますます酷《ひど》くなっていったのね。だからあたしとしても、あれ以上、あの人の被害者を出したくなかった。俊太郎も大きくなったし、もういいやって」

言葉を止めると、そっと両手を突き出しながら、

「川俣くんみたいにしてもらった」

と呟《つぶや》いた。

言葉を失った。さりげない仕草だったから刑務官はその意味に気づかなかったと思う。しかし金森にはわかった。ゲソの死はあたしが仕組んだこと、と多可子は自白した。

「本当は成田でなんとかしたかったけど、それはうまくいかなかったから」

なんてことだ。成田空港のテロも多可子が仕組んだことだった。

「いや、けど、あれは」

動揺のあまり金森がしどろもどろになっていると、不意に刑務官が口を開いた。

「時間だ」

金森のうろたえぶりに懸念を抱いたのだろう。あっさり面会を打ち切られた。


その晩はなかなか寝つけなかった。午後九時の消灯時間を迎えて寝床に潜り込んだもののの、いつにない昂奮《こうふん》に支配されたまま何度も寝返りを打った。

多可子の告白には驚愕《きょうがく》した。金森を入獄させた真犯人は多可子だった。それだけでも衝撃的だというのに、俊太郎は金森の子だと認め、さらには成田空港の一件もゲソの死も多可子が依頼してやらせたことだという。

とりわけ心を揺さぶられたのはゲソの自殺の真相だった。多可子がそこまでの怨念《おんねん》を燃やしてゲソを死に追いやったとは思ってもみなかった。ただ、面会を打ち切られたあと、最後にゲソと会って話したときのことを思い出した。隠れ家マンションの最上階で、めずらしく過去を振り返った直後にゲソはこう呟いたものだった。

〝金森がいてくれたしな〟

このひと言がよみがえった瞬間、ゲソの心境が初めてストンと胸に落ちた。

考えてみれば、あの時点でゲソはすでに金森と多可子の不義を知らされていた。俊太郎のことも勘づいていたはずだ。にもかかわらず、金森がいてくれたしな、というねぎらいの言葉とともに稲垣の処理を委《ゆだ》ね、佯狂《ようきょう》まで匂わせてきた。一体どうしたのかと、あのときは怪訝《けげん》に思ったものだが、いまにして思えばゲソは金森を許してくれていたのだ。

なぜそこまでゲソが寛大になれたのか。これはゲソと金森、二人だけにしかわからない感覚かもしれない。なにしろ二十七年だ。ゲソと金森は二十七年もの間、表裏一体の人間として生きてきた。ゲソなしに金森は生きられなかったし、金森なしにゲソも生きられなかった。言ってみれば、主従関係という衣をまとった有機的な縁が二人の間に生まれていた。

一方で多可子はゲソを恨み続け、死にまで追いやった。そのすれ違いが金森には残念でならないが、それにしても、多可子はなぜそこまでゲソを許せなかったのだろう。そう考えた瞬間、ふと気づいた。

〝もうこれ以上、あの人の被害者を出したくなかったのよ〟

これがゲソを葬った多可子の弁明だった。しかしその本音は、

〝彼にとってあたしって何だったの？〟

ぽろりと漏らしたこのひと言にあるのではないか。

言葉とは裏腹に多可子はゲソを愛していた。金森を守るために投獄を企てた、と打ち

明けられたときは多可子の愛を感じたものだが、あれは慈悲にすぎなかった。多可子が本気で愛し愛されたいと願ったのはゲソその人だったゆえに、多可子は最後までゲソを許せなかった。

急にやるせなくなった。金森はゆっくりと体を起こし、布団の上に胡坐《あぐら》をかいた。同房の受刑者たちはぐっすり眠っている。房の中は就寝中も本が読める程度の薄明かりがついているから、みんなの寝姿が眺め渡せる。組の幹部らしい男も鼾《いびき》をかきながら無邪気な寝顔をさらしている。

〝いいすかカネさん、仮にぼくがここで、これが本当の身の上だ、と語ったとしても、それが本当だという確証なんてどこにもないじゃないすか〟

またゲソの言葉が浮かんだ。両国に新店を開いたばかりの頃だったが、婚外子という真相を秘めていたゲソだからこそ発せられた言葉だと思う。ゲソはゲソで疎外感の中に生きていた。そう思うと二重の意味で胸が締めつけられる。ここの受刑者たちは、どんな身の上を抱えているのだろう。無防備に寝ている男たちを見やりながら奥歯を嚙《か》みしめた。

廊下から足音が聞こえてきた。刑務官の夜間巡回だ。夜中に意味もなく起きていると目をつけられる。金森は再び横たわった。黴臭《かびくさ》い官給布団を頭までかぶり、闇の中で目を閉じる。そのとき、奇妙な考えが浮かんだ。

ゲソは多可子に殺されてやったんじゃないのか。

一度は暴漢に刺されたゲソが、二度も同じ轍《てつ》を踏むものだろうか。まんまと偽装自殺に嵌《は》められて死ぬなんて、どう考えてもゲソらしくない。だとしたら、そうと知りながらあえて殺されてやった、と考えたほうがよっぽどゲソらしい。

金森の投獄で唯一無二の忠臣を失った。徳武プロジェクトの行く末にも暗雲が立ち込め、権力者の座も風前の灯《ともしび》となっている。そんな崖《がけ》っぷちに瀕《ひん》して、ひょんなことから多可子の恩讐《おんしゅう》と企《たく》みに勘づいたゲソは、おのれの夢をひたすら喰《く》らい続けてきた過去を振り返り、多可子への最後の誠意として自分自身を喰らわせてやった。

いやもちろん穿《うが》った妄想でしかない。まずあり得ないことかもしれない。それでも、もし仮にそうだとしたら、これはもう偽装自殺どころか立派な自殺ではないか。ゲソは最終的に、そういう形で自殺を図った。そして、いまごろは草葉の陰で、

「どうだ金森、おれもやるもんだろうが」

へらりと笑っているのではないか。

実際、ゲソとはそういう男だった。多可子も言っていたように、意表を突かれる計算高さの一方で、打算だけの男でもなかった。だからこそ金森も辟易《へきえき》しながらも連れ添ってこられた。

美化しすぎだろうか。美化しすぎかもしれない。いまさら言うまでもないが、あれほど悪い男はいなかった。あれほど酷い男もいなかった。それなのに、いま振り返ってみると不思議なことに、いい二十七年間だったと思えてしまう。

「ゲソがいてくれたしな」

思わず声に出して言っていた。

途端に、瞼《まぶた》の奥に空が広がった。ゲソが絶頂を極めかけていた頃、ゲソが一番ゲソらしかったあの頃、いつも最上階から眺めていた大きな空が瞼のスクリーン一杯に投影された。

その彼方《かなた》にはゲソの姿も見える。初めてつかさ鮨にやってきた十六歳の徳武光一郎。幼顔に人懐こい笑みを浮かべ、

〝よろしくお願いします〟

ぺこりと頭を下げている。

あの男は、なぜあんなにも最上階が好きだったんだろう。あの男は、なぜあんなにも最上階に上り詰めたかったんだろう。

不意に切なさがこみ上げた。たまらず布団の中で背中を丸めた。同房者に気づかれてはならない。とっさに受刑服の袖口《そでぐち》を咥《くわ》え、嗚咽《おえつ》を堪《こら》えた。

なぜ泣けるんだろう。なぜこんなに泣けてくるんだろう。

怒濤《どとう》のごとくこみ上げる熱いものを体を震わせて堪えた。が、堪えきれなかった。深夜の雑居房の布団の中。どこまでも広がる瞼の大空を仰ぎつつ、金森信次は止めどなくこみ上げてくる嗚咽を漏らし続けた。

解説　握りつぶす男

瀧井朝世

これは新しい原宏一だ。

彼の作品に親しんできた読者なら、まずそう思うだろう。軽快で軽妙でユーモアたっぷり、時に人情でほろりとさせるこれまでの多くの小説とは異なり、男の野望と闇を描いたこの一代記は、昭和日本版『市民ケーン』とでもいいたくなる作品だ。この骨太な長篇『握る男』は、二〇一一年十二月から一二年七月にかけて「デジタル野性時代」に連載され、同年十月に単行本が刊行された。本書はその文庫化作品である。

刑務所に収監されている金森信次《かねもりしんじ》が偶然知ったのは、徳武光一郎《とくたけこういちろう》という外食産業の帝王の自死。金森には信じられない。彼は自殺するような男ではなかったからだ。徳武とはどんな男だったのか？　彼と金森の関係は？　物語は昭和五十六年、西暦一九八一年に遡《さかのぼ》る。金森が両国の鮨屋《すしや》『つかさ鮨』の見習いとなった年だ。半年後にそこにやってきた新入りが、金森より六歳下、まだ十六歳の徳武光一郎だった。頭がよく仕事のおぼえがはやく、いつも忙しげに手足を動かす姿が烏賊のようだと兄弟子から「ゲソ」と渾名《あだ》をつけられた彼は、人懐こさもあって周囲から親しまれていく。不器用なうえ意地悪な兄弟子からの嫌がらせを受けていた金森とは対照的だ。ある日金森は失敗したところをゲソに助けられ、この弟弟子が人心掌握のためならどんな手段でもとること、「一番の鮨屋」になる野望を抱いていることを知る。そして頼まれるのだ。自分の〝番頭〟になってほしい、と。やがてゲソは悪魔的な頭脳を働かせて「一番の鮨屋」どころか、この国の外食産業を牛耳る帝王へとのし上がっていく――。

誠実な鮨職人が成功をおさめるサクセスストーリーではない。邪魔者を策略で陥れ、蹴落《けお》としていくゲソの方法はあまりにもえげつない。彼の口にのぼる成功への哲学には、うなずけるものもあるが、ぞわりとさせるものも多い。

「いいすかカネさん、これだけは言っときますけど、大事なのは目的なんすよ。目的のためなら手段や方法なんてどうでもいいんす」

「カネさん、これだけは覚えといてください。思うがままに動かせる手下が一人いれば、そいつを使って十人動かせるんすよ。その十人が手下をつくってくれたら百人動かせるじゃないすか。で、百人動かせたらどうなるか」「(略) あとはもう数がパワーになって何万人でも何十万人でも動かせるようになる」

「全国制覇しなきゃ一番とは言えないじゃないすか」

「百点の魚は三割あればいい。残り七割は八十点でも、店の格さえ保っていれば〝プラシーボ効果〟で百点に感じちゃうんすよね」

「恨みってものは百年かかっても晴らさなきゃ、けっしてつぎの高みには上がれない」

『物事の成否はすべて、とっさの機転で決まる。この世を生き抜くために熟考ほど無意味なものはない』

「表舞台に立つようなやつは馬鹿なんだ。おれの理想は、支配されていると気づかれないように支配することだ」

そして、何度も繰り返されるのは「キンタマを握る」、つまり弱みを握る、という言葉。読み進めれば、対等な信頼関係でビジネスチャンスを生み出すのではなく、まわり中の弱みを把握して相手をコントロールしていくのがこの男のやり方なのだということがよく分かる。

十六歳で職人の見習いになった少年が、なぜここまで野心を抱き、成功哲学を独学で身に付けてきたのか。彼の生い立ちはなかなか明かされない。突如現れた、恐ろしいほどの商売の才覚とずる賢さを持った悪魔な男。なにか底知れぬ怖さを感じながらも、引きつけられてしまう男である。

本書は八〇～九〇年代の日本のありようが分かる昭和史となっているところも魅力だ。物語の始まりは昭和五十六年、新両国国技館が落成したのが昭和六十年。その頃から日本はバブル期に突入し、好景気によって外食産業のあり方も変化していく。ゲソの成功は、この時代的背景に大いに助けられているわけだが、時勢を読み取りそこにビジネススタイルを寄り添わせる戦略には唸《うな》らされる。店を繁盛させるために人気者や実力者を常連として取り込む、グルメ評論家に褒めさせるといった方法は分かりやすいが、男女雇用機会均等法の施行を見越して女性客の増加を期待し、サクラを雇って店の前に女性客の行列を作る方法にはなるほどと感心した。コツコツ努力して一人前になっていくはずだった職人が、いわゆる〝なりあがり〟へと変貌《へんぼう》していく様にも、この頃のビジネスの変化、人々の価値観の変化を感じさせる。さらにいえば、ゲソの会社に新卒の女性が入社して頭角を現していく様子からは、女性の社会進出の具体例もさりげなく描いていることが分かる。こうした配慮で、彼らの駆け抜けた時代のうねりを立体的に浮かび上がらせている点が著者の巧みなところだ。また、ゲソに「学校の勉強ができたやつほど馬鹿なんだ」と言わせ、〈この国の教育機関は突出した才能を叩きに叩いて均質化する兵隊養成機関になってしまっている〉と述べるなど、現代日本社会への痛烈な批判も盛り込まれ、時にはっとさせられる。

本書は男同士の絆《きずな》の物語でもある。孤高の成功者なんてなかなかいない。王者の傍らには、優秀なナンバー2がいるものだ。この〝番頭〟となる人間はどんな性質の人間かが分かる点も興味深い。野心はないが、与えられた仕事はきっちりこなす。王者に媚《こ》びることはせず、どこか冷静な視点を持っている。そして、王者と説明しがたい絆で結ばれていることが理想だ。金森とゲソの間には対等な友情やパートナーシップがあるわけではない。しかしこの二人の間には、力関係による支配被支配だけではない何かがある。それは仲間意識なのか、いびつな恋愛的な感情なのか。この、簡単に言葉で説明できない二人の関係のあり方も本書の読みどころだ。恐れながら、反発をおぼえながら、それでも金森は不思議なカリスマ性を携えていたゲソに魅了されている。そこには確かに、友達や家族やビジネスパートナーに対するものとは違う感情がある。情とも違う。単なる友情や、あるいは上下の関係におさめず、簡単な言葉では説明できない、不可思議な絆を巧みに描き出したところに、著者の人間を見る確かな目を感じる。

また、秀逸なのは、成功のその先にあるものを読者に突き付ける点だ。本書はあくどい人間の成功物語では終わらない。そもそも序章で読者にゲソは死に、金森は刑務所に入っていることが明かされている。前半の、どんなチャンスも活《い》かしてのし上がっていくゲソたちの姿は痛快なくらいだが、だからこそ読み手はなぜ彼らがそんな末路を迎えるのかを気にしつつ、読み進めることになる。頂点を極めた後に浮かび上がってくるのはゲソの抱える闇。それはもとから彼の中にあったものなのか、成功を重ねていくうちに芽生えたものなのかは分からない。ただ、天辺《てっぺん》を目指した彼がその地位をつかんだ時、彼の眼前に広がっていた景色は美しくも心地よくもないものだったのは確かだ。ではなぜ、ゲソは一番にこだわったのか。「男って、どこまで成り上がったら気がすむものなの？」とは、彼の妻の言葉。「権力を極めるためだけに突き進んでいく恐ろしさを感じます」とは、社員の言葉。どちらもその通りだ。

タイトルの「握る」については鮨を握る、キンタマを握る、人心を掌握する、国を牛耳るなど複数の意味が含まれる。この国のすべてを握ろうとした果てに、手中にいれたものを握りつぶしてしまったゲソ。手に入れることが大事なだけであって、手に入ったものには興味がなかったゲソ。「表舞台に立つようなやつは馬鹿なんだ」という彼だけに、成功者として名声を得たかったわけではない。彼の中にあったのは、怒りだ。それしかなかったのだ。それしかなかったから、目的達成の後には空洞しか残っていないのだ。その状態を維持するためには、その空洞を維持し続けなければいけなかったのだ。そこに、この男の哀しさがある。そしてそれはそのまま資本主義経済社会のなかで行き詰まりを感じている、今の社会そのものの姿であるように感じられて、ぞっとさせられるのだ。

これは原さんが新境地を開いた作品だ。ただ、著者はこれまでにも働く市井の人々の人生模様の中にさりげなく社会風刺をこめた小説を発表してきている。この作品によって、時代というもの、社会というものを冷静に見つめている著者の目を再確認できた、ともいえるだろう。この新境地を切り開いた今、そして世の中が移り変わっていく今、著者の作品世界がどのような広がりを見せていくのか、要注目である。

《参考文献》

『ゴリオ爺さん』（バルザック　訳・平岡篤頼　新潮文庫）、『流通王―中内㓛とは何者だったのか』（大塚英樹　講談社）、『渡邉恒雄　メディアと権力』（魚住昭　講談社文庫）のほか、多くの評伝、鮨指南書を参考にしていますが、本作はフィクションであり、実在の人物、団体等とは一切関係ありません。

本書は二〇一二年一〇月三一日に小社より刊行された単行本に加筆・修正の上、文庫化したものです。

握《にぎ》る男《おとこ》

原《はら》 宏《こう》一《いち》

平成27年 3月25日　初版発行
平成27年 6月30日　4版発行

発行者●郡司 聡

発行●株式会社KADOKAWA
〒102-8177　東京都千代田区富士見2-13-3
電話 03-3238-8521（カスタマーサポート）
http://www.kadokawa.co.jp/

角川文庫 19073

印刷所●旭印刷株式会社　製本所●株式会社ビルディング・ブックセンター

表紙画●和田三造

ISBN978-4-04-102310-5　C0193

角川文庫発刊に際して

角川源義

第二次世界大戦の敗北は、軍事力の敗北であった以上に、私たちの若い文化力の敗退であった。私たちの文化が戦争に対して如何に無力であり、単なるあだ花に過ぎなかったかを、私たちは身を以て体験し痛感した。西洋近代文化の摂取にとって、明治以後八十年の歳月は決して短かすぎたとは言えない。にもかかわらず、近代文化の伝統を確立し、自由な批判と柔軟な良識に富む文化層として自らを形成することに私たちは失敗して来た。そしてこれは、各層への文化の普及滲透を任務とする出版人の責任でもあった。

一九四五年以来、私たちは再び振出しに戻り、第一歩から踏み出すことを余儀なくされた。これは大きな不幸ではあるが、反面、これまでの混沌・未熟・歪曲の中にあった我が国の文化に秩序と確たる基礎を齎らすためには絶好の機会でもある。角川書店は、このような祖国の文化的危機にあたり、微力をも顧みず再建の礎石たるべき抱負と決意とをもって出発したが、ここに創立以来の念願を果すべく角川文庫を発刊する。これまで刊行されたあらゆる全集叢書文庫類の長所と短所とを検討し、古今東西の不朽の典籍を、良心的編集のもとに、廉価に、そして書架にふさわしい美本として、多くのひとびとに提供しようとする。しかし私たちは徒らに百科全書的な知識のジレッタントを作ることを目的とせず、あくまで祖国の文化に秩序と再建への道を示し、この文庫を角川書店の栄ある事業として、今後永久に継続発展せしめ、学芸と教養との殿堂として大成せんことを期したい。多くの読書子の愛情ある忠言と支持とによって、この希望と抱負とを完遂せしめられんことを願う。

一九四九年五月三日

角川文庫ベストセラー

記念写真　赤川次郎

荒んだ心を抱えた十六歳の高校生・弓子。彼女が海が見える展望台で出会った、絵に描いたような幸福家族の思いがけない〝秘密〟とは――。表題作を含む十編を収録したオリジナル短編集。

卒業式は真夜中に　赤川次郎

高校2年生の如月映美は卒業式の後、誰もいない教室で鳴っている携帯を見つける。思わず中を見てしまうと、そのメールには、学校での殺人予告が！　映美の人生は、思わぬ方向へ転がり始める。

禁じられたソナタ　(上)(下)　赤川次郎

祖父の臨終の際、孫娘の有紀子は「決して弾いてはならない」という〈送別のソナタ〉と題する楽譜を託される。遺言通り楽譜をしまったはずだったが、有紀子の周りでは奇怪な事件が起こりはじめ――。

いつか他人になる日　赤川次郎

ひょんなことから、3億円を盗み、分け合うことになった男女5人。共犯関係の彼らは、しかし互いの名前さえ知らない――。それぞれの大義名分で犯罪に加担した彼らに、償いの道はあるのか。社会派ミステリ。

さすらい　赤川次郎

日本から姿を消した人気作家・三宅。彼が遠い北欧の町で亡くなったという知らせを受けた娘の志穂は、遺骨を引き取るため旅立つ。最果ての地で志穂を待ち受けていたものとは。異色のサスペンス・ロマン。

角川文庫ベストセラー

ダリの繭《まゆ》　有栖川有栖

サルバドール・ダリの心酔者の宝石チェーン社長が殺された。現代の繭とも言うべきフロートカプセルに隠された難解なダイイング・メッセージに挑むは推理作家・有栖川有栖と臨床犯罪学者・火村英生！

海のある奈良に死す　有栖川有栖

半年がかりの長編の見本を見るために珀友社へ出向いた推理作家・有栖川有栖は同業者の赤星と出会い、話に花を咲かせる。だが彼は〈海のある奈良へ〉と言い残し、福井の古都・小浜で死体で発見され……。

朱色の研究　有栖川有栖

臨床犯罪学者・火村英生はゼミの教え子から2年前の未解決事件の調査を依頼されるが、動き出した途端、新たな殺人が発生。火村と推理作家・有栖川有栖が奇抜なトリックに挑む本格ミステリ。

暗い宿　有栖川有栖

廃業が決まった取り壊し直前の民宿、南の島の極楽めいたリゾートホテル、冬の温泉旅館、都心のシティホテル……様々な宿で起こる難事件に、おなじみ火村・有栖川コンビが挑む！

赤い月、廃駅の上に　有栖川有栖

廃線跡、捨てられた駅舎。赤い月の夜、異形のモノたちが動き出す――。鉄道は、私たちを目的地に運ぶだけでなく、異界を垣間見せ、連れ去っていく。震えるほど恐ろしく、時にじんわり心に沁みる著者初の怪談集！

角川文庫ベストセラー

テンペスト 全四巻
春雷／夏雲／秋雨／冬虹
池上永一

十九世紀の琉球王朝。嵐吹きすさび、龍踊り狂う晩に生まれた神童、真鶴は、男として生きることを余儀なくされ、名を孫寧温と改め、宦官になって首里城にあがる――前代未聞のジェットコースター大河小説!!

トロイメライ
池上永一

19世紀、琉球王朝末期の那覇の街。正義に燃える新米岡っ引きの武太は、つぎつぎと巻き起こる事件にまっすぐ向き合いながら、少しずつ大人への階段を上っていく――。琉球版・千夜一夜物語！

ばいばい、アース 全四巻
冲方丁

いまだかつてない世界を描くため、地球（アース）に降りてきた男、デビュー2作目にして最高到達点!!世界で唯一の少女ベルは、〈唸る剣〉を抱き、闘いと探索の旅に出る――。

黒い季節
冲方丁

未来を望まぬ男と、未来の鍵となる少年。縁で結ばれた二組の男女。すべての役者が揃ったとき、世界はその様相を変え始める。衝撃のデビュー作！　――魂焦がすハードボイルド・ファンタジー!!

天地明察 (上)(下)
冲方丁

4代将軍家綱の治世、日本独自の暦を作る事業が立ち上がる。当時の暦は正確さを失いずれが生じ始めていた――。日本文化を変えた大計画を個の成長物語として瑞々しく重厚に描く時代小説！　第7回本屋大賞受賞作。

角川文庫ベストセラー

悪果　黒川博行

大阪府警今里署のマル暴担当刑事・堀内は、相棒の伊達とともに賭博の現場に突入。逮捕者の取調べから明らかになった金の流れをネタに客を強請り始める。かつてなくリアルに描かれる、警察小説の最高傑作！

てとろどときしん　大阪府警・捜査一課事件報告書　黒川博行

フグの毒で客が死んだ事件をきっかけに意外な展開をみせる表題作「てとろどときしん」をはじめ、大阪府警の刑事たちが大阪弁の掛け合いで6つの事件を解決に導く、直木賞作家の初期の短編集。

疫病神　黒川博行

建設コンサルタントの二宮は産業廃棄物処理場をめぐるトラブルに巻き込まれる。巨額の利権が絡んだ局面で共闘することになったのは、桑原というヤクザだった。金に群がる悪党たちとの駆け引きの行方は――。

東京ピーターパン　小路幸也

平凡な営業マン・石井は、仕事の途中で事故を起こしてしまう。パニックになり、伝説のギタリストでホームレスのシンゴ、バンドマンのコジーも巻き込んで逃げた先は、引きこもりの高校生・聖矢の土蔵で……。

ナモナキラクエン　小路幸也

「楽園の話を、聞いてくれないか」そう言って、父さんは死んでしまった。残された僕たち、山（サン）、紫（ユカリ）、水（スイ）、明（メイ）は、それぞれ母親が違う兄妹弟。父さんの言う「楽園」の謎とは……。

角川文庫ベストセラー

今夜は眠れない
宮部みゆき

中学一年でサッカー部の僕、両親は結婚15年目、ごく普通の平和な我が家に、謎の人物が5億もの財産を母さんに遺贈したことで、生活が一変。家族の絆を取り戻すため、僕は親友の島崎と、真相究明に乗り出す。

夢にも思わない
宮部みゆき

秋の夜、下町の庭園での虫聞きの会で殺人事件が。殺されたのは僕の同級生のクドウさんの従妹だった。被害者への無責任な噂もあとをたたず、クドウさんも沈みがち。僕は親友の島崎と真相究明に乗り出した。

あやし
宮部みゆき

木綿問屋の大黒屋の跡取り、藤一郎に縁談が持ち上がったが、女中のおはるのお腹にその子供がいることが判明する。店を出されたおはるを、藤一郎の遣いで訪ねた小僧が見たものは……江戸のふしぎ噺9編。

ブレイブ・ストーリー (上)(中)(下)
宮部みゆき

亘はテレビゲームが大好きな普通の小学5年生。不意に持ち上がった両親の離婚話に、ワタルはこれまでの平穏な毎日を取り戻し、運命を変えるため、幻界〈ヴィジョン〉へと旅立つ。感動の長編ファンタジー！

おそろし
三島屋変調百物語事始
宮部みゆき

17歳のおちかは、実家で起きたある事件をきっかけに心を閉ざした。今は江戸で袋物屋・三島屋を営む叔父夫婦の元で暮らしている。三島屋を訪れる人々の不思議話が、おちかの心を溶かし始める。百物語、開幕！